세네카
인생 사전

Lucius Annaeus Seneca

세네카
인생 사전

L. A 세네카 지음 | 차전석 옮김

뜻이있는사람들

누구에게나 일어날 수 있는 일은
나에게도 일어날 수 있다.

*

화를 버리고
마음의 평정을 지킨다면

＊

짧은 인생에서도
행복한 삶을 살 수 있다.

생애와 작품세계

루키우스 안나이우스 세네카(Lucius Annaeus Seneca. 기원전 4년 ~65년 4월)는 고대 로마 제국의 정치인, 철학자, 극작가로 아버지 대(大) 세네카와 구별하기 위해 소(小) 세네카로 불린다. 네로 황제의 유년기 가정교사로, 네로가 황제가 되면서 중추가 되어 네로를 도왔다. 스토아학파의 철학자로서도 잘 알려졌으며 많은 비극과 수필 등을 남겨 라틴 문학의 황금기를 대표하는 인물 중 한 사람이다.

유년 시기

기원전 1년경 – 로마 제국의 지방주인 히스파니아 울테리오(현재의 스페인)의 수도 코르도바에서 수사와 웅변이 뛰어난 세네카(Lucius Annaeus Seneca. 기원전 4년~65년 4월)와 헬비아 사이에서

둘째 아들로 태어났다.

세네카는 차남이며 장남 갈리오(LuciusJunivs Gallio), 멜라 (Annaevs Mera) 두 형제가 있다. 태어난 시기는 확실하지 않지만, 정계에서 은퇴한 것이 62년이며 60세를 넘었을 때라는 것에서 유추해 볼 때 기원전 1년 경에 태어난 것으로 추측된다.

세네카의 집안은 기사계급에 속했고 지주로서 유복했지만 선조 중에 원로원의원을 지낸 사람이 없는 집안이기도 했다.

14년경 - 유년시절에는 코르도바에서 지냈지만 약 12~13세 경에 부모님과 함께 로마로 이주. 일찍부터 아버지에게 웅변술과 수사학 등, 기본적인 교양을 배운 뒤 스토아 철학자 섹스투스(Quint Sextius Patris), 알렉산드리아 출신에 플라톤 철학을 계승한 소티온에게서 철학을 배워 스토아학파의 철학자로서의 기반을 형성하게 된다. 또한 아버지의 권유에 따라 정치 교육을 받는다.

이집트 체재 시기

20년경 - 정치 무대에 나설 나이가 되었을 25년 무렵 심한 천식으로 인하여 자살까지 생각하였지만, 당시 이집트 지방 총독으로 있던 이모부 가이우스 갈레리우스의 집에서 약 6년간 휴양 생활을 하며 호전되었다.

세네카는 당시 로마 제국 학문의 중심도시 중에 하나였던 알렉산드리아에서 유대인의 고전과 고대 이집트 시대로부터 계승되어 온 사상을 배웠고, 또한 나일 강 상류에 있던 이집트와 이시스 신전을 방문하기도 했다. 이 경험을 토대로 「이집트 지리와 종교 전례에 대하여」라는 책을 쓰기도 하였고 이는 훗날 정치적 시야를 넓히는 데 많은 도움이 되기도 하였다.

31년경 – 가이우스가 총독 임기를 마치면서 세네카도 함께 로마로 돌아온다. 33년과 35년 콰이스트로(Quaestor:재무관)로 선출. 콰이스트로 임기를 마친 세네카는 원로원의원이 되어 원로원에서 변론술과 철학자로서의 존재감을 과시한다.

칼리굴라, 클라우디우스 황제 시기

37년 3월 – 티베리우스 황제가 죽고 그의 조카 가이우스 카이사르 아우구스투스 게르마니쿠스(Gaius Caesar Germanicus), 즉 칼리굴라(아버지인 게르마니쿠스가 지휘하던 게르마니아 군단 병사들이 붙여준 '꼬마장화'라는 별명). 로마 황제로 즉위. 처음에는 선정을 베풀어 존경을 받았으나, 37년 10월, 중병을 앓고 난 뒤 황제에의 숭배를 강요하는 등 포악과 낭비를 일삼아 원성을 듣게 되고 과거의 선정도 흐려졌다.

39년경 – 세네카의 아버지 루키우스 사망. 칼리굴라는 게르마니아 원정에 동행했던 매형을 반역죄로 처형하고 두 여동생을 추방시켰다. 세네카는 자신의 방패막이가 되어주었던 두 사람을 잃고 원로원을 상징하는 변론가였기 때문에 원로원을 증오하던 칼리굴라에 의해 처형될 뻔했지만 유력자의 도움으로 위험에서 벗어날 수 있었다고 전해진다.

41년 - 칼리굴라는 근위대에 의해 살해되고 클라우디우스가 황제로 즉위. 추방되었던 칼리굴라의 두 여동생과 함께 세네카도 로마 정계에 복귀하였지만 클라우디우스 황후에 의해 다시 코르시카 섬으로 추방되었다가 49년 다시 로마로 복귀하였다.

50년 - 네로 황제의 어머니 아그리피나의 후원을 받아 집정관이 되어 폼페이아 파울리나와 결혼하였고, 신임 근위대장인 섹스투스, 아프라니우스, 부루스 등 강력한 친구 집단을 만들었고, 도미티우스(네로)의 스승이 되었다.

'네로 5년 간'의 후원자

54년 - 클라우디우스가 독버섯으로 암살되고 도미티우스가 즉위하면서 세네카와 부루스는 권력의 정상에 올랐다. 세네카는 네로의 명을 받고 클라우디우스 추모 연설의 초안을 작성했다고도 전해진다. 네로 치세의 초기 약 5년 동안은 근위장관 브루스, 철학자이며 그의 스승인 세네카의 후원으로 해방노예의 중용, 감세, 원로원 존중, 매관매직의 폐단을 시정하는 등의 선정을 베풀었다. 또한 아르메니아를 정복하여 파르티아를 견제하였으며 동방의 방비를 더욱 견고하게 하였다.

이 시기 푸블리우스 스윗리우스 루푸스가 "소박하고 검소한 삶을 지향하는 스토아학파의 철학자가 야심 때문에 죄 없는 사람들에게 죄를 뒤집어 씌워 부를 축적했다."며 세네카를 맹렬하게 비난하였지만 단호한 반격으로 승리를 거두었다. 푸블리우스는 이로 인해 재산의 절반을 몰수당하고 발레아레스 제도로 추방당했다.

59년 이후, 정계 은퇴까지

59년 3월, 네로는 여전히 정치적인 간섭을 하고 어머니 아그리피나를 선박 침몰을 가장하여 암살을 꾀하였으나 실패로 끝났고, 아그리피나의 반격을 두려워하여 세네카와 당시 근위장관인 부루스에게 상담하였고 세네카는 로마 시민끼리의 전쟁을 피하기 위해 아그리피나의 살해를 승낙하여 아그리피나를 살해한다. 어머니 아그리피나를 살해하고 불안정한 정신 상태에 빠진 네로를 구하기 위해 세네카는 아그리피나의 죄목을 적은 문서를 작성하여 여론의 질타를 당한다.

만년, 후기

62년 – 부루스 사망. 이 시기 세네카는 횡령죄로 고발을 당한다.

세네카는 이로 인해 로마에서 얻은 모든 재산을 네로에게 반환하고 향후 연구에 전생을 바치겠다고 네로에게 자신의 뜻을 전하지만 네로는 계속해서 조언자 역할을 요구하였다. 그러나 세네카는 네로에게 간청하여 결국 은퇴를 하고 캄파니아에서 오로지 학문과 집필에만 힘을 쏟았다. 그리하여 「신의(神意)에 대하여」(De Providentia) 「선행에 대하여」(De Beneficiis) 등의 작품을 남겼다.

64년 – 로마에 큰 불이 났을 때 네로에 의해 방화범으로 처형된 기독교 지도자 바오로와 세네카가 편지를 주고받았다는 주장이 있었지만 편지는 위조된 것이었다. 이때 세네카는 "로마를 벗어나 낙향을 하고 싶다."고 네로에게 호소를 했으나 받아들여지지 않자 병을 핑계로 집 밖 출입을 삼가게 되었다.

69년 – 네로를 퇴위시키기 위해 가이우스 칼푸르니우스 피소가 주도하여 네로를 암살하려는 음모가 모의되었지만 밀고자로 인해 발각되었다. 피소의 공범자 중에 한 명인 안토니우스 나탈리스는 세네카를 공범자로 지목한다. 네로는 세네카를 심문하였지만 세네카가 애매한 태도를 취하자 자살을 명령하였다. 타키투스에 의하면 세네카가 처음에는 음독자살을 시도하였으나 죽음에 이르지 못해 욕실에서 다시 정맥을 끊고 죽었다고 한다. 세네카의 아내 파울리나도 함께 자살을 시도하였다. 더 평판이 나빠지는 것을 우려한 네로에 의해 저지되었다.

작품

비극

『페드라』Phaedra

『헤라클레스』Hercules Furens (The Madness of Hercules)

『트로이의 여인들』Troades (The Trojan Women)

『메데이아』Medea

『페니키아의 연인들』Phoenissae (The Phoenician Women)

『오이디푸스』Oedipus

『아가멤논』(Agamemnon)

『튜에스테스』(Thyestes)

『오이타의 헤라클레스』Hercules Oetaeus (위작 의혹)

『옥타비아』Octavia (위작)

수필, 서간

『화에 대하여』(De Ira)

『관용에 대하여』(De Clementia)

『현자의 부동심에 대하여』(De Constantia Sapientiis)

『마음의 평정에 대하여』(De Tranquillitate Animi)

『여가에 대하여』(De Otio)

『짧은 인생에 대하여』(De Brevitate Vitae)

『행복한 인생에 대하여』(De Vita Beata)

『신의(神意)에 대하여』(De Providentia)

『선행에 대하여』(De Beneficiis)

어렵기 때문에 의욕이 생기는 것이 아니라

의욕이 없기 때문에 어려운 것이다.

서문

『세네카 인생 사전』이라고 거창하게 제목을 지은 것은 세상 사는 일이 과거든, 현재든, 미래든 영원히 사라지지 않고 늘 공존하여 어려움이나 시련을 겪을 때마다 마음에 새겨두고 정진한다면 이 세상에서 못할 것이 없기 때문이리라.

우리는 역경을 헤쳐나가는 데 도움이 될 수많은 책 중에서 과연 어떤 책을 보며 실전에 활용하면 좋을까? 하고 생각하게 된다.

이 책은 그 어떤 책보다도 평상심이 얼마나 많은 사람과 자신에게 중요한가를 알게 해주는 내용이라 하겠다.

세월은 유수와 같고 인생은 그 소용돌이 속에서 부대끼며 살아야 한다. 잘사는 사람도 못사는 사람도 그 범주에 속해 있을 뿐이다. 말하자면 그 누구도 그 소용돌이에서 벗어날 수 없다는 얘기다. 비껴갈 수도 모른 척 외면할 수도 없다. 오로지 꿋꿋하게 마음가짐을 잡을 수밖에 없다.

순탄한 인생은 그리 재미없다. 막힘이 있으면 뚫으면 되고, 장애물이 있으면 건너가면 되며, 벽이 가로막는다면 돌아가면 된다.

세네카의 인생도 그러했고 우리의 인생도 그러하다. 다른 점이 있다면 인생마다 서로 다른 점이 있다는 것뿐이다. 그리고 그 점을 선으로 연결하는 환경이 다를 뿐이다.

인생이 다르면 일상도 다르고 일상이 다르면 사고와 실행력도 다르게 마련이다.

우리는 은퇴 후 교외의 넓은 전원주택에서 사는 상상을 하게 된다. 그 꿈을 이루는 사람은 과연 몇이나 될까? 할 일 없이 하루를 보내는 것이야말로 인생에서 가장 부도덕한 행위라 할 수 있겠다. 자신에게 주어진 삶을 그저 노는 데 쓴다면 어떻게 노후를 보장받을 수 있겠는가. 하루를 열심히 살다 보면 부정의 생각도 긍정으로 바뀌게 된다. 긍정은 모든 일이 바쁘게 돌아갈 때 얻어지는 사고라 하겠다. 하는 일 없이 노는 데 시간을 허비한다면 긍정은 부정으로 바뀌고 부정은 나쁜 쪽으로 옮아가므로 모든 것에서 불행으로 갈아타게 된다. 또 연결고리가 나쁜 쪽으로 발전하여 사람들과의 충돌은 다반사가 된다.

자신을 이기는 자가 세상을 움직인다. 그러나 자신을 돌보는 것이 가장 어렵다고 한다. 스티브 잡스도 자신의 건강을 지키지 못했다. 그는 아이디어를 실행력으로 바꾼 혁신가라 해도 과언이 아니다. 사람들이 생각으로만 가진 것을 현실로 만들어내는 실행력은 그냥 나오는 것이 아니다. 그는 기업가가 아닌 꿈을 현실로 만들어내는 드리머다. 이런 사람을 나는 존경한다. 피동적이지 않고 능동적이 자세로 세계를 움직이는 이런 사람, 그러나 그도 스탠퍼드 대학 졸업 강의에서 아무에게도 말하지 못한 마음을 자연스럽게 밝히는데 췌장암 말기라는 것이다. 그는 자신의 소신으로 암을 이겨내고 싶었을 것이다. 병마와 싸우고 있으면서도 사람들에게 영감과 새로운 선물을 선사함으로써 그는 자신의 소임을 자신에게 바쳤다. 누구나 이런 상황에서 생을 마무리할 준비를 하게 마련이지만 죽는 날까지 사람들이 원하는 것이 무엇인지 그 무언가를 만들어내는 혁명가로 끝까지 남는다.

한 편의 인생 드라마는 모든 사람에게 감동을 준다.

이 책은 철학서이며 실용서이다. 과연 이 책을 읽고 감동을 할지는 독자의 몫으로 남기고 싶다.

그의 명언이 꿀이 되었으면 한다.

"용기는 별로 인도하지만,

두려움은 죽음으로 인도한다."

-편집자

차례

제1장
화에 대하여

천하에 이름을 떨쳤던 도시들을

무너지게 한 것은 화다.

제1권

ᚉᚑᚔᚆᚑᚔᚉ

1. 노바투스여, 당신은 나를 움직여 어떻게 하면 화를 진정시킬 수 있을 것인가에 대하여 쓰게 하였는데, 모든 감정 중에서 제정신이 아니라 가장 꼴불견인 이 감정에 대하여 특히 두려워하는 것은 어쩌면 당연한 일일 것이다. 왜냐하면 화 이외의 다른 감정들은 무언가 편안함과 고요함이 내포되어 있지만, 화라는 감정은 너무나도 격렬한 증오와 충동에 휩쓸려 무기와 유혈과 고문이라는 가장 비인간적인 욕망에 사로잡혀 타인에게 위해를 가하고 있는 동안에는 잘잘못을 따지기도 전에 자아를 잃고 칼을 든 상대에게 달려들 정도로 오로지 복수심에만 불타기 때문이다. 그래서 현자들 중에는 화를 단기간의 정신 이상 상태라고 부르는 사람도 있다.

화는 스스로 억제할 수 없기 때문에 일단 화가 폭발하면 품위를 잃고, 친분관계조차 잊어버린 채 집요하게 하나에 집착하여 도리와 충고에도 귀를 기울이지 않게 된다. 사소한 일에도 흥분을 하여 공정한 진실을 구분할 능력을 잃게 되어 말하자면 스스로 일그러진 것 위에 산산이 부서지고 흩어져 버리는 파멸과도 같다. 분노에 사로잡힌 사람이 정상이 아니라는 것은 그 사람의 태도를 보면 알 수 있다. 상대가 제정신이 아니라는 것을 확인할 수 있는 증거는 뻔뻔하고 위협적인 눈매, 우울해 보이는 눈썹, 음험한 표정, 침착하지 못한 걸음걸이, 불안정한 양손, 낯빛의 변화, 빈번하게 뱉어내는 한숨 등이다. 화가 나 있는 사람의 증표도 이와 마찬가지다. 핏기 가득한 눈은 격정적으로 흔들리고, 표정은 심장 깊숙한 곳에서 들끓어오른 피로 붉게 물들어 있다. 입술은 부들부들 떨리고 빠득빠득 이 가는 소리를 내고 머리카락은 하늘을 향해 곤두 솟아 있다. 숨소리는 당장이라도 끊어질 듯 거칠고 손발의 뒤틀린 관절에서는 우두둑 소리가 난다. 신음을 하는 듯이 비명을 지르며 의미를 알 수 없는 괴성을 질러 종잡을 수가 없다. 양손을 쉴 새 없이 탁탁 두드리고 양 발은 거세게 땅을 밟아댄다. 전신이 격렬하게 떨리며 위협적인 분노에 사로잡히는 것이다. 이것이야말로 분노로 정신이 왜곡된 사람에게서 느낄 수 있는 섬뜩한 전율이다. 당신은 분노 이상으로 흉측한 악덕, 그리고 그 이상으로 더러운 악덕은 모를 것이다. 다른 악덕이라면 감추거나 비밀로 묻어둘 수가 있다. 하지만 화는 스스로 공공연하게 얼굴에 분노의 증거들을 드러내며 수위가 높아질수록 더욱더 확실하게 끓어오르게 된다.

　모두가 잘 알다시피 모든 동물들은 분노의 상대가 나타나 위험에 맞닥뜨리는 순간 평소의 고요한 상태를 버리고 광폭함을 발휘하게 된다. 멧돼지는 입에 거품을 물고 송곳니를 간다. 황소는 뿔을 허공에 흔들고 앞발로 땅을 판다. 사자는 으르렁거리며 포효하고, 성난 뱀은 머리를 꼿꼿이 세우고, 미친 개의 모습은 상상을 초월한 정도로 사납다. 모든 동물은 분노에 사로잡히자마자 자신의 내부에 광폭함이라는 새로운 발작을 일으킨다. 원래는 그다지 무섭거나 위험하지도 않다. 다른 감정들 또한 쉽게 감출 수 없다는 것을 모르는 바는 아니다. 욕정이나 공포, 그리고 용기 또한 각각 미묘한 징후가 나타나기 때문에 미리 알 수가 있다. 다시 말해 마음이 흥분된 상태라도 표정이 전혀 바뀌지 않는다면 그다지 강렬한 것이 아니다. 그렇다면 과연 이것들과 다른 점이 무엇일까? 다른 감정들은 출현하는 것이지만 분노는 분출하는 것이다.

　2. 뿐만 아니라 분노의 결과와 손해를 살펴본다면 그 어떤 역병이라도 분노 이상으로 값비싼 대가를 치러야 하는 것은 없다. 분노의 결과로 확인할 수 있는 것은 학살과 독살이며 피고들의 비열한 반격이고, 도시의 파괴와 모든 부족의 멸망이고, 공개 경매에서 팔

리는 우두머리들 중의 대장이며, 집안에 던져진 횃불이며, 적이 놓은 불길은 성 안의 화재에 그치지 않고 드넓은 대지를 활활 타오르게 할 것이다.(술라와 마리우스, 삼두정치에 의해 행해진 처형이나, 카르타고와 고린도와 누만티아 등의 도시를 파괴한 것을 암시)

보라! 과거 그 이름을 천하에 떨쳤던 도시들을 지금은 그 흔적조차 찾아볼 수가 없게 되었다는 사실을. 그것들을 무너지게 한 것이 바로 화였다. 보라! 수천 킬로미터를 지나도 아무도 살지 않은 채 버려진 황무지를. 그것들을 황무지로 바꾸어 놓은 것도 바로 화였다. 보라! 불행의 증거로서 후세의 기억 속에 전해지고 있는 수많은 장수들을.

분노 때문에 누군가는 자신의 침실에서 칼에 찔려 죽어야 했다. 누군가는 신성한 연회가 펼쳐지고 있는 도중에 독살되었다. 누군가는 아들의 손에 죽어 피를 흘려야만 했다. 어느 왕족은 노예의 칼에 의해 목에 구멍이 났다. 그리고 누군가는 큰대자로 기둥에 손발이 묶여야만 했다. 지금까지 나는 개인의 처형 방식에 대하여 이야기했다. 하지만 이러한 개인적인 분노에 휩싸인 사람과는 달리 창칼에 의해 죽어 간 집단이나 군대에 의해 잔혹하게 학살을 당한 군중들, 그리고 무차별적으로 처참한 사형을 언도받은 백성들의 모습은 과연 어떠한가? 마치 걱정하는 우리의 마음을 저버리거나, 아니면 우리의 권고를 경멸이라도 하듯이 행동하고 있다.

대체 왜 그러는 것일까? 어째서 민중들은 검투사들에게 분노하며 검투사들이 기꺼이 죽으려 하지 않는 것을 부당하다고 여기며 증오하고 분노하는가? 민중들은 경멸을 당했다고 생각하며 열광적인 낯빛과 행동을 보이던 관객의 입장에서 적의 입장으로 바뀌어 버린다. 이 모든 것은 그 대상이 무엇이든 간에 그것은 마치 분노가 아니라 분노와 닮은 것으로 어린아이들이 화를 내는 것과 마찬가지다. 아이들은 넘어지면 분을 참지 못하고 땅바닥을 내리친다. 그리고 자기가 왜 화를 내고 있는지도 모르는 채로 그냥 화를 낼 뿐 아무런 이유도 없다. 게다가 아무런 피해도 없다. 설령 피해가 있다고 하더라도 고작해야 복수에 대한 욕망 정도이다. 또한 그들은 거짓 재난에 속고 있기 때문에 상대가 용서를 구하며 거짓 눈물이라도 흘리면 화가 풀리면서 거짓된 고통은 거짓된 보복에 의해 해소된다.

3. 그러면 이렇게 말할 것이다.

"우리가 화를 내는 대부분의 경우에는 과거에 우리에게 상처를 주었던 상대에 대해서가 아니라 지금 막 상처를 입히려 하고 있는 상대에 대한 것이다. 게다가 화가 피해 때문에 발생하는 것이 아니라는 사실을 알고 있을 것이다."

그렇다. 우리가 화를 내는 것은 우리에게 상처를 입히려고 하는 상대에 대한 것이다. 그러나 상대가 우리에게 상처를 입히는 것은 사실 상대의 의지에 의한 것이기 때문에 피해를 주려고 하는 상대는 이미 그 피해를 주고 있는 것이다.

그러면 이렇게 말할 것이다.

"하지만 분노가 보복을 위한 욕망이 아니라는 것을 알았으면 하는 마음에서 말한다. 가장 약한 상대라도 가장 강한 상대에게 화를 내는 경우가 왕왕 있지만, 보복을 할 수 없기 때문에 욕구하지도 않는다."

그러나 먼저 생각해 봐야 하는 것은 보복을 하고자 하는 욕망 그 자체이지 능력을 말하는 것이 아니다. 게다가 인간이란 불가능한 일조차도 열망하는 동물이다. 그 다음으로 아무리 약한 사람이라도 가장 높은 자리에 있는 인간에 대한 보복을 꿈꿀 수조차 없을 만큼 약하지 않다는 것이다.

우리는 누구라도 자신에게 피해를 입힌 상대에게 피해를 가할 수 있는 힘을 가지고 있다. 아리스토텔레스의 정의는 내가 주장하는 것과 그다지 다를 바가 없다. 그의 말에 의하자면 '분노는 고통을 되갚고자하는 욕망'(아리스토텔레스의 『영혼론』과 『변술론』의 내용)이기 때문이다. 서로가 정의한 차이를 따지자면 말이 길어질 뿐이다. 하지만 양측이 정의하고 있는 것에서 공통적으로 말하고 있는 것은 야수가 화를 내는 것은 피해로 인한 자극이 아니고, 또한 누군가에게 고통을 당한 것에 대한 보복을 하기 위함이 아니라는 것이다. 왜냐하면 설령 그렇게 한다고 하더라도 그것은 야수가 원하는 바가 아니기 때문이다. 따라서 이렇게 말해야만 할 것이다. 야수든 그 외의 다른 동물들이든 간에 인간 이외의 모든 것들은 분노가 결여되어 있다. 왜냐하면 분노는 이성의 적이기 때문에 이성이 존재할 여지가 없는 곳이라면 그 어디에서도 발생할 수 없기 때문이다. 야수의 본능은 충동, 광폭함, 야만, 저돌적이다. 하지만 야수에게는 분노가 없다. 또한 마찬가지로 도락도 없다. 단지 어떤 특정한 쾌락에 있어서는 인간보다 절제력이 부족하다. 여러분은 오비디우스의 다음과 같은 말을 믿어서는 안 된다.

멧돼지가 성난 것을 잊고,

사슴은 얼마나 빨리 달리는지를 잊고,

곰은 거친 소 떼를 습격하는 것을 잊는다.

(오비디우스의 『변신 이야기』 중에서)

시인은 이 짐승들이 무언가의 자극에 의해 휘몰리는 것을 '화' 라고 말하고 있다. 하지만 짐승들은 화낼 줄을 모른다. 그것은 용서를 모르는 것과 마찬가지이다. 말을 할 수 없는 동물은 인간의 감정과 같은 것이 없지만 그와 비슷한 몇 가지 충동은 가지고 있다. 만약 그렇지 않고 동물에게 사랑과 증오심이 있다면, 우호와 적의, 불화와 화합도 존재할 것이다. 물론 이것들에 대한 증표는 동물들에게서도 엿볼 수 있다. 하지만 인간에 있어서 마음의 가장 큰 특색은 선악이다. 또한 인간 이외의 생명체는 뛰어난 지혜도 깊은 사려와 사고력도 없다. 인간의 덕은 물론 악덕까지도 금지되어 있다. 동물들의 외모가 인간의 모습과 다른 것처럼 내면 또한 완전히 다르다. 이렇듯 모든 지배적인 주요 요소들이 전혀 다르게 만들어져 있다. 동물에게도 목소리가 있기는 하지만 명확하지 못한 채 혼란스럽기만 하여 언어라 할 수 없다. 그리고 혀가 있지만 단단하게 굳어 있어 변화무쌍하게 움직이지를 못한다. 이와 마찬가지로 신체의 주요 부분에서 섬세함은 물론 정확성도 결여되어 있다. 게다가 이런 부분들을 자각하고 충동을 일으키게 하는 본보기나 관념을 가지고 있다고 하더라도 그것들은 결국 혼돈에 빠져 낭패를 보

고 있다. 이렇듯 동물들의 돌진과 흥분은 격렬하기는 하지만 공포
와 불안과 슬픔과 분노가 아니라 단지 그것들과 닮은 다른 무언가
라고 할 수 있다. 그러므로 이 '무언가' 가 갑자기 시들어 버리거나
전혀 다른 것으로 바뀌고, 때로는 맹렬하고 갑작스러운 공포에 사
로잡히더라도 풀을 뜯고 미친 듯이 짖어댄 직후에도 평온하게 숙
면을 취할 수 있는 것이다.

4. 화라는 것이 무엇인지는 위에서 충분히 설명을 하였다. 한편
화와 성마름이 어떻게 다른지는 명확하다. 그것은 마치 그냥 취한
것과 술주정뱅이, 혹은 걱정과 습관적 조바심의 차이와 비슷하다.
화가 난 사람은 성마른 사람이 아니다. 성마른 사람, 다시 말해서
순간적으로 화를 내는 사람이 아니다. 그리스인들은 이밖에도 수
많은 이름을 붙여 화를 구분하고 있지만 우리에게는 그에 걸맞은
단어가 없기 때문에 고려하지 않기로 하겠다. 다만 우리도 '언짢
다' 나 '난폭하다' 는 말을 쓰고 있고 그에 뒤지지 않게 '성내다',
'분노하다', '고함치다', '무뚝뚝하다', '광폭하다' 라는 표현을 쓰
는데, 이것들은 모두 화의 일종이다. 그리고 여기에 '신경질적이
다' 를 넣어도 좋지만, 이것은 온화한 화의 일종이다.
　그런데 화에는 큰 소리로 고함을 치는 사이에 시들어버리는 것
이 있는가 하면, 화가 난 상태가 일반적인 것처럼 고집스럽게 지속

되는 것도 있다. 잔혹한 방법을 쓰지만 말 수가 적은 경우도 있는가 하면, 격한 말투나 욕설로 표출되는 경우도 있다. 불평과 짜증까지 도달하지 않는 것이 있는가 하면, 뿌리 깊이 잠재되는 내향적인 것도 있다. 악에 대해서는 수천이 넘는 온갖 구분 방법이 있는 것이다.

5. 지금까지 화란 무엇인지, 그것은 인간 이외의 다른 동물에게도 일어나는 것인지, 성마름과는 어떻게 다른지, 그 종류가 얼마나되는지를 살펴보았다. 이제 화라는 것이 자연스러운 것인지, 그리고 화가 도움이 될 때도 있으니 어느 정도는 남겨 두는 것이 좋은지에 대해 살펴보기로 하겠다.

화라는 것이 자연스러운 것인지 아닌지는 사람들을 살펴보면 확실하게 알 수 있을 것이다. 인간이 제대로 된 정신상태일 때보다평온한 상태가 있겠는가? 반면에 화만큼 무정한 것이 또 있겠는가? 인간만큼 남에게 애정을 쏟는 동물이 있는가? 분노만큼 적의를 품고 있는 것이 또 있겠는가? 인간은 서로 돕기 위해 태어났지만 분노는 서로 파멸을 시키기 위해 탄생했다. 전자는 결합을 바라지만 후자는 이반(離反)을 꾀한다. 전자는 이익이 되기를 바라지만후자는 해가 되기를 꾀한다. 전자는 모르는 사람조차 도와주려 하지만 후자는 가장 사랑하는 사람까지 해치려 한다. 전자는 타인의 이익을 위해 자신의 모든 것을 소진하려고 하지만 후자는 타인을 쫓아버릴 수 있다면 위험조차도 감수한다. 그러므로 이 야만적이고 유해한 악덕의 원인을 가장 완전한 자연의 섭리라 일컫는 사람들처럼 자연의 본성을 오해하고 있는 사람이 또 있을까?

앞에서 말했던 것처럼 화란 보복에 열중하기 때문에 존재하는 것으로서 인간의 평화로운 가슴속에 그런 욕구가 존재한다는 것은 인간의 자연적 본성과는 아주 거리가 멀다. 인간의 생활은 선행과 협력에 의해 성립되는 것이며 위협이 아닌 서로 사랑하고 의좋게 서로 도우며 살기 위해 맺어지는 것이다.

6. 그러면 이렇게 물을 것이다.

"정말 그럴까? 때로는 화를 내서 따끔하게 혼을 낼 필요가 있는 것이 아닐까?"

그것은 당연한 일이다. 하지만 혼을 낼 때도 화가 났기 때문이 아니라 도리에 맞게 혼을 내야만 한다. 화가 나서 혼을 내는 것은 해를 입히는 것이 아니라 겉으로는 해를 입히는 것처럼 보이더라도 실제로는 화를 통해 바로잡는 것이기 때문이다. 예를 들어 칼집이 구부러졌을 때는 그것을 바로잡기 위해 불 속에 넣지만, 그것은 부러뜨리기 위해서가 아니라 곧게 펴기 위해 망치질을 하는 것이다. 이와 마찬가지로 우리는 악덕에 의해 구부러진 인간의 본성을 심신에 가해지는 고통을 통해 바로잡는다. 의사의 경우 환자의 병환이 가벼울 때는 일상의 습관을 갑자기 바꾸지 않고 음식과 운동을 통해 생활 방식을 바꿔주어 건강을 지켜주려 한다. 그런 다음 그 결과를 지켜보고 처방에 효과가 없을 때는 무언가를 빼거나 줄여준다. 그래도 효과가 없을 때는 식사량을 줄이거나 단식을 통해 체중을 뺀다. 만약 이런 가벼운 처방으로도 효과가 없을 때는 피를 뽑기도 하고, 최악의 경우에 몸에 달린 수족 때문에 병이 확산될 우려가 있다면 손발까지 잘라낸다. 그 어떤 치료라도 효과가 있다면 가혹하다고 여기지 않는다. 이와 마찬가지로 법의 수호자와 국가의 지도자에 어울리는 사람은 가능한 한 많은 시간을 들여 온화한 말투로 사람들의 성질을 다스려야 한다. 그 목적은 사람을 위한 것이어야 하고 아름답고 올바른 것에 항상 마음을 향하게 하여 악덕을 증오하고 미덕을 존중하기 위함이다. 다음 단계에서는 조금은 엄한 말투를 써야 하지만, 이때도 그저 꾸중이나 훈계를 하는 정도가 적당하다. 마지막에야 비로소 문책을 가하게 되지만, 이 경우에도 가볍게 돌이킬 수 있을 정도가 좋다. 극단적인 처벌은 극단적인 범죄일 때만 적용을 하며 그로 인해 어느 누구도 목숨을 잃어서는 안 된다. 그러나 그 죽음이 죽어야 하는 당사자를 위한 것이라면 별개의 이야기이다.

　의사는 더 이상 손을 쓸 수 없는 환자에게는 최후의 안락을 안겨 주지만, 후자의 경우에는 단죄자에게 수치심과 불명예를 안긴 채 생명을 빼앗는다는 점에서 법의 수호자나 국가 지도자와 의사는 다르다. 그러나 후자도 누군가에게 보복의 기쁨을 안겨주지는 않는다. 그러한 비인간적인 잔인함은 현자와는 거리가 먼 것이다. 죄를 단죄한다는 것은 모든 국민에게 교훈이 될 수 있어야 하며 또한 단죄자가 살아 있는 동안에는 세상을 위하여 한 일이 없기 때문에 적어도 그 죽음은 국가를 위한 것으로 삼아야 한다. 만약 그렇게 된다면 인간의 본성은 감히 보복을 원하지 않을 것이다. 따라서 화 또한 인간의 본성과 어울리는 것이 아니다. 왜냐하면 화는 보복을 원하기 때문이다.

　여기서 잠시 플라톤의 주장을 인용해 보기로 하자. 타인의 주장 중에 일부를 빌리는 것은 그것이 우리의 주장과 같다면 아무런 방해가 되지 않을 것이다. 플라톤은 이렇게 말했다. '선한 사람은 남에게 상처를 입히지 않는다.' (플라톤의 '국가' 중에서) 보복은 타인에게 상처를 준다. 보복은 선과 일치하지 않고, 또한 보복이 화와 일치하기 때문에 선과는 일치하지 않는다. 그리고 선한 사람이 보복을 좋아하지 않는다면 보복을 통쾌하게 여기는 마음 또한 좋아하지 않을 것이다. 게다가 화는 절대로 자연스러운 것이 아니다.

7. 그러나 비록 화가 자연스러운 것이 아니더라도 많은 도움이 되었다고 해서 그것을 이용하는 것은 좋은 것일까? 화는 마음을 고양시키고 고무시켜주기 때문에 이 감정이 없이는 그 어떤 전쟁에서도 용감무쌍한 행동을 통해 위업을 달성할 수가 없다. 다시 말해 분노를 통해 불길이 번지듯 그 자극을 통해 용감한 사람들을 강하게 자극하여 사지로 몰아가지 않는다면 위업은 달성될 수 없다. 게다가 어떤 사람들은 분노를 정확하게 제어하는 것을 가장 좋은 방법이라고 여기고 있다. 이것을 완전히 제거하는 것이 아니라 지나침을 억제하고 건강한 한도 내에서 절제한다는 것이다. 다시 말해, 이것을 통제함으로써 행동이 둔해지고 마음의 활력과 생기를 잃지 않는 한도에서 유지하는 것이 좋다고 여기고 있다.

그러나 첫째, 유해한 것은 제어하기보다는 제거하는 것이 훨씬 용이하고, 또한 이것을 인정하고 나서 억제하는 것보다는 처음부터 인정하지 않고 배척하는 것이 수월하다. 왜냐하면 유해한 것을 한 번 소유하게 되면 그것은 지배하는 당사자보다 훨씬 강해지기 때문에 제거하거나 축소시키는 것을 용납하지 않기 때문이다.

둘째, 이성에는 지배의 고삐가 쥐어져 있기 때문에 감정으로부터 떼어져 있는 동안에는 자신의 힘을 유지할 수 있다. 그러나 이성이 감정과 섞이면서 어지럽혀지면 스스로 마음만 먹으면 가능했던 것도 제어가 불가능해진다. 왜냐하면 이성과 지혜는 한 번 흔들리고 버려지게 되면 그것을 흔들어 놓은 원인의 노예가 되기 때문이다.

처음에는 스스로 그 힘을 조절할 수 있지만 시간이 지날수록 그 힘으로 우리를 사로잡아 돌이킬 수 없게 된다. 예를 들어 벼랑에서 떨어진 육체는 더 이상 스스로 어찌할 도리가 없이 추락을 멈출 수가 없다. 이미 돌이킬 수 없는 추락은 아무리 고민하고 후회한다고 하더라도 이미 때는 늦었다. 그렇게 원하지 않는 곳으로 억지로 끌려가게 되다. 마음도 이와 마찬가지로, 분노나 사랑과 같은 격정에 몸을 맡기게 되면 그 충동을 억제할 수 없게 된다. 마음을 빼앗아 깊은 나락으로 추락시키는 것은 응당 그 자체의 무게와 악덕의 추락 본성이 없으면 안 된다.

8. 가장 좋은 방법은 화의 처음 자극을 물리치고 그 싹을 뿌리 뽑아 우리 스스로 화에 빠지지 않도록 노력하는 것이다. 왜냐하면 화가 우리를 사악한 길로 이끌기 시작하면 다시 정도로 돌아오는 것이 어렵기 때문이다. 일단 화의 감정이 폭발하여 그것에 모든 특권과 자유를 부여하게 된다면 이성은 이미 없는 것과 마찬가지이기 때문이다. 그렇게 되면 화는 더 이상 걷잡을 수 없게 되어 용납될 수 있는 한도 내에서는 멈추지 않을 것이다.

그러므로 나는 이렇게 말하고 싶다. 적은 처음 경계선에서 막아야 한다. 적이 일단 경계선을 뚫고 성문까지 밀고 들어온다면 사람들이 정해 놓은 경계선 따위는 인정하지 않기 때문이다. 즉, 정신과 감정은 별개의 것이 아니다. 또한 감정을 겉으로 감시하며 가야할 방향과 가서는 안 될 방향을 통제할 수 있는 것도 아니다. 사실 정신 그 자체가 감정으로 변하는 것이기 때문에 정신의 유익하고 건전한 힘을 잃고 기력을 잃게 된다면 더 이상 그것을 회복시키는 일은 불가능해진다. 다시 말해서 지금 말한 것처럼 이 둘은 서로 다른 자신의 자리를 가지고 있는 것이 아니다. 감정과 이성은 모두 선으로도 악으로도 바뀔 수 있는 마음의 변화이다. 게다가 이미 화의 감정에 굴복당한 이성은 악덕의 노예로 전락되었으니 어떻게 다시 일어설 수 있겠는가? 악질의 것에 휩쓸려 그 힘을 휘두르고 있는 혼란 상태에서 어떻게 이성이 스스로 자유로울 수 있겠는가?

그러면 이렇게 말할 것이다.

"하지만 화가 난 상태에서도 자신을 제어하는 사람들이 있다."

그렇다면 그들은 화가 난 상태에서도 감정의 명령을 전혀 따르지 않는다는 건가? 아니면 그중에 무언가는 따른다는 말인가? 혹시 전혀 따르지 않는다고 한다면 어떤 일을 수행하기 위해서 화가 전혀 필요하지 않다는 것이 명백할 것이다. 그러나 그대들은 화가 이성보다 강한 무언가가 있는 것처럼 주장하고 있다.

요컨대 내가 묻고 싶은 것은 이러하다.

"화는 이성보다 강한가, 아니면 약한가? 만약 강하다면 어떻게 이성이 화를 제어할 수 있다는 말인가?"

약하지 않은 것이 약한 것에 굴복하는 것은 일반적이지 않다. 만약 화가 약하다면 이성은 화가 없더라도 스스로 어떤 일을 수행하기에 충분하기 때문에 약한 상대의 도움 따위는 필요 없다.

그러면 이렇게 말할 것이다.

"하지만 어떤 사람들은 화가 난 상태에서도 자아를 잃지 않고 자신을 제어한다."

과연 그게 어떤 때인가? 그것은 이미 자신의 화를 충분히 풀고 홀로 벗어난 상태로 화가 절정에 달했을 때가 아니다. 화가 절정에 달했을 때가 가장 강력하다.

그러면 이렇게 물을 것이다.

"그렇다면 이건 어떤가? 때로는 아무리 화가 났더라도 증오하는 상대에게 전혀 손도 대지 않고 상대에게 상처를 입히지 않는 사람도 있지 않은가?"

물론 그런 사람도 있다. 하지만 그것은 과연 어떤 상태인가? 그것은 감정이 감정을 억누르고 추슬러서 공포나 욕망이 이겼을 때이다. 그것은 이성의 힘으로 억누른 것이 아니라 감정 속의 거짓된 평화에 의해 억제되었을 뿐이다.

9. 화에는 유익한 것이 전혀 없을 뿐만이 아니라 마음을 자극하여 용감한 행동으로 이어주지도 않는다. 왜냐하면 덕은 결코 악덕의 도움을 필요로 하지 않으며 오로지 그것만으로 충분하기 때문이다. 돌격이 필요할 때는 화를 내는 것이 아니라 분기를 해야 한다. 그리고 필요하다고 여기는 한도 내에서 행동하거나 멈춘다. 그것은 마치 활시위를 벗어난 화살을 어느 정도의 힘으로 발사할지는 궁수의 손에 달려 있는 것과 다르지 않다.

아리스토텔레스는 이렇게 말했다.

"화는 필요하다. 화가 없다면 그 어떤 것도 정복할 수 없다—분노가 가슴 가득 충만하여 영혼에 불길을 일으키지 않는 한도에서. 그러나 화는 지휘관이 아니라 졸병으로서 이용되어야만 한다."

그러나 이것은 거짓말이다. 왜냐하면 만약 화가 이성의 지시를 따른다고 한다면 그것은 더 이상 고집스러움이 특징인 화가 아니기 때문이다. 만약에 화가 이성의 명령에도 불구하고 저항하며 계속에서 격정과 광폭함을 유지한다면 화라는 놈은 마음에게 있어서 무용지물인 종속물이 되어 퇴각 명령을 무시해 버리는 졸병과도 같게 된다. 더군다나 혹시라도 화가 제어를 허락한다면 그것은 다른 이름으로 불러야 할 것이다. 그것은 이미 화가 시들어버린 상태이다. 나는 화를 구속할 수 없고 제멋대로인 것이라고 생각한다. 만약 제어할 수 없는 것이라면 화는 유해한 것이기 때문에 그것을 옹호하는 견해를 가져서는 안 된다. 게다가 화는 화일 뿐이며 백해무익한 것이다. 누군가가 보복을 할 때는 보복 그 자체가 목적이 아니라 당연한 것이기 때문에 보복을 하는 것이라면 그 사람을 화가 난 사람으로 치부해서는 안 된다. 명령을 따를 줄 아는 졸병은 유용한 졸병일 것이다. 화라고 하는 감정은 지휘관인 동시에 또한 사악한 졸병이기도 하다.

10. 이성은 결코 무모하고 난폭한 격정의 도움을 바라지 않을 것이다. 이러한 격정에는 이성 자체도 아무런 권위를 발휘할 수 없기 때문에 절대로 억제를 할 수가 없다. 단, 이러한 격정과 동등하거나 혹은 비슷한 상대를 대립시키는 것, 예를 들어 화에는 공포를, 태만에는 화를, 불안에는 욕망과 같은 식으로 대립시키는 것은 별개이다. 어쨌거나 적어도 이성이 악덕으로 숨어버리는 불행을, 덕으로부터 멀어지게 하는 것이 바람직하다. 이런 상태에서는 진정한 마음의 여유를 얻는 것은 불가능하다. 마음이 스스로의 결점에 의지하지 않으면 구제될 수 없다거나, 화를 내지 않으면 강해질 수 없다거나, 열망하지 않으면 근면할 수 없다거나, 위협하지 않으면 잠잠해지지 않는다거나 하는 것들은 마음의 혼란을 일으켜 동요되고 만다는 것은 자명한 이치이다. 이렇듯 어떤 감정의 노예가 되어버린 마음은 폭군의 지배 하에서 살아야만 한다. 덕을 악덕의 부하로 끌어 내린다는 것은 정말로 부끄러운 일이다. 그리고 이성이 감정 없이는 아무것도 할 수 없다면 결국 감정과 같은 것이거나 그와 비슷한 것이 되고 만다.

게다가 감정이 이성 없이는 분별력을 잃어버리는 것과 마찬가지로 이성 또한 감정이 없이는 무기력하다고 한다면, 이 둘에 무슨 차이가 있겠는가? 어느 한쪽이 없이 존재할 수 없다면 그 둘은 대등한 것이다. 그러나 감정이 이성과 동등하다고 누가 주장할 수 있겠는가?

그러면 이렇게 말할 것이다.

"감정도 적당한 정도라면 유익하다."

물론 자연스러운 것이라면 유익하다. 하지만 명령자의 이성에 따르지 않는다면 그것이 적당한 수준이라 할지라도 그 정도가 작으면 피해도 작아지는 결과에 지나지 않을 뿐이다. 더군다나 적당한 감정이라고 하는 것은 적당한 악 이상의 그 무엇도 아니다.

11. 그러면 이렇게 말한다.

"하지만 적을 마주하고 있을 때는 분노가 필요하다."

그러나 어떤 상황이든 간에 달라지는 것은 없다. 적을 마주하고 있을 때도 무질서하게 공격을 하는 것이 아니라 절도를 유지하며 통제를 따라야만 한다. 실제로 우리보다 훨씬 강인한 육체를 가지고 훨씬 많은 고통을 이겨낸 야만족을 멸망시키는 것은 그들의 가장 큰 적인 분노가 아니라 무엇이었겠는가? 검투사의 경우에 기술은 그들을 지켜주지만 분노는 그들을 모두 다 드러내버리고 만다. 또한 이성을 이용해서 같은 목적을 달성할 수 있는데 어째서 화가 필요하단 말인가? 사냥꾼이 짐승을 대상으로 화를 내는 것은 상상 조차 할 수 없다. 그럼에도 불구하고 짐승을 발견하면 잡고 도망치면 쫓는다. 이 모든 것을 화를 내지 않고 할 수 있는 것이 바로 이성이다.

킴브리(Cimbri)족이나 테우토네스(Teutons)족의 수천만에 달하는 대군은 알프스를 넘어 구름 떼처럼 몰려갔지만 그들의 패배는 너무나도 엄청난 것이었기 때문에 그 소식을 그들의 나라에 전한 것은 전령이 아니라 풍문에 의한 헛소문이었다. 이런 엄청난 패배는 그들이 덕보다 분노를 앞세웠기 때문이 아니고 무엇이겠는가? 분노가 때로는 마주한 상대를 물리치는 수단이 되기도 하지만 그 이상으로 자기 자신을 파멸시키는 원인이 되기도 한다.

게르만인들보다 용감한 민족이 또 있을까? 그들은 무기와 함께 태어나 자랐으며 다른 것은 전혀 돌보지 않은 채 무기에만 유일하게 열중한다. 또한 그들 이상으로 온갖 역경으로 단련된 민족이 또 있을까? 그들의 대부분은 옷조차 제대로 걸치지 않고 혹독한 기후 속에서 몸을 감출 곳조차 없을 정도이다. 그런데 이 게르만인들을 히스패니아인과 갈리아인, 그리고 전쟁에 약한 아시아와 시리아 민족들이 로마 군대의 모습을 보이기도 전에 때려눕혔다. 그것은 외부의 영향이 아니라 게르만인들의 화를 잘 내는 특성 때문이다. 아직까지 쾌락과 사치와 풍요를 모르는 마음과 육신에 이성을 심어주고 교양을 심어주는 것이 좋다.

더 이상 두 말할 필요도 없이 우리는 분명 옛 로마의 습관을 되찾아야만 한다. 파비우스는 혼란에 빠진 로마제국의 군대를 재정비하여 재건하였는데, 그것은 외부적인 요소가 아니라 그가 망설이고 지연시키면서 화가 난 사람들은 전혀 깨닫지 못하는 것을 깨달을 수 있었기 때문이 아닐까? 당시 최악의 위기에 당면했던 로마제국의 현실에서 만약 파비우스가 화가 난 상태에서 모든 일을 단행했다면 제국은 멸망했을지도 모른다. 그는 국가의 행복을 깊이 생각하고 국가가 힘을 더 이상 잃게 된다면 모든 것을 잃게 된다고 판단하여 증오와 복수심을 억제하고 오로지 한 가지 이익만을 위해서 기회가 오기를 기다렸다. 그는 한니발에게 이기기 전에 자신의 화를 이겨낸 것이다. 그렇다면 스키피오는 어땠는가? 그는 한니발과 카르타고 군대와 같이 당연히 화를 내야 마땅할 모든 상대를 그대로 방치한 덕분에 전쟁이 아프리카로 퍼지는 것을 오랫동안 늦추었다. 때문에 적들은 스키피오를 게으른 도락가라고 평가할 정도였다. 스키피오 2세는 어땠는가? 그는 누만시아 주변에서 오랜 기간 동안 여유롭게 머물렀다. 그리고 자기 자신은 물론 국가에 대한 비난의 목소리에도 전혀 흔들리지 않은 덕분에 카르타고

보다도 누만시아를 정복하는 데 더 많은 시간이 걸리지 않았는가? 그러나 적들은 그에게 포위를 당하여 궁지에 몰린 끝에 결국 자결을 할 수밖에 없었다. 이렇듯 전투나 전쟁에서도 화는 이익이 되지 않는다. 어쨌거나 화는 아무 생각 없이 달려들게 하여 적에게 위해를 가하려다 오히려 자신의 경계를 게을리 하기 때문이다. 가장 확실한 용기란 오랜 시간 동안 자신의 주변을 폭넓게 관찰하고 통제한 다음에 서서히, 그리고 계획적으로 스스로를 전진시켜야 한다.

12. 그러면 이렇게 물을 것이다.

"그렇다면 선한 사람은 눈앞에서 아버지가 살해당하고 어머니가 강간을 당하는 것을 보고도 화를 내지 않는단 말인가?"

그는 화를 내지는 않지만 복수를 할 것이고, 또한 방어할 것이다. 하지만 당신은 왜 분노가 없다면 그에게 효심도 별 자극이 되지 않을 것이라고 걱정을 하는가?

그러면 이렇게 물을 것이다.

"그렇다면 자신의 부모 형제가 참살 당하는 것을 보고 선한 사람은 눈물조차 흘리지 않고 제정신으로 있을 수 있겠는가?"

　그러나 그것은 여자들이 작은 위험만 느껴도 무서워할 때 흔히
볼 수 있는 모습이다. 선한 사람은 당황하지도 무서워하지도 않고
자신이 해야 할 일을 수행할 것이다. 그리고 인간답지 않은 행위를
하지 않는 것과 마찬가지로 선한 사람에게 걸맞는 행동을 할 것이
다. 아버지가 살해당하려 하고 있다. 나는 아버지를 구하려 했지만
안타깝게도 살해당하고 말았다, 나는 복수를 결심한다. 그것은 당
연한 일이지 화가 났기 때문이 아니다. 선한 사람이 화를 내는 것
은 자신과 가까운 사람이 피해를 당했기 때문이다.

　테오프라스토스(BC 372~288. 철학자, 과학자로 플라톤과 아리스토텔
레스에게서 배웠으며 식물학의 창시자이기도 하다)여, 당신이 이런 식으
로 주장을 한다면 당신은 보다 강력한 가르침에 의해 불평을 사게
될 것이다. 또한 심판자의 입장을 버리고 청중에게 호소하게 될 것
이다. 가까운 사람이 그러한 재난을 당한다면 누구라도 화를 낼 것
이라며 당신은 이렇게 생각할 것이다. "인간은 자기가 하는 일은
당연히 해야만 하는 일이라고 믿게 마련이다." 일반적으로 누구나
인정하는 감정이 옳은 것이라고 믿기 때문이다. 하지만 사람들은
차를 대접하는 방법이 잘못되었거나, 유리잔에 금이 갔거나, 신발
에 흙이 묻더라도 똑같이 화를 낸다. 이렇게 화를 내는 것은 애정

때문이 아니라 속이 좁기 때문이다. 마치 아이들이 부모를 잃어버리거나 알밤을 잃어버렸을 때 우는 것과 마찬가지이다.

자신과 가까운 사람 때문에 화를 내는 것은 애정이 깊다는 증거가 아니라 속이 좁다는 증거이다. 부모와 자식과 친구와 국민을 위한 수호자로서 끊임없이 의무를 다하기 위해 전진하는 것, 이것이야말로 훌륭하고 가치 있는 것이다. 게다가 그들은 스스로 나서서 일을 처리하고 올바르게 판단하는 선견지명이 있으므로 적어도 충동이나 광기에 휘말리지 않는다. 사실 분노 이상으로 복수하는 것을 원하는 사람은 없다. 따라서 분노는 복수에 적합하지 않다. 대체로 모든 격정이 그러하듯이 분노는 너무나 갑작스럽고 광폭하기 때문에 돌진해야 할 방향과 길을 스스로 막아버리고 만다. 게다가 분노는 평화로울 때나 전쟁일 때나 결코 바람직한 것이 아니다. 다시 말해 분노는 평화를 전쟁과 같은 상태로 만들어 전쟁을 하고 있을 때는 전쟁의 신 마르스가 함께한다는 사실을 잊은 채 스스로 통제하기도 전에 적에게 제압되고 만다. 또한 악덕이 언젠가 어떤 일에서 효과가 있었기 때문에 이용해도 좋다는 것은 아니다. 예를 들어 고열이 나더라도 어떤 종류의 병은 가볍게 여길 수 있다고 해서 모든 병에서 고열이 나는 것이 괜찮다고 단정할 수 없는 것과 마찬가지이다. 병의 힘을 이용해서 건강을 유지하려는 치료 방법은 바람직하지 않다. 이와 마찬가지로 화가 때로는 독이든 약이나 경솔한 행동이나 배의 난파처럼 뜻밖에 큰 도움이 될 수 있다고 하더라도, 유해한 것이지만 건강에 도움이 되었다고 해서 화를 유익한 것이라고 여겨서는 안 된다.

13. 소유할 만한 가치가 있는 것은 크면 클수록 좋고 바람직하다. 만약 정의가 선이라고 가정할 때, 거기서 무언가를 빼면 정의가 더욱 큰 선이 될 것이라고 말하는 사람은 없을 것이다. 또한 만약에 용감함이 선이라면 그 속에서 일부가 죽어들기를 바라는 사람은 없을 것이다. 따라서 화도 선이라고 한다면 크면 클수록 더욱 큰 선이 될 것이다. 모든 선의 증가를 거부할 사람이 과연 있을까? 그러나 화를 증폭시키는 것은 무익한 일이다. 따라서 화를 내는 것 자체가 무익한 일이다. 그것이 커져서 악화된다면 선이라 할 수 없다.

그러면 이렇게 말할 것이다.

"화는 투지를 불태워주기 때문에 유익하다."

이런 논법으로 따지자면 술에 취하는 것도 마찬가지이다. 술에 취한 사람은 대담하고 용감해지며 대부분의 사람들이 술에 취하면 칼 솜씨가 훨씬 좋아지기 때문이다. 마찬가지로 이렇게도 말할 수 있다. "어지러운 마음과 광기 또한 강해지기 위해 필요하다. 왜냐하면 광기는 사람을 보다 강하게 만들어주는 경우가 많기 때문이다."

그러나 과연 그러한가? 공포가 때로는 역으로 사람을 용감하게 만들어 죽음에 대한 공포가 겁쟁이를 전쟁터에서 용감한 무사로 바꿔놓기도 한다. 하지만 화도 술도 공포도, 그리고 이러한 종류의 모든 것은 혐오스럽고 순간적인 자극에 불과하기 때문에 모든 악덕은 필요로 하지 않는 덕을 받아들이지 않는다. 그것은 단지 둔감하고 비겁한 마음에 약간의 자극이 될 뿐이다. 분노를 통해 강해지는 사람은 없다. 하지만 화를 내지 않으면 강해질 수 없는 사람은 예외이다. 따라서 화란 덕을 돕는 것이 아니라 그 대용품이라 할 수 있다. 그러나 과연 어떠한가? 설령 화가 선이라고 치더라도 그것이 가장 완벽한 사람에게도 일어나겠는가? 사실 가장 쉽게 화를 내는 사람은 아이들과 노인, 그리고 환자들로 나약한 모든 사람들은 원래부터 불평불만이 많다.

14. 테오프라스토스는 이렇게 말했다.

"선한 사람이라면 악인에게 화를 내지 않을 수 없다."

이 주장대로라면 선한 사람일수록 화를 잘 낼 것이다. 그러나 주변을 둘러보라! 모든 사람들이 그의 주장과 정반대로 더욱 온화하여 감정으로부터 해방되어 아무도 미워하지 않게 된다. 죄를 저지른 사람들이 순간의 과실 때문에 죄를 짓게 되었을 때 어떻게 선한 사람들이 그들을 미워할 수 있겠는가? 실제로 총명한 사람은 과오를 범한 사람을 미워하지는 않는다. 만약 미워한다면 자기 자신을 미워할 것이다. "내가 얼마나 많이 미덕에 등을 돌리는 행위를 했는가? 내 행동 중에 얼마를 용서를 빌어야 하는가?" 이렇게 스스로 반성을 할 것이다. 그러면 자기 스스로에게 화가 나기도 할 것이다. 왜냐하면 공평한 심판관은 자신의 문제와 타인의 문제를 각각 다르게 해석하지 않기 때문이다. 자기 자신을 무죄 방면하는 사람을 찾아볼 수 없을 것이고, 또한 자신을 결백하다고 주장하는 사람은 증인들을 바라보며 주장하지 자신의 양심을 들여다보지 않는다. 죄를 저지르려는 사람을 내쫓지 말고 아버지와 같은 따뜻한 마음으로 스스로 돌아올 수 있도록 해주는 편이 훨씬 인간미가 넘치는 일이 아닐까? 길을 잃고 황야를 방황하는 사람을 바른 길로 인도하는 것은 추방하는 것보다 상책이다.

15. 그러므로 죄를 저지르려고 하는 사람은 교화를 시키는 것이 당연한 것이며 그 수단으로 훈계와 강제력, 유연함과 강함이 모두

사용되어야 한다. 또한 타인은 물론 본인을 위해서 선한 사람으로 만들기 위한 징계도 필요하지만 화를 낼 필요는 없다. 그것은 치료 중인 환자에게 화를 내는 의사가 없는 것과 마찬가지이다.

그러면 이렇게 말할 것이다.

"하지만 그자들은 교화가 불가능한 데다가 온건한 구석이 전혀 없기 때문에 가망이 없다."

그렇다면 주변 사람들까지 물들 수가 있으니 사회로부터 격리시키고 가능한 방법을 총동원하여 그들의 악행을 막으면 될 것이다. 단, 이 또한 증오심을 가져서는 안 된다. 상대방의 결함을 해결하기 위해 혼신의 힘을 기울이고 있는 내가 어떻게 상대를 증오할 수 있겠는가? 썩어가는 자신의 신체 일부를 제거할 때 그것을 증오할 사람이 있을까? 그것은 화가 아니라 훌륭한 치료이다. 우리는 미친 개를 죽이고, 광폭한 야성을 지닌 황소를 도살하고, 병이 든 양에게 칼을 내리쳐 양 떼에 병이 퍼지는 것을 막는다. 그것은 화 때문이 아니라 건강한 것으로부터 무용한 것을 떼어내는 이성적 행위이다. 사람에게 벌을 주어야 하는 입장에 있는 사람이 화를 내는 것만큼 위험한 것은 없다. 심사숙고 끝에 내려진 결정이라면 그 벌은 선도에 큰 도움이 될 수 있기 때문이다.

소크라테스가 한 노예에게 "내가 지금 화가 나 있지 않았다면 너를 때렸을지도 모른다."라고 말했던 것도 바로 이러한 이유에서이다. 소크라테스는 노예에게 벌을 주는 것을 마음을 가라앉힌 뒤로 미루면서 스스로를 자제한 것이다. 소크라테스조차도 화에 자신을 맡기려 하지 않았는데 과연 누가 자신의 감정을 억제할 수 있다는 말인가?

16. 잘못을 저지른 사람이나 부정을 행한 사람에게 벌을 줄 때, 벌을 주고자 하는 사람이 화를 내는 것은 금물이다. 다시 말해 화는 마음의 과오이기 때문에 잘못을 저지르고 있는 사람이 잘못을 꾸짖는 것은 잘못된 일이다.

"그럼 나는 도둑에게도 화를 내지 않을까? 독살범에게도 화를 내지 않을까?" 화를 내지 않는다. 나는 내가 피를 흘릴 때도 나 스스로에게 화를 내지 않기 때문이다. 나는 모든 종류의 벌을 약으로써 이용한다. 지금의 그대는 과오의 첫 단계이기 때문에 심한 상태는 아니지만 가끔 심할 때도 있다. 그럴 때면 그대의 과오를 바로잡기 위해 처음에는 조용히 타이르지만 그래도 안 될 때면 사람들 앞에서 비난을 할 것이다. 그대의 과오가 이미 많이 진전된 상태라 더 이상 말로는 고칠 수 없을 정도라고 가정해 보자. 그렇다면 그대는 사회적으로 오명을 뒤집어쓰게 될 것이다. 아니면 보다 강력한 힘으로 그대가 뼈저리게 느낄 수 있는 벌을 통해 그대에게 각인시켜야 한다고 가정해 보자. 그러면 그대는 유배형을 받아 생면부지의 땅으로 보내질 것이다. 혹은 이미 그대의 내부에서 보다 엄격한 치료가 필요한 악의 뿌리가 뻗어 있다고 가정해 보자. 그렇다면 국법에 의한 구속이나 감금이 이루어질 것이다. 그대의 마음은 아물지 않은 채 죄악에 죄악을 더하고 있다. 그대는 이제 악인들이 반드시 이용하는 구실에 의해 움직이는 것이 아니라 범죄 자체가 충분한 구실이 되어 있다. 그대는 이미 죄악의 잔을 마셔 내장 깊숙한 곳까지 독이 스며들어 있기 때문에 내장까지 들어내지 않는다면 죄악을 밖으로 몰아내지 못할 정도이다. 불쌍하게도 그대는 오랜 세월 죽기를 바라고 있다. 정말로 그렇다면 우리는 그대를 위해 최선을 다하겠다. 우리는 그로 인해 그대가 남에게 고통을 주고 남으로부터 고통을 받는 광기를 제거해 주겠다. 그리고 자신과 타인에게 고문을 하며 떠돌고 있는 그대에게 유일한 선으로서 남아 있는 죽음을 당장에 제공하도록 하겠다.

어떻게 내가 제일 아끼고 있는 사람에게 화를 내겠는가? 경우에 따라서 최선의 동정은 죽음일 것이다. 만약 내가 의학 교육을 받고 병원이나 부잣집에 들어간다면 병명이 다른 모든 환자에게 똑같은 처방을 하지는 않을 것이다. 나는 지금 수많은 사람의 마음속에서 온갖 악덕을 들여다보고 있다. 그리고 이 나라를 치료하기 위해 초대되었다. 중요한 것은 각자의 병환에 따라 어떤 환자에게는 수치심을 갖게 하고, 또 어떤 환자에게는 국외로 여행을 보내고, 또 어떤 환자에게는 고통을 주고, 또 어떤 환자에게는 가난을, 또 어떤 환자에게는 칼로써 각각 다르게 치료를 해야만 한다. 또한 내가 재판관으로서 법복을 입고 나팔을 불어 민중들을 소집한다면, 그것 ℓ 분 ℓ만 ℓ십대에게 아니기 법의 위용으로 법정에 서게 될 것이다. 그리고 위엄이 넘치는 차분하고 엄숙한 목소리로 판결문을 읽어 내려가지 흥분한 목소리로 읽어 내려가지 않을 것이다. 또한 법의 시행을 명령할 때도 화가 나서가 아니라 엄격함을 유지할 것이다. 그리고 죄인의 참수를 명령할 때, 부모를 죽인 죄인을 가죽 자루에 넣어 익사시킬 것을 명령할 때, 병사에게 군법을 명령할 때, 타르페이아의 절벽 위에 반역자나 국가의 적을 세울 때에도 나는 화를 내지 않고 마치 뱀이나 유해한 짐승을 죽일 때와 같은 표정과 마음가짐일 것이다.

그러면 이렇게 말할 것이다.

"처형을 할 때는 화를 낼 필요도 있다."

그대는 어째서 법이 지금까지 전혀 알지도 보지도 못했고, 앞으로도 없기를 바라고 있는 인간에게 화를 낼 것이라고 생각하는가? 더군다나 화를 내는 것이 아니라 판결을 내리는 것을 목적으로 하고 있는 법의 정신을 지켜야 한다. 악인의 악행에 대하여 화를 내는 것이 선한 사람의 입장에서 당연한 것이라면 악인의 행복을 시기하는 것도 당연할 것이다. 그것은 특정한 악인들이 번영을 누리거나 불운을 맞이하지 않고 충분히 행운을 누리고 있는 것처럼 부당한 것이 없기 때문이다. 그러나 선한 사람은 악인의 사악함에 화를 내지 않고 그저 바라만 보는 것과 마찬가지로 악인의 행복을 시기하지 않고 바라만 볼 것이다. 선한 재판관은 부정함에는 유죄를 판결하지만 그것을 증오하지는 않는다.

그러면 이렇게 물을 것이다.

"그렇다면 현자가 이러한 상황에 닥쳤을 때도 마음이 동요하지 않고 평소처럼 태연할 수 있겠는가?"

그것은 인정하겠다. 그의 마음도 조금은 흔들림을 느낄 것이다. 제논이 말했듯이 현자의 마음 또한 상처는 다 아물었다고 하더라도 그 흔적은 남아 있기 때문이다. 그러므로 현자 또한 격정의 흔적이나 그림자 정도는 느끼겠지만 격정 그 자체로부터는 자유로울 것이다.

17. 아리스토텔레스는 이렇게 말했다.

"특정한 격정은 그것을 잘 활용하는 사람에게는 무기로써 도움이 된다."

이 말은 격정이 전쟁 무기처럼 사용자가 자유롭게 취사선택을 할 수 있다면 맞는 말일지도 모른다. 그러나 여기서 아리스토텔레스가 덕에게 부여한 무기는 그것 자체가 스스로 싸우는 것으로 사람의 손길을 기다리는 것이 아니다. 소유하는 것이지 소유되는 것이 아니다. 자연은 우리에게 충분한 이성을 부여하고 있기 때문에 그 이상의 도구는 전혀 필요하지 않다. 자연은 이러한 검을 우리에게 선물해 주었다. 그것은 강력하고 영원하며 순종적이다. 양날의 칼도 아니기 때문에 그것을 쥔 사람에게 칼날이 향하는 일도 없다. 앞일을 예견하거나 당장에 일을 처리하는 데 있어서도 스스로 충분한 이성을 갖추고 있다. 이성이 분노의 도움을 받는다는 말처럼 어리석은 말이 또 있을까? 이성은 불확실한 것을 초월한 확실함, 불성실함을 초월한 성실함, 병든 것을 초월한 건강한 것이다. 행위를 위해 언뜻 보기에는 분노의 도움이 필요한 것처럼 여겨지지만 이성은 그것 자체만으로도 훨씬 강력하지 않은가? 왜냐하면 이성은 일단 무언가를 해야 한다고 결심하게 되면 그것을 굳게 지켜내기 때문이다. 이성은 자기 이상으로 뛰어난 것을 대신해줄 무언가를 찾아낼 수 없기 때문이다. 따라서 이성은 한 번 결정을 하게 되면 그것을 고수한다. 하지만 화는 동정심 때문에 자주 진정이 되곤 한다. 왜냐하면 화는 진정한 강인함이 없어 속이 텅 빈 상태이기 때문에 격정적인 것은 처음 시작 단계에 불과하다. 그것은 마치 육지에서 불어오는 바람이 육지의 강이나 늪지에서 발생하여 세차게 불어대지만 결국 오래 가지 않는 것과 마찬가지이다. 그러므로 화는 엄청난 기세로 시작되기는 하지만 얼마 안 돼 지치고 약해진다. 그리고 처음에는 잔혹한 복수나 독특한 처벌 방법을 궁리하지만 막상 처벌을 하려고 하는 순간에는 이미 기운이 꺾여 마음이 차분하게 가라앉는다.

격정은 급속도로 시들어버리고 이성이 그 자리를 대신한다. 그러나 분노가 여전히 지속되어 몇 명인가는 죽어야 하는 상황에서도 두세 명의 피를 보게 되면 복수를 멈추는 경우가 있기도 하다. 처음 화가 난 상황에서의 공격은 대단히 강렬하다. 예를 들어 뱀이 굴에서 막 기어 나왔을 때는 그 독이 해를 끼치지만 몇 번을 물어 이빨에 독이 사라지고 나면 더 이상 이빨은 해를 입히지 못하는 것과 마찬가지이다. 따라서 똑같은 죄를 저지른 사람이 똑같은 벌을 받을 것이라고는 단정할 수 없다. 그래서 작은 죄를 지은 사람이라도 큰 벌을 받는 경우가 있는데, 그것은 처음 화가 났을 때였기 때문이다. 또한 화는 너무나도 변덕스럽다. 한도를 벗어나 지나치게 멀리까지 달려 나가는가 하면 당연히 가야 할 곳까지 가지 못한 채 멈춰버리기도 한다. 실제로 화는 자기중심적으로 밖에 생각하지 못하기 때문에 대충 판단하고 남의 이야기에 귀를 기울이지도 않으며 변명의 여지를 인정하지 않은 채 한 번 문 것은 절대로 놓아 주지 않는다. 설령 자신의 의견이 틀렸다고 하더라도 인정하고 버리려 하지 않는다.

18. 이성은 당사자 쌍방에게 시간을 주어 스스로 유예기간을 두고 진실을 규명할 여유를 갖고자 하지만 화는 성급하다. 이성은 공평한 판단을 내릴 수 있기를 바라나 화는 내려진 판단이 공평해 보이기를 바란다. 이성은 문제의 쟁점에 최선을 다하지만 화는 눈앞에 펼쳐진 공허하고 불필요한 것에 흔들려 움직인다. 상대의 표정이 건방지다거나, 목소리가 크다거나, 말투가 거슬린다거나, 옷이 화려하다거나, 도움을 청하는 주제에 건방지다거나, 사람들에게 인기가 많다는 등의 것들이 화를 돋운다. 변호인이 밉다는 이유로 화가 나서 피고인에게 유죄를 내리는 경우도 왕왕 있다. 설령 눈앞

에 수많은 진실을 펼쳐놓는다고 하더라도 과실에 집착하고 그것을 고수하려 한다. 화가 난 상황에서는 실수를 지적당하기를 싫어하고 부당하다는 것을 알고도 후회하기보다는 고집을 부리는 것이 훨씬 훌륭하다고 여긴다.

내 기억 속에 그나이우스 피소(Gnaeus Calpurnius Piso A.D. 44~20: 시리아의 총독으로 있을 당시 게르마니쿠스와의 불화로 그를 살해했다는 소문 때문에 재판에 회부되었으나 무죄를 주장하다 자살을 하였다)는 악덕을 일삼는 사람은 아니었다. 꼬인 성격 때문에 냉혹함이야말로 진정한 강인함이라고 여겼다. 어느 날 그는 휴가를 마치고 복귀한 병사가 전우와 함께 돌아오지 않았다며 화가 나서 처형을 명령하였다. 그의 죄목은 함께 돌아오지 않은 전우를 살해했다는 혐의였다. 병사는 전우를 찾아 데리고 올 시간을 달라고 애원했으나 피소는 병사에게 말미를 주지 않았다. 유죄판결이 내려진 병사가 단두대에 막 머리를 올리려는 순간 때마침 살해당했다고 여겨졌던 전우가 나타났다. 처형을 지휘하던 장수는 부하에게 칼을 거두라 명령하고 병사를 피소 앞에 데리고 가 무죄방면을 청하려 했다. 병사가 죽음의 문턱에서 살아 돌아오자 모든 병사들이 이 두 병사의 뒤를 따랐다. 그러나 피소는 불같이 화를 내면서 단상으로 올라가 이 두 병사 모두 처형하라고 명령하였다. 살해하지 않은 병사는 물론 살해당하지 않은 병사까지.

대체 이보다 더 부당한 처사가 또 있을까? 그런데 더욱 불행한 것은 한 병사의 무죄가 명백하게 밝혀지자 두 사람 모두 죽음을 피할 수 없게 된 것은 물론이고 세 번째 죄인이 추가되고 말았다. 그것은 바로 유죄 판결이 내려진 병사를 데리고 온 지휘관까지 처형을 하라는 명령이 떨어진 것이다. 이렇게 같은 장소에서 한 사람의 무죄 때문에 세 사람의 죽음이 결정된 것이다. 폭정의 핑계로 화라는 것이 얼마나 유용하게 쓰이고 있단 말인가?

화가 난 피소는 이렇게 말했다.

"첫 번째 놈은 이미 유죄 판결을 받았기 때문에 처형한다. 두 번째 놈은 전우에게 유죄 판결을 받게 하였기에 처형을 명한다. 세 번째 놈은 사형 집행을 명령받고도 명령에 복종하지 않았기 때문에 처형을 명한다."

아무런 정당한 처벌 이유를 찾지 못했기 때문에 이렇게 세 가지 죄목을 생각해 낸 것이다.

19. 화란 지배당하기를 원치 않는다는 결함이 있다고 할 수 있다. 화는 진리에 대해서조차 등을 돌린다. 큰 소리로 소리치고 흥분하

고 전신을 부르르 떨며 목표물을 쫓아가 욕설을 퍼붓는다. 이성은 이런 행동을 절대로 하지 않는다. 그러나 이성은 필요하다면 목소리조차 내지 않고 국가에 해가 되는 모든 일족을 뿌리째 뽑아내어 멸망시키고 그들의 주거지까지 부수어 자유의 적인 일족을 근절한다. 이를 갈지도 않고 머리를 흔들지도 않으며 심판자로서 부적절한 행동은 무엇 하나 하지 않는다. 심판자의 표정은 중대한 판결을 내릴 때야말로 가장 부드럽고 미동이 없어야 한다.

히에로니무스(Hieronymus A.D. 290~230: 페리파토스 학파에서 공부한 뒤 절충 학파를 설립)는 이렇게 물었다. "대체 자네는 왜 누군가를 죽이려 할 때면 항상 미리 입술을 꽉 깨무는가?" 만약에 그가 보고 있는 데서 지방 총독이 재판장에서 뛰어 내려와 하급관리에게서 파스케스(fasces:느릅나무와 자작나무가지 다발에 싸인 도끼를 말하며 국가의 권위와 결속을 상징.)를 빼앗으려다가 실수로 자신의 옷이 찢어졌는데, 사형수의 옷을 찢으려고 우물쭈물하는 모습이 답답해서 그랬다고 말했다면 어떻겠는가? 책상을 뒤엎을 필요가 있겠는가? 잔을 땅바닥에 집어던지고, 자신의 몸을 기둥에 박고, 머리카락을 쥐어뜯고, 허벅지나 가슴팍을 쥐어뜯을 필요가 있단 말인가? 마음먹은 만큼 상대에게 화풀이를 할 수 없기 때문에 자신에게 되돌아온 화가 얼마나 강렬한 것인지 아는가? 때문에 이런 사람들은 주변 사람들의 만류로 겨우 분을 삭이게 된다.

해결되는 일은 아무것도 없다. 이런 사람들은 상대의 죄를 발견하고도 못 본 척하는 경우가 많다. 만약 자신이 저지른 잘못에 대하여 반성을 하고 밝은 미래가 보장이 된다거나, 그 잘못이 마음속 깊은 곳에서 우러나온 것이 아니라 순간적이고 표면적인 실수였다는 것을 잘 알고 있다면 눈감아줄 수도 있다. 그러면 용서를 해준 사람이나 용서를 받은 사람의 입장에서도 훗날 아무런 피해를 입지 않는다. 때로는 큰 잘못을 저질렀어도 작은 잘못을 저질렀을 때보다 가벼운 처분이 내려지는 경우도 있다. 그것은 실수로 큰 잘못을 저질렀어도 잔혹한 행위로 이어지지 않았지만, 작은 잘못이라도 음흉함과 교활함이 감춰져 있는 경우이다. 그는 같은 잘못을 두 사람이 똑같이 저질렀더라도 똑같은 벌을 내리지 않을 수도 있다. 왜냐하면 한 사람은 부주의로 인해 죄를 저질렀고, 또 한 사람은 교활하게 계획하여 죄를 저질렀기 때문이다. 그는 처벌을 할 때마다 항상 세심한 주의를 기울일 것이다. 다시 말해 어떤 처벌은 죄인을 교정하기 위해 사용하고, 또 어떤 처벌은 악인들을 말살시키기 위해 사용해야 한다는 것을 잘 알고 있는 것이다. 그는 어떤 경우에라도 과거가 아니라 미래를 생각할 것이다. 그것은 플라톤이 말했듯이 총명한 사람이 벌을 내리는 것은 과거의 잘못 때문이 아니라 앞으로 그런 잘못을 저지르지 않게 하기 위함이다. 과거는 돌이킬 수 없지만 미래는 아직 일어나지 않은 일이기 때문이다.

이렇게 그는 사악한 무리를 본보기로 삼아 공공장소에서 처형할 것이다. 그것은 단순히 악의 무리를 제거하는 목적뿐만이 아니라 선한 사람들이 사라지는 것을 막기 위한 것이다. 위와 같은 내용을 심사숙고해 판단해야 하는 입장에 있는 사람은 생사 여부를 결정할 수 있는 권력을 행사함에 있어서 최대한 주의를 기울이고 모든 격정으로부터 벗어나 자유롭지 않으면 안 된다는 것을 알 수 있다. 쉽게 화를 내는 사람에게 칼자루를 쥐어주는 것은 잘못된 처사이다.

20. 또한 화가 위대한 마음을 고양시키는 데 도움이 된다고 생각해서는 안 된다. 그것은 위대함이 아니라 언젠가 꺼지는 거품 같은 것이다. 많은 양의 썩은 체액으로 인해 몸이 부풀어오르는 질병은 몸이 커지는 것이 아니라 위험한 상태인 것이다. 정신 착란으로 인해 상식적인 인간의 사고를 초월한 사람들은 모두 뭔가 깊고 숭고한 영감을 얻었다고 믿는다. 그러나 거기에는 튼튼하고 건전한 기반이 전혀 없다. 기초가 없이 생겨난 대부분의 것은 쉽게 무너진다. 화는 스스로 설 수 있는 기반이 없다. 그것은 튼튼한 기반에서 발생하는 것이 아니라 천박함과 공허함을 기반으로 하기 때문에 위대함과는 거리가 멀다. 그것은 마치 무모함과 용감함이 전혀 다르고, 오만과 확신, 우울함과 엄숙함, 잔혹함과 엄격함이 서로 다

른 것과 마찬가지이다. 고매한 마음과 거만한 마음은 전혀 다르다. 화는 절대로 고상하고 아름다운 것을 지향하지 않는다. 나는 화가 오히려 어리석고 처량한 스스로의 나약함을 잘 알고 있기 때문에 고통을 느끼는 마음의 표출이라고 생각한다. 그것은 마치 가볍게 상처를 만지기만 하더라도 비명을 지르는 것과 마찬가지이다. 그러므로 화는 가장 여성적이고 유치한 악덕이다.

그러면 이렇게 물을 것이다

"하지만 남자들도 화를 내지 않는가?"

그것은 남자에게도 어린아이와 여성적인 성질이 있기 때문이다.

"하지만 화가 난 사람이 하는 말이라도 그 중에 어떤 것은 위대함의 산물이라 여길 수 있는 것이 있지 않는가?"

진정한 위대함이 무엇인지 모르는 사람이라면 틀림없이 그렇게 말할 것이다.

"그들이 나를 두려워하고 있다면 증오하게 내버려둬라."(로마 비

극시인 루키우스 아키우스의 「아트레우스」에서 인용)

이 말처럼 끔찍하고 혐오스러운 말은 없다. 이것이 술라시대에
쓴 것이라는 사실을 잘 알고 있을 것이다. 나는 그가 증오와 공포
중에 어느 것이 더 위험하다고 여겼는지 모르겠다. 어쨌거나 그는
"증오하게 내버려 둬라."라고 말했다. 그때 그의 마음속에 문득 떠
오른 생각은 언젠가 사람들이 자신을 저주하며 숨어 있다가 공격
을 할 때가 올 것이라는 것이었다. 그것 이외에 또 어떤 생각이 떠
오르겠는가? 신이시여! 그가 이 증오에 어울리는 약을 찾아낼 때
까지 그에게 벌을 내려 주십시오. "증오하게 내버려 둬라."라고 하
는 것이 그들이 복종하는 한? 그들이 인정하는 한? 모두 아니다.
그들이 두려워하고 있는 동안이다. 이런 조건이라면 나는 사랑받
기를 바라지 않을 것이다. 그대는 이 말이 정말로 위대한 정신에서
나온 것이라고 생각하는가? 그렇다면 그대는 속고 있다. 여기에는
위대함이라고는 전혀 찾아볼 수 없고 오로지 극악무도함이 있을
뿐이다.

화가 나 있는 사람들의 말은 믿을 수가 없다. 성난 큰 목소리는
사람들을 위협하지만 속으로는 더 없는 겁쟁이이기 때문이다. 그
리고 최고의 달변가인 티투스 리비우스의 "그 천성은 선하다고 하
기보다 위대한 용사이다."라는 문구가 있는데, 이런 말 또한 옳다

고 여겨서는 안 된다. 천성이란 따로 떼어서 생각할 수 있는 것이 아니다. 선하거나 아니면 위대하지 않거나 둘 중에 하나이다. 왜냐하면 위대함이란 부동의 확고한 것이기 때문에 뼛속 깊은 곳까지 한결같이 강인하며, 비루하고 천박한 천성 속에는 존재할 수 없는 종류의 것이라고 여겨지기 때문이다. 다시 말해 천성이 천박한 사람들은 공포와 광란과 파멸을 초래할 수는 있지만, 선함의 지주이자 정수인 참된 위대함을 갖고 있지는 않다.

그러나 교묘하게 언변과 음모 등의 모든 속임수를 써서 자신이 정말로 위대한 인물이라고 착각하게 할 것이다. 그들은 자신이 위대한 마음을 가지고 있다고 느끼게 만드는 말을 한다. 예를 들어 가이우스 황제는 벼락이 무언극을 하는 배우의 연기를 방해했다는 이유로 하늘을 향해 화를 냈다. 그는 배우들의 연기를 구경하는 것을 좋아한다고 하기보다 흉내 내기를 좋아했는데, 술파티를 벌이고 있을 때 벼락이 쳐서 죽을 뻔하였다. 그러자 황제는 벼락의 신 유피테르(주피터)에게 결투를 신청하고 용서하지 않겠다며 호메로스의 시 한 구절을 외쳤다.

나를 죽여라!
아니면 내가 너를 죽이겠다!

(아이아스가 오랜 전투를 마무리하기 위해 오디세우스에게 한 말)

이 얼마나 미친 짓인가? 그는 생각했다. '유피테르는 내게 해를 입히지 못할 것이다. 아니면 유피테르에게 해를 입힐 수도 있다.'라고. 그의 이런 말이 음모자들의 마음을 자극하는데 적지 않은 역할을 했을 것이다. 왜냐하면 유피테르가 참지 못할 정도의 사람을 참아내는 것이 인내의 한계라고 여겼기 때문이다.

21. 그러므로 격노하여 신이나 사람을 경시하는 태도에서는 아무런 위대함이나 아무런 훌륭한 점을 찾아볼 수 없다. 아니, 만약 분노가 위대함의 표출이라고 생각하는 사람이 있다면 향락 또한 위대한 마음의 표현이라고 여길 것이다. 향락이 원하는 것은 상아로 치장하고, 황제의 옷을 입고, 황금으로 둘러싸인, 거기에 땅을 옮기고, 바다를 가로막고, 강물을 거꾸로 흐르게 하고, 숲을 허공에 끌어올리는 일이다(로마의 부자들이 이러한 대공사를 하였지만, 양심이 있는 사람들은 이에 반대를 하였다). 또한 빈락함조차 위대함의 하나라고 여길 것이다. 그것은 금은보화를 끌어안고 나라의 땅을 자신의 이름으로 경작하며, 집정관이 얻은 영토보다 훨씬 넓은 영토를 한 명의 관리인만 두고 소유한다. 그리고 욕정 또한 위대함의 하나라고 여길 것이다. 그것은 해협을 헤엄쳐 건너거나, 많은 젊은이들을 무기력하게 만들고 죽음조차 문제 삼지 않고 남편의 칼 아래 몸을 던지게 한다. 그리고 야심 또한 위대함의 하나라고 여길

것이다. 그것은 일 년 한정의 공직에 만족하지 않는다(고대 로마의 집정관이나 국무장관 등의 임기는 대부분 일 년이었다). 가능하다면 자신의 이름 하나로 역사를 쓰고 전 세계에 자신의 명성을 높이고 싶어 한다. 이와 같은 일이 설령 성공을 한다고 하더라도 대단한 일이 아니며 모든 것이 속임수에 처량하고 차원이 낮은 것에 불과하다. 오로지 덕만이 고상하고 훌륭한 것이다. 그리고 위대한 모든 것은 동시에 온유하여야만 한다.

자기 자신에 대하여 어떻게 생각하는가?

그것은 남들이 자신을 어떻게 보는가보다 훨씬 중요하다.

제2권

❧

1. 노바투스여, 제1권에서는 소재가 꽤나 풍성했다. 악덕의 고갯길을 뛰어 내려오는 것은 비교적 수월하였다. 하지만 이제는 문제의 범위를 좀 더 좁혀야만 한다. 화라는 것이 판단을 통해 일어나는 것인지, 아니면 충동에 의해 일어나는 것인지를 살펴보아야 한다. 다시 말해서 화가 독자적으로 발생하는 것인지, 아니면 우리의 내면에서 우리가 의식하지 않고서는 일어날 수 없는 수많은 일들처럼 발생하는 것인가에 관한 문제이다. 하지만 논의 자체가 이 문제에 관한 것이라 할지라도 결국에는 보다 고차원적인 문제까지 거슬러 올라갈 필요가 있다. 예를 들자면 우리의 몸에 뼈와 근육과 관절은 몸을 지지하는 데 필수적인 토대로 보기에는 전혀 아름답지 않지만 올바르게 조합이 되어 있다. 그다음으로 얼굴과 몸매를

아름답게 해주는 요소들이 더해진다. 이 모든 것이 완성된 뒤에 다른 어떤 것들보다 사람의 눈을 가장 끄는 것은 피부색으로 모든 육신이 완성되고 마지막에 비로소 더해지게 된다.

　화가 나는 것은 손해를 당했다고 여기기 때문이고 이 점에 대해서는 의심의 여지가 없다. 하지만 문제는 화가 이렇게 생각한 직후에 곧바로 이어지기 때문에 이성이 끼어들 여지가 없이 돌발적으로 일어나거나, 아니면 이성의 동의를 얻어 발생하거나 둘 중에 하나라는 점이다. 나는 독자적으로 화를 내는 것이 아니라 이성의 허락을 얻은 뒤에 화를 내야 한다고 생각한다. 왜냐하면 손해를 당했다는 감정을 품고 복수하겠다는 일념, 그리고 '아무개는 피해를 당해서는 안 된다.'는 생각과 '아무개는 벌을 받아야 한다.'고 하는 이 두 가지 생각을 이어주는 것은 우리의 의지에 따라 발생하는 단순한 마음의 충동이 아니기 때문이다. 충동은 단순하지만 이성은 복합적이며 많은 것들을 내포하고 있다. 이성은 어떤 상황에 대하여 이해하고, 화가 나고, 부당하다고 여겼을 때 비로소 벌을 가한다. 그러기 위해서는 이성에 주어진 견해에 대한 이성의 동의가 필요하다.

　2. 그러면 이렇게 물을 것이다.

"대체 그렇게까지 추구한다고 해서 무슨 도움이 되겠는가?"

그것은 화가 어떤 것인지를 알기 위한 것이다. 만약에 화가 우리의 뜻과 반대로 일어난다면 그것이 이성에 굴복하는 일은 절대로 없을 것이다. 우리의 의지로 발생하지 않는 마음의 움직임은 모두 불가항력적이고 불가피한 것이다. 예를 들어 찬물을 뒤집어썼을 때 깜짝 놀라는 것과 손에 전달되는 섬뜩한 감촉, 나쁜 소식을 전해 들었을 때 머리카락이 곤두서는 것, 음담패설에 얼굴이 붉어지는 것, 절벽 아래를 내려다 본 순간 현기증이 일어나는 것 등이 바로 그렇다. 이러한 것들은 우리 스스로의 힘으로 어쩔 도리가 없는 것이기 때문에 이성의 힘으로 그것을 막을 수가 없다. 그러나 화는 회유를 통해 막을 수가 있다. 왜냐하면 화는 우리의 의지에 근거하고 있는 마음의 악덕이기 때문이다. 그러므로 화는 인간의 숙명적 조건에 의하여 발생하고 현명한 사람들에게도 일어나는 것 중에 하나가 아니다. 가장 먼저 생각해야 할 것은 손해를 입었다고 생각한 다음 우리를 움직이게 하는 마음의 충격이다.

이러한 기분은 즐겁게 연극을 관람하고 있을 때나 오래전의 사건에 대하여 읽고 있을 때도 엄습한다. 우리는 항상 클로디우스가 키케로를 추방하고 안토니우스가 키케로를 살해한 것을 생각하면 분노를 느끼지 않는가? 또한 마리우스가 학살에 이용한 무기와 술라의 인권 박탈에 대해서는 누구나 반감을 느끼고 있지 않는가? 테오도투스와 아킬라스에게, 그리고 어린아이답지 않은 행위를 저지른 어린아이(이집트의 어린 황제 프톨레마이오스 13세를 말함)에게 조차 우리는 적대감을 품고 있지 않는가?

때로는 노래도 우리를 선동하는데, 빨라진 박자나 군신 마르스의 진군나팔 소리가 그렇다. 또한 우리의 마음을 자극하는 잔인한 그림이나 당연한 처형이지만 비참한 광경 등이 있다. 그리고 남이 웃기 때문에 따라 웃는다거나 슬픔에 젖어 있는 군중 때문에 슬퍼지는 것, 남의 싸움으로 흥분하는 경우도 그렇다. 그러나 이러한 감정이 분노가 아닌 이유는 마치 난파선 그림을 보고 인상을 찡그리는 것이 슬픔 때문이 아닌 것과 마찬가지이다. 또한 한니발이 칸나 전투 후에 로마의 성벽을 포위한 역사적 사실을 읽을 때 마음속으로 느껴지는 감정이 공포가 아닌 것과 마찬가지이다. 이러한 감정들은 모두 분노를 느끼지 않는 마음의 동요이다. 그리고 이것은 감정을 준비하는 첫 단계인 것이다.

그러므로 군인들은 전시가 아닌 평상시에도 나팔 소리에 귀를 기울이게 되고 군마나 창칼의 울림소리에 투지를 불태운다. 알렉산드로스대왕은 크세노판투스가 나팔을 불면 자연스럽게 무기를 손에 쥐었다고 한다.

3. 이처럼 우연히 마음을 자극하는 것은 결코 감정이라 부를 수가 없다. 감정은 오히려 마음의 수동 상태로 능동적이 아니라고 해야 한다. 그러므로 감정은 우연히 마음에 전해진 대상의 관념에 의해 움직이는 것이 아니라 이 관념에 스스로를 맡기고 다가오는 우연적인 마음의 움직임에 동반되는 것이다. 한편, 창백한 낯빛이나 눈물, 성적 자극, 깊은 한숨, 갑자기 날카롭게 변하는 눈빛, 그리고 이러한 종류에 속하는 모든 것들을 감정의 증거이자 마음의 증표라고 여기는 사람이 있다면 그것은 착각이다. 이러한 거득이 유체의 자극이라는 사실을 모르기 때문이다. 그러므로 최고로 용맹한 사람이라도 갑옷을 입는 단계에서는 대부분 낯빛이 무거워진다. 용감무쌍한 병사라고 할지라도 전투 명령이 떨어지면 잠시 동안 무릎이 떨린다. 위대한 사령관이라 할지라도 서로가 격돌하기 직전에는 심장이 쿵쾅거린다. 또한 최고의 연설가라 할지라도 정작 입을 떼려고 하는 순간에는 몸 구석구석까지 경직이 된다. 하지만 분노는 단순히 선동에 의한 것만이 아니라 스스로 돌진하는 것이어야만 한다. 왜냐하면 복수와 처벌에 대하여 이성적 판단을 내리기 전에 공격이 이루어지기는 불가능하기 때문이다.

어떤 사람은 자신이 상처를 입었다고 생각하고 복수를 하려 하지만 어떤 이유 때문에 곧바로 진정을 하게 된다. 나는 이것을 화라고 부르지 않고 이성에 복종하는 마음의 활동이라 부른다. 그런데 화라고 하는 것은 이성을 순식간에 사라지게 한다. 따라서 피해를 당했다는 생각 때문에 일어난 마음의 첫 동요는 화가 아니다. 피해를 당했다고 하는 생각 자체가 화가 아닌 것과 마찬가지이다. 이 관념을 받아들이고 그것을 인정한 뒤에 발생하는 공격이 바로 화이다. 그것은 의지와 판단을 통해 복수를 하고자 하는 마음의 동요이다. 공포가 도피성이 있는 반면에 화는 공격성을 가지고 있다는 것은 의심의 여지가 없다. 따라서 이성의 승인이 없이 무언가를 추구하거나 조심을 할 수 있는지는 스스로 생각해 보는 것이 좋을 것이다.

4. 이제 어떻게 해서 감정이 시작되고 증폭되어 광폭해지는지를 알아보기로 하겠다. 처음 움직임은 자발적인 것이 아니라 감정의 준비 단계인 일종의 강요와도 같은 것이다. 두 번째 움직임은 의지와 이어져 있는데, 그것은 고집에 의한 것이 아니다. 예를 들어 자신이 피해를 당했기 때문에 복수를 해야 한다거나, 상대가 죄를 저질렀기 때문에 벌을 받아야 한다는 정도의 생각이다. 그런데 세 번째 움직임은 더 이상 억제할 수가 없다. 복수하는 것이 마땅하다면 복수를 해야 한다는 것이 아니라 반드시 복수를 해야 한다고 하는 것으로 그것은 이미 이성을 완전히 정복하고 있다.

우리는 이러한 마음의 첫 충격을 이성을 통해 피할 수가 없다. 그것은 앞에서 말했던 신체적 현상, 예를 들어 남이 하품을 하면 자신에게도 옮겨지거나, 눈을 갑자기 손가락으로 찌르면 눈을 감는 것처럼 그럴 수밖에 없는 것과 마찬가지이다. 이러한 충격을 이성은 이길 수가 없다. 아마도 부단한 훈련을 통해 그 힘을 약하게 할 수는 있겠지만. 그런데 판단에 의해 발생하고 판단에 의해 제거되는 마음의 움직임은 전혀 다른 것이다.

5 우리는 다음의 것들에도 의문을 풀어야 한다. 잔혹한 성격으로 남이 피를 흘리는 것을 보고 즐거워하는 사람이 실제로 피해를 입지 않고 본인에게 피해를 입히지 않았다고 여겨지는 상대를 죽일 때도 과연 화를 낼까? 예를 들어 아폴로도루스나 팔라리스와 같은 사람이 그렇다. 이것은 화가 아니라 잔혹함이다. 이들은 피해를 당했기 때문에 상대에게 위해를 가하는 것이 아니라 상대를 위해할 수 있기만 하다면 설령 본인이 해를 입는다 해도 상관하지 않았다. 사람에게 채찍질을 하거나 찢어 죽이는 것은 복수를 위해서가 아니라 오로지 쾌락을 위해서였다. 대체 왜 그렇게 된 것일까? 이 악덕의 출발점은 분노였다. 분노는 수없이 반복되어 질릴 정도가 되면 자비심을 잃게 되어 마음속의 모든 인간적 심성을 몰아내고 만다. 그리고 분노는 결국 잔인함으로 이어진다. 그렇게 그들은 웃고 즐기며 쾌락을 만끽하면서도 전혀 화가 난 표정을 하지 않고

한가롭게 잔혹함을 즐긴다.

한니발은 사람의 피로 넘쳐흐르는 도랑을 보고 "오오, 아름다운 광경이로다!"라고 말했다고 한다. 만약에 강이나 호수가 피로 가득 넘쳐흐르고 있었다면 한니발의 눈에는 얼마나 아름답게 보였을까? 한니발이여, 만약 그대가 피를 봐야만 하는 운명을 타고 났고 어린 시절부터 사람을 죽이는 것에 익숙하기 때문에 이러한 광경에 특별히 마음을 빼앗기는 것이라면 별로 이상할 것도 없다. 그대는 20년 동안이나 잔학함에 호의를 품게 할 행운이 따랐기 때문에 가는 곳마다 그대의 눈을 즐겁게 해줄 광경을 선물할 것이다. 그대는 그러한 광경을 트라시메네 호수에서, 칸나에서, 그리고 마지막으로 그대의 나라 카르타고에서 보게 될 것이다.

얼마 전 아우구스투스 황제 휘하의 아시아 총독인 볼레수스가 하루에 삼백 명의 목을 도끼로 내리친 일이 있었다. 그는 시체 사이를 거만한 걸음걸이로 돌아다니면서 마치 무언가 위대한 일이라도 한 듯이 그리스어로 "보라, 왕다운 이 위대한 업적을!"이라고 크게 외쳤다. 이 사내가 정말로 왕이었다면 얼마나 더 잔혹한 짓을 저질렀을까? 이것은 분노가 아니라 잔혹하기 그지없는 불치의 악행이다.

6. 그러면 이렇게 말할 것이다.

"덕이 고귀한 것에 호의적이라면, 덕이 부덕한 것에 분노를 느끼는 것은 당연한 일이다." 만약 그가 하고자 하는 말이 '덕이란 천박한 것이기도 하고 훌륭한 것이기도 하다' 라는 의미라면 어떨까? 그런데 실제로 그는 그렇게 말을 하고 있기 때문에 덕의 존중과 비하를 동시에 바라고 있다. 다시 말해 올바른 행위에서 느끼는 기쁨은 밝고 고상한 것이지만 사람의 죄에 대하여 화를 내는 것은 비열하고 속이 좁은 것이기 때문이다. 그러나 덕은 악덕을 대할 때 악덕을 모방하는 어리석음을 결코 저지르지 않을 것이다. 덕은 분노 자체를 교화시켜야 할 대상으로 여긴다. 화는 다른 어떤 것과 비교를 하더라도 결코 바람직할 것이 없고 때로는 화가 나게 하는 상대의 잘못 이상으로 악덕인 경우가 종종 있기 때문이다. 기뻐하고 즐거워하는 것이 덕의 바람직하고도 자연스러운 모습이다.

화를 내는 것이 덕의 위엄에서 기인하지 않는 것은 슬퍼하는 것이 그렇지 않은 것과 마찬가지이다. 그런데 슬픔은 성마른 화의 동류이기 때문에 모든 화는 회한이나 실패를 맛본 뒤에는 슬픔으로 바뀐다. 그리고 만약에 죄에 대하여 화를 내는 것이 현자의 바람직한 행동이라면 도가 클수록 현자의 화는 크고 자주 화를 낼 것이다. 그로 인해 쉽게 화를 내게 될 것이다. 그러나 우리가 현자의 마음속에 큰 분노나 쉽게 화를 잘 내는 습성이 존재하지 않다는 것을 믿는다면, 이러한 감정으로부터 현자를 완전히 해방시켜주지 않을 이유가 있겠는가? 실제로 개개인의 행위에 따라 화를 내야만 한다면 그 한도는 없다. 다시 말해 상대의 과실이 제각각인데 똑같이 화를 낸다면 현자는 불공평하다. 또한 상대의 잘못에 화를 내는 것이 당연하다고 해서 그때마다 격노한다면 현자는 너무나 화를 자주 내는 것이 된다.

7. 그렇다, 현자의 감정이 타인의 사악함에 의해 좌우된다면 그것처럼 어울리지 않는 것이 또 있을까? 소크라테스조차도 집을 나올 때 가졌던 감정을 다시 집으로 돌아왔을 때 그대로 유지할 수 없다는 말인가? 만약에 현자가 모든 비열한 행위에 화를 내고 범죄에 분개하고 슬퍼한다면 그보다 더 힘든 일은 없을 것이다. 아마도 그의 삶은 성마름과 고뇌 속에서 보내야 할 것이다. 왜냐하면 현자가 자신이 부인하는 상황을 보지 않아도 되는 순간이 없을 것이기 때문이다. 집을 나설 때마다 그는 탐욕스럽고 방탕하고 부정한 악당들 즉, 이런 인간들로 인해 행복을 누리는 무리들속으로 들어가야만 할 것이다. 어디에 눈길을 두든 화를 참을 수 없는 무언가를 보고야 만다. 화를 낼 동기가 생길 때마다 분노에 사로잡히게 된다면 제아무리 현자라고 해도 피로에 지쳐버리고 말 것이다.

해가 뜨자마자 광장의 법정을 향해 서둘러 가는 수천의 사람들, 그들은 추잡한 송사와 그 이상으로 추잡한 수많은 변호인들에게 둘러싸여 있다. 아버지의 의견을 존중하는 것이 중요하지만 그것을 비난하는 자가 있는가 하면 어머니에게 고자질하는 자도 있다. 죄를 저지른 피고인임이 명백한데도 고소인의 자격으로 참가하는 사람도 있다. 재판관 또한 자신이 과거에 저지른 죄와 똑같은 불법을 재판하려 하고, 방청객들도 피고측 변호사의 낭랑한 목소리에 현혹되어 악당의 편을 든다.

  0. 왜 이렇게 인간이 열거를 하는 걸까? 광장에는 수많은 인파가 몰려와 있다. 투표장은 몰려드는 인파로 인산인해를 이루고 있다. 검투장에는 대부분의 군중들이 모습을 드러낸다. 이런 모습을 볼 때면 거기에 모여든 인간의 수만큼 악덕이 있다고 생각하는 것이 좋다. 평상복을 입고 있는 사람들에게서도 전혀 평화를 느낄 수 없다. 어떤 자는 얼마 되지 않는 돈을 받고 타인을 파멸시키는 일에 가담한다. 타인에게 위해를 가하지 않고서는 아무도 돈을 벌 수 없다. 그들은 행복한 사람을 증오하고 불행한 사람을 멸시한다. 자신보다 높은 사람은 두려워하지만 자신보다 낮은 사람은 전혀 어려워하지 않는다. 모순된 욕망에 사로잡혀 작은 쾌락과 이익을 위해 모든 것을 잃을 각오까지 한다. 그 생활은 검투장과 전혀 다를 것이 없으며 같은 상대와 술도 마시고 서로 싸우는 생활을 한다. 이것은 짐승들의 집단이다. 그러나 짐승들은 자신들의 무리와는 서

로 물고 뜯는 우행을 저지르지 않지만, 인간들은 끝까지 상대를 쓰러뜨리지 않으면 절대로 멈추지 않는다. 인간이 말 못하는 짐승과 다른 점은 동물의 경우 먹이를 주는 사람에게는 꼬리를 치지만, 인간은 화가 나면 자신을 키워준 사람에게조차 달려들어 공격한다.

9. 현자는 일단 화를 내면 무슨 일이 있더라도 화를 참지 않을 것이다. 모든 것들이 범죄와 악덕으로 가득 차 있다. 아무리 처벌을 하더라도 전부 다 치료를 할 수 없을 정도로 많은 악행이 저질러지고 있다. 그것은 거대하고 사악한 싸움터이다. 악행을 저지르고자 하는 욕망이 점점 더 커질수록 수치심은 감소한다. 보다 선하고 올바른 것에 대한 고려는 내몰려지고 변덕스러운 욕망만이 원하는 곳 어디든 파고든다. 그렇게 되면 더 이상 범죄는 비밀도 아니다. 온갖 범죄가 우리의 눈앞에 펼쳐진다. 그리고 사악함이 공공연하게 세상에 퍼져나가 사람들의 마음속에서 성장하게 되어 결국 사방에 죄악이 넘쳐흐르게 된다. 왜냐하면 특정 인물이나 소수의 인간만이 법을 위반하는 것이 아니기 때문이다. 사람들은 곳곳에서 마치 신호라도 받은 듯이 나타나 옳고 그름의 경계를 무너뜨리고 만다.

손님은 주인으로부터 안전하지 않고,

장인도 사위로부터 안전하지 않다.

형제간의 우애도 없다.

남편은 아내의 파멸을, 아내는 남편의 파멸을 바란다.

무서운 계모는 독약을 탄다.

아들은 일찌감치 아버지의 수명을 점친다.

(오비디우스의 『변신 이야기』 중)

이런 것들은 고작해야 사악함의 일부에 지나지 않는다. 시인은 다음과 같은 내용까지는 적지 않았다. 동족끼리 서로 싸우는 진영, 부모 자식 간의 서로 다른 맹세, 한 시민의 손에 의해 불바다가 된 조국, 추방자의 은신처를 찾아 어슬렁거리는 불온한 기병대, 독물에 물들어버린 샘물, 인간의 손에 의해 만들어진 역병, 포위된 부모 앞에 만들어진 참호, 죄수들로 가득 찬 감옥, 곳곳의 도시를 다 태워버린 화재, 비참한 독재 정치, 왕권과 국가를 멸망시키고자 하는 비밀스러운 음모, 현재 영광이라고 여겨지지만 진압당할 가능성이 있는 것, 그리고 범죄로 여겨지는 행동, 침략과 강간, 참지 못하고 입 밖으로 내뱉어버리는 욕망 등등이 있다. 이런 것들을 위해서라면 세 개의 광장(로마 광장, 카이사르 광장, 아우구스투스 광장)도 부족할 정도이다. 만약 현자가 이 모든 죄악으로 인해 느끼는 수치심만큼 얼마든지 화를 내도 된다면 아마도 그는 미쳐버리고 말 것이다.

10. 우리는 실수에 대해서는 화를 내서는 안 된다는 것을 반드시 염두에 두어야 할 것이다. 예를 들어 어둠 속에서 발을 헛디뎌 지나가던 사람을 화나게 했다면 어떨까? 귀가 어두운 탓에 명령을 제대로 알아듣지 못하는 사람에게 화를 내고, 어린아이가 제 할 일을 잊어버린 채 친구들과 노는 데 정신이 팔려 있다고 해서 화를 낸다면 어떻겠는가? 병환이나 노환으로 인해 허약해진 사람에게 화를 낸다면 어떻겠는가?

사람들에게는 개개인에 따라 사정이 있는데 그중에는 어두운 마음의 그림자, 혹은 어쩔 수 없이 잘못을 저지르는 것은 물론이고 죄를 저지르는 것을 즐기는 사람도 있다. 각각의 사람에게 모두 화를 내지 않기 위해서는 일반적인 상황은 용서를 해야만 한다. 인류를 위해 면죄부를 해주어야만 한다. 만약 청년이나 노인에게 화를 내는 이유가 그들이 저지른 잘못 때문이라면 어린아이에게도 화를 내야만 한다. 아이들에게도 죄를 저지를 수 있는 싹이 있기 때문이다. 그러나 세상의 옳고 그름을 제대로 판단할 수 없는 어린 아이에게 화를 내는 사람이 있는가? 그것은 어리다는 이유 이상으로 그들을 용서하는 것은 바로 사람이기 때문이다. 인간은 선천적으로 육체적 병에 뒤지지 않을 만큼 마음의 병에 걸리기 쉬운 동물이다. 설령 바보나 어리석은 동물이 아닐지라도 자신의 영리함을 이용하여 서로 악덕의 모범이 되고 있다. 악의 길을 걷는 앞사람의 자취를 따르는 사람들은 누구나 이렇게 변명을 하지 않는가? "모두가 가는 길을 나도 갔을 뿐이다."

사령관은 개개의 병사에 대해서는 엄중한 칼날을 내리칠 수 있다. 그러나 부대 전체가 탈영을 한다면 용서를 할 수밖에 없다. 그렇다면 과연 현자의 화를 진정시킬 수 있을까? 그것은 수많은 범죄자의 무리이다. 사람들의 일반적인 악덕에 일일이 화를 내는 것이 얼마나 부당한 것인지, 얼마나 위험한 것인지를 현자들은 잘 알고 있다.

헤라클레이토스는 외출을 할 때마다 주변의 어리석은 삶의 방식 아니, 그보다는 안타까운 죽음을 향해가고 있는 수많은 사람들을 볼 때마다 항상 눈물을 흘렸다. 그는 거리에서 만나는 즐겁고 행복하게 살아가는 사람들 모두를 가련하게 여긴 것이다. 그는 온화한 심성 때문에 마음이 너무 여려 '어둠의 사람' '눈물의 철학자' 중의 한 명이라 불렸다. 그와 반대로 데모크리토스는 사람들 앞에서 항상 웃음을 잃지 않았다고 한다. 남들은 심각하게 여기는 문제라도 그는 항상 웃음을 잃지 않고 전혀 심각하게 받아들이지 않은 것이다. 그런 그에게 과연 분노가 끼어들 자리가 있을까? 세상의 모든 일은 웃어버리거나 울어버리거나 둘 중에 하나이다.

현자라면 잘못을 저지른 사람에게 화를 내지 않을 것이다. 왜냐하면 현자는 잘 알고 있기 때문(사람은 누구나 태어나면서부터 현명한 것이 아니라 현명해지는 것이고, 또한 모든 시대를 통틀어서 매우 적은 사람만이 현자가 될 수 있다)이다. 현자는 인생이 무엇인지 숙지하고 있기 때문인데 누구라도 사리분별력이 있다면 자연의 본질에는 화를 내지 않을 것이다. 예를 들어 숲속의 나무에 과일이 열려 있지 않은 것을 이상하게 생각한다면 어떨까? 가시덤불이나 풀숲 사이에 뭔가 도움이 되는 열매가 주렁주렁 열려 있지 않은 것을 이상하게 여긴다면 어떨까? 자연이 악을 지켜나가는 것에는 아무도 화를 내지 않는다. 그러므로 현자는 잘못에는 관대하고 공정하다. 죄를 저지른 상대는 적이 아니라 교화의 대상인 것이다. 그들은 평소에 마음속으로 이렇게 생각하고 있을 것이다. '나는 수많은 주정뱅이를 만나게 될 것이다. 또한 수많은 욕정과 은혜의 배신자들, 수많은 탐욕과 야심으로 혈안이 되어 있는 모습들을 보게 될 것이다.'

현자는 이 모든 것을 마치 의사가 환자를 살피듯이 친절하게 살필 것이다. 널빤지로 만든 배의 틈이 벌어져 배 전체에 물이 스며들게 된다면 선장은 배와 선원들에게 과연 화를 낼까? 아니, 화를 내기는커녕 서둘러 달려가 스며드는 물줄기를 막기 위해 모든 구멍을 찾아 막을 것이다. 하나를 막으면 다른 곳에서 다시 물이 스며들어와 손을 쉴 틈이 없다. 끊임없이 발생하는 모든 악은 다 제거할 것이 아니라 그것들에 승리를 안겨주지 않도록 인내하며 주의 깊게 살펴야 한다.

11. 그러면 이렇게 말할 것이다.

"화를 내면 멸시를 당하지 않기 때문에 도움이 된다. 게다가 악당에게 두려움을 줄 수도 있다."

하지만 첫째, 만약에 화를 내는 것이 남에게 두려움을 줄 정도의 힘이 있다고 하면 그야말로 화가 두려운 것이라는 것을 증명하는 것이기 때문에 동시에 미움도 사게 된다. 그뿐만이 아니라 두려워 한다는 것은 경시당하는 것 이상으로 위험하다. 반대로 만약에 화가 아무런 힘도 없다면 오히려 멸시당하고 비웃음만 사고 말 것이다. 왜냐하면 하찮은 일에 소동을 피우며 화를 내는 것만큼 싱거운 것이 없기 때문이다. 둘째, 두려워할 만큼의 높은 가치가 있지도 않다. 또한 현자에게 있어 "야수의 무기는 현자의 무기이기도 하기 때문에 둘 다 두려워해야 한다."는 소리도 하고 싶지 않다.

한번 생각해 보라! 열병은 두려움의 대상인가? 또한 통풍이나 악성 궤양도 마찬가지이다. 그렇다고 이것들에 무슨 좋은 것이 있겠는가? 아니면 정반대로 이 병들은 모두 역겹고 피하고 싶은 불쾌한 것들이기 때문에 모두가 두려워하는 것이 아닌가? 이와 마찬가지로 화 또한 흉측한 것이기는 하지만 결코 공포의 대상은 아니다. 그런데도 사람들이 그것을 두려워하는 것은 마치 아이들이 흉측한 얼굴을 한 사람을 무서워하는 것과 같다. 또한 공포는 항상 공포를 일으키게 만드는 장본인에게로 돌아오기 때문에 두려움의 대상이 되는 본인도 안심해서는 안 된다.

여기서 당신은 라베리우스의 유명한 시구를 떠올리지 않았을까? 내전 중에 이 시가 극장에서 낭독되자 온 국민의 관심이 집중되면서 대중의 감정이 한 목소리가 되어 울려 퍼지는 듯 했다.

"대중이 두려워하는 사람은 반드시 대중을 두려워할 것이다."

자연의 법칙에 따르자면 상대에게 공포감을 주어서 강력해진 존재는 자신의 공포로부터도 자유롭지 못하다. 사자는 아주 작은 소리에도 얼마나 깜짝 놀라는가? 사나운 짐승도 그림자나 목소리에 놀라며 두려움에 떤다. 상대에게 공포감을 주는 사람은 스스로도 전율한다. 그러므로 현자는 두려워하기를 바라지 않으며 또한 분노가 공포심을 일으킨다고 해서 그것을 뭔가 대단한 것이라고는 여기지 않는다. 단지 공포뿐이라면 가장 역겨운 것, 예를 들어 독약이나 독사의 이빨도 무서워하는 것은 마찬가지이다. 깃털로 장식된 다림줄이 짐승 무리를 멈추게 하여 덫으로 유인할 수 있다고 해서 결과적으로 이 줄을 무서운 것이라고 여기는 것은 전혀 이상할 것이 없다. 어리석은 사람에게는 터무니없는 것들이 모두 다 공포의 대상이다. 마차의 움직임과 바퀴가 돌아가는 모습 때문에 사자는 우리로 돌아가고 돼지 울음소리에 코끼리는 두려워한다. 그러므로 화를 무서워하는 것은 마치 어린아이가 어둠을 무서워하고 짐승들이 캄캄한 기둥 자실을 무서워하는 것과 마찬가지이다. 화라는 것은 그것 자체의 내면에 확실하고 강한 뭔가가 있는 것이 아니라 그저 경솔한 마음이 동요되었을 뿐이다.

12. 그러면 이렇게 말할 것이다.

"화를 없애고자 한다면 자연의 법칙에서 사악함을 제거해야만 한다. 하지만 이 두 가지 다 현실적으로 불가능한 일이다."

그러나 첫째, 비록 자연의 법칙이라 할지라도 사람들은 겨울의 추위를 피할 수가 있다. 또한 여름 동안에는 더위도 피할 수 있다. 사람들은 은혜로운 대지 덕분에 계절과 악천후의 영향을 피할 수 있고, 또한 신체적 인내력으로 덥고 추운 감각을 극복할 수도 있다. 둘째, 이 논쟁을 역으로 생각해 보면 좋을 것이다. 다시 말해서 화를 받아들이기 위해서는 당연히 그 전에 마음에서 덕을 배제시켜야만 한다. 왜냐하면 악덕은 덕과 함께할 수 없기 때문이다. 그 어떤 사람일지라도 화를 내는 동시에 착한 사람일 수가 없는 것은 마치 환자인 동시에 건강한 것이 불가능한 것과 마찬가지이다.

그러면 이렇게 말할 것이다.

"모든 사람의 마음속에서 화를 제거하는 것은 불가능한 일이며 또한 그것을 인간의 본성이 용납하지 않는다."

그렇지만 인간의 지성으로 정복할 수 없고, 또한 강한 인내심과 반성을 통해 친교를 맺을 수 없을 만큼 완고한 것은 없다. 게다가 교육을 통해서 길들일 수 없을 만큼 야만적이고 방자한 감정도 없다. 어떤 것이든 마음이 스스로 명령한 것은 지속된다. 어떤 사람은 절대로 웃지 않으려고 노력했다. 또 어떤 사람은 포도주를, 또 어떤 사람은 사랑의 즐거움을, 또 어떤 사람은 모든 음료를 스스로 금지시켰다. 어떤 사람은 짧은 수면만으로도 만족할 수 있게 되어 밤새 일을 하여도 피곤한 줄 모르게 훈련을 하였다. 어떤 사람은 아주 가늘고 긴 밧줄 위를 걸을 수 있게 훈련하였고, 어떤 사람은 인간이 견딜 수 없을 정도로 크고 무거운 짐을 옮길 수 있게 되었고, 또 어떤 사람은 측정이 불가능할 정도로 깊은 물속으로 잠수하여 전혀 숨을 쉬지 않고도 바닷물을 견딜 수 있게 된 경우도 있다. 이런 예는 얼마든지 있으며 모두가 끈기 있게 모든 장애를 이겨내고, 또한 지성 스스로가 인내하도록 지시한 것에 대해서는 결코 극복할 수 없는 일이 아니라는 것을 증명하고 있다.

위에서 열거한 사람들에게는 강한 인내와 열정에 대한, 혹은 그 에 대한 그 어떤 보수도 없었다. 다시 말해서 가는 밧줄 위를 걷거나, 크고 무거운 짐을 어깨로 지탱하거나, 잠에 굴복하지 않고, 바다 깊숙이 잠수하는 것과 같은 훈련을 거듭한 사람들은 얼마나 훌륭한 재능을 획득하였는가? 그럼에도 불구하고 그 노력의 결과는 고생한 것과 비교한다면 아무런 보답도 없이 끝이 나버린다. 그렇다면 그런 큰 보상, 즉 행복하고 흔들림 없는 평정심이 우리를 기다리고 있는데 어떻게 인내하지 않을 수 있단 말인가? 가장 큰 악인 화에서 벗어남과 동시에 혼란과 광기와 잔혹성과 광폭함, 그 밖에 분노와 동반되는 모든 감정에서 벗어난다는 것이 얼마나 위대한 일이란 말인가?

13. 우리는 자신을 지키기 위해 변호하거나 자신의 방자한 행위에 대한 변명거리를 만들어 놓고 그것이 유익하다고 주장하거나

어쩔 수 없었다고 주장해서는 안 된다. 왜냐하면 변명을 하고자 하는 사람에게 악덕함이 없는 경우는 없기 때문이다. 또한 그것을 제거할 수 없다고 주장해서는 안 된다. 우리는 병이 들었어도 회복을 할 수가 있으며 또한 평생을 올바른 것을 향하고 있기 때문에 스스로의 잘못을 고치려고 마음을 먹는다면 운명은 자연스럽게 우리를 도와줄 것이다. 또한 특정 사람들이 생각하는 것처럼 덕으로 가는 길이 험난한 역경의 길도 아니다. 덕으로 다가가는 길은 평탄하다. 내가 여기에 온 것은 그대에게 거짓을 말하기 위함이 아니다. 행복으로 가는 길은 간단하다. 단지 좋은 징조와 신들의 가호를 받으며 그 길로 들어서기만 하면 된다. 사실 지금 그대가 하고 있는 일이 훨씬 더 어려운 일이다.

마음의 평정만큼 평화로운 것이 또 있을까? 분노만큼 고통스러운 것이 또 있을까? 자애보다 마음 편한 것이 또 있을까? 잔혹함처럼 힘든 일이 또 있을까? 신중함에는 여유가 있지만 욕망은 너무나도 바쁘다. 요컨대 덕의 모든 것을 유지하는 것은 쉬운 일이지만 악덕은 너무도 많은 대가가 필요하다. 화는 반드시 제거해야만 한다. 사람들은 화를 진정시켜야한다고 말하는데 이 말에도 일리가 있다. 하지만 화는 무용지물이기 때문에 모든 화는 뿌리째 뽑아버리는 것이 좋다. 화를 내지 않으면 훨씬 쉽고 올바르게 범죄를 몰아낼 수 있을 것이다. 악인들에게 벌을 주면서 보다 나은 방향으로 인도할 것이다. 현자는 필요한 모든 것을 악의 도움을 전혀 받지 않고 수행해 나가면서 조금이라도 불안해 보이는 것과는 거리를 둘 것이다.

14. 그러므로 결코 화를 용인해서는 안 된다. 다만 상황에 따라서는 화난 척을 해야 하는 경우가 있는데, 그것은 상대방의 아둔한 마음을 강하게 흔들어 자극할 필요가 있을 경우이다. 그것은 마치 둔자이 굼뜬 말을 마대기로 찔러 자극해서 달리게 하는 것과 같다. 그리고 사리에 어긋난 사람에게 겁을 줄 필요가 있을 때도 있다. 하지만 결국 화를 내는 것은 전혀 무익한 것으로 슬픔과 공포가 아무런 도움이 되지 않는 것과 다르지 않다.

"그렇다면 화를 돋우는 원인이 되지 않을까?" 그럴 때는 화에 대항하여 있는 힘껏 맞서 싸워야 한다. 마음과 싸워 이기는 것은 쉬운 일이 아니다. 검투사 또한 마찬가지로 비록 그들이 인간으로서 가장 천한 일에 종사를 하고 있지만 타격의 고통을 견뎌낸다. 그것은 쓰러지지 않으려는 상대의 힘을 소모시키기 위한 것이다. 그리고 그들이 상대를 공격할 때는 분노의 자극에 의한 것이 아니라 확실한 기회를 잡았을 때이다. 전해지는 이야기에 따르면 운동 경기의 위대한 지도자인 피로스는 제자들에게 언제나 "화를 내서는 안 된다."고 가르쳤다고 한다. 분노는 능력의 혼돈을 일으키게 하여 상대를 쓰러뜨리는 것에만 정신을 팔리게 한다. 그러므로 이성은 인내심을 기르게 하고 화는 복수를 재촉하는 경우가 많다. 인간은 첫 악행이 성공하게 되면 다음에는 더 큰 악으로 빠져들게 된다. 단 한마디의 모욕적인 말을 참지 못하여 추방을 당하고만 사람도 있다. 작은 손해를 참지 못한 탓에 매우 혹독한 불행으로 무너져버린 사람도 있다. 충분한 자유의 일부를 빼앗겼다고 화를 내서 스스로를 굴욕적인 속박에 내던진 사람도 있다.

15. 그러면 이렇게 말할 것이다.

"분노 속에는 무언가 고귀한 것도 포함되어 있는데, 예를 들어 게르만족이나 스키타이족과 같이 자유분방하면서도 화를 잘 내는 민족도 있다."

왜냐하면 그들의 선천적으로 강하고 건장한 특징은 교육을 통해 순종적으로 교화시키지 않으면 쉽게 화를 잘 내기 때문이다. 세상에는 선천적으로 모든 좋은 소질을 타고나기도 하는데, 예를 들어 비옥한 토지는 그냥 방치를 하여도 거대한 과수원을 이루고 높고 무성한 숲은 토양이 비옥하다는 증거라 할 수 있다. 그러므로 선천적으로 강인한 소질은 화를 잘 내지만 나약한 것은 절대로 받아들이지 않고 투지를 불태운다. 그러나 이러한 소질의 활력은 불완전한 상태이기 때문에 계발되지 않은 채 단순히 선천적 장점만을 내세우는 모든 특성들과 마찬가지이다. 때문에 신속하고 정확하게 제어하지 않는다면 용맹한 성품은 무모하고 경솔한 행동으로 이어지는 것이 일반적이다.

그렇다면 어떨까? 온화한 성품이라도 그에 걸맞은 온유한 악과는 전혀 관계가 없을까? 예를 들어 애수나 연정이나 내성적인 성품 등이 그것이다. 나는 이렇게 훌륭한 성품에 대하여 말할 때면 항상 그것의 나쁜 점도 함께 제시한다. 하지만 그렇다고 해서 그런 것들이 악덕이 아닌 것은 아니다. 설령 그것이 뛰어난 본성을 보여주는 증거라고 할지라도 말이다. 이제 생각해 봐야 할 것은 야만적이고 자유분방한 민족들이 모두 사자나 늑대처럼 남을 따르지도 못하고 동시에 남을 다스리지도 못한다는 점이다. 그들이 가지고 있는 인간적인 소질이나 능력이 아니라 야만적이고 다루기 힘든 그 어떤 힘이기 때문이다. 게다가 지배당하지 못하는 사람은 지배할 수도 없다. 그러므로 과거에 통치권을 가지고 있던 국민들은 대부분 비교적 온화한 기후에서 살아왔다. 혹한의 북쪽 지방에 사는 민족은 야만적인 소질을 가지고 있으며 시인들 또한 그들의 소질에 대하여 "그들은 고향의 기후와 닮아 있다."고 노래하였다.

16. 그러면 이렇게 말할 것이다.

"사람들은 포악한 동물을 매우 고귀하다고 여기고 있다."

그러나 충동이 이성을 대신하는 동물의 경우를 인간과 비교하는 것은 어리석은 일이다. 인간의 경우에는 이성이 충동을 대신한다. 게다가 동물들에게 있어 그러한 충동이 모두 다 도움이 되는 것은 아니다. 분노가 사자에게는 도움이 되고, 전율의 충동은 사슴에게 도움이 되고, 독수리에게는 습격의 충동이, 비둘기에게는 도망의 충동이 도움이 된다. 그런데 가장 고등한 동물이 제일 화를 내기 쉽다는 것이 진실이 아니라면 어떻겠는가? 짐승들은 강탈을 해서 먹이를 구하기 때문에 화가 날수록 그 목적을 달성하기 쉬울 것이라 생각할지도 모른다. 그러나 나는 고삐를 조종하는 대로 움직이는 소나 말의 강한 인내심이야말로 칭찬할 것이다. 그런데 당신은 어째서 인간을 그러한 어리석은 동물과 비교하는가, 그대는 신과 우주를 소유하고 있고, 모든 동물들 중에서 인간만이 신의 형상으로 만들어졌고 신을 이해할 수 있는 유일한 존재인데도 말이다.

그러면 이렇게 말할 것이다.

"모든 사람들 중에서 가장 솔직한 사람은 바로 쉽게 화를 내는 사람이라고 생각한다."

그렇다, 그들은 사기꾼이나 교활한 인간들과 비교해 보면 훨씬 솔직해 보이기도 한다. 그들의 성격은 노골적이니까. 하지만 나는 그들이 솔직하다기보다는 경솔하다고 하고 싶다. 우리는 이 단어를 우직하다거나, 도락가, 방탕한 사람들처럼 악덕한 사람들이 현명한 척 행동학 때 적용하다

17. 그러면 이렇게 말할 것이다.

"가끔은 화를 내는 연설가가 훨씬 훌륭한 연설을 한다."

아니, 결코 그렇지 않다. 그들은 단지 화가 난 척할 뿐이다. 예를 들어 연기를 하는 배우는 실제로 화를 내서 관객을 감동시키는 것이 아니라 화가 난 모습을 훌륭하게 연기하여 감동을 주는 것이다. 이와 마찬가지로 우리도 판사의 앞이든, 대중의 앞이든 간에 타인의 마음을 자기가 생각한 방향으로 이끌어야 할 경우 때로는 화를 내고, 때로는 두려워하고, 때로는 불쌍한 척하여 사람들의 마음을 움직이려 하지 않는가? 그리고 진실한 감정으로는 기대할 수 없었

던 결과를 감정 연기를 통해 이끌어내는 경우도 자주 있다.

그러면 이렇게 말할 것이다.

"분노심이 없는 마음은 나약하다."

맞는 말이기는 하지만 그것은 분노보다 강력한 무언가를 마음속에 지니고 있지 않을 때이다. 우리는 도둑이어서는 안 되지만 그들의 먹잇감이 되어서도 안 된다. 온순해서도 안 되지만 무자비해서도 안 된다. 전자의 마음은 너무 나약하지만 후자는 너무 가혹하다. 현명한 사람이라면 이 둘의 균형을 유지하면서 강력하게 밀어붙여야 할 때는 분노가 아니라 능력을 활용해야 할 것이다.

18. 지금까지 화에 관한 모든 문제에 대해여 살펴보았고, 이제 그에 따른 화의 치료법에 대하여 알아보기로 하겠다. 내가 아는 견해로는 두 가지 방법밖에 없다. 그것은 화에 빠지지 않는 것과 화를 내더라도 잘못을 저지르지 않는 것이다. 우리의 신체를 예로 보더라도 건강을 유지하거나 회복하는 방법에 있어서 각각 지켜야 할 규칙이 있는데, 그와 마찬가지로 우리는 화를 낼 일이 없게 함과 동시에 다른 한편으로는 화를 억눌러야만 한다. 그리고 화를 피하

기 위해서는 평생 동안에 특정한 충고가 필요하다. 그것은 성장기 교육 기간과 그 이후의 기간으로 나뉘어진다.

교육 기간 동안에는 최대한으로 장래에 도움이 될 수 있는 방향으로 주의를 기울일 필요가 있다. 왜냐하면 지금은 유약한 마음을 단련시키는 것이 어렵지 않지만 성장기에 몸에 밴 악습을 버리는 것은 어렵기 때문이다.

19. 선천적으로 다혈질인 사람이 화를 잘 내는 것은 당연한 일이다. 세상에는 불과 물과 공기와 흙의 네 가지 원소가 존재하고 그에 상응하여 열기와 냉기와 건조함과 습하다는 특성이 존재한다. 그러므로 장소, 동물, 물체, 성격의 다양성은 수많은 원소의 혼합에 의해 만들어진다. 이것들 중에서 어떤 원소가 다른 원소보다 세력을 크게 확장해 나감에 따라서 다른 원소의 특성이 특정 방향으로 크게 기울게 된다. 때문에 어떤 지역은 습하다 부르고, 또 어떤 지역은 건조지역, 온난지역, 한랭지역이라 부른다.

이러한 특성은 동물이나 인간에게도 있다. 이러한 각각의 특성이 얼마나 습하고, 혹은 얼마나 따뜻하게 각자 유지하고 있는지가 결정적인 요인이다. 각 특성들 중에서 하나의 원소 비율이 다른 것보다 크다면 그에 따라 성격이 결정되는 것이다. 화를 잘 내는 사람은 마음속에 뜨거운 자연의 본성을 지니고 있다. 왜냐하면 활동적이고 집요한 것은 불의 성격이기 때문이다. 여기에 찬 기운이 섞이면 겁쟁이가 된다. 찬 기운은 활동적이지 못하고 수축된 특성을 가지고 있다. 때문에 우리 스토아학파 중 일부 사람들의 주장에 따르자면 마음속에서 화가 일어나는 것은 심장 주변의 피가 들끓고 있기 때문이라고 한다. 심장 주변이 화와 가장 연관성이 많다고 여기는 것은 몸 전체에서 가장 따뜻한 곳이 심장이기 때문이다. 상대적으로 습한 기운이 많은 사람의 경우에는 화가 서서히 증가한다. 이런 사람들은 처음부터 열기를 가지고 있는 것이 아니라 운동에 의해 얻어진다. 그러므로 아이들과 여자들의 화는 무겁기보다는 잦으며 그 시작이 매우 가볍다. 건조기에 접어든 화는 지독하고 강하지만 커지지는 않기 때문에 거기에 더해지는 것이 많지 않다. 그것은 열기가 쇠하면 냉기가 그 뒤를 잇기 때문이다. 노인들은 까다롭고 불평이 많다. 그들은 마치 병자나 회복 중인 사람들, 혹은 피로에 지쳐 핏속의 열기가 모두 다 빠져나간 사람과도 같다. 갈증과 굶주림으로 인해 쇠약해지는 것도 이와 같은 원인이고, 또한 혈색이 창백해지고 영양상태가 좋지 않아 기운을 차리지 못하는 사람도 있다. 술이 화를 더욱 돋우는 것은 술이 열을 높여주기 때문이다. 각자의 체질에 따라 만취 상태에서 화가 폭발하는 사람이 있는가 하면 적당히 취했을 때 화가 폭발하는 사람도 있다. 그리고 머리카락이 붉거나 낯빛이 붉은 사람들이 극단적으로 분노를 폭발하기 쉽다. 왜냐하면 다른 사람들은 화가 나야 붉은 낯빛으로 변하지만 그들은 선천적으로 그런 체질로 태어났기 때문이다. 다시 말해서 그들의 피는 변하기 쉬우면서도 계속적으로 움직이고 있기 때문이다.

20. 그러나 선천적인 체질이 특정한 사람들이 화를 잘 내게 하는 것과 같이 몇몇 우연한 원인 또한 마찬가지 작용을 하여 선천적 체질과 똑같은 작용을 일으킨다. 질환이나 신체적 장애로 인해 그러한 현상이 일어나는 사람이 있는가 하면, 노동이나 계속되는 불면과 철야 작업, 욕구나 연애로 인해 그렇게 되는 사람도 있다. 그 외에도 심리적이나 육체적 장애를 일으키는 모든 것이 병든 정신을 불만으로 가득 차게 만든다. 하지만 이 모든 것은 단순한 실마리나 원인에 지나지 않는다. 가장 무서운 것은 습관인데, 나쁜 습관의 악화는 악덕으로 이어진다. 선천적인 체질을 바꾸는 것은 매우 어려우며 일단 태어나면서 형성된 원소를 바꾸는 것은 용납되지 않는다. 그러나 이 사실을 인지할 수 있다면 불의 성질의 사람은 술을 멀리하는데 도움이 된다. 플라톤도 어린 나이에 술을 먹는 것을 금기시하며 불을 불로써 선동하는 것을 용납하지 않았다(플라톤의 『법률』 중에 18세 미만은 절대로 술을 마시게 해서는 안 된다고 적고 있다). 이러한 특성을 가진 사람은 음식 또한 배불리 먹어서는 안 된다.

왜냐하면 배가 부르면 몸과 마음이 동시에 확장되기 때문이다.

　이런 사람에게는 피로에 지쳐 쓰러지기 직전까지 노동을 시키는 것이 좋다. 그렇게 해서 그들의 열기를 식히는 것이 좋다. 단, 완전히 소멸시키는 것이 아니라 과도한 열기를 잠재우는 정도가 적당하다. 운동을 하는 것도 좋을 것이다. 적당한 쾌락은 마음을 진정시키고 편안하게 해주기 때문이다. 따뜻한 체질과 건조한 체질, 그리고 습한 체질의 사람들의 화는 그다지 위험하지 않지만, 반면에 비열한 악습에 젖지 않도록 경계를 게을리 해서는 안 된다. 비겁하고 어둡고 쉽게 낙담하거나 의심이 많은 성격 등은 악습이다. 그러므로 이러한 특징의 사람들에게는 따뜻한 격려나 즐거운 방향으로 인도해 주어야 한다. 이렇게 특정한 화에 대해서, 그리고 어두운 성격에 대해서는 각각 다른 치료 방법을 이용해야 한다. 그리고 이 두 종류의 병폐에는 단순히 서로 다른 약을 이용하는 데 그치지 말고 정반대의 약을 이용해서 치료를 해야만 한다. 이렇게 해서 우리는 모든 병폐의 악화를 끊임없이 저지하도록 노력해야 한다.

　21. 나는 어려서부터 건전한 교육을 철저히 하는 것이 가장 유익하다고 강조했다. 그러나 그 지도 방법은 매우 어렵다. 아이들의 마음속에 화를 키우게 하거나 재능을 억누르지 않도록 조심하고 인내하는 것은 매우 어려운 일이기 때문이다. 모든 것은 세심한 주

의가 필요하다. 왜냐하면 위의 것들은 모두 격려를 해주거나 제재를 하는 것 모두 다 똑같은 행위를 통해 조장되지만, 그것은 주의 깊고 신중한 사람조차도 쉽게 속을 수 있기 때문이다. 정신은 자유를 통해 성장하고 굴복에 의해 위축이 된다. 만약에 칭찬을 받아 스스로 좋은 희망을 품도록 교육을 받는다면 정신은 분발을 한다. 그러나 이 방법은 방종과 성마름으로 이어지기도 한다. 그러므로 우리는 이 두 가지 방법을 중용하여 때로는 고삐를 당기거나 박차를 가하여 격려해줄 필요가 있다.

그 어떤 비굴한 행위나 그 어떤 노예근성도 용납해서는 안 된다. 아이들은 절대로 굴복하거나 애원할 필요가 없으며 또한 애원은 절대로 도움이 되지 않는다. 그보다는 오히려 본인의 현재 상태와 과거의 행위, 미래에 대한 밝은 기대가 보상받을 수 있도록 해야 한다. 친구들 사이에서의 경쟁에서 아이들이 패배한 채로, 또는 화가 난 채로 방치해 두어서는 안 된다. 우리가 노력을 기울여야 할 것은 경쟁상대인 아이들을 서로 사이좋게 지낼 수 있게 해주는 것이다. 그것은 경쟁을 통해 상대에게 상처를 입히는 것이 아니라 단순히 상대에게 이기는 습관을 길러주기 위해서이다. 우승을 하거나 칭찬 받을 일을 하였을 때마다 격려를 해주는 것은 좋지만 펄쩍 뛰며 기뻐하는 것은 용납해서는 안 된다. 왜냐하면 환희 다음으로 광희(狂喜)가 이어지고 그것은 자만으로 이어져 자신에 대한 과대

평가로 이어지기 때문이다.

우리는 아이들에게 무언가 편안함을 제공할 것이다. 그리고 잠꾸러기에 게으름뱅이가 되지 않게 할 것이며, 또한 유혹의 영향으로부터 멀리 떼어낼 것이다. 왜냐하면 나태하고 아첨하게 하는 교육만큼 아이들을 성급하게 만드는 것이 없기 때문이다. 그러므로 외동아이는 응석을 받아줄수록, 부모가 없는 고아는 제멋대로 행동하도록 방치할수록 마음은 점점 더 추락한다. 어려서 단 한 번도 반대에 부딪힌 일이 없거나, 항상 어머니가 눈물을 닦아 주면서 걱정을 해주거나, 가정교사에게만 맡겨 두었던 아이들은 작은 충격에도 저항을 할 수 없을 것이다. 성장과 함께 화 또한 점점 더 커질 것이다. 부자와 귀족과 고관대작들에게서 이러한 경향이 두드러지는 것은 그들 마음속의 경박하고 공허한 것들이 모두 행운의 바람을 타고 높이 날아오를 때이다.

행운은 화를 키운다. 그럴 때면 그를 따르는 무리들은 우쭐해져 있는 사람의 주위에 모여들어 귀에다 이렇게 속삭일 것이다. "과연 저 자가 당신에게 그런 말대꾸를 할 수 있는 겁니까? 당신은 스스로의 지위에 어울리는 평가를 하고 있지 않습니다. 당신은 스스로를 낮추고 있습니다." 이러한 아부는 제아무리 정상적이고 확고한 신념을 가진 사람이라도 거부하기 힘든 말들이다. 그러므로 어려서부터 아부와는 멀리하도록 해야 한다. 아이들에게는 진실만을 들려주어야 한다. 때로는 공포를 느끼게 해주고 지속적으로 존경심을 갖게 하여 윗사람 앞에서는 일어서도록 하여야 한다. 화를 내서 모든 것을 얻어낼 수 있게 해서는 안 된다. 울었을 때는 들어주지 않았던 것을 울음을 멈추었을 때 들어주는 것이 좋다. 또한 부모의 재산은 보여주기만 하고 사용하게 해서는 안 된다. 잘못을 저질렀을 때는 반드시 꾸중을 해야 한다. 조용한 인품의 학교 선생님이나 가정교사는 아이들에게 도움이 될 것이다. 젊은이들은 누구나 가장 가까운 상대에게 애착을 느끼며 본받으며 성장을 한다. 그러니 가정교사의 성격은 아이의 성장과 함께 성격에 반영될 것이다.

플라톤의 학교에서 교육을 받고 부모의 품으로 돌아간 한 소년이 부모님이 큰 소리로 화내는 모습을 보고 이렇게 말했다. "이런 광경은 플라톤의 학교에서는 본 적이 없어요." 이 소년 또한 플라톤을 본받기 이전에 아버지를 본받는 것이 먼저였을 것이다. 그중에서도 특히 식사는 소박하게 하고, 의복은 값비싼 것이 아니어야 하며, 생활 습관은 동년배와 비슷한 정도로 하여야 한다. 자신과 동등하다고 여겨지는 많은 사람들과 처음부터 동등한 취급을 받아 왔다면 그런 상대에게 아이들은 화를 내지 않을 것이다.

22. 그러나 이상의 것들은 아이들에게만 도움이 되는 내용이다.

어른의 경우에는 출신 성분이나 교육 정도는 악덕에 대한 변명이 될 수 없으며 이미 받은 교육에 대하여 따질 이유도 될 수 없다. 출생과 교육의 연관성을 올바르게 규정하지 않으면 안 된다. 때문에 우리는 최초의 원인과 싸우지 않으면 안 된다. 그런데 화를 내는 원인은 손해를 보았다는 생각 때문이지만 그것을 가볍게 믿어서는 안 된다. 설령 그것이 명명백백한 사실이라 할지라도 그대로 받아들여서는 안 된다. 왜냐하면 거짓된 것이라도 외관상으로는 진짜처럼 꾸며진 경우가 있기 때문이다. 항상 시간을 두고 생각해야만 한다. 진실을 밝혀주는 것은 시간이다. 중상모략을 하는 자들의 이야기에 쉽게 귀를 기울여서는 안 된다. 이러한 인간적 결함을 인정하고 받아들일 줄 알아야 한다. 우리는 듣기 싫은 것을 쉽게 믿어버리고 판단을 내리기도 전에 이미 화를 내기 때문이다. 만약 우리가 중상모략뿐만이 아니라 단순한 의혹, 혹은 상대방의 표정과 웃음을 악의로 받아들여 아무런 잘못도 없는 사람에게 화를 낸다면 과연 어떻게 될까? 그러므로 우리는 자신의 이해와 반대되더라도 그 자리에 없는 사람을 위해 반론을 하고 화는 잠시 접어두는 것이 바람직하다. 처벌이 유예된다면 시행 가능성에 그치지만 일단 시행이 결정되고 나면 되돌릴 가능성은 없다.

23. 우리가 잘 아는 이야기 중에 참주의 살해를 도모했던 주모자

는 그것을 성공하기 전에 붙잡혀 히피아스(B.C. 527~510. 아테네의 참주. 페이시스트라토스의 장남이자 제2대 참주로 온건정책을 펼쳤으나 동생 히파르코스가 암살당하자 폭정을 일삼다 추방되어 페르시아 왕에게 도망쳐서 그리스 토벌에 참가하였다가 죽음)에게 고문을 당하고 참주 주변 인물들의 이름을 자백하였다. 그들은 모두 참주의 안전과 직접적으로 연관이 있는 사람들이었다. 공모자들의 이름이 열거되자마자 히피아스는 그 자리에서 처형을 명령하였다. 그리고 마지막으로 공모자가 더 있냐고 묻자 주모자는 이렇게 말했다. "이제 남은 것은 당신뿐이오. 당신을 소중하게 여기는 사람은 이제 한 사람도 남아 있지 않소." 참주는 광분한 나머지 주모자의 지시에 따라 자신의 가신들을 자신의 칼로 죽이고 말았다.

이와 비교해 보면 알렉산드로스 대왕은 훨씬 아량이 넓었다. 그의 어머니는 편지로 의사 필리포스의 독약을 조심하라고 전하였다. 그러나 그는 필리포스가 건네주는 약을 전혀 개의치 않고 먹었다. 왕은 자신의 측근에 대해서는 자신의 판단을 신뢰하였다. 왕은 측근의 무죄를 믿고 무죄를 인정할 줄 아는 인물이었다. 내가 그의 이런 점을 특별히 높이 사는 것은 왕처럼 쉽게 화를 내는 사람이 없기 때문이다. 그러므로 다른 왕들의 관대함이 작을수록 그의 행동은 더욱더 칭송을 받아 마땅하다. 카이사르 황제도 관대함을 보여주었다. 황제는 내전에서 승리하고 따뜻한 온정을 베풀었다. 그는 폼페이우스 앞으로 보낸 편지가 들어 있는 자루를 압수하여 확인해 보니 발송인들이 모두 적이거나 중립을 지키던 사람들이었는데, 카이사르는 이 편지자루들을 모두 태워버렸다. 그는 가끔 사소하게 화를 내는 적이 있었지만 스스로 화를 억제하려고 노력하였다. 카이사르는 상대를 용서하는 가장 좋은 방법은 그가 어떤 죄를 지었는지를 모르는 것이라고 생각한 것이다.

24. 경솔한 믿음은 큰 재난을 가져온다. 들어서는 안 될 것들도 많다. 경우에 따라서는 의심하기보다는 차라리 속는 것이 좋을 때도 있기 때문이다. 의심과 억측은 마음속에서 몰아내야 한다. 그것들은 사람들을 제일 속이기 쉬운 화의 씨앗이다.

"녀석은 내게 제대로 인사조차 하지 않았다. 녀석은 내 입맞춤에 응하지 않았다. 녀석은 이야기를 하다 말고 갑자기 입을 다물었다. 녀석은 나를 식사 자리에 부르지 않았다. 녀석은 내게서 얼굴을 돌렸다."

이렇듯 의심거리는 끝이 없다. 이럴 때는 그저 순수하게 받아들이고 호의적으로 모든 것을 평가할 필요가 있다. 자신의 눈으로 직접 목격하고 확인한 사실이 아니라면 결코 믿어서는 안 된다. 또한 자신의 의심이 전혀 근거가 없다는 사실을 깨달았을 때는 당장에 자신의 경솔함을 반성해야 할 것이다. 이렇듯 자신을 반성하는 것은 결국 어떤 일이든지 경솔하게 믿지 않는 습관으로 이어지기 때문이다.

25. 그러므로 우리는 사소한 일에 짜증을 내거나 분개해서는 안 되는 것이다. 게으른 하인, 미지근한 술잔(마르티알리스의 단편시집을 보면 당시에는 와인에 따뜻한 물을 타서 마시기도 했다), 지저분한 잠자리, 어지럽혀진 책상 등을 보고 화를 내는 것은 정상적이지 않다. 삭은 바람에노 썰썰맨다면 병에 걸렸거나 건강이 안 좋은 사람이다. 흰 옷이 눈부시다면 눈에 장애가 있는 사람이다. 남이 일하는 모습만 봐도 옆구리가 쑤시는 것은 방탕한 생활에 젖어 있는 사람이다.

시바리시(3천 년 전 아주 사치하고 게으름뱅이들이 살았던 고대도시)에 민디리데스라는 사내는 누가 땅을 파려고 곡괭이를 높이 쳐드는 것만 보고도 "보는 것만으로도 피곤하다."고 투덜대며 자신의 앞에서 일하는 것을 금지시켰다고 한다. 그는 또한 시든 장미꽃잎이 깔린 침대에서 자서 몸이 개운하지 않다고 불평을 하였다고도 한다. 몸과 마음이 동시에 쾌락에 빠진 경우에는 아주 사소한 것조차 견디지 못하는 것 같다. 그것은 견디기 힘든 일이기 때문이 아니라 본인이 나약하기 때문이다. 어째서 남의 기침이나 재채기, 파리를 잡지 못한 일에 심하게 화를 내는 것일까? 어째서 어슬렁거리고 돌아다니는 개나, 부주의로 열쇠를 떨어뜨린 하인에게 화를 내는 것일까?

과연 의자를 끄는 소리에도 귀를 쫑긋 세우는 사람이 세상 사람들의 험담을 견뎌내고 민회나 원로원에서 쏟아지는 비난을 견뎌낼 수 있을까? 술을 희석시키는 솜씨(포도주를 눈으로 차갑게 희석시켜 마셨다.)가 떨어진다고 하인에게 화를 내는 사람이 어떻게 전장의 더위와 굶주림을 견뎌낼 수 있겠는가? 절제와 인내가 없는 사치스러운 생활만큼 화를 키우는 것은 없다. 모름지기 마음이란 강한 타격 이외에는 느끼지 못하도록 엄격하게 단련시켜야 한다.

26. 우리가 화를 내는 상대는 그로 인해 전혀 위협을 느낄 걱정이 없거나, 혹은 위협을 느낄 걱정이 있거나 둘 중에 하나이다. 전자는 감각이 없는 것으로, 예를 들어 너무나 작은 글씨로 적혀 있어 던져버리게 되는 책이나 틀린 부분이 너무 많아 찢어버린 책, 혹은 맘에 들지 않아 찢어버린 옷 등이다. 이런 것들에 화를 낸다면 정말로 어리석음의 극치이다. 이런 것들은 화를 낼 만한 가치가 없다.

그러면 이렇게 물을 것이다.

"우리가 화를 내는 상대는 당연히 그것들을 만든 사람이지."

그러나 첫째, 우리는 대부분 그것들을 마음속으로 구분하기도 전에 화를 내 버린다. 둘째, 아마도 만든 사람 또한 그럴 듯한 변명을 할 것이다. 예를 들어 노력한 것에 비하면 성과가 좋지 않았을 것이고, 또한 남에게 모욕을 주기 위해 요령을 피운 것도 아니다. 그것을 받는 사람 또한 남을 화나게 하기 위해 그렇게 만든 것은 아니다. 마지막으로 화를 내야 하는 대상은 당연히 사람이어야 하지만 사물에 그 화풀이를 하는 것만큼 미친 짓이 또 있을까? 아무런 감정이 없는 사물에다 화풀이를 하는 것이 미친 짓인 것처럼 말 못하는 동물에게 화를 내는 것 또한 마찬가지다. 동물은 우리에게 아무런 피해도 주지 않는다. 동물들은 그러한 의지를 가질 수가 없다. 다시 말해서 처음부터 그럴 생각도 없었고 피해를 입힐 이유도 없는 것이다.

그러므로 동물이 우리에게 혹시라도 피해를 입히는 일이 있다면 그것은 마치 칼이나 돌이 그러한 것처럼 실제로는 아무런 피해도 입힐 수가 없다. 그런데 어떤 사람의 입장에서 본다면 같은 말이라도 누구에게는 순종을 하지만 자신에게는 고집을 부리며 거부를 한다면 자신을 깔본다고 느끼게 된다. 그리고 어떤 동물이 특정한 사람만을 잘 따르는 것은 그 동물의 판단 때문이고 자신의 숙련도나 기술과 다루는 방법에는 아무런 문제가 없다고 주장한다. 하지만 이렇게 동물들에게 화를 내는 어리석음은 어린아이와 마찬가지로 사리분별력이 떨어지는 사람에게 화를 내는 어리석음과 다를 것이 없다. 왜냐하면 공정한 재판관이 보자면 그런 사람의 과실은 무죄라기보다는 무분별하다는 판결을 받게 될 것이기 때문이다.

27. 어떤 것들은 우리에게 피해를 입히기는커녕 자비로운 구원의 힘 이외의 힘은 전혀 갖고 있지 않은 것들도 있다. 예를 들어 불멸의 신들이 그렇다. 신들은 인간에게 해가 되기를 바라지 않으며 그럴 수도 없다. 신들의 본성은 온화하고 친절하기 때문에 스스로 위해를 가하지 않는 것처럼 상대에게도 위해를 가하는 일이 결코 없기 때문이다.

그러므로 거친 바다에서의 항해, 폭우, 혹독한 엄동설한 등을 신의 탓으로 돌리는 사람은 제정신이 아니며 진실을 전혀 모르는 사람이다. 실제로 우리의 이해득실에 미치는 자연현상 중에서 인간을 목표로 삼아 일어나는 것은 단 하나도 없다. 다시 말해 겨울과 여름이 바뀌는 원인은 우리 인간 때문이 아니다. 거기에는 나름의 법칙이 있고 그 법칙에 따라 신성한 자연의 섭리가 이루어지고 있는 것이다. 우리 자신을 이러한 신성한 활동의 원인에 어울린다고 생각한다면 그것이야말로 대단한 착각이다. 요컨대 이런 자연현상 중에는 우리 인간에게 위해를 가하기 위한 것은 단 하나도 없다. 아니, 반대로 우리 인간에게 이익이 되지 않는 것이 단 하나도 없다.

앞에서 말했던 것처럼 어떤 것은 우리에게 위해를 가할 수가 없고, 또 어떤 것은 그러기를 바라지 않는다. 후자에는 훌륭한 정치인들과 부모와 교사와 재판관 등을 들 수 있을 것이다. 이런 사람들이 내리는 벌은 수술 칼이나 단식요법처럼 상래에 노움이 되는 것이기 때문에 고통을 감수해야 한다. 우리는 벌을 받게 되었을 때 벌을 받는 것 자체만 생각하지 말고 자신이 했던 행위를 되돌아봐야 한다. 자신이 한 행동이나 생활에 대하여 깊이 반성을 해야 한다. 우리가 자기 스스로 진실을 말하고자 한다면 우리에게 내려진 판결을 보다 높이 평가하게 될 것이다.

28. 만약 우리가 모든 일에 대하여 공정한 재판관이 되기를 바란다면 제일 먼저 죄가 없는 인간은 단 한 명도 없다는 것을 스스로 깨달아야 한다. 왜냐하면 우리가 화를 내는 대부분은 다음과 같은 변명에서 시작되기 때문이다. "나는 잘못하지 않았어.", "나는 아무 짓도 하지 않았어."와 같은 말이다. 그러나 이러한 변명은 절대

로 듣지 않는 것이 좋다.

우리는 타인이 주의를 주거나 벌을 줄 때 화를 내는데 그것이야 말로 잘못을 저지르는 것이다. 왜냐하면 우리는 악행을 저지르고 또다시 그 위에 거만함과 방자함을 저지르기 때문이다. 모든 법률에 비추어 볼 때, 과연 누가 그대의 결백을 주장할 수 있겠는가? 결백을 주장할 수 있더라도 법률의 기준에서 선량하다고 하는 것이 얼마나 한정된 결백이란 말인가? 법의 규정과 비교한다면 의무의 규정은 그 범위가 얼마나 광범위하다는 말인가? 경애, 친절, 관용, 공정, 성실 등 얼마나 많은 것들을 요구하고 있단 말인가? 이것들은 모두 법의 테두리를 초월한 것들이다. 그러나 우리는 가장 좁은 의미에서의 결백에 대해서조차 충분히 그 규칙을 이행할 수 없다.

우리는 이렇게도 해 보았고, 저렇게도 노력해 보았고, 이것도 바랐으며, 저 일도 거들었다. 어떤 경우에는 그 일이 성공하지 못한 이유가 우리의 결백 때문이기도 했다. 이런 것들을 생각해 볼 때, 우리는 범죄자에게는 평소보다 훨씬 공정하게 대하고 우리를 비난하는 자는 훨씬 더 신용해야 한다. 그중에서도 특히 선한 사람들에게는 화를 내서는 안 된다.(선한 사람들에게조차 화를 낸다면 대체 누구에게 화를 내지 않는단 말인가?) 특히 신들에게는 화를 내서는 안 된다. 왜냐하면 그 어떤 재난이 일어날지라도 우리가 그 일을 겪어야 하는 것은 신들 때문이 아니라 인간 세계에 정해진 운명 때문이다.

그러면 이렇게 말할 것이다.

"하지만 질환과 고통이 우리에게 찾아올 것이다."

그러나 언제나 무상하게 스쳐지나갈 뿐인 우리의 삶은 언젠가 끝이 난다. 누군가 그대의 흉을 보고 있다는 소문이 퍼지기도 할 것이다. 그럴 때는 그대가 면서 싱내의 흉을 보지는 없었는지 생각해 보는 것이 좋다. 그대가 얼마나 많은 사람들의 흉을 보고 다녔는지를 생각해 보는 것이 좋다. 이제 우리는 이렇게 생각하기로 하자. 누군가 우리를 모욕하고 있는 것이 아니라 우리가 그들에게 모욕한 것이 되돌아오는 것이라고. 어떤 이들은 우리를 위해서 그렇게 한 것이다. 누군가는 타인의 강요에 의해 어쩔 수 없이 그렇게 한 것이다. 또 어떤 사람은 너무나 무지하기 때문에 그런 것이다. 설령 고의적으로 그렇게 한 사람조차도 우리에게 모욕을 주기 위해 모욕을 하고 있는 것은 아니다. 또한 장난삼아 시작한 일에 자신도 모르게 휘말려 버린 사람도 있을 것이다. 그리고 그들이 한 어떤 행위가 특별히 우리를 방해하기 위한 것이 아니라 우리를 밀쳐내지 못하면 자신의 목적을 달성할 수 없었던 사람도 있다. 그리고 너무 심한 아첨과 아부로 인해 화가 나는 경우도 많다. 본인 스스로의 착각 때문에 얼마나 많은 의심을 받았는지, 자신의 친절이 불행하게도 얼마나 많은 역효과가 났는지, 얼마나 많은 사람들을 증오하고서야 비로소 사랑할 수 있게 되었는지 등을 돌이켜 생각해 본다면 그 누구도 성급하게 화를 낼 수는 없을 것이다. 그리고 특히 자신이 화를 냈던 일들을 떠올리며 '이런 잘못은 나도 저지르고 있어.' 라고 스스로 느꼈을 경우에는 더더욱 그렇다.

그러나 과연 이렇게 공정한 재판관을 어디서 찾아 볼 수 있겠는가? 남의 아내에게도 수작을 부리며 남의 것이라는 이유만으로 반할만한 충분한 이유가 되는 그런 자들은 정작 남이 자신의 아내에게 그런 수작을 부리면 용서하지 않는다. 또한 남에게는 강한 충성심을 요구하지만 정작 자신은 모반을 꾸미거나, 거짓을 벌하는 자가 위증을 하면서 정작 자신이 소송을 당하면 괴로워하고 고민을 하면서 궤변을 늘어놓는다. 그리고 제집 하인의 충성심에 금이 가는 것을 바라지 않으면서도 본인은 굳이 충성을 다하려 하지 않는 사람도 있다.

우리는 타인의 결점을 찾기 위해서는 눈을 가늘게 뜨지만 자신의 결점에는 등을 돌려 버린다. 예를 들어 이른 시간에 벌어진 아들의 연회를 보고 품행이 방정하지 못한 아버지가 야단을 치는 것과 같다. 또한 타인의 사치는 결코 용서하지 않지만 자신은 절대로

118 - 세네카 인생 사전

사치를 멈추지 않고, 살인을 했다고 폭군이 화를 내고, 신전에서 도둑질을 한 자가 절도범에게 벌을 준다. 인간은 대부분 죄에 대하여 화를 내는 것이 아니라 죄인에게 화를 낸다. 만약에 우리가 다음과 같이 스스로를 되돌아보고 반성을 할 수 있다면 스스로를 분별력이 있는 사람으로 만들 것이다.

"우리도 그런 죄를 저지르고 있는 것이 아닐까? 우리도 똑같은 잘못을 하지는 않았을까? 우리가 그런 판결을 내리는 것이 과연 정당한 것일까?"

29. 화를 치유하는 최고의 약은 '지연'이다. 이것은 화를 내기 전에 반드시 필요한 것으로 상대를 용서하기 위해서가 아니라 정확한 판단을 하기 위함이다. 화의 가장 처음 충격은 강렬하지만 지연시키고 기다리면 시들어 버릴 것이다. 그러므로 그것을 단숨에 제거하려는 것은 좋은 일이 아니다. 조금씩 줄여 나가다 보면 이윽고 전체를 정복할 수 있게 된다. 우리를 화나게 하는 것 중에는 누군가의 고자질에 의한 것도 있고, 또한 본인 스스로 듣거나 본 것도 있다. 남의 이야기를 듣고 그 말을 곧이곧대로 받아들여서는 안 된다. 남을 속이기 위해 거짓말을 하는 사람도 많고 본인조차 속아서 거짓말을 하는 사람도 많다. 중상모략으로 상대의 환심을 사고자

하는 자도 있고 거짓으로 손해를 본 것처럼 속여 마치 그로 인해 큰 고통을 당하고 있는 것처럼 꾸미는 자도 있다. 또한 악의를 품고 *끈끈한* 우정으로 이어진 사람들을 갈라놓으려 하는 경우도 있다. 그리고 멀리 물러나 안전한 곳에서 두 사람의 싸움을 구경하는 사람도 있다.

사소한 금전적 문제를 재판하는 데 있어서도 증인이 없이 판단을 해서는 안 되며, 그 증인 또한 선서를 하지 않으면 증인으로 인정해서는 안 된다. 그리고 당사자들에게도 변론을 할 충분한 시간을 주어야 마땅하며 그들의 변론에 충분히 귀를 기울여주어야 한다. 진실이라고 하는 것은 가까이 다가갈수록 점점 더 밝게 빛을 발하기 때문이다.

그대는 친구에게 그 자리에서 유죄판결을 내릴 것인가? 친구의 변론이나 심문도 하지 않은 채 소송인이나 소송 이유를 알지 못하면서 화부터 내겠는가? 그대는 이미 쌍방의 변론을 충분히 들었다고 생각하는가? 그대에게 밀고한 사람조차 사실이 밝혀지는 단계에 들어서면 더 이상 아무 말도 하지 않고 이렇게 말할 것이다.

"꼭 제가 나서야 할 필요가 있나요? 그래야 한다면 거절하겠습니다. 저는 더 이상 아무 말도 할 수 없습니다."

그는 이렇게 트집을 잡으면서 싸움판에서 물러선다. 몰래 뒷구멍에서만 그대에게 이야기하려는 자는 대단한 이야기를 하지 않는다. 둘만의 비밀 이야기를 무턱대고 믿고 화를 내는 것처럼 어리석은 일이 또 있겠는가?

30. 어떤 종류의 화는 우리 자신이 바로 증인이다. 그럴 때 우리는 화가 나게 한 상대의 성격과 의도를 신중히 살필 것이다. 만일 상대가 어린아이라면 아직 어리니 용서해 주어야 할 것이다. 아이들은 자신이 잘못을 저질렀는지조차 모른다. 그 상대가 아버지라면 비록 자식이 잘못을 하였다고 하더라도 용서를 해야 할 만큼 충분히 자식을 위해 많은 사랑을 베풀어왔다. 어쩌면 우리를 화나게 했던 이유가 바로 아버지라는 입장 때문이었을 것이다. 상대가 여자였다면? 여자들은 쉽게 오해를 하기 마련이다. 상대가 명령을 받은 사람이라면, 명령에 따라 어쩔 수 없이 한 행위에 대하여 어떻게 화를 내겠는가? 상대가 피해를 입었다면? 그대가 먼저 했던 일을 당하는 것은 손해라 할 수 없다. 상대가 재판관이라면? 그 의견은 그대의 의견 이상으로 신뢰를 해야 마땅하다. 상대가 왕이라면? 만약 왕이 그대에게 유죄를 단죄한다면 정의를 따라야 할 것이고, 죄가 없는 그대를 단죄한다면 운명을 따라야 한다.

상대가 말 못하는 동물이거나 사물일 경우도 있다. 만약 이것들에게 화를 낸다면 그대 또한 그것들과 같아진다. 화의 원인이 병이 거나 재난이라면? 조금만 참으면 가볍게 지나갈 것이다. 상대가 신이라면? 신에게 화를 내며 생고생을 하는 것은 신에게 다른 사람에게 화를 내달라고 기도하는 것과 같다. 선한 사람이 위해를 가했다면? 그를 믿어서는 안 된다. 상대가 악인이라면? 당황할 필요가 없다. 그대가 응당 내려야 할 벌을 언젠가 반드시 누군가에게 받게 될 것이다. 또한 죄를 저지른 자는 이미 본인 스스로에게 벌을 주고 있는 것이다.

31. 앞에서 말했던 것처럼 화가 나게 하는 조건에는 두 가지가 있다. 첫째, 손해를 당했다는 생각이 들 때이다. 이에 대해서는 이미 충분히 이야기했다. 둘째, 부당하게 손해를 입었다고 여길 때인데, 이제 이것에 대해서 살펴보기로 하자. 사람들이 어떤 일에 대하여 부당하다고 여기는 것은 자신이 그런 일을 당할 이유가 없기 때문에 그런 일이 일어날 것이라고 예상조차 할 수 없었기 때문이다. 우리는 예상하지 못했던 일에 대해서는 부당하다고 여기게 된다. 때문에 기대와 예상을 벗어나 우발적으로 발생한 사건에 대해서는 심하게 동요를 하게 된다. 가정 내에서 사소한 일에 화를 내거나 친구들 사이에서 상대를 저버리는 것을 배신이라고 부르는 것도 바로 이 때문이다.

그러면 이렇게 물을 것이다.

"그렇다면 어째서 상대의 부당함이 우리를 동요하게 만드는 것인가?"

그것은 우리가 그렇게 될 것이라고 예상하지 못했기 때문이거나, 적어도 그 일이 그렇게 힘든 일일 것이라고 예상하지 못했기 때문이나 그렇게 만든 것은 바로 우리의 지나친 자기애 때문이다. 우리는 상대가 적일지라도 당해서는 안 된다고 믿고 있다. 각자 마치 제왕과도 같은 마음을 품고 자유를 누릴 수 있기를 바라지만 자신의 의지와 반대되는 상황은 바라지 않는다. 그러므로 우리가 화나는 것은 그것에 익숙하지 않거나 그것에 대해 무지하기 때문이다.

악당들이 악행을 저지르는 것이 대체 뭐가 이상하단 말인가? 또한 적이 손해를 입힌 것이, 친구가 상처를 입힌 것이, 아들이 실패를 한 것이, 하인이 실수를 저지른 것이 뭐가 그리 신기한 일이겠는가?

파비우스는 언제나 이렇게 말했다.

"최고 지휘관에게 있어서 가장 부끄러운 변명은 '본인이 미처 생각하지 못했다.' 라고 말하는 것이다."

나는 이것이 지휘 여하를 막론하고 가장 부끄러운 것이라고 생각한다. 모든 상황을 판단하고 예견해야만 한다. 아무리 선한 성격이라고 하더라도 무언가 부족한 부분이 있을 수도 있다. 인간성은 교활한 마음을 싹트게 하고, 배은망덕을 싹트게 하고, 욕심을 싹트게 하고, 불경한 마음을 싹트게 한다. 한 개인의 성격을 판단할 때는 일반적인 사람들의 성격을 기준으로 생각해서는 안 된다.

기쁨이 가장 클 때는 가장 많은 것을 조심해야 할 때이다. 모든 것이 평온해 보일 때는 미래에 대한 위험이 사라진 것이 아니라 단지 잠잠할 뿐이다. 자신을 화나게 할 무언가가 언젠가 닥쳐올 것이라고 늘 염두에 두는 것이 좋다. 예를 들어 조타수는 활짝 펼친 돛을 다시 재빠르게 접을 때를 대비하여 모든 도구를 잘 정돈해 두는데, 이러한 준비를 제대로 하지 않는 조타수는 일찍이 본 적이 없다. 그리고 가장 많이 고려해야할 것은 다음의 것들이다. 위해를 가하는 폭력은 증오하고 저주해야 마땅하며 인간과 가장 거리가 먼 것이기는 하지만, 인간이 호의로서 접한다면 비록 그 상대가 야수라고 할지라도 훈련을 시킬 수가 있다. 코끼리가 목에 멍에를 지는 모습을 보지 않았는가! 여자아이들이 황소 등 위에 올라타도 아무 일도 생기지 않는다. 뱀은 사람을 물지 않고 술잔과 접시 사이를 미끄러지듯이 돌아다닌다. 우리 안의 곰이나 사자는 조련사에게 온화한 표정을 짓고 애완동물은 주인에게 재롱을 떤다. 우리 인간도 동물처럼 그 성격을 바꾸는 것이 결코 부끄러운 일이 아니다. 조국에 대한 매국은 죄악이다. 그러므로 조국의 일부인 동포들에게 위해를 가하는 것도 죄악이다. 만약 어떤 것의 전체를 존중해야 하는 것이라면 그 일부는 신성한 것이다. 따라서 상대가 누구든 간해 인간에게 위해를 끼치는 것은 죄악이다. 왜냐하면 보다 큰 도시(스토아 파가 이상사회로 여기는 세계 국가를 말함. 『마음의 평정에 대하여』 중에서)에서는 모든 사람이 그대의 동포이기 때문이다.

만약에 손이 다리에, 눈이 손에 해를 입히기를 바란다면 어떻게 될까? 신체의 모든 부분은 상호 협조를 통해 이루어진다. 신체는 각 부분이 안전하게 지켜져야만 몸 전체의 이익이 되기 때문이다. 이와 마찬가지로 인간세계 또한 개개인을 소중히 여겨야 한다. 인간은 집단생활을 하기 위해 태어났기 때문에 각 개인이 서로 애정을 갖고 보호하지 않는다면 건전한 사회는 기대하기 어렵다. 독사와 같은 동물이 물어서 해를 입혔다고 하더라도 앞으로 이 동물들을 조련시키는 등, 인간에게 더 이상 위험한 존재가 아닐 수 있다면 죽여서는 안 된다. 하물며 인간이 죄를 지었다고 해서 그에게 위해를 가하지 말고 더 이상 죄를 짓지 못하도록 해야 마땅할 것이다. 또한 그 징벌이 결코 과거에 얽매인 것이 아니라 미래지향적인 것이어야 한다. 죄를 벌하는 것은 화가 나서가 아니라 주의를 주고 조심하기 위함이기 때문이다. 만약에 심성이 삐뚤어진 사람은 모두 벌을 받아야 한다고 한다면 아마도 벌을 피할 수 있는 사람은 단 한 명도 없을 것이다.

32. 그러면 이렇게 말할 것이다.

"그런데 화를 내는 것은 쾌감의 일종이고, 고통에 대한 보복 또한 쾌감을 느끼게 한다."

절대로 그렇지 않다. 왜냐하면 은혜를 은혜로 보답하는 것과는 달리 원수를 원수로 갚는 것은 칭찬할 수 없는 일이기 때문이다. 전자의 경우에는 은혜를 저버리는 것이 부끄러운 일이지만, 후자의 경우에는 원수에게 이기는 것이 부끄러운 일이다. 복수는 냉혹한 의미를 가진 말이지만 정당한 것으로 여겨지고 있다. 보복이라는 말도 어감에 차이는 있지만 대동소이하다. 어쨌거나 고통을 앙갚음하는 것은 일반적인 죄보다 적은 비난을 받는 죄를 지은 것에 불과하다.

이런 일화가 있었다. 한 남자가 대중목욕탕에서 마르쿠스 카토

(B.C. 234~B.C. 149:평민 출신으로 제3차 포에니 전쟁에 사령관으로 출정, 공화정 로마의 정치가.)인줄을 모르고 그에게 주먹질을 했다. 사내가 만약 카토라는 사실을 알았다면 그런 짓을 할 수 있었을까? 나중에 사내가 카토에게 용서를 빌자 카토는 "나는 맞은 기억이 없다." 라고 대답했다. 카토는 사실을 부정하는 것이 보복을 하는 것보다 낫다고 여긴 것이다.

그러면 이렇게 물을 것이다

"그런 무례를 범하고도 아무런 벌도 받지 않았는가?"

아니, 오히려 그 반대로 카토와 가깝게 지낼 수 있는 계기가 되었다. 위대한 마음의 소유자는 자신의 피해를 가볍게 넘길 수가 있다. 가장 모욕적인 복수는 복수하고자 하는 상대가 그만한 가치가 없을 때이다. 대부분의 사람이 보복을 하려고 마음을 먹는 것은 가벼운 피해라도 마음속 깊이 담아두기 때문이다. 그러나 위대하고 고귀한 인물이라면 마치 백수의 왕이 하룻강아지들의 짖어대는 소리에는 전혀 개의치 않는 것처럼 흘려버릴 것이다.

33. 그러면 이렇게 말할 것이다.

"우리가 당한 피해를 보복하지 않으면 멸시를 당할 것이다."

만약에 우리가 멸시를 당했다고 하더라도 그것을 치유하기 위한 방법으로 화를 내서는 안 된다. 보복이 분풀이의 도구가 아니라 반드시 도움이 되는 것이어야만 한다. 하지만 보복을 하기보다는 그저 모른 체 넘어가는 것이 훨씬 좋은 경우가 많다. 권력자에게 피해를 당했다면 그저 참고 견디는 것이 아니라 밝은 표정까지 보여주어야 한다. 권력자란 자신의 행위가 성공한 것처럼 느껴지면 또다시 같은 행위를 하기 때문이다. 요행으로 거만해진 사람이라면 더더욱 이런 악심을 품게 된다. 그들은 자기가 상처를 입힌 사람조차 증오한다.

몇몇 왕을 보필했던 어느 늙은 신하의 말은 너무나도 유명하다. 누군가 "궁 안에서 장수하는 것은 아주 드문 일인데 어떻게 그럴 수 있었소?"라고 물었다. 그러자 그는 이렇게 대답했다. "손해를 묵묵히 받아들이고 감사하다고 했기 때문이오." 피해에 대한 보복이 상책이 아닌 것은 물론이고 피해 사실조차 입에 담지 않는 것이 상책인 경우도 많다.

가이우스 황제는 로마의 유명한 기사 파스토르의 아들이 계집애처럼 머리카락까지 치장을 한 모습에 화가 나서 옥에 가두었다. 파스토르가 아들의 목숨을 살려달라고 애원하자 황제는 아들의 처형을 명령하였다. 황제는 그러고는 너무 무자비하다 싶었는지 아들을 처형시킨 당일에 파스토르를 식사에 초대하였다. 초대에 응한 파스토르는 식사 자리에서 원망스러운 표정을 전혀 하지 않았다. 황제는 파스토르의 건강을 기원하는 축배를 들면서 그를 감시하도록 지시를 하였다. 불쌍한 아버지는 그야말로 아들의 피를 마시는 기분이었지만 참고 견뎠다. 황제는 그러고 다시 향유와 화관을 보낸 뒤에 그것을 실제로 쓰는지 감시하였다. 그는 그것을 사용하였다, 자식을 땅에 묻은 날 아니 채 매장도 하지 못한 바로 그날 그는 백 여 명이 모인 연회 자리에 앉아 늙고 통풍에 걸린 몸으로 자식들의 생일날조차 마시지 않았던 엄청난 양의 술을 마셨다. 그것도 눈물 한 방울 흘리지 않았고 전혀 괴로워하는 내색도 보이지 않았다. 마치 자식을 구해달라는 간절한 소망이 이루어지기라도 한 듯이 식사를 하였다. 어떻게 그럴 수 있냐고 물을 것이다. 하지만 파스토르에게는 또 한 명의 아들이 있었다.

위대한 프리아모스(프리아모스는 아킬레우스에게 죽임을 당한 아들 헥토르의 시신을 인도받고 함께 연회에 참석했다)라면 과연 어떻게 대처하였을까? 그 또한 분노를 감추고 적장의 무릎에 기대지 않았을까? 사랑하는 아들의 피로 물든 저주스러운 손을 자신의 입가로 가져다 입맞춤을 하지 않았을까? 그리고 연회자리에 함께 하지 않았을까? 그랬다. 그 또한 연회에 참석하기는 했지만 향유와 화관은 없었다. 잔혹하기 그지없는 적장은 온갖 위로의 말을 전하며 음식을 권하기는 하였지만 큰 잔에 따라주고 감시를 하면서까지 억지로 마시게 하지는 않았다.

로마의 아버지 파스토르가 자기 자신을 위해 겁을 먹고 그런 행동을 하였다면 그대는 아마도 경멸을 하였을 것이다. 하지만 그는 또 한 명의 아들을 위해 분노를 억눌렀던 것이다. 그에게 연회 자리를 벗어나 아들의 시신을 찾아가도록 허락하는 것이 당연한 일이었지만, 젊은 가이우스는 그것조차 허락하지 않은 채 친절하고 다정한 척 그를 대하였다. 황제는 몇 번이고 노인의 건강을 위해 건배를 하며 근심을 털어버리라고 독려하였다. 황제는 그렇게 노인의 화를 돋을 생각이었다. 그런데 노인은 정말로 즐겁게 그날 벌어진 모든 일들을 까맣게 잊은 듯이 행동하였다. 만약 그가 이 사형집행인의 기분을 언짢게 하였다면 남은 아들의 목숨까지 위험했을 것이다.

34. 그러므로 화를 내는 것은 아주 조심스러워야 한다. 화를 나게 한 상대가 비슷한 힘을 가진 사람이라도, 본인보다 강한 사람이라도, 본인보다 약한 사람이라도 마찬가지이다. 비슷한 사람의 다툼은 위험한 모험이고, 자신보다 강한 사람과의 다툼은 미친 짓이고, 자신보다 약한 사람과의 다툼은 비겁한 겁쟁이다. 물렸다고 해서

똑같이 물어서 앙갚음을 하는 것은 소인배들이나 할 짓이다. 쥐나 개미는 사람이 다가가면 머리를 휙 돌려버린다. 나약한 동물은 손길만 닿아도 상처를 입는다고 생각한다. 지금 우리를 화나게 한 상대가 언젠가 우리에게 도움이 되었다는 것을 생각해 본다면 마음의 평정을 되찾을 수 있을 것이다. 과거의 공적으로 현재의 모욕이 보상될 수 있을 것이다. 그리고 이것도 생각해보기 바란다. 인정이 많다는 평가가 우리에게 얼마나 많은 칭찬을 가져다줄지를. 용서를 베풀어 주는 것이 얼마나 많은 유익한 사람들을 벗으로 만들어 주는지를.

공사를 막론하고 원수의 자녀에게까지 그 화풀이를 해서는 안 된다는 것은 술라의 잔혹했던 행위들을 보아도 알 수 있다. 그는 추방자의 자녀들까지 외국으로 추방해 버렸기 때문이다. 가장 부당한 것은 자식이 부모의 증오를 상속받는 것이다. 남을 쉽게 용서할 수 없을 때는 이렇게 생각해 보라. 모든 인간이 무정하다면 결국 그것이 우리에게 과연 득이 되는 것일지를. 상대를 용서하지 않았던 사람이 상황이 역전되어 상대의 용서를 구해야 했던 예가 얼마나 많았던가? 자신이 쫓아낸 상대의 발목 아래 엎드려야 했던 예가 얼마나 많았던가? 화를 우정으로 바꾸는 것만큼 훌륭한 일이 또 있을까? 현재 로마의 우방이지만 한때는 제일 완고한 적이었던 나라만큼 신뢰해야 할 나라가 또 있을까? 누군가 화가 났다고 하

자. 그러면 그대는 친절하게 다가가라. 증오는 어느 한쪽이 버리기만 하면 순식간에 사라진다. 서로 동등하지 않다면 분쟁은 없다. 그러나 서로 화가 나서 멱살을 붙잡고 싸우게 된다면 먼저 발길을 돌리는 사람이 훌륭한 사람이다. 지는 것이 이기는 것이다. 누군가 그대를 때리면 뒤로 물러서라. 만약에 그대가 받아친다면 이전보다 더 많이 그대를 때려야 할 동기와 구실을 동시에 제공하는 것이 된다. 시간이 지나 뒤로 물러서려고 마음을 먹었을 때는 이미 늦어버리게 된다.

35. 예를 들어 적을 너무 세차게 찔러서 자신의 손까지 상처 깊숙이 박혀 뺄 수 없는 상황에 처하는 것을 바라는 사람이 있을까? 화라는 것이 바로 그런 무기이다. 화는 돌이키기가 어렵다. 우리는 손에 쥐기 쉽고 다루기 쉬운 무기를 원한다. 그런데 그렇게 다루기 힘들고 능력을 초월한, 더군다나 돌이킬 수 없는 마음의 충동을 어째서 피하려 하지 않는가? 적당한 속도란 명령이 내려지면 당장에 멈추어 목적지를 지나치지 않고 바로 방향 전환을 하여 달음질에서 걸음걸이로 감속할 수 있는 정도의 속도이다. 자신은 원치 않는데 근육이 제멋대로 움직이는 것은 병이 들었다는 증거이다. 천천히 걸으려 하는데도 바삐 움직이는 것은 노인이거나 신체장애가 있는 사람이다. 마음의 작용 중에서 가장 건전하고, 가장 강력한

작용은 우리 자신의 의지에 따라 활동하는 것이지 마음의 의지에 따라 돌진하는 것이 아니다.

그러나 정말로 중요한 것은 화가 난 상태의 추함을 생각해 보고, 그다음으로 위험성을 돌이켜 생각해 보는 것이며 그만큼 유익한 것이 없다. 인간의 모든 감정 중에서 분노 이상으로 혼란스러운 상태를 보여주는 것은 없다. 화가 난 사람의 모습은 절세의 미모조차도 추하게 바꾸고 평온한 표정을 음험한 표정으로 만들어 놓기 때문에 온화한 모습이 완전히 사라져 버린다. 잘 꾸며 입은 옷도 엉망으로 만들어 버리고 자기 자신에 대한 배려 또한 하나둘씩 팽개쳐 버린다. 선천적으로 잘 정돈되어 있는 머리카락도 마음이 화를 내면 함께 엉망이 된다. 혈관이 부풀어 오르고 심장은 거친 숨결 때문에 당장이라도 폭발할 것 같으며, 목덜미는 미친 듯한 고함소리로 한껏 팽창해 있을 것이다. 게다가 무릎은 부들부들 떨리고 양손은 어쩔 줄을 모르고 몸 전체가 요동치고 있다. 겉모습이 이렇게 추하게 보일 때 내면의 마음상태는 어떨 것 같은가? 그런 가슴속 형상이 얼마나 무서운 것이고, 호흡은 얼마나 거칠고, 격정은 또 얼마나 강렬할 것인가? 폭발시키지 않는다면 저절로 터져버리고 말 것이다.

예를 들어 적이나 야수가 살생으로 피범벅이 되어 있거나 당장에 살생을 저지를 것 같은 모습처럼, 아니면 시인이 묘사한 지옥의 괴물들이 뜨거운 불길을 뿜어내면서 똬리를 틀듯이, 아니면 전쟁을 하도록 부채질을 하고 분쟁의 씨앗을 뿌려 평화를 방해하려는 가장 저주스러운 괴물이 지하세계에서 부상하는 것처럼, 우리가 분노하는 모습은 이것들의 형태를 취할 것이다. 그리고 불타오르듯이 이글거리는 두 눈처럼. 고함소리, 울부짖음, 신음소리, 비명소리, 이것들 이상으로 역겨운 모든 소음들이 굉음을 내고 있는 것처럼. 마법의 칼을 양손에 들고 휘두르고 있는 것처럼.(그러나 화가 난 상태에서는 한 손으로 자신을 방어할 생각은 하지 않는다.) 또한 상처투성이에 피범벅이 되어 자신의 채찍질 때문에 온몸이 시커멓게 멍이든 것처럼. 미친 사람의 걸음걸이처럼, 깊은 어둠에 빠져 있는 것처럼, 돌진하고 파멸하여 도망치는 것처럼. 모든 사람들을 증오하다가 결국은 자신마저 증오하게 되어 아무도 위해를 가해오는 상대가 없으면 땅과 바다와 하늘이 무너지기라도 바라는 것처럼. 아니면 증오를 하면서 동시에 증오를 당하고 있는 사람처럼. 혹시 그대가 원한다면 어느 시인의 작품을 소개해 보겠다.

찢어진 옷을 입고 열광하는
불화의 여신 디스코르디아가
서둘러 자리를 떠나고,
오른손에 피투성이 채찍을 들고 있는

전쟁의 여신 베로나가

그 뒤를 따라간다.

-베르길리우스의 『아이네이스』 중에서-

　끔찍한 분노의 감정을 이보다 더 끔찍하게 묘사할 수 있다면 어떤 문구라도 인용할 것이다.

　36. 세스티우스(B.C. 1세기 로마 스토아 학파로 플라톤과 피타고라스 파의 절충주의)의 말에 따르면 어떤 사람에게는 화가 났을 때 거울을 보여주면 효과가 있었다고 한다. 그들을 놀라게 한 것은 다름 아닌 추하게 변한 자신의 모습이었다. 눈앞에 비친 모습을 보고도 그것이 자신이라는 것을 깨닫지 못할 정도였다고 한다. 정말로 거울에 비친 자신의 모습은 진정한 추함과 얼마나 거리가 멀까? 만약에 마음이 그런 추한 모습을 들여다볼 수 있고 확실하게 볼 수 있는 것 속에 담을 수 있다면 우리는 더럽고, 왜곡되고, 포악하고, 거만한 모습에 깜짝 놀랄 것이다. 그런데 이러한 추한 마음은 뼈와 살 등의 많은 장애를 초월하여 겉으로 드러난다. 그것을 있는 그대로 드러내 보여준다면 과연 어떤 모습일까? 그러나 그대는 거울을 들여다보고 분노한 모습에 깜짝 놀라는 사람이 실제로는 없을 것이라고 생각할지도 모른다. 대체 왜 그렇게 생각하는 것일까? 거

울을 바라보며 자신을 고치려고 하는 사람은 이미 교화가 되어 있는 것이다. 그런데도 아직 화를 내고 있는 사람에게는 섬뜩하고 무서운 모습처럼 만족스러운 것이 없고, 또한 본인도 그렇게 비춰지기를 바라고 있는 것이다.

그러나 이것보다 더 주목해야 하는 사실은 화를 내는 것 자체가 얼마나 많은 사람들에게 위해를 가하고 있는가이다. 어떤 사람은 너무 화가 난 나머지 혈관이 터져버렸고, 한계를 초월한 비명으로 입으로 피를 토하였고, 격하게 솟구치는 눈물 때문에 눈이 흐려졌고, 환자의 병이 다시 도졌다. 화를 내는 것처럼 빨리 미칠 수 있는 방법은 없다. 때문에 광기 어린 분노를 지속시켜 결국에는 스스로 몰아냈던 지성을 되찾지 못한 사람도 많다.

아이아스를 죽음으로 내몬 것은 광폭함이었고 광폭함으로 이끈 것은 분노였다. 이런 사람들은 신에게 자식에게 죽음을, 본인에게는 가난을, 가정에는 파멸을 기원하고 있는 것이다. 그런데도 정작 본인은 화가 났다고 인정하지 않는다. 그것은 마치 미친 사람이 미치지 않았다고 주장하는 것과 똑같다. 그들은 친구와 적이 되고 사랑하는 사람들조차 등을 돌리고 만다. 그들은 법률조차 남에게 위해를 가하기 위한 수단으로밖에 여기지 않는다. 사소한 일에도 마음이 동요되기 쉽다. 말을 걸고 친절을 베풀어도 다가가기가 쉽지 않다. 이렇게 힘으로 모든 것을 해결하고 칼을 들고 싸우거나, 아니면 칼날에 자신의 몸을 던지려 한다. 다시 말해 최대의 악, 모든 것과 싸워 이기는 악덕이 그들을 노예로 만든 것이다. 그 이외의 악은 서서히 스며들지만 이 악덕의 힘만은 갑작스럽게 파고들어와 상대를 막론하고 들이받는다. 요컨대 분노는 다른 모든 감정을 정복한다. 열렬한 사랑조차도 멸망시킨다. 때문에 이들은 사랑하는 사람의 육신을 찌르고 자신을 쓰러뜨린 상대의 품에 몸을 맡긴다. 분노는 탐욕이라는 가장 뻔뻔하고 가장 다루기 힘든 악덕조차도 ▨▨▨ ▨▨ ▨▨▨ ▨▨▨▨▨ 집안의 모든 재물을 불사르게 하였다. 원대한 꿈을 품었던 사람이 고귀한 칭호를 던져버리고 가시고 있던 명예조차 쫓아버린 예를 보지 않았던가? 그 어떤 감정도 분노의 지배를 받지 않는 것이 없다.

화라는 것은

화나게 한 상대의 과실보다도 더 나쁜 것이다.

제3권

1. 노바투스여, 그대가 가장 알고 싶었던 것에 대하여 살펴보기로 하겠다. 그것은 바로 화를 마음속에서 완전히 몰아내는 방법, 아니면 적어도 그것을 억제하는 방법, 또는 충동을 완화하는 방법에 대해 알아보자. 그러기 위해서는 화가 비교적 누그러졌을 때 정면으로 마주하고 공개적으로 이루어져야 한다. 그러나 화가 절정에 달하여 방해하는 모든 것에 격분해 있을 때는 비밀리에 이루어져야 할 때도 있다. 요컨대 그 화가 얼마나 큰 세력에 얼마나 완전한 힘을 가지고 있는가에 달려 있다. 이에 따라 때로는 당장에 화를 격퇴시켜야 하는지, 아니면 처음 폭풍우가 휘몰아칠 때는 치료 방법까지 날아가지 않도록 그냥 화가 난 상태로 방치하는 것이 좋을지가 결정된다.

충고는 상대의 성격에 따라 다르게 하는 것이 좋다. 예를 들어 어떤 사람은 간곡하게 부탁하는 데에 약하다. 또 어떤 사람은 순종적인 사람들을 짓밟고 무시하는데, 이런 부류의 인간들은 위협을 통해 진정시키는 것이 좋다. 상대에 따라 꾸짖고, 납득시키고, 창피를 주는 식으로 방법을 바꾼다. 또 어떤 사람에게는 그냥 무시하고 방치하는 방법도 있다. 분노라고 하는 급진적인 악덕에 대해서는 온화함도 유용하지만 최후의 수단으로만 쓸 수가 있다. 왜냐하면 다른 감정이라면 시간이 지나면 받아들여지고 마음도 한결 풀어지지만, 화라고 하는 급격한 감정은 자아를 잃을 정도로 폭력적이기 때문에 서서히 진행하지 않고 시작되는 순간 모든 것이 폭발하기 때문이다. 또한 다른 악덕과 달리 마음을 자극하기는커녕 완전히 포로로 만들어 자제심을 잃고 일관되게 악행에 열중하도록 선동한다. 직접적인 당사자뿐만이 아니라 주변의 모든 사람에게 거칠게 대한다. 다른 악덕은 마음을 부추기지만 분노는 마음을 멸망시키고 만다. 인간의 모든 감정은 특별히 제동을 하지 않더라도 그 감정을 스스로 멈추게 할 수가 있다. 그러나 화는 마치 벼락이나 폭풍우처럼 서서히 진행되는 것이 한 번 떨어지면 돌이킬 수 없기 때문에 그 힘은 점점 더 증폭된다.

다른 악덕이 이성에 반하는 반면에 분노는 깊은 사려에 반한다. 다른 악덕은 서서히 다가와 자신도 모르게 성장하지만, 분노에는 마음이 빨려들고 만다. 때문에 분노처럼 격하게 마음을 흔들고 어지럽히는 것이 없으며, 분노 이상으로 자신의 힘에 의지하기 쉬운 것도 없다. 성공만 하면 그보다 거만해질 수 있는 것이 없다. 반격을 당하더라도 전혀 피곤한 줄을 모르기 때문에 일단 상대를 물리치고 나면 결국은 자신을 물어뜯게 된다. 처음 화가 났을 때의 상황에서의 크기는 별로 중요하지 않다. 화는 최소의 것에서 시작하여 최대의 것으로 도달하기 때문이다.

2. 화는 모든 연령대에서 간과해서는 안 되고 모든 민족에 예외가 없다. 어떤 종족은 가난 때문에 사치를 몰랐고, 또 어떤 종족은 끝없이 쫓기며 방랑생활을 해야 했기 때문에 게으름에서 벗어날 수 있었다. 그리고 미개한 풍습과 야만적인 생활을 지속해온 종족은 사기와 기만과 같이 대도시에서만 벌어질 수 있는 악덕을 전혀 모르고 살았다. 그러나 그 어떤 종족도 화에 선동되지 않는 경우는 없다. 그것은 그리스인이나 야만족들 사이에서나 똑같은 위력을 발휘하고 있다. 또한 법을 두려워하는 사람들이나 법률을 권력의 수단으로만 보는 사람들에게도 똑같이 유해하다는 것에는 변함이 없다. 마지막으로 다른 악덕은 개인에게만 영향을 미치지만 분노는 국가 전체가 품을 수 있는 유일한 감정이다.

인류 역사상 모든 국민이 한 명의 여인에 대한 사랑으로 들끓은 적이 없었고, 나라 전체가 모두 참여해 자신들의 희망을 위해 돈이나 이익을 취하고자 한 적도 없다. 야심 또한 각 개인을 포로로 만든다. 그러나 분노를 억제하지 못하는 것은 나라 전체의 악덕이다. 나라 전체가 하나가 되어 분노를 폭발시킨 예는 적지 않다. 남녀노소, 빈부귀천과 관계없이 모두 하나가 되어 사소한 말 한마디에 선동당하고 결국은 선동자보다 더 분노하게 된다. 그리고 당장에 무력으로 이웃나라에 선전포고를 하거나 같은 동포끼리도 싸우게 된다. 모든 집들이 불 타 없어지고 이전까지는 사랑과 존경을 한 몸에 받았던 사람이 지금은 청중들에게 분노를 사고 있다. 군대가 직속상관에게 창을 던지고, 백성 전체가 귀족들에게 반항하여 국가의 원로원이 군대의 소집에 대하여 회의를 하거나 사령관을 임명하기도 전에 자신들의 화풀이를 해줄 지휘관을 선출하여 도시 전체의 모든 집들을 부수고 귀족들을 잡아 가두고 직접 처형을 하였다. 나라에서 정한 법률은 무너지고 사절단이 폭행을 당하면서 말로는 형언할 수 없는 분노가 나라 전체를 흔들었다. 국내의 흥분이 채 가라앉기도 전에 긴급하게 소집된 군대가 함대를 가득 채운다. 군법의 통제도 없이 분노에 찬 백성들은 손에 잡히는 것은 모두 무기로 쓰기 위해 옮겼다. 그리고 결국 막대한 피해로 무모한 분노와 경솔함의 대가를 치르고 말았다. 이것이 막무가내로 전쟁에 돌입한 야만스런 행동의 말로이다. 변덕스러운 그들의 마음은 피해망상에 사로잡히자마자 곧바로 내몰려졌다. 그리고 분노에 사로잡힌 채로 건물이 무너져 내리듯이 적진을 향해 우르르 몰려갔다. 질서 도 없이 두려움을 모른 채 전혀 조심도 하지 않았다. 스스로 파멸 을 자초한 것이다. 그들은 칼과 창에 막혀 찔려 넘어지고 스스로 만든 상처로 인해 죽어갔다.

3. 그러면 이렇게 말할 것이다.

"그런 힘은 엄청나기 때문에 당연히 위험하다. 그러니 그것을 어 떻게 치료해야 좋을지 알고 싶다."

그러나 앞 장에서도 말했던 것처럼 아리스토텔레스는 화를 변호 하는 입장에 서서 우리에게 화를 제거하는 것을 금하고 있다. 그의 말에 따르면 화는 덕을 위한 박차이기 때문에 만약에 화가 없다면 마음의 무장을 풀어버리는 것과 같아서 힘든 노력을 게을리 하게 된다고 하였다. 그러므로 제일 중요한 것은 화의 무서움과 광폭함 을 충분히 밝히고 나서 다음과 같은 것들을 눈앞에 떠올려야 한다. 남에게 화를 낼 때면 얼마나 흉측한 괴물로 변하는지, 격한 충동에 의해 돌진하는 것은 상대는 물론 자신까지도 망치고 만다는 것을, 자신도 함께 진정을 하지 않는 한 진정시킬 수 없는 상대를 억지로 진정시키려 하고 있다는 것을. 그렇다면 다음과 같은 사람들을 제 정신이라고 할 수 있겠는가? 세찬 비바람을 맞고 있는 사람처럼 걸어가고 있는 것이 아니라 비바람에 휩쓸려 광폭한 사악함의 노예가 된 사람을, 자신의 복수를 남에게 맡기지 않고 스스로 해결하기 위해 마음과 동시에 완력으로 해결하는 분노의 광기에 찬 사람을, 정말로 사랑하는 사람이거나 죽으면 당장이라도 눈물을 쏟아낼 상대라도 처형해 버리는 사람을. 이런 감정을 덕을 위해 심어줄 사람이 있겠는가? 그런 감정은 덕을 행하는 데 있어서 반드시 필요한 심사숙고를 방해할 뿐이다. 그것은 변하기 쉬운 고집으로 자신의 악행에는 강하지만 질환이나 발작을 일으켜서 환자를 자극하고 있는 힘이다.

그러므로 나는 헛된 일에 시간을 낭비하고 싶지는 않다. 왜냐하면 나는 인간관계에 있어서의 화에 대한 생각에 의문을 품고 있고, 또한 그것을 비난하는 입장에 서 있기 때문이다. 저 유명한 철학자조차도 화의 효용에 대하여 말하면서 화가 전투나 공적 업무와 같은 열정을 쏟아 수행해야 하는 모든 일에 유용하고, 또한 활력을 불어넣어 준다고 말할 정도이다. 화가 경우에 따라서는 도움이 된다고 착각하도록 우리를 속이지 못하도록 항상 신중을 기하며, 화의 미친 듯한 광폭함을 폭로함과 동시에 공격 도구를 되돌려 주어야 한다. 고문대와 교수대를, 감옥과 형틀을, 생매장당한 육신에

번져나가는 화염을, 시신을 끌고 가는 쇠갈고리를, 온갖 종류의 족쇄를, 모든 징벌을, 수족의 절단과 이마에 찍힌 낙인을, 사나운 야수의 동굴을, 이러한 공격 도구 속에 화도 포함시켜야 한다. 섬뜩한 괴성을 지르며 화를 내고 있는 모습은 화가 나서 사용하는 그어떤 도구들보다도 역겹게 보인다.

4. 다른 관점에서 화를 살펴본다면 의문의 여지도 있겠지만 그렇게 흉측한 몰골을 드러내는 또 다른 감정이 없다는 것만은 분명하다. 그것은 앞 장에서 설명한 바와 같다. 다시 말하자면 거칠고 과격했던 감정이 이번에는 반대로 핏기가 가시며 창백하게 변한다. 그런가 하면 이번에는 다시 체내의 열기와 거친 숨이 단숨에 머리로 솟구쳐 마치 피로 물들인 것처럼 얼굴이 붉게 변한다. 혈관이 부풀어 오르고 두 눈은 불안하게 이리저리 움직이며 당장이라도 튀어나올 것 같다가 다시 한 곳만을 응시한 채 멈춘다. 그리고 누군가를 잡아먹기라도 할 것처럼 이를 가는 모습은 마치 멧돼지가 엄니를 갈고 있는 모습 같다.

또한 두 주먹을 힘껏 부딪쳐 관절에서 우두둑 소리가 난다. 심장고동은 더욱 세차져 숨이 거칠어짐과 동시에 뱉어내는 한숨도 깊고 몸을 가만히 둘 수가 없다. 무슨 말을 하고 있는지 알아들을 수가 없을 정도로 괴성을 지른다. 입술이 부들부들 떨리고 때로는 꾹 다물었다가는 괴성을 지르며 욕을 한다.

맹세코 야수가 굶주림, 혹은 배에 칼을 찔린 채로 자신을 쫓는 사냥꾼에게 필사적으로 달려들 때조차도 미친 듯이 화를 내고 있는 인간의 얼굴만큼 역겹지 않다. 만약에 이런 인간의 괴성이나 협박을 들을 기회가 있다면 과연 이 미친 마음이 무슨 소리를 지껄이는지 잘 들어보라. 사람은 누구나 자신에게 화로 인한 피해가 드러나기 시작했다는 것을 깨닫게 되면 화가 시들면서 제정신으로 돌아오지 않던가? 그러므로 화를 최고의 수단으로 이용하고, 권력의 증거로 여기고, 복수의 기회를 크나큰 행운이자 은혜로 여기는 자들에게 이렇게 충고하라. 인간이 자기 분노의 노예가 되면 얼마나 무력한 존재로 변하는지, 결코 자유로운 존재가 아니라고 말이다. 또한 그들이 주의하며 자신을 되돌아볼 수 있도록 이렇게 충고해 주는 것이 좋지 않을까? 다른 마음의 악덕은 아주 악랄한 인간에 한해서만 특히 문제가 되지만, 화만은 교양이 있는 사람이나 다른 모든 면에서 사리분별력이 있는 사람에게도 찾아온다고 말이다. 화를 솔직함의 증거라고 말하는 사람도 있다. 게다가 세상 사람들이 흔히 말하는 것처럼 붙임성이 좋은 사람이 유별나게 화를 잘 낸다고 믿는 사람이 있을 정도니까 말이다.

5. 그러면 이렇게 물을 것이다.

"뭣 때문에 이것에 대해 특히 문제를 삼는가?"

그 누구라도 자신만은 화로부터 안전하다는 착각을 하지 않았으면 하는 바람에서다. 화란 놈은 성품이 온화하고 침착한 사람조차도 잔혹하고 광폭한 행위로 유혹하기 때문이다. 예를 들어 아무리 건강하다고 하거나 아무리 건강에 조심을 한다고 하더라도 역병은 피할 수 없다. 역병은 나약함과 강인함의 구별 없이 모두를 똑같이 위습하기 때문이다. 이와 마찬가지로 화의 위험성은 성마른 사람이나 차분한 성격, 온화한 성격의 사람이라도 크게 다르지 않다. 그 어떤 성격의 소유자라고 하더라도 화가 격해지게 될수록 더더욱 추하고 위험해진다. 그러므로 누가 뭐래도 가장 중요한 것은 화를 내지 않는 것이고, 둘째는 가능한 빨리 화를 식히는 것이고, 셋째는 남의 화까지 치유해 주는 것이다. 따라서 내가 제일 바라는 것은 어떻게 하면 우리가 화에 빠져들지 않을 것인지, 둘째는 어떻게 하면 자신을 화로부터 해방시킬 수 있을지, 마지막으로 어떻게 하면 화가 난 사람을 진정시켜 제정신으로 돌려놓을 수 있을까이다.

우리가 화에 지지 않기 위해서는 평소에 화의 모든 결함을 끊임없이 눈앞에 펼쳐 내서 그 정체를 정확하게 파악해 두는 것이다. 우리는 자기 마음속의 화를 고발하고 유죄 판결을 받아야 한다. 화를 구석구석 찾아내 한복판으로 끄집어내야 한다. 그것의 성질이 어떠한 것인지를 알기 위해 다른 악덕들과 비교해야 한다. 예를 들어 탐욕으로 많은 재산을 모았다고 하더라도 그것을 사용하는 사람은 훨씬 선량한 사람일수도 있다. 그러나 화는 재산을 낭비 할 뿐이고 그 대가를 치루지 않는 사람이 거의 없다. 화가 난 주인이 얼마나 많은 노예를 도망치게 하고, 얼마나 많은 사람을 죽게 하였는가? 화를 내서 입은 피해는 화를 낸 이유와 비교해 볼 때 그 대가가 얼마나 컸던가? 화는 부모에게는 비탄함을, 남편에게는 이혼을, 정무관에게는 증오를, 정무관 후보에게는 낙선을 주었다. 또한 화는 향락보다 악질이다. 왜냐하면 향락은 자신의 쾌락을 통해 즐거워하지만, 화는 타인의 고통을 통해 즐거워하기 때문이다.

화는 원한과 질투를 능가한다. 왜냐하면 이 두 가지는 상대가 불행하기를 바라지만 화는 상대를 불행하게 만들려 하기 때문이다. 이 두 가지는 상대의 우연한 불행에 기뻐하지만 화는 요행 따위를 기다리지 않는다. 증오하는 상대에게 위해가 가해지기만 바랄뿐 직접 위해를 가하려 하지는 않는다. 증오만큼 교활한 것이 없으며 그것을 중개하는 것도 화이다. 전쟁만큼 사악한 것은 없지만 그 속으로 뛰어들게 하는 것이 권력자의 분노이다. 뿐만 아니라 화는 모든 사람에게 무장도 하지 않고 무력행사도 하지 않는 전쟁과 같다. 게다가 화를 내고 이어지는 직접적인 결과, 예를 들어 재산의 손실과 음모와 서로의 반목으로 인해 끊이지 않는 불안과 함께 그 대가를 반드시 지불해야 한다.

화는 인간의 본성을 거부한다. 인간의 본성은 사랑을 하도록 재촉하지만 화는 증오를 하도록 부추긴다. 사랑은 남에게 도움이 되도록 명령을 하지만 화는 남에게 위해를 가하도록 명령한다. 화를 폭발하는 원인은 자신을 높이 평가하고 있기 때문인데, 그것은 언뜻 보기에 자부심이라고 여길 수도 있지만 실제로는 속이 좁고 가진 것 없는 사람에 불과하다고 할 것이다. 왜냐하면 자신이 멸시를 당했다고 착각하는 본인은 상대보다 소인배가 아닌 적이 없기 때문이다. 하지만 마음이 넓고 자신을 제대로 평가할 수 있는 마음의 소유자는 손해에 대하여 복수를 하지 않는다. 그는 손해를 입었다고 여기지 않기 때문이다. 창은 딱딱한 곳에 부딪히면 튕겨져 나온다. 딱딱한 곳을 찌르면 찌른 본인만 화를 입을 뿐이다. 그와 마찬가지로 아무리 위해를 가하려 해도 위대한 마음에는 그것을 느끼게 하는 것은 불가능하다. 상대에게 가해진 위해는 상대보다 약하기 때문이다. 이러한 마음이 그 어떤 창에도 찔리지 않는 것처럼 그 어떤 위해나 모욕도 물리쳐 낸다는 것은 정말로 대단한 것이다.

복수는 고통의 표명이다. 위대한 마음은 손해를 입었다고 해서 결코 왜곡되지 않는다. 그대를 모욕한 상대는 그대보다 강하거나 약하거나 둘 중에 하나다. 만약 약한 상대라면 소중히 대하라. 만약 강한 상대라면 그대 자신을 소중히 여겨라.

6. 위대함을 표출하는 가장 확실한 증거는 어떤 선동에도 결코 동요하지 않는다는 것이다. 그러한 정신은 높은 우주에 존재하며 훨씬 질서정연하다. 모든 별들과 가까운 부분은 구름으로도 변하지 않고, 폭풍우에도 휩쓸리지 않고, 회오리바람에도 쓰러지지 않는다. 모든 소동의 외부에 있기 때문에 벼락은 그 아래에서만 내리친다. 이와 마찬가지로 숭고한 마음은 항상 평정심을 유지하며 고요한 위치에서 화가 나게 하는 모든 원인을 누르고 겸허하고 존경스럽게 그 질서를 유지하고 있다. 이러한 것들은 화가 나 있는 사람에게서는 어느 하나 찾아볼 수 없는 것이다. 증오심에 사로잡혀 난동을 부리기 시작하자마자 겸손한 마음을 모조리 내버리지 않는 사람이 과연 있을까? 격정과 흥분에 사로잡힌 채 상대에게 돌진하여 자신이 가지고 있는 숭고한 정신을 모조리 던져버리지 않을 사람이 과연 있을까? 격분에 사로잡힌 채 자기가 해야 할 임무의 질서가 흐트러지지 않는 사람이 과연 있을까? 말을 조심해서 하는 사람이 과연 있을까? 자신이 육체 어느 한 부분이라도 제대로 제어할 수 있는 사람이 과연 있을까? 돌진하고 있는 자신을 통제할 수 있는 사람이 과연 있을까? 우리에게 데모크리토스의 건전한 가르침이 과연 도움이 될 수 있을까? 그의 가르침은 마음의 평정에

관한 것으로 사적으로나 공적으로나 모든 일에서 자신의 능력을 초월한 일은 하지 말라는 것이다.

많은 일을 하며 바쁘게 살아가는 사람에게 가장 행복한 것은 그의 마음을 화나게 하는 사람이나 사물과 맞닥뜨리지 않고 하루를 보내는 것이다. 예를 들어 도시의 인파 속을 바쁘게 지나가다 보면 수많은 사람들과 부딪히는 것이 당연한 일이다. 그리고 어떤 곳에서는 발이 걸려 넘어지고, 또 어떤 곳에서는 걸음을 멈춰야 하고, 또 어떤 곳에서는 흙탕물을 뒤집어쓰기도 한다. 이와 마찬가지로 인생의 복잡하고 불안정한 현실 속에는 수많은 장애 요소와 불만이 생겨난다. 어떤 사람은 우리의 희망을 속이고, 또 어떤 사람은 희망을 늦추고, 또 어떤 사람은 그것을 강탈한다. 우리의 계획은 의도한대로 진행되지 않는다. 행운의 여신은 누구의 편도 들어주지 않기 때문에 아무리 많은 계획을 세우더라도 그 모든 것이 좋은 결과로 이어질 것이라고는 장담할 수 없다. 따라서 어떤 일을 할 때 처음 세웠던 계획과 반대의 결과를 얻었을 때는 상대가 사람이거나 사물이거나 상관없이 참지를 못한다. 그리고 아주 하찮은 일 때문에 상대가 사람이거나, 일이거나, 집이거나, 행불행이거나, 때로는 자기 자신일지라도 이 모든 것에 화풀이를 하게 된다.

그러므로 마음의 평정심을 유지하기 위해서는 이리저리로 휘둘려서는 안 된다. 또한 앞에서 말했던 것처럼 과도한 업무와 본인의 능력 이상의 것이 요구되는 일 때문에 고생을 해서도 안 된다. 가벼운 짐을 지고 이리저리로 움직일 때는 짐을 떨어뜨리지 않고 쉽게 운반을 할 수 있다. 그러나 남에 의해 어쩔 수 없이 짊어진 짐은 하는 수 없이 떠받들고 있는 것에 불과하기 때문에 인내심의 한계에 달하면 내던지고 만다. 등짐을 짊어지고 서 있을 때도 그 무게를 견딜 수 없다면 비틀거리게 마련이다.

7. 이와 마찬가지 상황이 공적으로나 사적인 일에서도 일어날 수 있다는 것은 잘 알고 있는 사실이다. 손에 익어 쉽게 할 수 있는 일은 그 일을 하는 당사자를 따르게 마련이다. 그러나 지나치게 과하여 본인의 능력을 초월한 일은 쉽게 사람을 다가오게 하지 않는다. 설령 차분히 그 일을 계획하였다고 하더라도 그 일을 하는 사람을 억누르거나 망쳐버리고 만다. 이제 막 할 수 있을 것 같다고 생각하는 순간 상대를 나락으로 떨어뜨린다. 때문에 쉬운 일을 구하지 않고 자신이 하는 일이 쉬운 일이기를 바란다면 그 사람은 많은 좌절을 겪게 된다.

그대가 어떤 일을 하고자 할 때는 항상 본인의 능력과 자신이 계획했던 일과 본인을 위해 계획했던 일의 무게를 동시에 가늠해 보는 것이 바람직하다. 만약에 그 일이 미완성으로 끝나게 된다면 그 회한이 그대를 괴롭힐 것이기 때문이다. 사람에 따라서 불같은 성격인지, 아니면 둔하고 나약한 성격인지의 차이가 있다. 기운이 넘치는 사람이 실패를 하면 분노에 사로잡힌다. 소심하고 기운이 없는 사람이 실패를 하면 슬픔에 사로잡힌다. 그러므로 우리의 행위는 너무 하찮은 것이어도 안 되고, 그렇다고 해서 무모하게 능력을 초월해서도 안 된다. 희망은 가까운 것이어야 한다. 설령 그 목적을 달성하였더라도 자신이 그 성공에 놀란다면 그런 일은 계획을 해서는 안 된다.

8. 우리는 손해를 참아야 하는 것을 싫어하기 때문에 손해를 입지 않도록 노력하는 것이 좋을 것이다. 함께 생활할 상대는 온화하고 친절하며 불안과 초조함에 빠지기 쉽지 않은 사람을 선택해야 한다. 우리의 성격은 교류하는 상대의 영향을 받는다. 전염병이 접촉한 사람에게 옮는 것처럼 마음도 가까운 사람에게 나쁜 습관을 옮긴다. 술꾼은 친한 동료들을 유혹하여 독주에 빠지게 한다. 음탕한 사람과의 교류는 강인한 용사를 허약하게 만든다. 탐욕은 동료에게 해악을 옮긴다. 이러한 이치는 서로 상반되는 덕에서도 해당된다. 덕은 교류하는 모든 상대를 온유하게 바꾸어 놓는다. 신체적 건강을 위해서는 좋은 토지와 기후가 유익하고, 마음이 유약한 사람은 훌륭한 사람들과의 교류가 유익한 것과 마찬가지이다. 이러한 것들이 얼마나 효과적인지는 다음 예를 보면 이해할 수 있을 것

이다. 짐승들조차 인간과 함께 생활을 하게 되면 말을 따르게 된다. 아무리 사나운 맹수라도 사람들과 오래 생활을 하게 되면 난폭함이 점점 사라진다. 야만적인 모든 성질이 둔해지다가 결국은 모두 사라지게 되는 것이다. 따라서 평온한 인물과 함께 생활을 하게 되면 그의 행동규범을 배워 점점 선한 성격을 띠는 것은 물론이고 화를 내야 할 이유를 찾지도 않고 자신의 악행을 그대로 방치하지도 않는다. 그러므로 화를 돋우는 상대는 모두 피하는 것이 중요하다.

그러면 이렇게 물을 것이다.

"대체 그런 상대가 누구란 말인가?"

그런 사람들은 수도 없이 많고 원인도 제각각이지만 결국은 모두 화의 원인이 된다는 점에서 마찬가지이다. 예를 들어 거만한 사람은 경멸을 통해 상대를 화나게 할 것이다. 또한 비아냥거리는 사람은 모욕으로, 후안무치는 무례로, 질투심이 많은 사람은 악의로, 싸움질을 좋아하는 사람은 성마름으로, 경박하고 진실하지 못한 사람은 거짓으로 상대를 화나게 할 것이다. 정말로 참기 어려운 것은 의심이 많은 자로부터 의심을 받는 것이고, 고집불통에게 의견을 관철시키는 것이고, 잘난 척하는 사람에게 무시를 당하는 것이다.

교제 상대를 고를 때는 진솔하고 순종적이고 온건한 사람이 좋다. 이런 사람들은 상대를 화나게 하지 않으며 참을성이 많다. 그리고 이러한 사람들 이상으로 유익한 상대는 겸손하고 인정미가 넘치는 매력적인 사람이다. 그러나 그들에게 아첨을 떨어서는 안 된다. 상대가 화를 잘 내는 성격이라면 지나친 아부는 오히려 해가 될 것이다. 내 친구 중에는 멋진 사내이기는 하지만 화를 잘 내는 사람이 있다. 그에게는 험담을 하는 것보다도 아부를 하는 것이 훨씬 위험할 정도였다.

웅변가 카엘리우스(B.C. 82~48, 로마의 정치가이자 웅변가로 키케로의 지도를 받음. 호민관이 되어 카이사르와 함께 폼페이우스에게 대항하였으나 훗날 반란으로 카이사르에게 죽임을 당함)가 매우 성마른 성격이라는 것은 잘 알려진 사실이다. 소문에 따르면 보기 드물게 인내심이 강한 클리엔테스(被護民:귀족에 예속된 피보호자. 귀족 보호자는 파트로네스라 부름)가 카엘리우스와 함께 식사를 하였다고 한다. 그러나 이 클리엔테스는 카엘리우스 바로 옆자리에 앉아 있었기 때문에 말싸움을 피하기가 어려웠다. 그래서 그는 카엘리우스가 무슨 말을 하건 간에 그의 말에 찬동해야 한다고 판단했다. 그런데 카엘리우스는 그의 그런 모습을 도저히 참지 못하고 이렇게 소리쳤다. "뭔가 반대 의견을 말해라! 서로 적이 되어 싸우듯이 말이다!" 그러나 그는 이렇게 말하며 자신이 한 번도 화를 내지 않은 것에 대하여 화를 내기는 했지만 싸움 상대가 없기에 더 이상 화를 내지 않았다고 한다.

그러므로 혹시라도 자신이 성마른 성격이라는 것을 깨달았다면 교류 상대로 자신의 낯빛과 말을 잘 따르는 사람을 선택하는 것이 좋을 것이다. 그렇다, 어쩌면 우리는 그들의 아부로 인해 자신의 의견과 상반되는 의견은 전혀 들을 수 없는 나쁜 습관이 밸 수도 있다. 그러나 반대로 나쁜 습관에 빠지지 않기 위한 여유와 평정심을 기를 수 있다는 장점도 있다. 설령 괴팍한 성격에 고집불통이라도 비위를 맞춰주는 사람이라면 참을 수 있을 것이다.

동물들은 자신을 쓰다듬어 주는 사람에게는 거칠게 대하지 않고 놀라지도 않는다. 오랜 시간 설전이 이어져 싸움으로 번질 위험이 있을 때는 언쟁이 심하지 않은 초장에 반드시 멈추는 것이 좋다. 논쟁이란 저절로 그 세력이 커지기 때문에 빠져들수록 자신을 억제하기 힘들어 진다. 자신을 싸움판에서 끌어내기보다는 처음부터 멀리하는 것이 쉽다.

9. 성마른 성격이라면 너무 어려운 논쟁에 열중하는 것 또한 반

드시 피해야 한다. 어쩔 수 없는 상황이라면 피로는 느끼지 않는 범위에서 진행시켜야 한다. 마음이 번잡해지는 일에 매달리지 말고 즐거운 학문과 예술에 빠지는 것이 좋다. 시를 읽으며 마음을 가라앉히는 것도 좋고, 역사 이야기로 마음을 즐겁게 하는 것도 좋다. 마음은 부드럽고 온화하게 다뤄야 한다. 피타고라스는 키타라(고대 그리스의 현악기)를 연주하며 어지러운 마음을 안정시켰다. 그리고 모두가 잘 알고 있듯이 피리와 나팔소리 또한 마찬가지로 마음을 진정시켜주고, 어떤 노래들은 응어리진 마음을 풀어주는 매력이 있다.

피로한 눈에는 초록색이 효과가 있다. 어떤 색은 눈의 피로를 풀어주지만 또 어떤 색은 빛에 반사되어 현기증을 일으키기도 한다. 이와 마찬가지로 병든 마음을 풀어주는 것은 즐거운 공부이다. 나랏일과 변호와 재판 등, 우리의 단점을 악화시키는 모든 것을 멀리해야 한다. 또한 피로에 지친 육체에도 주의를 기울여야 한다. 피로는 우리의 모든 온화함과 정숙함을 사라지게 하고 난폭함을 부추기기 때문이다. 그러므로 위의 건강이 걱정되는 사람이라면 부담이 되는 일을 해야 할 때는 음식으로 담즙을 희석시켜야 한다. 담즙을 많이 분비하게 하는 것은 피로로 이어진다. 왜냐하면 피로가 체내의 열을 중심부로 몰아 혈액에 나쁜 영향을 끼쳐 혈관이 막히거나 혈액의 순환을 멈추게 하거나, 혹은 몸이 허약해지면서 심적 부담으로 이어지기 때문이다. 이와 같은 이유로 건강하지 않거나 노화로 인해 피로를 느끼면 쉽게 화를 내기도 한다. 배고픔과 목이 마른 것 또한 같은 이유에서 피해야 한다. 그러한 것들은 마음을 초조하게 하여 화를 돋운다. 옛 속담에 '피곤한 사람이 싸움을 건다.' 라는 말이 있다. 허기진 사람이나 목이 마른 사람처럼 뭔가 이유가 있어 초조해 하는 사람이라면 누구나 쉽게 싸움을 건다. 쉽게 말하자면 종기가 난 곳을 가볍게 만지기만 해도 아프기 때문에 만지려고 생각만 해도 아프게 느끼는 것과 마찬가지로 마음이 초조할 때는 아주 사소한 일에도 화를 내게 된다. 때문에 인사를 하여도, 편지를 받아도, 이야기를 나누거나 질문만 해도 모두 싸움거리가 된다. 초조한 마음을 건드리면 당장에 불만이 폭발하고 마는 것이다.

10. 그러므로 가장 좋은 방법은 병을 깨닫자마자 치료하는 것이다. 그리고 최대한 말수를 줄이고 충동을 억제해야 한다. 하지만 처음 발생한 자신의 감정을 파악하는 것은 쉬운 일이 아니다. 모든 병은 징후가 먼저 나타난다. 예를 들어 폭풍우나 비가 내릴 징조가 사전에 먼저 나타나는 것과 마찬가지로 화나 사랑과 같은 감정 또한 마음을 흔들어 놓는 모든 비바람에는 뭔가 전조가 드러나기 마련이다.

이따금씩 간질 발작을 일으키는 사람들은 사전에 그 전조를 알고 있다. 손발이 차갑다거나, 현기증이 나거나, 초조해지거나, 기억이 여려지면서 머리가 윙윙 울리는 것 같은 전조로 알 수가 있다. 때문에 그들은 항상 약을 가지고 다니면서 발작이 일어나기 전에 약을 먹거나 냄새를 맡아 의식을 잃는 것을 예방한다. 오한으로 몸이 경직되기 시작하면 찜질로 경직을 예방한다. 약이 듣지 않을 때는 사람들을 피해 한적한 곳에서 쓰러지기도 한다. 자신의 증상을 미리 알고 발작을 익으키기 전에 억제하는 것이 최선의 방책이다.

가장 먼저 파악해야 하는 것은 대체 무엇이 우리를 가장 화나게 하는가이다. 어떤 사람을 화나게 하는 것은 모욕적인 말일 것이고, 또 어떤 사람은 모욕적인 행동에 화를 낸다. 어떤 사람은 자신의 지위가 존중받기를 바라고, 또 어떤 사람은 자신의 외모가 존중받기를 바란다. 어떤 사람은 자신을 최고의 신사라고 여겨주기를 바라지만, 또 어떤 사람은 최고의 학자로 여겨주기를 바란다. 또 어떤 사람은 건방진 태도를 참을 수 없고, 또 어떤 사람은 고집스러운 태도를 참지 못한다. 어떤 사람은 노예에게는 화를 낼 가치가 없다고 생각하지만, 또 어떤 사람은 집에서는 항상 화를 내면서도 밖에만 나가면 순한 양처럼 변한다. 어떤 사람은 권유받는 것을 불명예라고 여기지만, 또 어떤 사람은 권유받지 못한 것을 모욕이라 여긴다. 모든 사람이 똑같은 이유로 화를 내지 않는다. 그러므로 항상 마음에 새겨두어야 할 것은 자신의 약점이 무엇인지를 파악하고 그 점에 특히 주의할 필요가 있다.

11. 모든 것을 보고 듣는 것이 좋은 것이 아니다. 수많은 모욕이 우리를 지나치지만 그것을 느끼지 않는다면 모욕을 당한 것이 아니다. 그대 또한 화내는 것을 바라지는 않을 것이다. 그렇다면 모든 것을 일일이 파헤치지 않는 것이 좋다. 누가 자신의 험담을 했는지, 비밀 이야기를 누가 폭로하였는지를 일일이 따지다 보면 결국 자신의 마음만 어지럽힐 뿐이다. 경우에 따라서는 모욕이라고 여기지 않아도 될 만한 것도 있다. 그러므로 상황에 따라서 멀리거리를 두는 것이 좋을 때도 있고, 그저 웃어넘기는 것이 좋을 때도 있고, 때로는 그냥 눈감아 주는 것이 좋을 때도 있다.

화는 수단 방법을 가리지 말고 멀리해야 한다. 대부분의 것을 그저 농담으로 받아들이는 것이 좋다. 소크라테스는 어느 날 갑자기 누군가 자신의 뺨을 때리자 이렇게 말했다고 한다. "언제 투구를 쓰고 나가야 할지 알 수 없으니 참으로 답답한 노릇이군." 요컨대 어떤 식으로 모욕을 당했는지가 아니라 어떤 식으로 모욕을 참았는지가 중요하다. 어째서 화를 참는 것이 어려운지 그 이유에 대해서는 잘 모르겠다. 하지만 모든 행운을 타고나 의기양양한 참주들조차도 상습적이고 잔혹한 행위를 스스로 억제한 예를 알고 있다.

아테네의 참주 피시스트라투스에 관한 이런 이야기가 있다. 술 취한 한 친구가 피시스트라투스의 잔인함에 대하여 이런저런 흉을 보고 있었다. 그 자리에는 참주의 가신들도 함께하고 있었기 때문에 여기저기서 혼을 내주어야 한다고 선동하기 시작했다. 그러나 피시스트라투스는 마음을 진정시키고 참으면서 가신들에게 이렇게 대답했다고 한다. "내가 저 친구에게 화를 내지 않는 것은 두 눈을 가린 자가 나와 부딪혔다고 해서 화를 내지 않는 이유와 같다."

12. 대부분의 사람들은 잘못된 추측이나, 아니면 사소한 일을 큰일처럼 부풀려 불만을 키운다. 가끔은 화가 우리를 향해 다가오는 경우도 있지만 대부분의 경우 우리가 화를 향해 가고 있을 때가 더 많다. 화는 결코 손에 넣어서는 안 되는 것이다. 설령 갑자기 엄습을 해 오더라도 뿌리치지 않으면 안 된다. 자기 자신에게 이렇게 말하는 사람은 한 사람도 없다. "지금 나를 화나게 한 일을 내가 과거에 했거나 했을 수도 있다."

사람들은 자신을 화나게 한 사람의 마음속을 생각하는 것이 아니라 화나게 한 것만을 생각한다. 그런데 정작 생각해 봐야 하는 것은 화를 나게 한 사람에 대해서이다. 쉽게 말해서 상대가 그걸 노린 것인지 아니면 실수로 그렇게 한 것인지, 강요 때문에 그렇게 한 것인지, 속아서 그렇게 한 것인지, 증오심 때문인지, 상을 받으려고 한 것인지, 자기 자신의 만족을 위해서였는지, 아니면 누군가의 청탁 때문이었는지를 확인해야 한다. 자신을 화나게 한 상대의 나이와 지위와도 관계가 있는데 그것을 견디고 참아낼 수 있는지에 따라 관대하거나 비굴해진다.

우리는 자신이 화를 내는 상대와 입장을 바꾸어 생각해 볼 필요가 있다. 실제로는 부당한 자기애 때문에 화를 내게 된다. 자기가 하고 싶은 일은 절대로 참으려 하지 않는다. 상대가 자신을 기다리게 하는 것을 참지 못한다. 그러나 화를 진정시키는 가장 좋은 방법은 그 상황을 뒤로 미루는 것이다. 그러면 화의 최초 불씨가 약해져 마음을 억누르고 있던 어둠이 사라지거나 옅어지게 된다. 그대를 무턱대고 화나게 했던 분노 중에는 하루는커녕 잠깐의 시간만 지나버리면 시들어버릴 것도 있고, 때로는 전혀 사라지지 않는 것도 있을 것이다. 하지만 설령 그대의 지연책이 아무런 효과를 보지 못했다 하더라도 그러는 사이 이미 어떤 판단이 서게 될 것이다. 그것은 이미 화가 아닌 것이다. 무슨 일이든 그것이 어떤 성질의 것인지를 알고 싶다면 모든 것을 시간에 맡기는 것이 좋다. 감정의 흐름에 휘말리게 된다면 절대로 신중하게 바라볼 수 없다.

하루는 플라톤이 자신의 노예에게 화를 낸 적이 있었다. 그는 자신을 돌이켜볼 생각조차 하지 않고 노예의 옷을 벗기고 직접 채찍을 번쩍 치켜들고 매질을 하려 했다. 그 순간 플라톤은 자신이 화가 나 있다는 것을 깨닫고 한 손을 번쩍 치켜든 채로 멍하니 서 있었다. 우연히 이 모습을 목격한 친구가 그에게 무슨 일이냐고 묻자 그는 이렇게 대답했다. "나는 지금 화를 내고 있는 인간에게 벌을 주고 있는 중이네."

그는 이성을 잃은 채 미친 듯이 추악하게 분노한 모습을 계속 유지하고 있었지만 노예에 대한 일은 이미 깨끗이 잊어버렸다. 그는 벌을 주어야 할 다른 상대를 찾을 것이다. 플라톤은 주인의 권력을 스스로 던져버리고 마치 큰 죄라도 지은 것처럼 초조해하며 이렇게 말했다. "스페우시포스, 나는 화가 나 있으니 저놈에게 대신 매질 좀 해주게." 플라톤이 직접 문책을 하지 않는 것은 자신의 잘못에 대하여 누군가가 자신을 똑같이 문책하였을 것이기 때문이었다. 그는 "나는 화가 나 있다."라고 말했다. 그리고 이렇게 말했다. "나는 기꺼이 내가 해야 할 것 이상의 것을 해야 한다. 자신조차 지배할 수 없는 인간에게 노예를 거느리게 해서는 안 된다."

플라톤조차도 스스로 지배권을 박탈하려고 했을 정도인데 과연 화가 난 사람이 제멋대로 복수를 하도록 바라는 것이 타당한 일일까? 만약 그대가 화가 나 있다면 본인 스스로 아무것도 용납해서는 안 된다. 왜냐하면 그럴 때 그대는 모든 것을 용서받기 바라기 때문이다.

13. 그대는 그대 자신과 싸워야 한다. 그대가 진정으로 화를 정복하기를 바란다면 화는 그대를 정복할 수 없을 것이다. 그러기 위해서는 먼저 화를 감추고 화를 낼 빌미를 주어서는 안 된다. 화난 모습을 감추고 최대한 그것을 비밀로 해야만 한다. 이것은 인간에게는 매우 힘든 일일 것이다. 왜냐하면 화라는 감정은 순간적으로 폭발하여 두 눈을 이글거리며 낯빛이 바뀌는 것이 보통이기 때문이다. 그러나 우리가 일단 화를 겉으로 드러나도록 방치하면 화는 우리 자신을 초월하여 버린다. 따라서 화는 가슴 깊숙이 감추고 스스로 억제하며 휘말리지 않도록 해야 한다. 아니, 화의 징후가 있다면 그 반대 방향으로 돌려놓아야 한다. 온화한 표정에 부드러운 목소리로 천천히 걸어야 한다. 이렇게 하여 서서히 내적 감정이 외적인 행동거지에 영향을 끼치게 된다.

소크라테스는 화가 나면 낮은 목소리에 말수가 적어졌다고 한다. 그럴 때는 소크라테스가 자기 자신과 싸우고 있다는 것을 확실히 알 수 있었다. 그의 이러한 모습은 항상 주변의 친한 사람들에게 들켰고 소크라테스 또한 화가 났다는 사실을 고백을 했다. 하지만 소크라테스는 화를 참고 있다는 비난을 기분 나쁘게 여기지 않았다. 대부분의 사람들이 그가 화가 났다는 것을 알 수 있었지만 아무도 그것이 화라고는 여기지 않았다. 소크라테스는 어째서 이러한 것을 좋아하지 않았을까? 만약 소크라테스가 주변 동료들에게 자신을 비난할 권리를 주지 않고, 그 권리를 자신을 위해 동료들에게 요구하지 않았다면 동료들은 틀림없이 소크라테스의 화를 느꼈을 것이다. 우리는 이런 소크라테스의 방법을 좀 더 적극적으로 활용해야 하지 않겠는가? 우리가 주변 사람 모두에게 요구해야 할 것은 이러한 자유를 우리 자신에게 행사하도록 하는 것이다. 특히 화를 참기 어려운 사람일수록 이 방법을 최대한으로 활용하여야 할 것이다. 동시에 자신의 화에 동조하지 말도록 요구해야 한다. 우리는 너무나 강력하여 인간성을 추락시키기 쉬운 화라는 악에 대하여 온전한 정신으로 자신을 억제할 수 있는 동안에 도움을 청해야 한다.

술버릇이 나빠 취하기만 하면 정신을 잃거나 주정을 하는 사람이라면 친구들에게 부탁하여 일찌감치 술자리에서 벗어나도록 해야 한다. 또한 병이 들어 사리분별력을 잃었던 경험이 있는 사람이라면 건강에 이상이 생기면 자신의 말을 따르지 말라고 부탁을 해두어야 할 것이다. 중요한 것은 나쁘다고 여겼던 행동들을 멈추게할 제어장치를 마련해 두는 것이 최선이라는 것이다. 가장 중요한 것은 항상 마음을 안정시켜 아무리 갑작스럽고 강한 충격을 받더라도 화를 내지 않고 갑작스러운 모욕을 당하더라도 분노를 폭발시키지 않고 가슴속에 묻어둔 채 감정적인 말을 하지 않는 것이다. 이것을 실행으로 옮길 수 있다는 증거는 꽤 많지만 두세 가지 예만들어도 충분한 것이다. 이 예에서는 두 가지 점을 배울 수가 있다. 첫째, 화가 절대적인 권력을 가진 인물을 지배할 경우 그 해악은 상상을 초월할 정도로 엄청나다는 것이다. 둘째, 화가 화 이상의 강력한 공포심에 의해 억제되었을 때는 그것이 엄청난 희생을 강요한다는 것이다.

14. 페르시아의 왕 캄비세스 2세가 지나친 음주를 하자 가신 프렉사스페스는 왕에게 백성들의 이목을 받고 있는 왕이 폭음을 하는 것은 부끄러운 일이라며 술을 줄이라고 간언하였다. 이 말을 들은 왕은 이렇게 대답하였다. "나는 결코 술에 의해 나 자신을 망각한 적이 없다. 나는 그대가 알 수 있도록 내 두 눈과 두 손이 술에 취한 뒤에도 내 할 일을 게을리 하지 않는다는 것을 증명해 보이겠다."

왕은 이렇게 말하고 평소보다 큰 잔에 술을 따라 마셨다. 그리고 취기가 돌자 자신을 책망했던 가신의 아들에게 문 쪽으로 가서 왼손을 머리 위에 들고 서 있으라고 명령하였다. 그러고는 활시위를 당기며 "내 과녁은 저거다!"라고 외친 뒤 순식간에 젊은이의 심장을 꿰뚫어버렸다. 그리고 가슴을 갈라 심장 정중앙을 꿰뚫은 화살을 아버지에게 보여주며 이렇게 물었다. "내 활 솜씨가 꽤 정확하지 않은가?" 그러자 아버지는 이렇게 대답하였다. "아폴로라도 이렇게 정확하게 쏠 수는 없을 것입니다." 오오, 신이시여! 이런 아버지처럼 신분이 아니라 마음의 노예근성을 가진 인간에게 벌을 내려 주십시오. 그는 구경꾼들조차 차마 눈뜨고 볼 수 없는 왕의 행위를 칭송하였다. 아들의 가슴이 둘로 갈라지고 아직 심장이 펄떡펄떡 뛰고 있는데도 아버지는 왕에게 아부를 하였다. 그는 왕의 행위에 대하여 응당 도전을 하여야 했다. 그리고 이번에는 본인이 직접 과녁이 되어 이전보다 더 정확한 실력을 보여 달라고 요구해야 했다. 오오 피에 굶주린 왕이여! 오오, 모든 신하들의 화살 과녁이 되었어야 좋았을 왕이여! 왕이 처형으로 술자리를 끝낸 것은 낭년히 증오를 해야 마땅한 일일 것이다. 그러나 아들의 심장에 화살이 꽂힌 것 이상으로 비통한 것은 아버지의 칭찬이었다.

그렇다면 과연 스스로 목격자이자 원인 제공자인 아버지는 아들의 주검 옆에서 과연 어떤 식으로 대처를 하면 좋았을까? 그것에 대해서는 뒤에서 살펴보기로 하자. 물론 여기서 논하고자 하는 것은 과연 화를 억제할 수 있는가에 대한 문제라는 것은 두 말할 필요가 없다. 아버지는 왕에게 이 불행한 사태에 대하여 단 한 마디의 불평도 하지 않았다. 당연히 아버지 또한 화살이 심장에 꽂힌 것과 마찬가지로 비통한 심정이었을 것이다. 그러나 그가 불만을 참고 삼켜버린 것은 적절한 행동이라 할 수 있다. 왜냐하면 비록 그가 화를 내며 무언가 말을 할 수는 있었겠지만 아버지로서는 아무엇도 할 수 있는 것이 없기 때문이다. 그의 그런 행동은 아마도 술을 줄이라고 왕에게 간언했던 것보다 현명하다고 할 수 있을 것이다. 왕은 피를 마시기보다는 술을 마시는 것에서 훨씬 만족을 하였다. 손에 술잔만 들고 있으면 천하태평인 것이다. 요컨대 이런 크나큰 불행을 통해 진정한 충언을 하기 위해서는 충신이 얼마나 많은 것을 감내해야 하는지에 대하여 그 실례를 보여준 사람이 한 명 더 늘었을 뿐이다.

15. 하르파구스 또한 자신이 섬기던 페르시아의 왕에게 이와 비슷한 충언을 한 것이 틀림없다. 화가 난 왕은 그의 자식들을 죽이고 그 살점으로 요리를 하여 그에게 대접하면서 음식 맛이 어떠냐고 물었다. 그리고 자신의 흉계로 하르파구스가 배불리 먹은 모습을 보고 자식들의 머리를 가져오게 한 뒤 다시 대접이 어땠는지를 물었다. 안타깝게도 불쌍한 하르파구스는 입을 다물고 있을 수가 없었기에 이렇게 대답했다. "폐하의 훌륭한 대접에 황송할 따름입니다."

남은 고기마저 먹어야 하는 고통은 피할 수 있었지만 이런 아부를 떨어 무슨 도움이 되겠는가? 나는 아버지로서 왕의 행위를 비난해서는 안 된다고는 하지 않겠다. 또한 괴물처럼 잔혹한 왕에게 걸맞은 보복을 해서도 안 된다고는 하지 않겠다. 그러나 지금은 이렇게 생각한다. 너무나 잔혹한 행위로 인해 폭발하는 화도 감출 수 있고, 속에도 없는 말을 억지로 할 수가 있다. 이런 분노를 억제해야 하는 것은 어쩔 수 없는 일이다. 특히 위와 같이 왕의 만찬에 초대를 받은 경우에는 더더욱 그렇다. 그들의 만찬에서는 그렇게 먹고, 그렇게 마시고, 그렇게 대답하고, 가족의 죽음조차도 웃어 넘겨야만 한다. 그렇게 하는 것이 현명한 것인지 아닌지는 곧 알게 될 것이다.

우리는 처참하게 옥사에 갇혀 있는 죄수들을 위로하지 않을 것이고, 또한 살인마의 명령을 묵묵히 따르라고도 권하지 않을 것이다. 중요한 것은 아무리 굴복적인 상황이라 할지라도 선택의 자유는 있다는 것이다. 마음이 슬프고 자신의 결함으로 인해 불행에 처해 있다고 할지라도 스스로 그 비참함을 끊어낼 수가 있다. 가족의 가슴에 활을 쏜 군주와 만난 사람도 있고, 자식의 살점을 아비에게 배불리 먹인 군주를 모셔야 했던 사람도 있다. 나는 그들에게 이렇게 말해주고 싶다.

"어리석은 자여, 무엇을 탄식하고 있는가? 그대는 무엇을 기다리고 있는가? 적군이 그대의 민족을 멸망시켜 그대의 복수를 해주기를 바라고 있는가? 아니면, 강력한 군주가 멀리서 달려와 도움을 주기를 기대하는가? 그대에게는 어디를 둘러보더라도 재난을 끊어낼 방법이 있다. 저기 자유를 향해 내려갈 수 있는 험난한 절벽이 보이지 않는가? 저 바다, 저 강물, 저 샘물이 보이지 않는가? 자유는 그곳 깊숙한 곳에 자리하고 있다. 저기 시들고 자라지 못해 열매가 열리지 않는 나무가 보이지 않는가? 그 나무의 가지에서도 자유가 매달려 늘어져 있다. 그대의 목, 숨통, 심장이 보이지 않는가? 그것들은 굴복으로부터 벗어나게 해줄 것이다. 내가 그대에게 너무 어려운 탈출 방법을 가르치고 있는 것인가? 이 탈출 방법이 많은 정신력과 체력을 요구하는가? 그대는 자유의 길이라는 게 무엇인지를 묻고 있는가? 그대의 몸속에 뻗어 있는 모든 혈관이 바로 자유로 가는 길이다."

16. 인간에게 가장 고통스럽게 느껴지는 것은 생명을 빼앗는 것이다. 그러므로 제아무리 높은 지위에 있다고 하더라도 화를 멀리해야만 한다. 누군가를 섬겨야하는 사람에게 화는 금물이다. 왜냐하면 그 어떤 화라도 본인을 고통스럽게 하는 역할을 하기 때문이다. 더군다나 권력에 대하여 강하게 맞설수록 중압감은 더욱더 커질 것이다. 그것은 마치 짐승들이 덫에 걸려 발버둥칠수록 덫이 조여지고, 끈끈이에 걸린 새가 털어내기 위해 날갯짓을 할수록 끈끈이는 날개 전체로 퍼지는 것과 같다. 소와 말 또한 무겁고 갑갑하겠지만 얌전히 멍에를 쓰고 있으면 상처를 입지 않는다.

재난을 줄이는 유일한 방법은 그것을 인내하며 중압감을 견뎌내는 것이다. 그러나 군왕을 섬기는 신하의 입장이라면 모든 감정 중에서도 특히 광폭하고 방종한 화의 감정을 억제하는 것이 유익한 것은 당연한 것이지만 군주 또한 화를 참는 것 이상으로 유익한 것은 없다. 분노에 휩싸인 채로 권력을 휘두르게 된다면 모든 것을 멸망시킨다. 수많은 사람들을 재난에 빠뜨리기 위해 행사되는 권력은 지속될 수 없다. 왜냐하면 서로 다른 고통으로 탄식하고 있는 사람들이 공포라는 공통점으로 단결하게 된다면 권력도 위험에서 벗어날 수 없기 때문이다. 그렇게 개인이나 다수의 사람들이 난결하여 수많은 군주들을 멸망시켰다. 공통의 증오가 그들을 자극하여 또 다른 분노들까지 하나로 집중시켰기 때문이다. 그런데 대다수의 군주는 화를 마치 군왕의 표상인 양 이용하고 있다.

예를 들어 다리우스 왕을 살펴보자. 그는 마고스(사제) 가우마타로부터 왕권을 빼앗은 뒤 처음으로 페르시아 전쟁을 통해 오리엔트를 통일시켰다. 그는 페르시아 동쪽을 포위하고 있던 스키타이 군대에 선전포고를 하였을 때, 나이 많은 귀족 오이오바조스는 세 명의 아들 중에 두 명은 전쟁에 보내도 좋지만 한 명만은 늙은 아비를 위해 남겨달라고 간청하였다. 그러자 다리우스는 한 명이 아니라 세 명의 자식을 모두 돌려주겠다고 말했다. 그러고는 늙은 아비에게 세 구의 시신을 던져주면서 세 명의 아들을 모두 전장으로 데리고 가는 것은 너무나 무자비한 일이라고 말했다.

이와 비교해 본다면 크세르크세스는 얼마나 너그럽단 말인가! 다섯 명의 자식을 둔 피티우스라는 아버지가 한 명의 자식만이라도 병역을 면제해 달라고 간청을 하자 크세르크세스는 맘에 드는 아들 한 명을 고르라고 하였다. 그리고 아버지가 한 명의 아들을 고르자 크세르크세스는 그 아들의 몸통을 둘로 잘라 길 양옆에 던져놓고 승리를 기원하는 재물로 삼았다. 그리고 그는 당연한 결과를 맞이하였다. 그의 군대는 대패하여 사방팔방으로 흩어졌고 사방에 널린 아군의 시신들 사이로 진군하며 괴멸된 자신의 군대를 목격해야만 했다.

17. 이상은 그 어떤 학문이나 문화적 교양도 익히지 않은 야만적인 왕들이 화 때문에 벌인 잔혹한 학살이었다. 이번에는 아리스토텔레스의 애제자였던 알렉산드로스 대왕에 대하여 이야기를 해보자. 알렉산드로스 대왕조차도 젖형제라 불릴 정도로 매우 가까웠던 친구 클레이토스를 술자리에서 직접 찔러 죽였다. 클레이토스가 왕에게는 복종을 하지 않고 자유로운 마케도니아 사람이면서도 페르시아에 굴복하는 데는 찬성을 하였기 때문이었다.

그리고 역시 측근 중에 한 사람이었던 리시마코스(알렉산드로스 대왕의 후계자로 알렉산드로스 대왕 친위대 가운데 한 사람이었다.)를 사자에게 던져버렸다. 다행히 사자의 이빨에서는 벗어난 리시마코스가 왕이 되고 나서 과연 이 일을 거울삼아 온화한 왕이 되었을까? 아니다, 그는 자신의 친한 친구였던 로도스 출신의 텔레스포루스의 사지를 갈기갈기 찢어버렸다. 그리고 귀와 코까지 모두 베어버렸다. 리시마코스 왕은 지금까지 한 번도 본 적이 없는 기괴한 동물의 모습을 하고 동굴에 갇혀 있는 텔레스포루스의 모습에 한동안 몸서리를 쳤을 정도였다. 흉측하게 잘려나간 얼굴은 더 이상 인간의 모습이 아니었다. 게다가 굶주림과 자신의 오줌과 똥으로 더러워진 몸뚱이는 한층 몸서리치게 하였다. 텔레스포루스는 솝은 굴 안에서 두 무릎과 양팔로 발을 대신하여 기어 다녔기 때문에 두껍게 굳은살이 생겼고, 옆구리까지 바닥에 쓸려 살이 문드러져 있었다. 때문에 이 모습은 보는 이로 하여금 공포와 역겨움을 느끼게 하였다. 그리고 벌을 받아 괴물로 변해버렸기 때문에 동정조차 허락되지 않았다. 그러나 이런 처벌을 당하여 도저히 인간의 모습이라고 할 수 없다고 하나, 이러한 벌을 내린 사람은 더더욱 인간의 모습과는 거리가 멀다.

18. 과연 이렇게 잔혹한 행위들이 그저 남의 나라 이야기일 뿐일까? 로마인들의 풍습 중에는 외국의 악습들과 함께 고문과 분노라는 악덕도 함께 들어오지 않았을까? 로마 국민은 마르쿠스 마리우

스를 기리기 위해 거리 곳곳에 그의 조각상을 세우고 향과 술을 바치며 경배하였다. 루키우스 술라는 그런 그에게 두 다리를 부러뜨리고, 두 눈을 파내고, 혀와 두 팔을 자르라고 명령하였다. 마치 상처를 입으면서 조금씩 죽어가게 하기라도 하듯이 한 마디 한 마디씩 잘라냈다. 이 명령을 수행한 사람은 누구였겠는가? 이미 온갖 악행을 저질러온 카틸리나가 아니면 누구겠는가? 그는 마리우스를 퀸투스 카툴루스의 화장터 앞에서 무참히 도륙하여 더없이 온화한 인물의 주검을 모욕했다. 영웅의 주검 위에 피를 적시는 나쁜 사례를 남기기는 했지만, 대중들의 넘치는 사랑을 받을 정도로 평판이 자자했던 마리우스는 그렇게 피를 흘리며 죽어갔다. 마리우스가 이런 죽음을 당한 것도, 술라가 그런 명령을 내린 것도, 카틸리나가 그것을 수행한 것도 다 나름의 이유가 있었다. 그러나 국가가 적은 물론이고 보호자 쌍방의 칼날에 찔려야 하는 것은 부당하다.

그런데 나는 어째서 옛일을 들춰내고 있는 것일까? 현재도 카이사르 황제는 전 집정관의 아들인 섹스투스 파피니우스와 황제의 재무관이자 집사의 아들인 베틸리에누스 바수스, 그밖에 몇몇 로마 원로원 의원들과 기사들을 하루 종일 채찍질로 고문을 한 적이 있었다. 그것은 사건의 조사를 하기 위한 심문이 아니라 오로지 쾌락을 위한 것이었다. 게다가 황제는 이 쾌락을 잠시라도 늦추지 못하는 잔인한 성격 탓에 강력히 요구하며 절대로 유예를 용납하지 않았다. 황제는 귀부인들과 원로원 의원들과 함께 강둑과 복도 사이에 있는 황태후 저택 정원의 가로수 길을 산책하다가 고문을 당하던 몇몇 사람들을 등불 아래에서 참수해버렸다. 대체 뭐가 그리 급하단 말인가? 하룻밤을 늦춘다고 사적으로나 공적으로나 무슨 위험이 있단 말인가? 적어도 로마 시민들을, 원로원 의원들을 슬리퍼를 신은 채로 죽이지 않고 동이 트기를 기다렸다가 처형했다며 저막로 사수하 무제에 지나지 않았은 것이다

19. 황제의 잔인한 성격이 얼마나 제멋대로였는지를 파악하는 것은 지금 논하고 있는 문제의 본질과 관계가 있다. 아마도 다른 사람의 눈에는 내 이야기가 전혀 다른 방향으로 흘러가고 있는 것처럼 보일 수도 있다. 그러나 이러한 방자함이야말로 정상 궤도에서 벗어나 미친 듯이 날뛰는 화의 일부분이다. 황제가 몇몇 원로원 의원들까지 채찍질을 하는 것은 일상다반사에 불과한 일이다. 고문에 사용된 도구 또한 매우 가혹한 것들로 불에 달군 꼬챙이에, 족쇄에, 고문 틀에, 고문 망, 그리고 황제 본인의 얼굴까지 사용하였다.

아마 여기서도 이런 대답이 되돌아올 것이다.

"정말 큰일이야. 세 명의 원로원 의원을 마치 아무 쓸모도 없는

노예처럼 채찍질을 하고 불에 달군 꼬챙이로 지졌다. 황제는 원로원 의원 모두를 학살하려고까지 생각하고 있다. 황제가 바라는 것은 로마 시민 전체가 하나의 목으로 이어져 있어 지금처럼 수많은 장소와 시간에 폭넓게 퍼져 있는 범죄를 하루 만에 단 일격으로 끝내버리는 것이다."

대체 한밤중에 처형을 해버리는 전대미문의 만행이 있었는가? 강도는 어둠을 틈타 강도짓을 벌이는 것이 보통이지만, 벌을 주는 것은 널리 알려질수록 본보기를 보여주는 데 많은 도움이 된다.

그러면 누군가는 이렇게 말할 것이다.

"당신이 그렇게까지 놀라고 흥분하는 일은 짐승 같은 자에게는 일상적인 일입니다. 그는 그 맛에 살기 때문에 밤에도 자지 않으며 밤새 그런 짓을 하지요."

그러나 처벌을 받는 사람 모두의 입에 솜을 처넣어 입을 막아 아무런 변론도 하지 못하게 한 사람의 예를 찾아볼 수 없었다는 것만은 틀림없는 사실이다. 지금까지 사형수에게 비명 소리조차 허용하지 않았던 사례가 있었단 말인가? 황제는 사형수가 고통에 몸부

림치다가 아무 말이나 지껄이는 것을 듣기 싫었던 것이다. 그야말로 죽음을 목전에 둔 사람이 아니라면 아무도 황제에게 충언을 하지 못할 정도로 악행의 끝이 없었다는 사실을 황제 자신도 알고 있었던 것이다. 솜을 구하지 못했을 때는 불쌍한 사형수의 옷을 찢어 입을 막으라고 명령하였다. 이 얼마나 잔인한 처사란 말인가? 적어도 마지막 숨을 거둔 뒤에라도 그 영혼이 이승을 떠돌지 않고 저승으로 갈 수 있게 해주는 것이 도리일 것이다.

ㄱ 뒷이야기를 하자면 장황해지지만, 황제는 그날 밤 바로 백인대장들을 사형수들의 집으로 보내 그들의 아버지들까지 살해했다. 쉽게 말하자면 이 정 많은 황제께서는 아버지들을 비통함으로부터 해방시켜 준 것이다. 이런 이야기를 하는 것은 가이우스 황제의 잔혹성을 이야기하기 위함이다. 화라는 것은 단순히 개개인에게만 그 잔혹성이 미치는 것이 아니라 모든 민족을, 도시를, 산천을, 그리고 고통을 전혀 느끼지 못하는 무생물에게까지 파멸에 이르게 한다.

20. 그와 마찬가지로 페르시아의 어느 왕 또한 시리아에서 모든 사람들의 코를 잘라버렸다. 이 사건으로 이 지방의 이름이 리노콜루라, 즉 '코 없는 사람들' 이라는 이름이 붙여지게 되었다. 목을 자르지 않으니 인정 많은 황제라고 여겨야 하는 것일까? 사실

황제는 새로운 처형 방법을 즐겼을 뿐이다. 에티오피아 백성들도 이와 비슷한 운명에 처했던 것 같다. 이들은 긴 역사를 가지고 있어 '장수족'이라 불렸다. 때문에 그들은 캄비세스 왕에게 쌍수를 들어 굴복을 하지 않고 사절단을 보내 자신들의 의견을 전달했다. 국왕은 '무례한 회답'이라며 분노에 찬 비명을 질렀다. 그리고 군량미도 확보하지 않은 채, 도로의 정찰도 하지 않은 채 길도 없는 길을 따라 사막으로 전군을 이끌고 전진했다. 그러나 진군 하루 만에 군수물자가 떨어지고 말았다. 게다가 사람의 흔적조차 찾아볼 수 없는 미개한 불모의 땅에서는 무엇 하나 얻을 수가 없었다.

처음 그들의 굶주림을 채워준 것은 가장 부드러운 잎사귀와 나뭇가지였고, 다음은 불에 그슬려 부드러워진 가죽들이었고, 다음으로는 무엇이든 닥치는 대로 먹어야 했다. 풀뿌리는 물론이고 동물조차 찾아볼 수 없는 황무지 사막에 접어들어서는 병사들 열 명 중에 한 명을 제비뽑기하여 굶주림을 채워줄 식량으로 이용했다.

그런데도 왕은 분노를 삭이지 못한 채 마구잡이로 전진을 하였지만, 그때는 이미 군대의 일부를 잃었고 그중에 일부는 식량으로 사라졌다. 이런 상황에 이르자 왕은 자신도 제비뽑기를 해야 하는 것이 아닐까 하는 두려움에 사로잡혔다. 왕은 그제야 비로소 퇴각 명령을 내렸다. 그러는 동안에도 왕의 아름다운 새는 안전하게 보호를 받았고, 또한 연회를 위한 도구들이 낙타의 등에 실려 운반되었다. 부하들이 제비뽑기를 하여 누군가는 처참한 죽음을 맞이해야 하고, 또 누군가는 죽음보다 비참한 삶을 살아야 하는가를 정해야 했던 바로 그 순간에 말이다.

21. 이 왕이 화를 낸 상대는 세상에 잘 알려지지도 않고 아무런 죄도 없는 부족이었지만 분노를 느낄 줄은 알았다. 그러나 키루스 왕이 화를 낸 상대는 강이었다. 왕이 바빌론을 공격하기 위해 전투를 서두르고 있었을 때의 일이다. 전투에서 가장 중요한 것은 기회를 놓치지 않는 것이지만 때마침 긴데스 강이 전체적으로 범람을 하여 왕은 얕은 곳을 찾아 강을 건너고자 했다. 그러나 이 방법은 설령 여름의 무더위로 강물이 줄었을 때조차도 안전하지 않다. 그런데 하필이면 이때 항상 왕의 전차를 끌던 백마들 중에 한 마리가 강물에 휩쓸려 왕의 몸이 거칠게 흔들렸다. 그러자 왕은 마음속으로 왕의 행진을 막으려 하는 강을 얕게 만들어 여자아이들도 걸어서 건널 수 있도록 만들어 버리겠다고 다짐했다.

왕은 전투에 사용하는 온갖 도구들을 총동원하여 오랫동안 이 일을 하기 위해 진을 쳤다. 그렇게 하여 결국 백팔십 개의 수로로 나눠져 있던 강줄기를 삼백육십 개의 강줄기로 나누어 버렸다. 더군다나 각각의 강줄기들이 서로 다른 방향으로 흘러 말라붙은 강바닥이 드러날 정도였다. 이 일로 왕이 치른 대가는 대공사로 인한 막대한 손실, 즉 시간과 무익한 노동으로 인해 떨어진 병사들의 사기였다. 또한 아직 전쟁 준비를 하지 못했던 적을 습격할 수 있는 절호의 기회를 놓쳤다. 강줄기를 공사하는 동안 왕은 적에게 쏟아야 할 전투력을 강물에 쏟아 부은 것이다.

이런 광기를 무어라 부르면 좋겠는가? 이 광기는 로마인들까지도 전염시켰다. 가이우스 황제가 헤르클라네움에 있던 아름다운 별장을 어머니가 한때 감금 되었던 곳이라는 이유로 헐어버렸기 때문에 오히려 어머니의 불행이 세상에 알려지고 말았다. 왜냐하면 별장이 있을 때는 배를 타고 그 옆을 그냥 지나쳤지만 지금은 별장이 헐리게 된 이유를 물어보게 되었기 때문이다.

22. 이상은 피하는 것이 좋은 몇 가지 예라고 생각해야 하고, 그 반대로 본받으면 좋을 예도 있다. 사리분별력이 있고 온화한 성격의 사람들의 예로 이들 또한 화를 낼 원인이 없었던 것도 아니고 보복할 힘이 없었던 것도 아니다.

예를 들어 안티고노스 왕이 병졸 두 명을 하옥시키라고 명령하는 것은 아주 쉬운 일이다. 이 병졸들은 왕의 막사에 기대어 세상에서 제일 위험하면서도 가장 자유로운 것, 즉 왕의 험담을 하고 있었다. 안티고노스 왕은 이들의 이야기를 전부 다 들어야 했다.

흉을 보는 병졸들과 왕의 사이에는 고작해야 한 장의 천막이 가로 놓여 있을 뿐이었기 때문이다. 왕은 천막을 가볍게 두드리며 이렇게 말했다. "왕이 자네들의 이야기를 들으면 큰일이니 멀리 떨어지게."

그리고 어느 날 밤에 있었던 일이다. 왕이 군사들을 걷기 힘든 험난한 늪지로 데려왔다는 이유로 병사들 몇 명이 가능한 모든 재난을 왕에게 내려달라는 기도를 올렸다. 이 말을 들은 왕은 가장 힘들어 하는 몇몇 병사들에게 다가가 신분을 감춘 채 그들을 도와주면서 이렇게 말했다. "안티고노스 때문에 자네들이 이런 고생을 하니 속 시원하게 욕을 하게. 그리고 이런 늪에서 자네들을 도와주고도 있으니 고맙게 생각하게."

왕은 또한 적들이 욕설을 퍼부었을 때도 자신의 병사들이 흉을 보았을 때와 똑같이 평정심을 유지하고 대처하였다. 예를 들자면 몇 명의 그리스인들이 지키던 아주 작은 요새를 포위하고 있었을 때의 일이다. 그들은 지리적 이점에 자신만만했기 때문에 적을 무시하고 안티고노스의 못생긴 모습을 땅딸보에 납작코라고 조롱하였다. 이 말을 들은 왕은 이렇게 말했다. "기분이 좋은 게 뭔가 좋은 일이 있을 것 같군. 우리 진영에 실레누스(술의 신 바커스(디오니소스)의 동료로 독수리 머리에 사자의 코를 한 뚱뚱한 늙은 반인반수로 항상 술에 취해 있으며 예언 능력이 있다.) 님이 계신다니 말이야."

이 조롱꾼들을 굶주리게 하여 굴복시킨 왕은 포로들 중에 병졸로 쓸 수 있는 자들은 보병부대에 배속시키고 나머지 포로들은 노예 상인에게 넘기면서 이렇게 말했다. 저렇게 더러운 혀를 가진 놈들은 주인을 섬기는 것이 본인에게도 도움이 될 거라고 생각했기 때문에 그렇게 처리하는 것이 좋다고 말했다.

23. 안티고노스 왕의 손자가 바로 알렉산드로스 대왕이다. 그는 17장에서 말했던 두 측근 중에 한 명은 사자에게 던져 주었고 다른 한 명은 직접 찔러 죽였다. 그런데 두 명 중에 사자에게 던져버린 사람은 불행 중 다행히도 목숨을 건졌다. 이러한 대왕의 결점은 할아버지로부터 물려받은 것이 아니며 또한 아버지로부터 물려받은 것도 아니다. 왜냐하면 아버지 필리포스 왕의 몇 가지 장점 중에서 모욕을 참아내는 인내심은 왕위를 유지하는 데 많은 도움이 되었기 때문이다. 하루는 데모카레스라고 하는 사람이 다른 아테네 사절과 함께 필리포스 왕을 방문한 적이 있었다. 메모카레스는 상식을 벗어난 무례한 말투 때문에 '막말 대장'이라는 별명이 붙었을 정도였다.

이때 필리포스 왕은 사절단의 이야기를 흔쾌히 들어주고 이렇게 말했다.

"아테네 사람들을 기쁘게 해줄 수 있는 일이 있다면 뭐든 말해 보거라."

그러자 데모카레스는 이렇게 대답하였다.

"당신이 목을 매는 겁니다."

무례하기 짝이 없는 그의 말에 그 자리에 모여 있던 사람들은 모두 큰 소리로 화를 냈지만, 필리포스 왕은 그들을 진정시키고 테르시테스(그리스 신화에 나오는 인물로 트로이 전쟁에 참가한 그리스의 병사로 지독한 독설가였지만, 결국 아킬레우스를 조롱하여 죽음을 맞이하였다. 테르시테스는 권력에도 굴하지 않은 비평적 인물의 상징으로 많은 철학자들과 평론가들로부터 자주 거론된다)를 닮은 저 사내를 무사히 돌려보내라고 명령하였다. 그리고 이렇게 덧붙였다.

"그리고 사절단들은 아테네로 돌아가서 전하라. 이런 무례한 말을 하는 자는 그 말을 듣고도 아무런 보복도 하지 않는 자보다 훨씬 거만하다는 것을."

아우구스투스 황제 역시 역사의 기록에 남을 만한 수많은 말과 행동을 남겼다. 그리고 명백하게 알 수 있는 점은 황제는 화의 지배를 당해 명령하지 않았다는 것이다. 역사학자 티마게네스는 황제 본인과 황후와 왕실 전체에 대하여 이런저런 이야기를 많이 남겼고 그 이야기는 사라지지 않았다. 왜냐하면 가벼운 농담거리는 쉽게 사람들의 입을 통해 퍼지기 때문이다. 황제는 티마게네스에게 말을 하는 데 있어서 좀 더 신중을 기하라고 충고를 하였다. 하지만 그의 태도가 전혀 변하지 않자 황제는 황실 출입을 금지시켰다. 이후 티마게네스는 아시니우스 폴리오와 함께 노년까지 친분을 유지하였고 동시에 온 국민의 인기를 독차지하였다. 황제는 그의 출입을 금지시켰지만 다른 곳에서는 그의 출입을 막는 곳이 한 곳도 없었다. 그는 역사서를 쓰고 낭독하였지만 아우구스투스 황제편이 적혀 있는 것들은 모두 불태워버렸다. 그는 황제에 대한 적대심을 계속해서 드러냈지만 아무도 그와 어울리는 것을 두려워하지 않았다. 아무도 번개 맞은 사람을 피하듯이 그를 피하려 하지 않았다. 또한 높은 지위에서 추락한 그에게 많은 배려를 해준 사람도 있었다. 앞에서 말했듯이 황제는 티마게네스에 대해서는 아무리 황제 자신의 업적과 선행에 대하여 공격하더라도 끝까지 참으며 동요하지 않았다. 황제의 적을 대접하였을 때도 불평 한마디 하지 않았다. 황제는 아시니우스 폴리오에게 그리스어로 이렇게 말했을 뿐이었다.

"그대는 야수를 기르고 있군."

그리고 아시니우스가 답변하려는 것을 막고 이렇게 덧붙였다.

"폴리오, 그냥 즐기게나."

폴리오가 "제게 명령만 내리신다면 그자를 당장 저희 집에서 쫓아내겠습니다."라고 말하자, 황제는 "짐이 그런 명령을 할 것이라고 생각하는가? 애써 그대들을 화해시켜 주었는데 말이야."라고 대답했다. 과거 폴리오와 티마게네스는 사이가 좋지 않았지만 그 둘을 화해시켜 준 것은 바로 폴리오를 대신하여 황제와 사이가 멀어졌기 때문이었다.

24. 그러므로 누구든 화가 나려고 할 때는 항상 자기 자신에게 이렇게 말하는 것이 좋다.

"내가 과연 필리포스 황제보다 힘이 더 센가? 왕은 무례한 말을 듣고도 보복을 하지 않았다. 집안에서 내 권력이 전 세계를 호령하는 아우구스투스 황제의 권력보다 막강한가? 그럼에도 불구하고 아우구스투스 황제는 자신을 저주하는 자를 멀리하는 것으로 만족했다."

이렇게 한다면 자신의 노예가 조금 큰 소리로 대답을 하거나, 약간 건방진 태도를 보인다거나, 자신의 귀에 들리지 않게 불평불만을 하는 정도로 채찍질을 하거나 족쇄를 채워 그들에게 벌을 주지는 않을 것이다. 귀가 더러워졌다고 마치 신처럼 구는 나는 과연 누구란 말인가? 수많은 사람들이 적들조차도 용서를 해주었다. 그런데 게으르고 조심성이 없다고, 시끄럽게 수다를 떤다고 용서하지 말아야 하는가? 상대가 어린아이라면 나이를 봐서 용서해 주자. 상대가 여성이라면 여성이니 용서하고, 외국인이라면 외국인이니까 용서하고 같은 동포라면 친밀감을 봐서 각각 용서해 주자. 상대가 자신을 처음으로 화나게 하였다면 지금까지 얼마나 많은 즐거움을 선물해 주었는지 생각하자. 상대가 이전에도 자주 자신을 화나게 한 적이 있다면 그동안 참아 주었던 것을 생각해서 한 번 더 참자. 친구라면 내키지 않은 일을 하였을 것이고 적이라면 당연한 일을 한 것이다. 상대가 사려 깊은 사람이라면 신뢰를 하고 어리석은 사람이라면 너그럽게 용서해 주자. 상대가 누구든 좋으니 자기 자신에게 이렇게 대답해 주자.

"아무리 현명한 사람이라도 실수를 하게 마련이다. 아무리 조심성이 많은 사람이라도 언젠가는 자신도 모르게 주의가 산만해지게 마련이다. 아무리 성숙한 사람이라도 언젠가는 자신도 모르는 사이에 주의력을 잃을 수도 있다. 아무리 성숙한 사람이라도 순간적으로 냉정함을 잃고 성급하게 행동을 할 수도 있다. 아무리 상대방이 화를 내지 않게 조심을 하고 피하려 하더라도 순간의 실수 때문에 상대를 불쾌하게 할 때가 있다."

25. 소인배들이 불행에 처했을 때는 위인들의 운명조차 동요할 수 있다는 것에서 위안을 삼기도 한다. 가난한 오두막집에서 자식의 죽음 때문에 눈물을 흘리는 사람은 왕궁에서 슬픈 장례 행렬이 나가는 것을 보면 마음의 위로가 된다. 이와 마찬가지로 피해를 당하지 않을 정도로 강한 권력이 없다는 것을 깨달은 사람이라면 타인이 아무리 상처를 주고 경멸을 하더라도 차분하게 이겨낼 수 있다. 그러나 아무리 사려 깊은 사람이라도 때로는 잘못을 저지를 수 있건만 대체 누가 자신의 잘못에 대하여 변명을 하지 않겠는가? 우리의 젊은 시절을 회상해 보더라도 몇 번이고 직무에 태만했던

적이 있을 것이고, 이야기를 나누다 보면 겸손하지 못한 적도 있을 것이고, 술을 자제하지 못한 적도 있을 것이다. 만약 상대에게 화가 났을 때는 상대에게 스스로 반성할 시간을 주어야 한다. 상대는 스스로를 책망할 것이고, 결국 스스로에게 벌을 주게 되는 것이다. 그렇게 되면 더 이상 그를 상대할 필요가 없어진다.

아마도 다음 이야기에는 의심의 여지가 없을 것이다. 자신을 괴롭히는 상대를 무시할 줄 아는 사람이라면 이미 스스로를 군중들로부터 분리시켜 상대보다 높은 지위에 설 수 있다. 진정으로 위대하다는 증거는 누군가 자신을 때려도 아무렇지 않다는 태도를 보이는 것이다. 예를 들자면 짖어대는 개들을 향해 천천히 돌아보는 거대한 야수처럼. 파도가 밀려와 부딪혀 허무하게 포말로 부서지는 거대한 암초처럼. 화를 내지 않는 사람은 피해에 동요하지 않고 확고하게 자신의 위치를 지키고 화를 내는 사람은 동요하여 자신의 위치에서 벗어난다.

지금 내가 말한 어떤 재난에도 꿈쩍하지 않는 높은 경지에 오른 사람은 가슴속에도 최고의 선을 품고 있는 사람이다. 그리고 인간에게뿐만이 아니라 운명의 신을 향하여 이렇게 말할 것이다.

"뭐든 그대가 원하는 대로 하라. 비록 나의 침착함이 흔들리더라도 그대의 힘은 미치지 않는다. 내 삶의 원칙인 이성이 그것을 금지하고 있다. 피해보다는 분노가 내게는 훨씬 더 해로운 것이다. 아니, 그 이상일지도 모른다. 피해는 그 한도가 있지만 분노는 나를 끝없이 밀쳐낸다는 사실을 잘 알고 있다."

26. 그러면 이렇게 말할 것이다.

"그래도 나는 참을 수가 없다. 피해를 참는 것은 정말 힘든 일이 다."

그대는 거짓말을 하고 있다. 화를 참을 수 있을 정도라면 어째서 피해를 참을 수 없다는 말인가? 차라리 이렇게 말하는 것이 좋을 것이다. "화도 피해도 모두 참을 수 있도록 행동해야 한다."

환자의 복잡한 심경과 미친 사람의 폭언과 아이들이 아무 생각 없이 벌인 장난을 참아주는 것은 어째서인가? 그것은 당연히 그들은 자신이 한 일에 대하여 깨닫지 못하고 있다고 생각하기 때문이다. 무지함 때문에 악행을 저지른 경우와 대체 무슨 차이가 있겠는가? 무지함은 모든 사람에게 똑같이 변명거리가 된다.

그러면 이렇게 물을 것이다.

"그렇다면 저들에게 벌을 주지 않아도 된다는 건가?"

그건 그대 마음대로 해도 좋지만 벌을 주지 않아도 좋을 것이다. 왜냐하면 피해를 입힌 것에 대한 최고의 벌은 그것을 이미 저질렀다는 것이다. 벌을 받는 모든 사람의 입장에서 후회와 자책이라는 쓴 맛을 맛보는 것만큼 무거운 벌은 없다.

또한 우리는 인간의 숙명적인 모든 조건을 반성하고 모든 상황에 대하여 공평한 재판관이 되어야 한다. 그러나 인간에게 공통적인 악을 개개인에게 따지는 것은 공평한 일이다. 예를 들어 에티오피아 사람의 피부색은 같은 동족들 사이에 있을 때는 두드러지지 않고, 게르만 사회에서는 남자들이 붉은 머리를 묶어도 전혀 이상할 것이 없다. 특정 종족에게서 공통적인 것이라면 그것이 비록 추하고 이상한 것일지라도 한 개인만 보고 판단해서는 안 된다. 지금 들은 예는 특정 지방, 특정 지역에서는 당연한 일들이다. 그렇다면 한 번 생각해 보기 바란다. 인류 전체를 통해 볼 때 이러한 것들 이상으로 용납될 수 있는 것이 얼마나 많겠는가?

우리는 모두 사려가 깊지 않고 무분별하다. 모두 다 제멋대로에 불평불만에 야심만만하다. 이보다 조금 부드러운 표현을 한다면 과연 우리의 곪은 상처를 감출 수 있을까? 우리는 모두 악당이다. 그러므로 우리는 모두 남에게서 찾아낸 비난할 결점을 자기 자신의 가슴속에서 발견할 수 있을 것이다. 어째서 이 사람의 창백한 모습과 저 사람의 마른 모습에 주목을 하는가? 그것은 역병이다. 그러니 우리는 서로에게 좀 더 친절하게 대하는 것이 좋지 않을까? 우리 악당들은 악당들끼리 함께 살고 있다. 단 한 가지만이 우리의 마음을 평온하게 해줄 수 있다. 그것은 우리가 서로에게 관대해질 것을 약속하는 것이다.

그러면 이렇게 말할 것이다

"그는 내게 이미 위해를 가했지만 나는 아직 위해를 가하지 않았다."

그런데 아마도 그대는 이미 누군가에게 상처를 주었거나 아니면 언젠가 상처를 입힐 것이다. 지금 당장의 시간만을 생각해서는 안 된다. 그대의 마음 전체의 상태를 들여다보는 것이 좋을 것이다. 비록 지금까지는 나쁜 짓을 전혀 하지 않았더라도 앞으로 할 가능성은 얼마든지 있다.

27. 피해를 치유하는 것이 복수하는 것보다 훨씬 바람직한 일이 아니겠는가? 피해의식에 사로잡혀 복수에 많은 시간을 낭비하다

보면 더 많은 피해를 당할 위험이 있다. 우리는 모두 상처를 입은 시간보다 훨씬 긴 시간 동안 화를 내고 있다. 그러나 오히려 그 반대 방향으로 물러서서 악에 악으로 대응하지 않는 것이 훨씬 바람직하지 않겠는가? 과연 노새를 걷어차고 개를 물어뜯었다고 해서 분풀이가 충분하다고 여기는 사람이 있겠는가?

그러며 이렇게 말할 것이다.

"하지만 동물들은 자신들이 무슨 잘못을 저질렀는지 알지 못한다."

아니, 첫째로 인간이기 때문에 용서를 할 수 없다고 말한다면 얼마나 불공평한 주장인가? 둘째로 다른 동물들의 지능이 떨어지기 때문에 그대의 화를 피할 수 있다면 생각이 짧은 사람들도 그대의 입장에서 볼 때는 다른 동물과 다름이 없을 것이다. 말 못하는 모든 짐승들의 잘못을 용서할 수 있는 것은 동물에게는 마음이 없기 때문이다. 이런 점에서 인간과 동물이 닮았다면 비록 말 못하는 짐승과 닮지 않은 점이 제아무리 많더라도 그게 무슨 가치가 있겠는가?

누군가 잘못을 저질렀다고 한다면 그것이 처음 있는 일이었는가? 아니면 마지막이었는가? 설령 그가 "두 번 다시 안 그러겠습니다."라고 하더라도 그 말을 믿어서는 안 된다. 그는 앞으로도 잘못을 저지를 것이고, 또한 누군가 그에게도 잘못을 저지를 것이다. 그리고 인간의 삶 전체가 과오 속에서 영원히 반복될 것이다.

우리는 흔히 슬픔에 잠겨 있는 사람에게 "폭력에는 평화로 상대해야 한다."라는 말을 자주한다. 그것은 화를 내고 있는 사람에게도 큰 효과가 있을 것이다. 언제 울분을 멈출 것인지, 아니면 계속해서 울분에 차 있을 것인지의 둘 중 하나이다. 언젠가 울분이 멈출 것이라면 스스로 나서서 화를 버리는 것이 울분으로부터 멀어지기를 기다리는 것보다 훨씬 바람직하지 않겠는가? 아니면 흥분된 상태를 언제까지나 지속시키겠는가? 만약 그렇다면 그대는 얼마나 불안한 삶을 스스로에게 선포하고 있는지를 깨닫게 될 것이다. 항상 화가 나 있는 사람의 평생은 과연 어떤 모습이겠는가?

한마디만 덧붙이자면, 그대 스스로 분발하여 그대를 자극하는 원인을 하나하나 바로잡게 된다면 그대의 분노는 스스로 멀어지면서 시간이 분노의 힘을 가라앉혀 줄 것이다. 화로써 화를 정복하기보다는 그대 스스로 정복할 수 있다면 얼마나 훌륭한 일인가?

28. 그대는 일단 이 사람에게 화를 내고, 다음에는 저 사람에게 화를 낼 것이다. 우선은 노예에게, 그다음에는 자유 시민에게. 우

선은 부모님에게, 다음에는 자식들에게. 우선은 주변의 지인들에게, 다음에는 모르는 사람에게. 화나게 하는 원인은 도처에 얼마든지 있기 때문에 마음이 그것을 중재하지 않는다면 절대로 사라지지가 않는다. 광기는 그대를 이곳에서 저곳으로, 그리고 다시 다른 곳으로 몰아갈 것이다. 이렇게 새로운 자극이 속속 발생하여 광란이 지속될 것이다. 그렇게 된다면 그대는 대체 언제 사랑을 할 시간을 가질 수 있겠는가? 이렇게 소중한 시간들을 나쁜 짓을 위해 낭비하고 있는가?

그런데 친구를 얻고, 적과 화해하고, 나라를 위해 최선을 다하고, 사적인 일에 노력을 기울이는 것이 타인에게 무슨 피해를 입히겠는가? 남의 체면과 재산과 신체에 어떻게 상처를 입힐 것인지 따위를 연구하는 것과 비교할 때 얼마나 바람직한 일인가? 후자의 목적을 달성하기 위해서는 상대가 비록 자신보다 약하다고 하더라도 고통과 위험을 감수해야 할 것이다.

그대가 상대를 묶고자 한다면 묶을 수 있을 것이고 그대가 마음먹은 대로 어떤 고통이라도 줄 수 있다. 그러나 폭력도 도가 지나치면 때린 사람의 관절이 탈구되거나, 상대의 부러진 이 속에 자신의 주먹 살점이 떨어져 나가는 일도 종종 있다. 화는 많은 사람들을 기형으로 만들거나 불구로 만들어버렸다. 그것은 강한 상대를 만났을 때도 마찬가지이다. 또한 비록 선천적으로 약한 사람이라도 자신을 죽이려는 상대에게 상처 하나 입히지 않고 죽을 만큼 약한 사람은 한 사람도 없다. 때로는 강자의 고통이나 몰락이 약자와 최강자를 대등하게 만들기도 한다.

우리를 화나게 하는 대부분의 상대는 우리에게 신체적 위해를 가하기보다는 오히려 마음에 상처를 주지 않던가? 누군가 자신의 의지를 방해하는 것과 협조를 하지 않는 것, 혹은 자신의 의지를 박탈하는 것과 부여하지 않는 것과의 차이는 매우 크다. 그런데 누군가 우리에게서 빼앗아가는 것과 삼가고 조심하는 것, 우리의 희망을 꺾는 것과 희망을 키워주는 것, 우리의 의지에 반하는 행위를 하는 것과 우리를 위한 행동을 하는 것, 다른 사람을 사랑하는 것과 우리를 증오하는 것 등을 우리는 똑같은 것으로 여긴다.

그러나 어떤 사람들은 우리를 반대하는 정당한 이유가 있을 뿐만이 아니라 칭송할 만한 이유까지 가지고 있다. 어떤 이는 아버지를 지키기 위해, 어떤 사람은 형제를 지키기 위해, 어떤 사람은 조국을 지키기 위해, 또 어떤 사람은 친구를 지키기 위해서이다. 따라서 우리가 이들이 하지 않았으면 비난했을 일이었더라도 그들이 실제로 그렇게 행동한 것을 용서하지 못할 때가 있다. 아니, 정말 믿기 어렵게도 우리는 그 행위 자체가 훌륭한 것이라고 생각하면서도 행위자에 대해서는 나쁘게 생각하는 경우가 자주 있다. 그러나 신에게 맹세코 위대하고 공평한 인물이라면 설령 상대가 자신의 적이라 할지라도 상대가 진정으로 용감하고 또한 조국의 자유와 안전을 철저하게 지키려 한 사람이라면 상대에 대한 존경심을 아끼지 말아야 한다. 그리고 그러한 사람이 자유로운 백성이자 자국민의 병사이기를 간절히 바란다.

29. 칭찬해야 마땅한 사람을 증오하는 것은 부끄러운 일이다. 그러나 그보다 더 부끄러운 것은 상대가 동정을 받아야 할 사람인데도 오히려 그 허점을 노려 공격하는 것이다. 예를 들어 한순간에 노예로 전락한 포로가 자유롭던 생활에서 벗어나지 못하여 힘들고 천한 일에 쉽게 적응하지 못하는 경우가 있다. 그들은 여유로운 생활을 한 탓에 몸이 둔해져서 주인의 말이나 마차를 따라가지 못한다. 매일 밤의 불침번으로 피로에 지쳐 잠에 빠져들기도 한다. 도시의 한가로운 생활을 하다가 갑자기 농사의 중노동을 하게 되어 일을 거부하거나 혹은 쫓아가지 못하는 경우도 있다. 그럴 때는 상대가 일을 정말로 못하는 것인지, 아니면 할 마음이 없는지를 확실하게 가늠해야 한다. 화를 내기 전에 먼저 생각을 한다면 많은 사람들을 용서해 줄 수 있을 것이다. 그러나 안타깝게도 현실은 일단 격정에 먼저 사로잡히고 만다. 그런 다음 비록 아무런 화를 낼 근거가 없더라도 아무 이유 없이 화를 내고 있다고 여기지 못하도록 더욱 화를 낸다. 가장 문제가 되는 것은 화가 우리를 더욱 완고하

게 만든다는 것이다. 우리는 마치 격분하는 것이 진정한 화의 증거라고 굳게 믿고 있는 듯이 화에 집착하고 화를 점점 더 키워간다.

30. 어떤 상황이 아무리 사소하거나 아무런 잘못이 없는 것이라 할지라도 최초의 상황을 정확하게 파악하는 것은 좋은 일이다. 인간에게서도 말 못하는 짐승에게서나 볼 수 있는 똑같은 현상을 발견할 수 있다. 우리 인간들 또한 정말로 하찮은 일 때문에 마음이 흐트러진다. 황소는 붉은 색을 보며 흥분하고 독사는 그림자를 보고 머리를 치켜세운다. 곰과 사자는 천 조각에 자극을 받는다. 거칠고 포악한 동물일수록 별 것이 아닌 것에 놀란다. 이와 마찬가지 현상이 어리석고 차분하지 못한 성격의 인간에게서도 일어난다. 그들은 모든 일에 있어서 시기심이 매우 강하기 때문에 적당한 이익조차도 손해라고 여기는 경우가 왕왕 있을 정도다. 그러한 이해관계 속에 가장 보편적이면서도 가장 강력한 화의 원인이 내포되어 있다. 왜냐하면 우리가 가장 친한 친구에게조차 화를 내는 이유는 자신이 그들에게서 받은 것이 예상했던 것보다 적거나 남보다 적게 받았다고 여기기 때문이다. 그런데 이 두 경우에는 당장에 치료할 수 있는 방법이 있다. 누군가가 자신보다 다른 상대에게 훨씬 더 선심을 썼다고 가정해 보자. 그럴 때는 상대방과 비교를 하지 말고 자신이 받은 것에 대해서만 기뻐하면 된다. 자신보다 행복한 사람

을 시기하는 사람은 결코 행복해질 수 없을 것이다. 그리고 기대했던 것보다 적게 받았을 때를 생각해 보자. 아마도 본인이 기대 이상의 것을 바라고 있었을 것이다. 이것은 가장 경계해야 하는 대상으로 이것 때문에 가장 유해한 화가 발생한다. 더군다나 그것은 가장 신성한 것에게조차 공격을 하려 한다.

율리우스 카이사르를 죽음에 이르게 한 자들 중에는 적보다는 벗들이 오히려 더 많았다. 그는 벗들의 욕심을 만족시켜주지 못했던 것이다. 물론 그들을 만족시켜 주고 싶어 했다. 과거의 그 어떤 황제도 카이사르만큼 승리의 전리품을 후하게 나누어준 사람이 없다. 자신이 가진 것이라고는 고작해야 전리품을 나누어주는 권한 정도였다. 그렇다면 어떻게 했어야 그들의 끝을 모르는 욕심을 만족시켜 줄 수 있었을까? 모든 사람이 다 자신이 요구할 수 있는 최대한의 것을 요구하였다. 때문에 그는 자신이 앉아 있던 옥좌 주변의 벗들이 검을 뽑는 모습을 보게 된 것이다.

예를 들어 얼마 전까지는 가장 열렬한 황제의 지지자였던 틸리우스 킴베르(황제의 측근이었으나 훗날 배신을 하여 암살자의 일원이 됨. 『플루타크 영웅전』 참조)나, 폼페이우스가 멸망한 뒤에 폼페이우스 편에 선 사람들(카시우스와 브루투스는 폼페이우스와 함께 카이사르와 싸웠지만 폼페이우스가 죽자 카이사르에게 갔다가 카이사르 암살을 주도하였다)도 있다. 이러한 일들이 지금도 몇몇 사람에게 왕 자신을 향해 칼을 휘두르게 하였다. 또한 한때는 왕을 위해 죽음을 맹세했던 가장 충성스러웠던 가신들에게 왕의 암살을 주모하게 만들었다.

31. 남의 것만 바라보는 사람이 자신의 것에 만족할 리가 없다. 때문에 우리는 남이 자신보다 앞섰다고 해서 신에게조차 화를 내기도 한다. 그와 동시에 자신의 뒤에 얼마나 많은 사람들이 있는지, 또한 부러워하는 몇몇 사람들 뒤에 시기심으로 가득한 사람들이 얼마나 많은지를 망각하고 있다. 그러나 인간의 뻔뻔함은 세상없이 많은 것을 가지고 있으면서도 어쩌면 더 많은 것을 가질 수도 있었다고 생각하며 마치 손해라도 본 것처럼 투덜거린다.

"황제는 나를 국무장관으로 임명해 주었지만 사실 내가 바라던 것은 집정관이었다. 황제는 내게 열두 개의 파스케스를 주었지만 나를 정집관으로 임명하지는 않았다. 황제는 그해에 내 이름을 붙여 주었지만(선출된 두 명의 집정관 중에 그해에 처음 직무를 수행하는 정규 집정관의 이름을 그 해에 붙여 연호로 사용하였다) 제사장이 되도록 도와주지는 않았다. 나는 제사장의 일원이 되었지만 어째서 한곳의 일원으로만 선출해 주었단 말인가? 황제는 나를 최고 지위에 임명해 주었지만 재산은 한 푼도 더해 주지 않았다. 황제가 내게 준 것은 언젠가 누군가에게 주었어야 할 것이다. 황제 스스로 특별히 무언가를 해 준 것은 하나도 없다."

이런 불평을 토로하기보다는 지금 그대가 가지고 있는 것에 감사하라. 나머지 것들은 후일을 기약해야 하며 부족한 것에 만족해야 한다. 원하는 것을 남겨두는 것도 즐거움의 하나이다. 그대는 이미 상대를 이겼다고 생각하는가? 그렇다면 그대가 친구들에게 존경을 받고 있다는 것에 대하여 기뻐해야 한다. 아니면 많은 사람들이 그대를 이겼다고 생각하는가? 그렇다면 그대를 쫓고 있는 많은 사람들보다 얼마나 앞서 있는지 한 번 생각해 보라. 그대의 최대 결점이 무엇인지 알고 싶은가? 그대는 계산 방법이 틀렸다. 그대가 준 것에 대해서는 아주 비싼 값을 매기지만 얻은 것에 대해서는 너무 싼 값을 매기고 있다.

32. 우리는 주어진 모든 일에 따라 자신을 억제해야만 한다. 어떤 것에 대해서는 화를 자제해야 하고, 또 어떤 것에 대해서는 과감하게 화를 내지 말고, 또 어떤 것에 대해서는 화를 물리쳐야만 한다. 예를 들어 불쌍한 젊은 노예를 감호소로 보내는 아량을 베풀면 좋을 것을 굳이 서둘러서 채찍질을 하고 정강이를 부러뜨릴 이유가 있겠는가? 이러한 폭력성은 잠시 시간을 미룰 수는 있어도 사라지지는 않을 것이다. 요컨대 본인 스스로를 제어할 수 있을 때가 될

때까지 결정을 미뤄두는 것이 좋다. 지금 당장은 화의 명령에 따라 말을 뱉어버리겠지만 화가 누그러들었을 때면 똑같은 문제를 어떻게 평가할지 잘 알고 있을 것이다. 실제로 이 평가를 내릴 때 특히 과오를 많이 저지르게 된다. 때문에 우리는 칼을 이용해 극형으로 다스리고 만다. 또한 가벼운 채찍질로 끝내면 될 일도 쇠사슬로 묶어 감옥에 처넣고 굶기면서 보복을 한다.

그러면 이렇게 물을 것이다.

"우리가 상처를 입었다고 여기는 모든 것이 사소하고 별 것 아닌 유치한 것이라고 말하는데, 대체 뭐가 그렇다는 말인가?"

나는 단지 마음을 크게 가지라는 충고밖에 해 줄 것이 없다. 또한 우리를 서로 싸우게 하고, 우왕좌왕하게 하고, 한숨을 쉬게 하는 모든 원인들이 얼마나 부질없고 사소한 일인지를 깨달아야 한다. 이러한 것들은 적어도 고매하고 숭고한 목표를 지향하는 사람에게는 아무런 가치도 없기 때문이다.

33. 고함을 지르고 싸우는 것은 대부분은 금전적인 관계 때문이다. 금전 문제는 법정을 지치게 하고, 부자지간에 불화를 조장하

고, 독을 퍼뜨리고, 군대 같은 살인마에게 칼을 쥐어준다. 돈에는 우리의 피가 칠해져 있다. 금전문제 때문에 부부는 밤새도록 고함을 지르며 싸운다. 군중들을 재판장으로 몰리게 만든다. 왕은 미친 듯이 침략하여 수세기에 걸쳐 온갖 고생 끝에 건설한 도시를 파괴하고 그 폐허 속에서 금은보화를 약탈한다. 가득 채워진 돈 자루들을 바라보는 것은 눈이 즐겁다. 그러나 그것을 손에 넣기 위해 눈을 부릅뜨고 서로 고함을 치며 싸우는 소리가 재판장에 울려 퍼진다. 멀리서 불려온 재판관들은 자리에 앉아 어느 쪽의 욕심이 더 정당한지를 판결하려고 애를 쓴다.

그러나 금화 한 자루 때문에 이런 싸움이 일어났다면 다행이다. 고작해야 한 줌의 동전 때문에, 노예들에게나 자랑거리가 될 법한 은화 한 닢 때문에 물려줄 상속자도 없는 노인이 고래고래 고함을 지르며 화를 내고 있다면 어떻겠는가? 또한 1리의 이자를 받기 위해 병환 중인 고리대금업자가 다리를 질질 끌고 나타나 동전도 제대로 셀 수 없을 것 같은 불안해 보이는 손으로 삿대질을 하며 큰 소리로 고함을 친다면 어떻겠는가? 아니면 계약서를 빌미로 고작해야 동전 한 닢을 차지하기 위해 심각한 병환 중에도 빚 독촉을 하고 있다면 어떻겠는가?

가령 현재 왕성하게 채굴 중인 광산에서 벌어들인 돈을 그대가 내게 전부 주거나, 아니면 모든 금은보화를, 과거 탐욕 때문에 불법적으로 지하 창고에 감춰두었던 것을 그대가 내 앞에 내놓았다고 하자. 하지만 나는 아무리 금은보화를 산더미처럼 쌓아 놓는다고 하더라도 훌륭한 현자에게는 눈썹 하나 꿈쩍할 만한 가치도 없는 것이라고 생각한다. 우리가 지금 눈물을 흘리고 있는 것들은 그저 웃어 넘겨도 되지 않겠는가?

34. 이제 화를 나게 하는 다른 원인에 대하여 알아보기로 하자. 머고 마시기 위하 허영심을 충족시키기 위한 과장, 건방진 말투와 무례한 행동, 고집스럽고 게으른 노예, 시기심과 남의 말에 대한 악의적인 해석(이것 때문에 인간에게 주어진 언어능력을 자연계의 부정적인 것 중에 하나라고 가르칠 정도이다)등이 있다. 내 말을 믿어주기 바란다. 쉽게 화를 폭발시키는 원인들은 모두 다 가벼운 것들로 아이들이 말다툼을 하고 싸우는 원인과 비슷하다.

이러한 원인들은 설령 그것을 심각하게 받아들인다고 하더라도 어느 하나 중요하지가 않다. 따라서 나는 이렇게 주장한다. 그대들이 흥분하고 화를 내는 이유는 하찮것 없는 것을 과대평가하기 때문이다. 이 남자가 내 상속분을 횡령하려 했다거나, 저 남자가 내가 오랫동안 유산을 받기 위해 공들였던 사람들에게 내 험담을 했다거나, 그 남자가 내 애인에게 추파를 던졌다거나 하는 것들이다.

과거에는 같은 꿈을 꾸는 것이 사랑의 조건이어야 했지만 현재는 그것이 불화와 증오의 원인이다. 좁은 도로는 행인들에게 싸움의 원인을 제공하지만 폭이 넓고 긴 도로는 많은 사람들이 통행을 하더라도 충돌을 하지 않는다. 그대가 원하고 있는 것은 한정된 것인 데다가 어느 한쪽의 것을 빼앗지 않는다면 자신에게 주어지지 않기 때문에 같은 것을 얻고자 하는 사람들 사이에 다툼이 일어난다.

35. 그대는 노예, 시종, 아내, 자식이 말대꾸를 했다고 해서 화를 낸다. 그대는 지금 국가로부터 자유를 박탈당했다고 투덜거리고 있지만, 그대가 말하는 자유를 그대는 이미 그대의 집에서 몰수해 버렸다. 그리고 뭔가를 물어봤는데 대꾸를 하지 않으면 고집불통이라고 투덜거린다. 하지만 대답을 하든 말든, 웃든 간에 그것은 자유다.

그러면 이렇게 물을 것이다.

"주인한테도 말인가?"

당연히 가장 앞이라도 마찬가지다. 어째서 그대는 큰 소리로 호통을 치는가? 왜 연회 중에 채찍을 드는가? 노예들이 대꾸를 했다고? 사람들로 가득한 방 안에 황야와 같은 적막함이 없다고? 그대의 귀는 고요한 선율이나 아름답게 연주되는 합주 선율만을 듣기 위해 있는 것이 아니다. 웃음소리나 울음소리도 들어야만 한다. 달콤한 말도 쓴소리도, 행복한 목소리도 비통한 목소리도, 인간의 목소리도 동물의 포효와 으르렁거리는 소리도 들어야 한다.

불쌍한 사람, 그대는 어째서 노예의 고함소리에, 놋쇠그릇이 부딪히는 소리에, 문을 두드리는 소리에 그렇게 놀라는가? 그대가 비록 신경이 예민하다고 하더라도 천둥소리를 듣지 않을 수는 없다.

지금까지 귀에 대해 이야기한 것들을 눈에서도 한번 확인해 보라. 눈 또한 훈련이 되지 않았다면 귀 못지않게 불쾌함으로 고생할 것이다. 작은 얼룩이나 티끌에도 분개하고, 잘 닦이지 않은 은그릇에도, 바닥까지 투명하게 비치지 않는 샘물에도 분개할 것이다. 실제로 이런 눈에는 대리석의 띠 문양까지 항상 아름답게 닦여 있지 않으면 참지 못한다. 책상의 나뭇결이 또렷하지 않으면 참지 못한다. 집안에서는 황금을 깔아놓은 것 이상으로 호화찬란한 바닥이 아니면 발을 디디지 못한다. 그런데 일단 집밖에만 나서게 되면 아무렇지 않다는 듯이 울퉁불퉁한 진흙길도, 거리에서 만나는 지저분한 사람들도, 금이 가고 삐뚤빼뚤하게 다 쓰러져가는 건물들조차도 아무렇지 않게 바라본다. 어째서 집 밖에서는 전혀 화를 내지 않으면서 집안에서만 분개를 하는 걸까? 밖에서는 온화하고 관대하면서도 집에만 들어가면 자기중심적이고 불평불만이 많기 때문이라고밖에 뭐라고 말할 수 있겠는가?

36. 우리의 모든 감각은 인내력을 키워주어야 한다. 마음이 감각의 추락을 막는다면 자연스럽게 감각의 인내력도 강해진다. 그러므로 마음이 이성을 회복할 수 있도록 매일 자각시켜야 한다. 섹스티우스는 이것을 위해 노력을 아끼지 않았다. 그는 하루 일과를 마치고 잠자리에 들기 전에 스스로에게 이렇게 자문하였다.

"나는 오늘 어떤 결점을 치료했는가? 어떤 악덕에 저항을 하였는가? 어떤 부분이 향상되었는가?"

매일 재판장에 출두해야 한다는 것을 자각한다면 이윽고 화가 줄어들면서 지금보다 훨씬 신중해질 것이다. 그러므로 이렇게 하루 전체를 반성하는 습관만큼 좋은 것이 또 어디 있겠는가? 자기 스스로 재판을 한 뒤에 잠이 든다면 얼마나 쾌적한 잠을 잘 수 있을까? 얼마나 평온하고 깊고 자유로운 잠을 잘 수 있을까? 잠이 든 때는 이미 마음이 칭찬을 하였거나 아니면 꾸중을 한 뒤이다. 쉽게 말해서 자기 자신의 내면에 숨어 있는 재판관, 혹은 감독관은 이미 자신의 성격에 대하여 모든 것을 알고 있다. 나는 이러한 능력을 이용하여 매일매일 나 자신에 대하여 해명한다. 눈앞에 불빛이 사라지고 나의 모든 습관에 대하여 잘 알고 있는 아내가 침묵을 할 때, 나는 하루의 일과를 꼼꼼히 살피고 스스로 했던 언행을 신중하게 되돌아본다. 나는 스스로에게 아무것도 감추지 않고 어느 하나 소홀하게 지나치지 않는다. 나는 다음과 같이 말할 자신이 있기 때문에 나의 과오를 두려워할 필요가 전혀 없다.

"그런 일을 두 번 다시 하지 않도록 주의를 하자, 이번 한 번은 용서해 주겠다. 오늘 토론 자리에서 너는 마치 싸움을 하듯이 말하였다. 앞으로는 어리석은 자들과 만나서는 안 된다. 과거에 배우려 하지 않았던 사람은 앞으로도 배우려 하지 않는다. 그 사람에게는 필요 이상으로 과하게 주의를 주었다. 덕분에 그가 마음가짐을 고쳐먹기는커녕 오히려 화만 돋우고 말았다. 앞으로는 네 말이 진실인지 아닌지는 물론이고 상대방이 그 진실을 참고 받아들일지도 생각하는 것이 좋을 것이다. 훌륭한 사람은 충고를 고맙게 여기지만 악한 사람일수록 충고에 격한 반감을 드러낸다."

37. 어느 연회장에서 누군가 던진 농담과 공격적인 언사가 그대를 화나게 한 적이 있다. 이런 상대할 가치가 없는 인간들을 상대하지 않도록 항상 유념해야 한다. 특히 맨정신에서도 부끄러운 줄

을 모르는 인간들이지만 술을 마시면 특히 그들의 언사는 더더욱 꼴불견이 된다. 이전에 그대의 친구 한 명이 어느 부자 변호사의 집에 들어가려다 문지기에게 쫓겨난 적이 있었다. 그 모습을 본 그대는 그 친구를 위해 열등한 노예에게 화를 냈다. 그것은 마치 쇠사슬에 묶여 있는 개에게 화를 내는 것과 다를 것이 없다. 심하게 짖어대던 개에게 먹이를 던져주면 금세 조용해진다. 조금 거리를 두고 물러서 그냥 코웃음을 쳐라. 소송 당사자들이 문 앞에 몰려와 있는 것을 감시하고 있었기 때문에 문지기 노예는 자신이 아주 대단한 인물이라도 된 것처럼 착각하고 있는 것이다. 그리고 방문자들을 집안으로 들이는 것을 엄격하게 통제하는 것을 꽤나 대단하고 행복한 인물의 증거라고 여겼다. 감옥 문으로 들어가는 것이 얼마나 고통스러운 것인지조차 모르고 있을 정도다.

세상에는 참아야 하는 일이 수없이 많다는 것을 각오해 두는 것이 좋다. 겨울의 혹독한 추위에 놀라는 사람이 있겠는가? 해상에서 배 멀미를 하고 육로에서 마차가 흔들린다고 해서 놀라는 사람이 있겠는가? 그대는 연회의 주인공과 노예들, 그리고 그대보다 높은 위치의 손님에게까지 화를 내기 시작했다. 어리석게도 그대에게는 어느 위치에 있는 안락의자에 누워있는지가 그렇게 중요한 일인가? 방석의 차이 따위로 그대의 존비를 결정할 수 있겠는가?

어떤 사람이 그대의 재능에 대하여 흉을 보았다며 그대는 상대를 공평한 눈으로 보지 않았다. 그대는 정말 그런 주의란 말인가? 만약 그렇다면 그대가 좋아하지 않는 엔니우스(고대 로마 초기의 시인, 극작가 '라틴 문학의 아버지'라 불렸다.)는 그대를 증오할 것이다. 그대가 호르텐시우스(고대 로마의 웅변가, 법률가로 귀족당의 지도자 중에 한 사람.)의 변론을 부정한다면 그는 그대에게 적대감을 표할 것이다. 또한 그대가 키케로의 시를 조롱한다면 그는 그대를 적대시할 것이다. 그러나 그대는 정무관 후보로 선출되었을 때 선거 결과 두 끄덕한 마음으로 받아들이려 하지 않았는가?

38. 누군가가 그대를 모욕하였다고 가정해 보자. 하지만 스토아 철학자 디오게네스(바빌로니아의 디오게네스)가 당했던 모욕보다 심하겠는가? 마침 디오게네스가 화에 대하여 논하고 있을 때 한 청년이 다가가 그의 얼굴에 침을 뱉었지만 디오게네스는 현자답게 그것을 참아내며 이렇게 말했다.

"나는 화가 나지 않았지만 과연 화를 내야 하는 것인지 고민하고 있다."

그런데 우리의 마르쿠스 포르카우스 카토는 이보다도 더 훌륭하지 않았던가? 재판장에서 변론을 하고 있던 카토의 이마를 향해 렌툴루스가(이 사내는 우리 부모님 대의 기억으로는 당파심이 강해 제어하기 힘든 인물이다) 입 안 가득 가래침을 모아 뱉어버렸다. 그러자 카토는 얼굴을 닦으며 이렇게 말하였다.

"렌툴루스 군, 나는 사람들에게 자네가 후안무치라는 것은 틀린 말이라고 말해 주겠네."

39. 노바투스여, 우리는 이미 마음을 다스리는 데 성공하여 마음속으로 화를 느끼지 않거나 화를 초월하고 있다. 이제 우리는 어떻게 하면 남의 화를 풀어줄 수 있는지에 대하여 생각해 보기로 하자. 왜냐하면 우리는 스스로 건전하기를 바라는 것은 물론이고 상대 또한 건전하기를 바라고 있기 때문이다.

처음 화가 났을 때는 말로써 진정시키는 것은 무리이다. 이때는 남의 이야기가 귀에 들어오지 않을 만큼 제정신이 아니다. 약이란 원래 병이 회복단계에 들어갔을 때 효과가 있으니 충분한 시간적 여유를 주어라. 눈에 종기가 났을 때는 일부러 비벼서 자극을 하지 않는다. 다른 환부나 열이 날 때도 마찬가지다. 병의 시작단계에서는 가만히 두는 것이 치료에 도움이 된다.

그러면 이렇게 물을 것이다.

"네 말에 효과가 있다고 하더라도 화를 스스로 진정시킬 때야 비로소 작용을 한다면 약효가 너무 적은 것이 아닌가?"

　그러나 첫째로, 가장 빨리 진정시키는 작용을 한다. 둘째로, 재발의 위험을 방지한다. 아니, 최초의 발작까지 굳이 진정시키려 하지 않더라도 결국은 무력화시킬 것이다. 다시 말해 복수를 위한 모든 도구를 배제시켜 줄 것이다. 화가 난 척은 하겠지만 실제로는 마치 보좌역할과 같이 증오를 하는 동료처럼 조언을 하는 사이 점점 효기가 있은 것이다. 또한 화의 폭발을 뒤로 미루고 보다 무거운 벌을 찾고 있는 순간에는 벌을 유예할 것이다.

　또한 모든 방법을 총동원하여 화의 폭발을 자제할 것이다. 분노가 점점 더 격해지면 반항할 수 없다는 것에 대한 수치심이 공포심을 억제할 것이다. 분노가 조금씩 가라앉게 되면 재미있는 이야기나 특별한 이야기를 꺼내어 관심을 유발시킬 수 있을 것이다. 이런 이야기가 있다. 어느 외과의사가 공주의 치료를 하게 되었는데, 그 치료는 외과용 칼을 사용해야만 했다. 의사는 공주의 가슴에 난 종기를 가볍게 어루만지다가 솜 속에 감춰두었던 수술 칼로 종기를 갈랐다고 한다. 만약에 이 시술을 공공연하게 했다면 공주는 수술에 반대를 했겠지만, 이 사실을 전혀 모르고 있었기 때문에 고통을 참을 수 있었다. 상황에 따라서는 속이지 않고서는 고칠 수 없는 것도 있다.

40. 그대는 누군가에게 이렇게 말할 것이다.

"화 때문에 적이 바라는 함정에 빠지지 않도록 조심하는 것이 좋다."

또 어떤 사람에게는 이렇게 말할 것이다.

"그대의 담대한 마음과 많은 사람들에게 신뢰를 받고 있는 그대의 강인함을 잃지 않도록 조심하라. 나조차도 화가 날 때면 그 끝을 알 수 없을 정도다. 하지만 참고 때를 기다려야 한다. 때가 되면 상대는 자연스럽게 벌을 받게 될 것이다. 이 말을 가슴에 깊이 새겨 두어라. 이것이 가능해진다면 참았던 만큼 되돌려줄 수 있을 것이다."

실제로 화가 난 사람을 꾸중하여 이러 저리로 불똥이 튀게 되면 상대의 화를 키워줄 뿐이다. 그보다는 모든 방법을 동원하여 납득시키며 상대에게 다가가는 것이 좋다. 만약 그대가 매우 중요한 인물이라, 예를 들어 신성 아우구스투스 황제가 베디우스 폴리오의 집에서 열린 연회석에서 했던 것처럼 상대의 화를 풀어버릴 수 있다면 이야기는 달라진다. 이 연회 때 베디우스의 노예 한 명이 수

정 그릇을 깨뜨리는 실수를 저질렀다. 베디우스는 당장에 그 노예를 붙잡아 죽여 버리라는 지나친 명령을 하였다. 연못에서 키우는 곰치에게 던져 주라고 명령한 것이다. 그가 이런 명령을 한 것을 단순한 분풀이라고 생각하지 않는 사람이 있겠는가? 이것은 너무나 잔혹한 처사이다.

그런데 이 젊은 노예는 붙잡으려는 사람들의 손길을 뿌리치고 아우구스투스 황제의 발 밑으로 도망쳤다. 그리고 죽는 것은 두렵지 않으나 제발 물고기 밥만은 되지 않도록 해달라고 황제에게 간청했다. 황제는 베디우스의 잔혹한 처사에 놀라면서 노예를 풀어 준 것은 물론이고 모든 수정 그릇을 깨서 연못을 매워버리라고 명령하였다.

황제는 이렇게 아무리 가까운 사람이라도 엄하게 경계를 함으로써 자신의 권력을 사용하였다.

"그대는 어찌하여 연회석상에서 사람들을 풀어 노예를 붙잡고 전대미문의 벌로 단죄하도록 명령을 할 수 있단 말인가? 만약에 그대의 술잔이 깨졌다면 인간의 내장을 꺼내 모조리 잘라버릴 생각인가? 어떻게 황제인 내가 있는 자리에서 사람을 죽이라 명령하면서까지 즐기려 한단 말인가?"

황제는 이렇듯 최고의 권력의 자리에 있었기 때문에 높은 지위를 이용해서 화를 내고 공격하는 사람에게 엄히 문책을 하여도 아무런 문제가 되지 않았다. 그러나 그것은 내가 앞서 말했던 상황에서 화를 내는 데 국한된다. 다시 말해 잔인하고 비인간적인 행위로 피에 굶주린 분노, 요컨대 무언가 그것 이상으로 강대한 것을 두려워하지 않는 이상은 어떻게 할 방법이 없는 분노이다.

41. 마음에 평화를 심어주자. 그러기 위해서는 유익한 가르침을 끊임없이 반성하고 선행을 실행해야 하며, 동시에 유일한 존경의 대상에 모든 정성을 다해야 한다. 양심에 가책을 느끼는 것이 있어서는 안 된다. 우리는 결코 명성을 위해 고생을 하고 있는 것이 아니다. 악평을 당해 마땅한 사람은 그러한 평가를 받아도 어쩔 수가 없다.

그러면 이렇게 말할 것이다.

"하지만 일반 대중들은 용맹한 행동에 감탄하고 대담한 사람은 명예를 얻게 되지만, 온화한 사람은 겁쟁이 취급을 당한다."

아마도 언뜻 보기에는 그렇게 보일 수도 있다. 그러나 겁쟁이 취급을 당하는 그들의 단조로운 생활상은 태만한 마음 때문이 아니다. 마음이 평화롭다는 것을 믿는다면 일반 대중들도 당장에 그들을 존경하고 연모하게 될 것이다. 요컨대 화라고 하는 흉측하고 무시무시한 감정 속에는 유익한 것이 전혀 없다. 아니, 정반대로 모든 악과 칼과 불길만이 있을 뿐이다. 그것은 부끄러움과 체면을 모두 짓밟은 채 살인으로 두 손을 더럽히고, 어린아이들의 손발까지 잘라버리고, 장소를 불문하고 모독을 하고, 훌륭한 명예 따위는 전혀 안중이 없고, 악평도 두려워하지 않아 분노와 증오로 똘똘 뭉쳐 구제불능의 상태가 되고 만다.

42. 우리는 이러한 악을 멀리하고 마음을 정화시켜 악을 뿌리째 뽑아버려야 한다. 이러한 악이 조금이라도 우리에게 붙어 있다면 언제라도 되살아날 것이다. 화는 제어하는 것이 아니라 전부 다 제거해 버려야 한다. 정말로 악을 제거할 수 있을까? 하지만 노력을 한다면 악은 제거할 수 있다. 언젠가 죽음을 맞이해야 하는 인간의 운명을 생각하는 것만큼 유익한 것은 없다. 우리는 각자 자기 자신은 물론 타인에게도 이렇게 들려주면 좋을 것이다.

"어째서 영원의 세계에서라도 태어난 것처럼 항상 화를 내면서 짧은 인생을 허비하고 있는가? 고귀한 즐거움을 위해 써야 할 나

날들을 왜 남을 괴롭히기 위해 허비하는가? 이러한 재산의 낭비는 용인될 수 없으며 또한 시간의 손실도 용서할 수 없다. 어째서 다툼을 위해 돌진하는가? 어째서 스스로 싸움을 자초하는가? 어째서 자신의 나약함을 망각하고 격렬한 증오심을 품고 깨지기 쉬운 파멸을 향해 걸어가는가? 얼마 못가 이러한 적대감을 집요하게 마음속에 품는 것을 열병이나 육체적 질병이 가만두지 않을 것이다. 머지않아 죽음이 찾아와 격렬히 싸우는 적군과 아군을 떼어놓게 될 것이다. 어째서 고함을 치고 돌아다니면서 인생을 어지럽히고 불화를 조장하는가? 운명은 우리의 머리 위에까지 육박하여 사라져가는 나날들을 셈하며 한 걸음씩 다가오고 있다. 타인을 죽음으로 몰아가고 있다고 느끼는 바로 그 순간 아마도 그대 자신의 죽음이 가까이 다가오고 있는 것이 될 것이다."

43. 그대는 어째서 짧은 인생을 자신은 물론 타인을 위해서 평온하게 만들려 하지 않는가? 어째서 생전에 모든 사람에게 존경과 사랑을 받고, 사후에는 모든 사람에게 추모받기 위해 노력을 하지 않는가? 어째서 그대의 상사를 높은 자리에서 끌어내길 바라는가? 그대에게 고함치며 달려드는, 하잘 것 없는 경멸의 존재이면서 윗사람에게 버릇없고 귀찮은 인간은 어째서 그대의 손으로 벌을 주려 계획하는가? 무엇 때문에 그대의 노예에게, 주인에게, 군주에

게, 부하에게 화를 내려 하는가? 잠시만 참아라. 그러면 그대들을 동등하게 만들어 줄 죽음이 찾아올 것이다.

이른 아침 검투장에서 황소와 곰이 한데 얽혀 싸우는 광경을 자주 볼 수 있다. 이 동물들이 상처를 입으면 녀석들을 도살할 담당자가 대기하고 있다. 이런 동물들과 마찬가지의 짓을 우리 인간도 하고 있다. 자신과 관계가 있는 누군가에게 고통을 주고 있는 한편으로 승자에게나 패자에게나 그 끝이 급박하게 다가오고 있다. 비록 안온하고 평화롭게 보낼 수 있는 시간이 얼마 남지 않았더라도 우리는 그런 시간을 보내는 것이 좋지 않겠는가? 부디 우리의 주검이 누군가의 증오의 시선 속에 쓰러져 있지 않기를 바란다.

근처에서 불이 났다고 소동이 일어나면 싸움을 그치는 것을 종종 볼 수 있다. 갑자기 달려든 한 마리의 야수는 산적과 행인을 떼어 놓는다. 보다 큰 공포가 생겨나면 작은 문제와 싸울 여유가 없는 것이다. 어째서 우리는 투쟁과 음모에 가담하는가? 그대를 화나게 한 상대에게 죽음 이상의 재난이 벌어지길 바란단 말인가? 설령 그대가 참고 있더라도 상대는 죽게 마련이다. 앞으로 일어날 일이 지금 당장 일어나기를 바라는 것처럼 고생스러운 것은 없다.

그러면 이렇게 말할 것이다.

"나는 전혀 사람을 죽일 생각이 없다. 단지 추방을 하거나, 명예의 박탈, 재산상의 손해를 바랄 뿐이다."

나는 적이 종기에 시달리기를 바라는 사람보다는 오히려 칼로 찌르는 쪽을 용서하고 싶다. 전자는 그 근성이 나쁜 것은 물론이고 배포도 작기 때문이다. 어쨌거나 그대가 최고의 형벌을 생각하건 그보다 가벼운 형벌을 생각하건 간에 상대가 벌을 받아 고통스러워하는 시간도, 아니면 그대가 남에게 벌을 주고 바람직하지 않은 즐거움에 젖어 있는 시간도, 어차피 순간적인 것에 불과하지 않는가?

언젠가 우리는 숨을 멈추게 되어 있다. 그러나 우리가 숨을 쉬고 있는 한, 또한 인간으로서 서로 교류를 하고 있는 한은 인간성을 존중해야 하지 않겠는가? 우리는 그 누구에게라도 공포의 대상이 되어서는 안 되며 위험한 존재여서도 안 된다. 또한 위해, 손실, 험담, 조롱을 가볍게 넘기고 숭고한 정신으로서 그리 길지 않은 불행을 참고 견뎌야만 한다. 사람들이 말하는 것처럼 우리가 뒤를 돌아보고 좌우를 살피는 동안 어느샌가 죽음이라는 운명이 다가올 것이다.

제 2 장
마음의 평정에 대하여

1

❧

1. 〈세레누스(세네카의 지인)〉 세네카, 나 자신을 반성해 볼 때, 나의 결점 중에는 너무나 현저하여 손을 뻗으면 잡을 수 있을 것 같은 것과, 마음 깊숙이 감춰져 있는 것, 그리고 지속적이지 않고 간헐적으로 드러나는 것이 있다는 것을 알 수 있습니다. 마지막 결점이 제일 골칫거리인데 그것은 마치 이리저리 배회하다가 기회만 있으면 습격을 해오는 적과 같기 때문에 전시라고 생각하고 대비해야 할지 평상시라고 생각하고 대비해야 할지 확신이 없는 상황에 놓여 있습니다.

2. 그러나 내가 제일 자주 드러내는 심리 상태는(의사에게 털어놓듯이 그대에게 진실을 털어놓는다고 해도 아무 소용이 없을 것

이다) 내가 두려워하고 꺼려하던 것으로부터 진정한 의미에서 지금까지도 여전히 해방되지 못하고, 그렇다고 해서 그것으로 인해 완전히 농락을 당하고 있지도 않은 정신 상태입니다. 최악은 아니지만 정말로 초조하고 성가신 상태에 처해 있습니다. 지금은 건강하지도 병이 들지도 않은 상태인 것입니다.

3. 덕의 싹은 유약하지만 시간이 흐르면 그 덕에도 견고함과 힘이 생긴다는 말도 허사입니다. 남들에게 잘 보이기 위해 애쓰는 것, 다시 말해 권위 있는 지위와 웅변의 명예와 그 밖에 타인의 지지를 받는지 아닌지로 성패가 나뉘는 바로 그런 것들이 확고한 것이 되기 위해서는 시간이 필요하다는 것도, 진정한 힘을 갖게 해주는 것도, 인기를 얻기 위해 (겉으로만) 화장과 같은 것으로 화려하게 꾸미는 것도 시간이 흘러 나름의 성격을 띠게 될 때까지는 오랜 세월을 기다려야 합니다. 이러한 사실을 나 또한 결코 모르는 바가 아닙니다. 내가 정말로 걱정하는 것은 모든 일에 항상성을 갖게 만드는 습관이라는 것이 나의 심적 결함을 더욱 심화시켜 제거할 수 없을 정도로 고착시키지 않을까 하는 것입니다. 그것이 좋은 것이든 나쁜 것이든 간에 오랫동안 친숙한 것에는 애착을 느끼는 것이 일반적인 것이기 때문입니다.

4. 두 가지 사이에서 우물쭈물하며 옳은 것을 향해 결연히 나가는 것도 아니고, 그렇다고 해서 도리에 어긋난 것을 향하는 것도 아닌 이런 심약함이 어떤 것인지를 단숨에 설명하기는 너무도 힘이 들지만 부분적으로는 설명이 가능할 것입니다. 내 마음속에 무엇이 싹트고 있는지 솔직히 말하겠습니다.

5. 그대가 나의 병명을 명확하게 밝혀주었으면 합니다. 내 마음을 강하게 사로잡고 있는 것은 검약에 대한 사랑입니다. 이 사실은 인정하지 않을 수 없습니다. 나는 체질적으로 보란 듯이 사치스럽게 꾸며진 침대도, 옷장에 가득한 고가의 옷도, 누름돌과 천 개의 끈으로 눌러 날카롭게 날이 선 옷이 아니라 평범하고 싼 옷으로 입거나 보관하기에 불편함이 없는 것이 좋습니다.

6. 음식은 하인들이 준비해준 먹음직스러운 것이지만 며칠 전부터 준비를 명령하고 많은 하인들이 날라다 주는 것이 아니라 손쉽게 구할 수 있고 간단하게 요리를 할 수 있으며, 멀리서 구한 값비싼 재료는 전혀 사용하지 않고 어디서나 쉽게 구할 수 있어 금전적인 부담이 없고, 먹은 곳으로 다시 나오지 않는 것을 좋아합니다.(「짧은 생에 대하여」 12장 5절 참조)

7. 하인은 교양은 조금 떨어지더라도 우리 집에서 태어난 하인이 좋고, 은그릇은 시골 출신의 아버지가 사용하고 있는 무겁고 이름 없는 것이 좋고, 식탁은 온갖 무늬로 눈을 어지럽게 하거나 풍류를 즐기는 사람들이 즐겨 찾는 그런 것이 아니라 실용적인 것으로 손님 중의 누군가의 눈길을 사로잡아 즐겁게 해 주면서도 시기의 대상이 아닌 것이 좋습니다.

8. 나는 이러한 것들을 선호해 왔지만, 사실 내 마음을 동요하게 한 것이 있습니다. 어떤 곳에 하인 훈련소가 있는데 그곳의 설비, 어떤 행렬 때보다도 꼼꼼한 장식, 금으로 치장한 하인들과 화사한 노예들, 그리고 디디는 발 아래에 깔려 있는 수많은 보석들, 여기 저기 구석구석을 장식하고 있는 재물들, 비할 데 없이 화려한 지붕, 거기에 탕진하는 재산의 뒤를 쫓아 따라다니는 사람들의 무리가 바로 그것입니다. 손님들 사이를 굽이굽이 흐르며 바닥까지 투명하게 비치고 있는 물줄기를 과연 무어라 형언하는 것이 좋을까요?

9. 검약함에 철저하게 익숙한 내게 진수성찬이 보란 듯이 그 호화찬란함을 사방팔방에서 발산하고 있었습니다. 덕분에 내 눈길은 자꾸만 허공을 떠돌아야만 했습니다. 진수성찬을 앞에 두고 그것

을 직시하고 마음을 여는 것은 쉬운 일이 아니었습니다. 집으로 돌아갈 때의 마음이 올 때보다 무거워지지는 않았지만 왠지 씁쓸한 마음에 호화찬란한 집안을 돌아다니면서 이전처럼 어깨를 쫙 펴고 당당하게 행동하지 못한 채, 어쩌면 저런 사치스러운 생활이 훨씬 더 바람직한 것이 아닐까 내심 부끄러운 생각과 의문을 품었습니다. 이 모든 것들 중에 어느 하나도 내 마음을 바꾸지는 못하였지만 그것들 모두가 내 마음을 동요시키지 않는 것은 없었습니다.

10. 나는 선현들의 명에 따라 국정의 중추에 가담하기로 결심하였습니다. 명예로운 공직과 파스케스를 손에 쥔 고위 공직자가 되기 위해 매진하고자 마음을 정하였지만, 당연히 그것은 고관대작의 보라색 토가나 지팡이에 매료되었기 때문이 아니라 친구들과 이웃과 국민, 더 나아가 모든 인간을 위해 도움이 될 수 있는 인간이 되고자 하는 바람 때문입니다. 내가 스스로 나서 따르고자 하는 선현들은 제논과 클레안테스(B.C.331~B.C. 232. 스승 제논의 뒤를 이어 스토아 학파의 수장이 되었으며, 인간의 의지를 중시하여 모든 덕의 원천으로 삼았다)와 크리스포스(B.C. 280~207. 스토아 학파의 철학자로서 그리스에서 태어나 아테네에서 제2대 수장인 클레안데스에게서 배웠고 제3대 수장이 되었다. 스토아 철학을 3부분의 체계로 조직하였다)입니다. 그들은 모두 스스로 국정을 가까이 하지 않았지만 동시에 그들 모두는

국정을 위한 인재를 배출하기도 하였습니다.

11. 충격에 익숙하지 않은 내 마음에 어떤 충격이 가해졌을 때, 그리고 인간이라면 누구의 삶이라도 많이 있듯이 부당한 무언가가, 혹은 쉽게 진척이 되지 않는 어떤 일이 생겼을 때, 아니면 그다지 중요하게 여기지 않았던 일이 많은 시간이 필요한 일이었다는 사실을 깨닫게 되었을 때 등, 나는 한가하게 마음을 돌리고 마치 피곤한 가축들이 그러하듯이 평소보다 빠른 걸음으로 집으로 돌아갑니다. 나의 삶을 그 울타리에 가두기로 결정한 것입니다. 그리고 스스로에게 이렇게 다짐합니다.

"상대가 누구든 지불한 대가에 걸맞는 보상을 해주지 않는 자에게 내 삶의 단 하루라도 빼앗기지 않을 것이다. 정신에는 스스로 집착하게 하고, 스스로를 존중하고, 스스로와 관련이 없는 것, 타인의 심판을 기다려야 하는 일은 절대로 하지 않겠다. 또한 정신에는 공사 모두에 있어 번잡함을 초월한 고요함을 사랑하게 하자."

12. 평소 같으면 장대한 서적을 읽고 정신이 고양되었을 때나 고귀한 전례를 통해 자극을 받았을 때면 당장에라도 중앙광장으로 달려가 누군가의 변호인 역을 해주기도 하고, 혹은 아무런 이익이

되지 않더라도 누군가를 위해 조금이라도 도움이 되기 위해 최선을 다하겠다고 나서고, 혹은 천행으로 고양되어 거만해진 누군가의 감정을 억눌러 주고 싶은 마음이 듭니다.

13. 맹세컨대 학문의 연구에 있어서는 대상 그 자체를 응시하여 대상을 염두에 두고 이야기하며 말하는 단어도 대상에게 맡겨 대상이 인도하는 대로 꾸밈없는 문장이 이어지도록 하는 것이 바람직하다고 생각합니다. 나는 이 자문에 이렇게 자답하였습니다.

"수세대에 걸쳐 남을 만한 글을 쓸 필요가 어디 있는가? 후세의 사람들이 너에 대하여 입을 다물지 않고 논하게 하겠다는 그 노력을 그만둘 생각은 없는가? 너는 죽을 운명을 타고 태어났다. 모두가 입을 다물고 아무 말도 하지 않는 장례식이 번거로움도 덜하다. 그러니 무언가를 쓰더라도 공론화시키려 하지 말고 심심풀이 삼아 꾸밈없는 문장으로 자신이 하고자 하는 말을 쓰면 그만이다. 하루하루를 위해 공부하는 사람에게는 큰 노력이 필요 없다."

14. 그러나 온갖 정신이 사색의 장대함에 흥분하여 말투도 야심적으로 바뀌고 마음가짐과 말투까지 모두 평소보다 고양된 모습을 보여주고자 갈망하고 대상의 위엄에 맞추고자 하는 문장을 엮어내

고 맙니다. 그럴 때면 나 스스로 정해놓은 규칙도, 억제하고자 하는 판단 기준도 잊은 채 평소와 달리 허공에 뜬 기분이 되고 맙니다. 내가 쓴 글이면서도 더 이상 내 것이 아닌 어조로 말입니다.

15. 그것들을 일일이 다 열거하려면 시간이 너무 많이 걸리므로 간단하게 말하자면 요컨대 정신은 선량하지만 정신의 그러한 나약함이 내 주위를 맴돌며 떠나지 않는 것입니다. 다시 말해 내가 강물이 흐르듯이 서서히 추락하고 있는 것은 아닌지, 그리고 가장 걱정되는 것은 항상 추락의 위험에 노출된 사람처럼 절벽 끝에 매달린 상태가 아닌가 하는 생각입니다. 더군다나 내가 처해 있는 상황이 어쩌면 내가 파악하고 있는 것 이상으로 위험한 것이 아닌가 하는 두려움이 내 마음을 사로잡고 있습니다. 우리는 자신과 관련이 있는 것은 호의적으로 바라보기 때문에 편파적인 사고는 올바른 판단을 방해하는 것이 일반적입니다.

16. 요컨대 자신이 이미 영지에 도달했다고 착각하거나 자신에게 없는 무언가가 있는 것처럼 위장하고, 눈을 감고 무언가를 간과하는 일이 없다면 많은 사람들이 영지에 도달한 것은 아닐까요? 우리를 망치게 하는 것은 오히려 우리에 대한 타인의 아첨 때문으로 우리 자신에 대한 우리 자신의 아첨 때문이 아니라고 판단할 근

거가 없기 때문입니다. 감히 자신의 진실에 대해 이야기하고자 한 사람이 한 사람이라도 있었던가요? 주변을 둘러싼 한 무리의 추종자들과 찬양 속에서 자신이 자신에 대한 최대의 추종자가 아니었던 사람이 한 사람이라도 있었던가요?

17. 그러니 혹시라도 나의 이런 마음의 동요를 억누를 수 있는 묘약이 있다면 부디 그대의 묘약으로 마음의 평정을 얻는 데 어울리는 인간이라고 여겨주기를 간절히 소망합니다. 나의 이런 마음의 동요가 위험한 것도, 무언가 소동을 일으킬 것이 아니라는 것도 잘 알고 있습니다. 그대에게 호소하고 있는 나의 궁핍한 상황을 정확하게 비유하여 말하자면, 나는 풍랑이 아니라 배 멀미 때문에 힘들어 하고 있습니다. 그것이 무엇이든 간에 제발 이 재난을 불식시켜 육지를 눈앞에 두고도 악적고투하고 있는 내게 도움의 손길을 뻗어주기를 간절히 소망합니다.

2

⌒◈⌒

1. 〈세네카〉 세레누스, 나는 그대의 그런 정신 상태를 무엇에 비유하면 좋을지 정말로 오랫동안 생각하고 있다. 비유하자면 가장 가까운 것이 오랫동안 앓던 중병에서 해방되어 완전히 회복하여 건강을 되찾고도 이따금씩 찾아오는 미열과 진통 때문에 의사에게 도움을 청하며 약간의 미열조차도 간과하지 않고 호소를 하는 사람들과 마찬가지가 아닐까 생각한다. 세레누스, 그런 사람들은 신체적인 건강의 문제가 있는 것이 아니라 건강한 신체에 익숙하지 않다는 것이 문제이다. 이것을 비유적으로 말하자면 고요한 바다에서 일어나는 작은 파도, 특히 폭풍우가 지난 뒤의 고요한 바다와 같다.

2. 중요한 것은 어떤 경우에는 자신의 앞을 가로막고, 어떤 경우에는 스스로에게 화를 내고, 어떤 경우에는 자신에게 혹독하게 대하는 식의 우리가 이미 경험했던 과거의 그 엄격한 방법이 아니라 마지막 방법, 다시 말해 자신을 신뢰하고 특정 사람이 정도와 가까운 길에서 방황하고 있지만 사방 곳곳에서 교차되고 있는 수많은 사람들이 거치는 잘못된 길에 결코 현혹되지 않고 자신이 정도를 가고 있다고 믿는 것이다.

3. 한편, 그대가 원하고 있는 것, 다시 말해 무엇에 의해서노 타격을 받지 않는 마음은 위대한 것, 최고의 것, 신과 가까운 것이다. 이러한 안정된 마음의 정신 상태를 그리스인은 '선한 마음의 상태(에우테미아)'라 부르며 이에 관해서 데모크리토스의 위대한 저자가 있는데, 나는 이 정신 상태를 '마음의 평정(트란킬리타스)'이라 부르고 있다. 굳이 그들이 말한 그대로를 베껴 쓸 필요는 없다. 명칭에 따라 표현해야할 것은 대상이 되는 말의 뜻이며 그 명칭은 그리스어의 호칭의 의미는 있어야 하겠지만 말의 형태는 없어도 괜찮기 때문이다.

4. 그러므로 우리가 추구하고자 하는 것은 어떻게 하면 정신이 즐겁게 평탄한 길을 갈 수 있을지, 어떻게 하면 정신이 스스로 평

화롭게 타협하여 스스로의 특성을 기꺼이 바라보고 끊임없이 기뻐하지만 기고만장하지 않고 또한 우울해 하지 않으며 고요한 상태를 유지할 수 있는가 하는 문제이다. 이 상태야말로 진정한 마음의 평정이라 할 수 있을 것이다. 어떻게 하면 이런 마음의 평정에 도달 할 수 있을지를 일반적으로 추구해 보기로 하자.

5. 그대는 누구에게나 적합한 일반적인 요법을 통해 원하는 것을 마음껏 받아들이면 된다. 우선 병의 증상을 빠짐없이 겉으로 드러나게 하여 각자가 자신의 병상을 인식할 수 있게 하는 것이 좋다. 그러면 동시에 그대 또한 큰일을 공언하여 속박당하고 자신이 적은 과장된 자기 소개서로 악전고투하며 자신의 의지가 아닌 수치심 때문에 자기기만을 지속하고 있는 사람들과 비교하여 그대의 자기혐오가 얼마나 보잘것없는 것인지를 이해할 수 있을 것이다.

6. 자신의 변덕과 싫증, 빈번한 변심 때문에 버린 것이 더 좋은 것은 아닐까 생각하는 사람들, 또한 무기력하게 하품만 하는 사람들 또한 같은 범주에 들어간다. 마치 불면증으로 고민하고 있는 사람처럼 자주 변덕을 부려 이랬다저랬다 하여 기진맥진한 끝에 결국 평온을 찾는 사람도 이런 범주에 넣어라. 그런 사람들은 삶의 모습을 자주 바꾸다가 결국 최후에는 변화에 대한 혐오가 아니라

변화의 발길을 디디는 노령에서 멈추어 그대로 꼼짝도 하지 않는다. 또한 그다지 변덕스럽지는 않지만 그 일관성이 항상심 때문이 아니라 나태함 때문이고, 자신의 의욕대로 삶을 사는 것이 아니라 시작했을 때의 모습 그대로 사는 사람도 이 범주에 넣는 것이 좋다.

7. 증상을 일일이 다 열거하자면 끝도 없지만 이 병상의 결과는 미네미다 기신에 대한 불만이 바로 그것이다. 그 원인은 심적 평형의 결여와 비겁한 욕망, 혹은 완전히 충족되지 않은 욕망이다. 원하는 만큼 충분히 할 수 없거나 원하는 만큼 달성하지 못하여 모든 것을 희망이라는 이름으로 돌리는 경우가 여기에 해당된다. 그런 인간은 항상 불안정하고 유동적이지만 무슨 일이든 어정쩡한 사람의 필연적인 결과이다. 그들은 자신이 바라는 일을 모든 수단을 총동원하여 달성하고자 불명예스러운 일과 곤란한 일까지 스스로 부추겨 강요하지만 고생에 대한 보상이 없다면 소망이 이루어지지 않았다는 수치심에 자책하면서 왜곡된 소망을 원망하는 것이 아니라 소망이 헛수고로 끝난 것을 한탄한다.

8. 이때 좌절된 계획에 대한 회한과 새로운 계획에 착수하는 것에 대한 두려움에 사로잡힌 정신은 그들의 욕망을 제어하지 못하

고, 그렇다고 해서 욕망을 만족시킬 수도 없기 때문에 분출구를 찾지 못한 마음의 동요와 생각한 대로 전개되지 않는 삶에 대한 주저, 단념한 온갖 염원 속에서 무기력해져가는 마음의 침체가 숨어든다.

9. 고생 끝에 좌절하여 모든 것을 포기하고 한가한 삶과 고독한 학문 연구로 도피하고자 하더라도 이러한 마음 상태는 모두 다 견디기가 힘들다. 공직자로서의 임무를 다하고자 하는 의욕, 행동하고자 하는 차분하지 않은 선천적인 정신 때문에 스스로의 내면에서 찾아낼 수 있는 위안이 적기 때문에 그러한 한가한 삶과 고독한 학문 연구를 이겨낼 수 없다. 세속적인 업무로 분주할 때 그 일을 통해 느꼈던 희열이 사라지게 되면 자신의 집에서 고독하게 자신을 둘러싼 벽에 갇힌 채 홀로 남겨진 자신의 모습에 괴로워하는 것도 바로 그 때문이다.

10. 마음을 진정시킬 수 있는 곳을 어디서도 찾을 수 없는 흔들리는 정신, 그런 정신에 대한 권태와 불만, 그리고 무위의 삶에 괴로워하는 인내는 바로 여기서 기인한다. 그러한 상태의 진짜 원인을 규명하는 것을 부끄럽게 여기는 수치심이 내면을 향하게 되어 마음속 구석구석에 감춰져 있던 온갖 욕망이 빠져나올 구멍을 찾지

못해 서로를 질식시키는 경우가 또한 이에 해당한다. 그렇게 발생되는 것은 비애와 우울이고 또한 희망을 품었던 당초의 어느 쪽으로도 기울지 않았던 불안한 상태에 처하게 되면서 결국은 좌절을 한탄하는 비애를 맛보게 된다. 천 갈래 만 갈래로 흐트러지는 불안한 정신의 요동이다. 무위의 삶을 싫어하면서도 스스로 할 수 있는 일이 전혀 없다며 한탄하는 사람들의 특유의 감정, 타인의 영달을 사악한 것으로 증오하는 질투심이 여기서 비롯된다. 불행한 무위의 삶은 시기심만 키우게 되어 자신이 발전하지 못하면 상대 또한 망하기를 바라기 때문이다.

11. 이렇게 타인의 발전에 대한 혐오와 자신의 발전에 대한 절망감은 운명에 대한 분노와 시대에 대한 원망으로 구석으로 쫓겨나 스스로가 초래한 비난에 얽매이게 되고, 그러한 자신의 모습에 두려움과 역겨움을 느끼게 되는 정신이 탄생한다. 실제로 인간의 정신은 원래 움직이기 쉽고 움직이는 것을 향하는 성향이 있다. 이러한 정신은 스스로를 자극하여 어딘가 다른 세계로 데려가 준다면 그것이 무엇이든 고맙게 여긴다. 그러한 재능을 세속적인 일에 허비하면서 기뻐하는 최악의 인간 정신에게는 그러한 것이 더더욱 고마울 따름이다. 어떤 종류의 종기는 짜줄 상대를 기다리며 만져주는 것을 좋아하는데, 몸에 생긴 더러운 옴을 긁어줄 수 있다면

무엇이든 환영한다. 이와 마찬가지로 온갖 욕망들이 마치 성가신 종기처럼 불거진 정신에 있어서는 고통과 고뇌는 쾌락과도 같은 것이라고 해도 좋을 것이다.

12. 우리 인간의 육체는 특정 고통을 느끼면서 동시에 희열을 느끼기도 한다. 예를 들어 잠을 못 이루며 아직 덜 피곤한 몸을 뒤척이며 이리저리 자세를 틀어 몸을 식히려고 하는 것이 바로 그것이다. 마치 호메로스의 아킬레우스(트로이 전쟁을 소재로 한 호메로스의 서사시 『일리아스』의 주인공으로 트로이 전쟁 중의 그리스 영웅. 호메로스는 아킬레우스의 둘도 없는 친구 파트로클로스가 적장 헥토르에게 죽었다는 소식에 슬퍼하는 모습을 이렇게 표현하였다. "홀로 남은 아킬레우스는 사랑하는 전우를 잊지 못해 울고 있다. …잠조차 그를 사로잡지 못해 이리저리 뒤척이며 파트로클로스의 용맹한 모습… 등, 온갖 추억을 떠올리며 옆으로 누웠다가 앞으로 누웠다, 다시 엎드려 누워 굵은 눈물을 흘린다.")가 앞으로 누웠다 엎드려 누웠다가 하며 뒤척이는 이런 모습은 병을 앓고 있는 사람 특유의 행동으로, 어떤 일이든 한 가지 일에 오래 집중하지 못하고 변화를 약 대신으로 이용하는 것과 같다.

13. 이리저리 여행을 계획하고 해변을 정처 없이 떠도는 것도 그 때문이고, 현재의 상황을 싫어하는 변덕이 바다로 발길을 돌리게

하여 자신을 시험하고 있는가 하면 다시 육지로 올라가 시험해 보려고 하기 때문이다.

"자, 이제 캄파니아(나폴리 만과 접해 있는 평원지방으로 온화한 기후에 비옥하고 풍광이 수려해 로마 귀족들의 별장이 많았다)로 가자." 그러나 곧 쾌적함에 싫증이 나고 만다.

"끼개처기를 부고 싶다 푸르티움이나 루카니아(캄파니아 남쪽지방의 산악지대)의 삼림을 탐험해 보자." 그러나 인적이 없는 숲녹에 있다 보면 끝없이 이어지는 황량하고 살벌한 풍광은 사치에 길들여진 눈길을 구해줄 쾌적한 무언가가 그리워진다.

"타렌툼(이탈리아 남쪽 항구 도시의 옛 이름으로 고대부터 발달한 도시)로 가자. 아름답다고 칭송이 자자한 항구, 온난한 기후의 피서지, 예로부터 사람들의 무리로 왁자지껄하던 도시로." 로마 사람들의 박수갈채와 싸움 소리를 들은 지 이미 너무 오래 되었다.
그러자 이제는 인간의 피를 구경하고(검투사 경기에서 흘리는 피)를 구경하고 싶어진다.

"그래, 여기서 진로를 바꿔 로마로 향하자!" 이리저리로 여행 계획을 번복하고 이것저것 볼거리를 바꾼다. 티투스 루크레티우스 (B.C. 94년경~B.C. 55. 에피쿠로스 학파의 교양을 가르치는 서사시 『사물의 본성에 대하여』를 남겼다. 여기서 인용한 '끊임없이' 는 원문에 없다)가 말했던 그대로다.

이렇게 해서 모든 인간은 끊임없이 자신으로부터 도망치려 한다.

그러나 현실적으로 도망칠 수 없다면 도망치려 발버둥 친다고 무슨 소용이 있겠는가? 자기 스스로에 얽매여 스스로가 성가신 반려자로서 무거운 짐이 되는 것이다.

15. 그러므로 우리가 고통스러워 하는 것은 땅이 부족해서가 아니라 우리 자신의 결함 때문이라는 사실을 깨달아야만 한다. 모든 것을 이겨내기에 우리는 너무나 나약한 존재이기 때문에 고통에도, 쾌락에도, 우리 자신에 대해서도, 그 밖의 모든 것에 대해서도 그리 오래 견디지 못한다. 이 현실에서 벗어나기 위해 죽음이라는 도피처를 선택하는 사람도 있다. 빈번하게 목표를 바꾸기 때문에 원래의 위치로 되돌아와 새로운 출발점에서 다시 시작할 여지를 남겨두지 않았기 때문이다. 그들은 삶과 속세의 모든 것에 염증을

느끼게 되면서 피고름을 흘리는 방종한 생활 속에서 스스로 이렇게 자문을 하게 된다.

"언제까지 같은 일을 반복해야 하는가?"

3

❦

1. 그대는 이러한 권태감을 극복하기 위해서는 어떻게 하는 것이 좋을지 내게 묻고 있다. 최선의 방법은 아테노도로스(동시대 동명이인이 있지만 아마도 옥타비아누스의 스승이었던 스토아 학파의 철학자를 지칭한 것이다)가 말했던 것처럼 실생활의 활동에 종사하면서 국정에 관여하고 시민의 의무를 다하는 일에 전념하는 것일 것이다. 왜냐하면 일광욕과 신체의 단련과 치료를 위해 하루 종일을 허비하는 사람도 있고, 운동선수라면 그들이 그렇게 전념을 다해온 근력과 체력을 위해 하루 종일을 다 투자하여 증강시키는 것이 무엇보다 유익한 것과 마찬가지로 정치의 세계에서의 경쟁을 염두에 두고 있는 그대들에게는 실무에 직접 종사하는 것이 가장 유익하기 때문이다. 동포를 위해, 또한 인류를 위해 도움이 될 인간이 되고

자하는 뜻을 품고 있다면 능력에 따라 맡은 바 임무를 다 하면서 온갖 의무를 완수해야 하는 위치에 적극적으로 가담한다면 저절로 스스로를 단련할 수 있는 것은 물론이고 도움이 되는 인간이 될 수도 있기 때문이다.

2. 그러나 아테노도로스는 이렇게 말했다.

"이렇게 많은 모함자들이 정의를 왜곡시키고 부정을 부추기고 있다. 사람들의 이러한 광적 야심이 소용돌이치고 있는 지금의 세상에서는 순박함과 성실함은 그리 안전하다고 할 수 없으며 발생하는 모든 사건들은 도움이 되기보다는 오히려 방해가 되는 것이 일반적이기 때문에 중앙광장과 공직에서 물러나야 마땅하다. 그리고 사생활에서도 위대한 정신이 폭넓게 전개될 수 있는 위치를 지켜야 한다. 사자와 같은 맹수들의 위력은 우리로 억제할 수 있지만 인간의 힘은 동물들과 달라 한가함 속에서 최대로 확장된다.

3. 단, 한가함을 활용할 수 있는 은거지를 어디에 두든 간에 스스로의 재능과 목소리와 사려로 개개인은 물론 인류 전체에도 도움이 되고자 하는 의욕을 지속적으로 유지해야만 한다. 왜냐하면 굳이 공직 입후보자를 추대하거나 피고인을 변호하고, 평화결의를

하는 사람만이 국가에 유익한 일을 하는 것이 아니기 때문이다. 또한 훌륭한 교육자가 거의 없는 현 실정에서 청년들을 독려하고 그들의 정신에 덕을 주입시켜주어 황금만능주의로 치닫는 사람들을 돌려 세우거나 적어도 멈추게 하는 사람 또한 사적인 생활 속에서 공적인 책임을 다하고 있는 것이기 때문이다.

4. 아니면 외국과의 분쟁을 중재하고 자국민끼리의 분쟁을 중재하여 재판장의 서기가 적은 판결문을 소송인에게 읽어주는 외국인 법무관이나 도시 법무관이 정의란 무엇인지, 존경심이란 무엇인지, 인내란 무엇인지, 용기란 무엇인지, 죽음을 멸시하는 것이 무엇인지, 신을 인식하는 것이 무엇인지, 양심이 비용이 얼마나 적게 드는 선인지와 같은 것을 가르쳐 주는 사람보다 더 훌륭하다고 할 수 있겠는가?

5. 그러므로 모든 의무적 활동 시간을 학문 연구를 위해 매진하더라도 주어진 의무를 방치하거나 제한하지 않는 것이다. 실제로 전쟁터에서 좌우 측면을 지키는 병사만이 국방의 의무를 다하고 있는 것이 아니라 위병을 서는 병사 또한 위험은 덜하다고는 하나 초병으로서 경계의 의무를 다하고 있고, 불침번이나 무기고를 관리하는 병사 또한 자신의 임무를 다하고 있는 것이다. 이러한 역할

을 담당하는 병사들은 피를 흘리는 경우가 적다고는 하지만 훌륭하게 병역 임무를 다하고 있는 것이다.

6. 그대가 학문 연구의 생활로 돌아간 새벽에는 모든 삶의 권태에서 벗어나 태양빛을 꺼려서 밤이 오기만을 기다리는 일도 없고, 스스로가 짐이 되는 일도 없고, 타인에게 무용지물의 인간이 되는 일도 없을 것이다. 그대는 많은 사람들을 매료시키는 친구가 되어 가장 선한 사람들이 그대에게로 모여들 것이다 덕이란 아무리 작은 것이라도 감춰져서 보이지 않는 것이 아니라 스스로의 징표를 발산한다. 덕이라는 이름에 걸맞는 사람이라면 누구라도 그 발자취를 쫓아 그 뒤를 따를 것이다.

7. 왜냐하면 사회와의 교류를 모두 끊어버리고 인류와 결별하여 자기 자신에게만 시선을 돌리고 자신을 위해서만 산다면 모든 열정을 내려놓은 그 고독함 뒤에 이어지는 것은 해야 할 것에 대한 완전한 결여이기 때문이다. 우리는 건물을 세웠다가는 다시 파괴하고, 바다를 제자리로 돌려보내고, 지상의 역경을 이겨내고 물을 통과시키는데(세네카가 사치의 악덕이라 비난하는 것 중에 하나. 로마의 부자들은 해안을 간척하여 집을 짓거나 인공적으로 강의 흐름을 바꾸었다) 이는 자연이 우리에게 허락한 시간을 남용한 것이다.

8. 우리들 중에는 그 시간을 아깝게 여기며 사용하는 사람이 있는 반면에 물 쓰듯이 쓰는 사람도 있다. 또한 활용 보고를 할 수 있는 방법으로 활용하는 사람이 있는가 하면 가장 수치스럽게도 남은 것이 전혀 없을 정도로 다 써버리는 사람도 있다. 장수의 증표가 될 수 있는 것이 나이 이외에 아무것도 없는 고령의 노인은 그리 드문 존재가 아니다."

4

❧❧❧

1. 친애하는 세레누스, 나는 아테노도로스가 시대에 지나치게 굴복하고 퇴각도 너무 빨랐다고 생각한다. 때로는 양보하지 않으면 안 되는 것을 나도 부정하지는 않는다. 그러나 퇴각할 때도 등을 보이고 도망치는 것이 아니라 뒷걸음치며 서서히 퇴각해야 하며 군대 깃발도 무사히 보호하면서 전장에서의 위엄을 유지해야 한다. 설령 적에게 함락된다고 하더라도 무기를 쥐고 있으면 적군의 경의를 받을 수 있고 안전하기도 하다.

2. 덕을 이미 획득한 사람이라면 당연히 그렇게 해야 하고, 덕을 지향하는 사람 또한 그렇게 해야 마땅하다고 생각한다. 운명이 우세하여 행동할 기회를 잃었다고 해서 당장에 무기를 버리고 마치

운명의 추적을 피할 수 있는 곳이 있는 것처럼 숨을 곳을 찾아 등을 보이고 도망쳐서는 안 된다. 의무적인 일에 정력을 쏟는 것을 절제하고 해야 할 일을 선택한 다음 국가를 위해 도움이 될 무언가를 찾아야 한다.

3. 병역의 의무를 다할 수 없는가? 공직을 구하면 된다. 개인의 입장에서 생활해야만 하는가? 변호사가 되면 된다. 침묵의 명령을 받았는가? 묵묵히 지원하여 동포들을 도와주면 된다. 중앙광장에 발을 디디는 것조차 위험한가? 집에서 볼거리나 연회를 열어 선한 동료, 충실한 친구, 신중한 손님의 역할을 연기하면 된다. 시민으로서의 의무를 상실하였는가? 인간으로서의 의무를 실천하면 된다.

4. 우리 스토아 학파가 위대한 정신을 통해 자신들을 하나의 도시에 얽매지 말고 스스로를 해방시켜 전 세계와 교류하며 우주가 우리 조국이라 공언하고 있는 것(우주〈세계〉를 국가로 여기고 인간을 그 시민이라고 여기는 사상은 스토아의 창세〈우주〉론의 필연적 귀결이라 할 수 있다)은 드넓은 활약의 장소를 덕에 부여했다는 의미에서이다. 재판관의 단상이 그대에게는 닫혀 있다고 치자. 그대에게 연단과 민회의 접근이 금지되었다고 치자. 그러나 무한이라는 영역이 아

직 그대의 등 뒤에 펼쳐져 있는지, 얼마나 많은 국민들이 아직 그대의 등 뒤에 남겨져 있는지를 돌아보는 게 좋을 것이다. 아무리 큰 부분이 닫혀 있더라도 그 이상으로 큰 부분이 남아 있지 않다고는 결코 단정할 수 없다.

5. 어쨌거나 그대의 그러한 생각의 과실이 모두 그대에게 돌아가지 않도록 주의할 필요가 있다. 그대는 로마의 집정관이나, 그리스 자치 시의 정무장관이나, 전시의 전권 특사나, 카르타고의 총독과 같은 존재가 아니면 국정에 참여할 수 없다고 말하고 있기 때문이다. 최고 지휘관과 군단 부관이 아니면 병역의 의무를 할 수 없다고 한다면 어떤가? 설령 다른 사람들이 최전선에 위치하고 그대가 후방의 일원으로 배치된다 하더라도 그대는 그 위치에서 큰 소리로 외치며 격려하고 솔선수범하여 용감히 싸워야 한다. 두 팔이 잘려 나가거나 쓰러져 짓밟히더라도 고함을 치며 가세하려 하는 사람은 전투 중의 아군에 기여할 수 있는 자신의 역할을 다한 것이 된다.

6. 그대 또한 무언가 그러한 일을 하여야 한다. 운명으로 인해 그대가 국정의 제일선의 자리에서 배제된다 하더라도 자신의 자리에서 고함을 치며 도와야 하는 것은 물론이고, 누군가 그대의 목을

조를지라도 여전히 그 자리를 지키며 침묵으로서 도와야 한다. 선량한 시민의 활동이 허사가 되는 일은 결코 없다. 보여줌으로써, 들려줌으로써, 표정으로, 고개를 끄덕임으로써, 고집스러운 묵묵함으로써 행보 자체에 도움을 주는 것이다.

7. 건강에 좋은 것 중에는 섭취하거나 접촉하지 않고 향기만으로도 유익한 것이 있듯이 덕 또한 비록 멀리서 모습을 감추고 있더라도 그 효능을 퍼뜨리고 있다. 덕이란 자유롭게 돌아다니고, 당연한 권리로 자유롭게 행동하더라도, 또한 외출을 할 때도 남의 허락이 필요하여 어쩔 수 없이 돛을 접어야 한다고 하더라도, 또한 좁은 감옥에 갇힌 채 존재감 없이 침묵하고 있다 하더라도, 아니면 탁 트인 곳에 있어 그 모습이 공공연하게 드러나 있더라도, 어쨌거나 그 어떤 상황에 있더라도 유익한 것이다. 훌륭하게 고요 속에서 삶을 영위하고 있는 사람의 모범을 그대는 어째서 그다지 유익한 것이 아니라고 생각하는가?

8. 그러므로 무엇보다도 최선의 방법은 활동적인 삶이 우연한 방해와 국가의 상황으로 인해 제약을 받게 되었을 때는 항상 활동적인 삶에 한가한 삶을 혼합하는 것이다. 그 어떤 명예로운 활동의 여지가 없을 만큼 모든 것이 닫혀 있는 상황은 절대 없다.

5

⚜

1. 서른 명의 참주(본디 바실레우스(왕)와 같은 뜻이었으나 B.C. 4세기 플라톤 이후 비합법적으로 독재권을 확립한 지도자를 뜻한다)가 갈기갈기 찢겨졌을 때 아테네인의 수도만큼 불행한 수도가 또 있을까? 그들은 천삼백 명이나 되는 시민, 그것도 가장 선량한 시민을 살해하고도 그것으로 끝내지 않고 그 흉포함은 그칠 줄을 몰랐다. 이 나라에는 아레이오스 파고스(전쟁의 신 아레스의 언덕)라고 하는 신성한 재판소가 있고 장로 의회와 민회가 열리는 언덕이 있다. 그곳에는 처참한 처형자들이 무리를 지어 있고, 불행한 회장은 참주들로 북적거렸다. 참주가 보통 사람의 숫자만큼 있는 나라가 평화로울 수 있겠는가? 사람들은 자유 회복에 대한 한 가닥 희망조차 품지 못한 채 악인들의 맹위에 대항할 수 있는 묘약을 찾아 낼 수 있는 가

능성을 찾을 수 없었다. 과연 불행한 도시를 살려줄 수 있을 만큼 의 하르모디오스(B.C. 514년에 아리스케이톤과 함께 참주 히피아스와 그의 동생 히파르코스의 암살을 계획했지만 실패로 끝나 하르모디오스는 호위대에게 죽고, 아리스케이톤은 고문을 당하고 처형당했다. 히피아스가 추방당한 뒤 이들의 업적이 인정되어 해방자로서 추앙을 받았다)를 어디서 찾으면 좋단 말인가?

2. 그러나 소크라테스가 소용돌이의 한복판에 있었다. 개탄하는 장로들을 위로하고, 국가에 대하여 절망하는 사람들을 격려하고, 자신들의 재산을 걱정하는 부자들에게는 이제 와서 헛되고 위험한 탐욕을 후회해도 소용이 없다며 꾸중을 하면서 자신을 따르는 사람들에게 삼십 명의 폭군들 사이로 거침없이 들어가 자유롭게 활보함으로써 위대함의 모범을 보여주었다. 그러나 이렇게 위대한 사람을 아테네는 감옥에 가두고 독살해 버렸다. 폭군들의 대오에 뛰어들어 마치 조롱을 하듯이 행동해도 안전했던 사람의 자유, 그 자유를 용서할 수 없었던 것이다. 그대도 잘 알 것이다. 국가가 위기에 처해 있을 때는 현자 스스로 진가를 발휘할 기회가 생긴다는 사실을. 그리고 국가가 왕성하게 번영하고 있을 때는 돈과 질투, 그 밖에 무수히 많은 나약한 악덕이 지배한다는 사실을.

4. 그러므로 우리는 국가의 상황과 운명이 허락하는 범위에서 스스로를 발전시켜 활동적으로 행동할 수도 있고, 스스로를 수축시켜 행동을 위축시킬 수도 있다. 어느 쪽이든 간에 공포에 사로잡혀 행동을 멈추는 일은 없다. 아니, 사방팔방에서 위험이 닥쳐오고 주변에서 무기와 쇠사슬이 부딪히는 울림 속에서 오명을 뒤집어쓰는 일도 없고 용감함을 억누르지 않는 사람이야말로 진정으로 용감하다고 해야 하지 않을까? 왜냐하면 자기를 지키는 것은 자기를 매장시키는 것이 아니기 때문이다.

5. 생각건대 마니우스 쿠리우스 덴타투스(B.C. 290~274년 사이 네 번의 집정관을 역임. 베네벤툼 전투에서 피로스에게 승리한 군인이자 정치가. 감찰관 대 카토가 이상화시킨 이후 고결, 검약의 모범이 되었다)가 한 말은 지당한 말일 것이다. 그는 죽은 사람처럼 사는 것보다는 차라리 죽은 사람이 되겠다고 했다. 온갖 불행 중에서 최악의 불행은 죽기 전에 살아 있는 사람으로서의 취급을 받지 못하는 것이다. 어쨌거나 운 좋게 국정에 관여하면서 간단하게 대처할 수 없는 사태가 닥치게 되면 많은 시간을 내서 한가함과 학문을 되돌아봐야 한다. 마치 위험한 항해 때와 마찬가지로 상황이 닥치면 항구에 정박하여 사태가 그대를 방면해 주기를 기다리지 말고 그대 스스로가 그 사태에서 자신을 빼내지 않으면 안 된다.

6

❦

1. 우리는 먼저 우리 자신의 문제를, 다음으로 우리가 하고자 하는 일에 대한 문제를, 다음으로 누구를 위한 것인지와 누구와 함께 그 일을 할 것인지에 대한 문제를 음미해야 한다.(본 장과 다음 장에서 주장하는 것은 도덕적으로 '완전한 행위(카토르토마)'를 대신하여 '적합한 것(카테콘)'을 핵심으로 하는 이론에 의해 초기 스토아 학파의 엄격한 윤리를 완화시킨 중기 스토아 학파 파나이티오스의 사상에 의거한다. '적합한 것'은 곧 '자연과 합치되는 것'으로 인간이든 실생활에서의 일이든 간에 그 대상이 자연의 본성에 맞추는 것이 핵심이라고 주장한다. '적합한 것'을 '의무'라 생각한 키케로의 사상과도 상통한다)

2. 무엇보다도 중요한 것은 자기 자신을 평가하는 일이다. 왜냐

하면 우리는 자기의 능력을 실제 이상으로 과대평가하기 쉽기 때문이다. 달변에 심취해서 삶을 망쳐버리는 사람이 있는 가하면 지나친 낭비를 위한 유산을 강요하는 사람, 허약한 신체에도 불구하고 과도한 업무를 강요하는 사람도 있다. 내성적인 성격 탓에 강경한 자세가 필요한 정치에 어울리지 않는 사람도 있고, 고집스러운 성격이 왕궁에서는 통하지 않는 사람도 있고, 화를 참지 못해 사소한 일에도 화가 나서 경솔한 폭언을 쏟아내는 사람, 호기를 억제할 능력이 없거나 오만한 독설을 참지 못하는 사람도 있다. 이러한 사람들은 일보다는 조용하고 한가한 것이 더 유익하다. 거칠고 성마른 성격은 재난을 초래할 자극을 피하는 것이 상책이다.

3. 다음으로 우리가 하려고 하는 일에 대하여 평가하고 그 일의 내용과 우리의 능력을 비교해 보아야 한다. 행위자의 능력은 하고자 하는 일이 필요로 하는 능력보다 항상 높은 수준에 있어야만 하기 때문이다. 짐꾼의 능력을 초월한 무거운 짐은 필연적으로 짐꾼의 손목을 망치고 만다.

4. 또한 중요성보다는 다산성이라고 해야 할 일들이 줄줄이 들어오는 일이 있다. 온갖 새로운 잡무들이 발생하는 이러한 일도 반드시 피해야 하고 그러한 일에서 자유롭게 벗어날 수 없는 일 또한

가까이 해서는 안 된다. 손을 대도 좋은 일은 반드시 끝을 맺을 수 있는 일이거나 적어도 끝낼 수 있는 가망성이 있는 일이다. 기피해야할 일은 활동이 생각했던 것 이상으로 광범위하여 의도한 대로 끝을 맺을 수 없는 일이다.

7

⚘

1. 사람에 대해서는 반드시 선택을 할 필요가 있는데, 상대가 우리의 삶 일부를 제공할 가치가 있는 사람인지, 우리가 자신의 시간을 할애하고 있다는 사실이 그 사람의 마음에도 충분히 전해지고 있는지를 고려해야만 한다. 우리의 봉사를 마치 당연하다는 듯이 차용하려는 자들이 있기 때문이다.

2. 아테노도로스는 이렇게 말했다.

"내가 일부러 찾아가 준 것에 대하여 아무런 고마움도 느끼지 않는 사람과는 식사도 하러 가고 싶지 않다."

그대는 잘 알 것이다. 그는 친구의 봉사에 맞춰 식탁을 준비해 놓고 마치 자신이 타인을 공치사 하는데 그 끝을 모르는 인간처럼 행동하며 요리를 선심 쓰듯이 여기는 사람에게는 결코 가지 않았을 것이라는 것을. 그런 상대라면 증인과 구경꾼을 배제시켜 주어야 한다. 아무리 진수성찬을 차려 놓았다고 하더라도 아무도 봐주는 사람이 없다면 무슨 재미가 있겠는가? 진정으로 고려해야 할 것은 그대의 성격이 실무의 활동에 어울리는지, 아니면 한가한 학문 연구와 사색이 더 어울리는지가 문제이다. 그대 본연의 자질이 인도하는 것에 최선을 다해야 할 것이다.

이소크라테스(B.C. 436~B.C. 338. 그리스의 변론가이자 수사가로 아테네에 변론술학교를 세웠으며 변론을 산문예술의 한 분야로까지 승화시켰다. 그의 시민 변론가의 사상, 교양주의적 교육론, 문체론 등은 키케로에게 큰 영향을 끼쳤다)가 강제로 에포로스(B.C. 405경~B.C. 330경. 이소크라테스의 제자로 변론가는 되지 못했지만 그리스의 보편사인 『역사』 30권을 저술하였다. 이소크라테스는 제자들 각각의 본성에 따라 "에포로스에게는 박차를 테오폼포스에게는 고삐를 사용하듯이 했다."는 일화가 전해진다)를 아고라(고대 그리스 도시 국가의 광장으로 경제, 정치의 중심지)에서 데리고 나간 것은 에포로스가 오히려 역사 기록을 저술하는 데 유용하다고 여겼기 때문이다. 실제로 강요된 재능은 제대로 활용되지 않는다. 자연의 본성을 거스른다면 노력은 허사로 끝나고 만다.

3. 그러나 충실하고 기분이 상쾌한 우정만큼 기쁘게 해주는 것은 없을 것이다. 어떤 비밀이라도 안전하게 지켜줄 마음의 준비가 된 사람, 혼자 알고 있기보다는 상대도 함께 알고 있어야 안심할 수 있는 사람, 그런 사람과 나누는 대화는 불안함을 누그려뜨려 준다. 자신만의 의견으로 조언해 주고, 쾌활함으로 우울함을 날려 주고, 상대의 모습만 보더라도 기뻐지는 친구는 정말로 얻기 힘든 커다란 보물이다. 우리는 당연히 가능한 욕망과는 거리가 먼 사람을 고를 것이다. 악덕이란 가까이 있는 사람이라면 누구라도 몰래 다가와 만지기만 해도 위해를 끼치기 때문이다.

4. 그러므로 마치 역병처럼 감염의 위험이 있어 숨을 쉬는 것만으로도 문제가 된다면 역병에 감염되어 고열을 일으키고 있는 사람의 곁에는 앉지 않도록 조심해야 하는 것과 마찬가지로 상대의 자질을 음미하고 친구를 선택할 때에도 가능한 한 독에 더럽혀지지 않은 사람을 선택할 수 있게 최선의 노력을 기울여야 한다. 건강한 것이 병든 것과 섞이는 것, 그것이 병의 시작인 것이다. 그렇다고 누군가를 따르거나 가까이 하는 데 있어서 반드시 현자가 아니면 안 된다고 주장하는 것이 아니다. 사실 이렇게 오랜 세월 우리가 찾아 헤매던 현자('현자'나 '도덕적으로 완전한 행위'는 플라톤의 이데아와 같은 것으로 현실에서는 불가능에 가까운 것으로 세네카도 그것

을 인정하고 있다)를 그대가 어디서 찾을 수 있겠는가? 악이 가장 적은 사람을 최선의 사람 대신으로 삼는다면 좋을 것이다.

5. 그대가 플라톤과 크세노폰, 그 밖에 소크라테스의 혈통을 계승한 후손들과 같은 사람들 속에서 선한 친구를 추구하려 한다면 설령 카토 시대에 태어나기에 어울리는 수많은 뛰어난 인사를 배출한 바로 그 카토의 시대로 그대가 돌아갈 수 있다고 하더라도 그대의 친구 선택이 행운의 결과로 이어질 가능성은 없을 것이다. 카토 시대에는 뛰어난 인사의 배출과 마찬가지로 다른 어떤 시대에 뒤지지 않을 만큼 수많은 열악한 자들과 극악한 범죄를 꾀한 자들도 함께 배출하였다. 카토가 이해하기에는 선악 모두의 인간이 필요했던 것이다. 그에게는 그것을 바탕으로 자신이 옳다고 하기 위해서는 선인이, 자신의 평가를 시험하기 위해서는 악인이 반드시 필요했던 것이다. 아무튼 이렇듯 선인이 부족한 현실에서 너무 어렵게 친구를 선택하는 것은 바람직하지 않다.

6. 단, 모든 것을 핑계로 불평불만만을 토로하는 습관이 있는 음울한 사람과 무슨 일이든 한탄만 하는 사람은 특별히 피해야 할 사람이다. 설령 그들의 신의와 선의에 의심의 여지가 없더라도 모든 일에 산만하고 불평만을 늘어놓는 동반자는 고요함의 적이다.

8

ఴంఞఴ

1. 재산에 대하여 이야기해 보자. 인간이 짊어진 고통 중에 가장 어려운 고통이 바로 재산에 관한 것이다. 사실 우리를 힘들게 하는 모든 고통, 즉 죽음과 병, 두려움과 욕구, 견뎌야만 하는 고뇌와 고생 등과 금전 문제로 인해 발생하는 모든 재난을 저울에 올려놓고 비교한다면 후자의 무게가 훨씬 무거울 것이다.

2. 그러므로 잃어버리는 것보다는 처음부터 가지고 있지 않은 것이 얼마나 고통을 줄여주는지 생각해 볼 필요가 있다. 그러면 빈곤이 손해가 발생하는 요인이 적은 만큼 고통을 발생시키는 요인도 적다는 사실을 깨닫게 될 것이다. 부자들이 손실에 의기소침하지 않고 견뎌낼 것이라고 생각하는 것은 착각이다. 몸이 작건 크건 간

에 고통을 느끼는 것은 마찬가지이다.

3. 비온(B.C. 325~B.C. 255경. 디오게네스는 아카데메이아파로 분류하
지만 오히려 키니코스파에 가까운 절충파. 그는 신랄하고 풍자적이고 유머
가 뛰어났다)의 말은 재치가 넘친다. 그는 이렇게 말했다.

"머리카락을 뽑으면 아프다는 것은 대머리나 머리카락이 풍성한
사람이나 매한가지다."

가난한 사람과 부자의 관계도 이와 마찬가지로 양쪽 모두에게
고통이 똑같다는 것을 알 수 있다. 왜냐하면 돈이란 양쪽 모두에게
밀접한 관계가 있기 때문에 그것을 떼어내면 양쪽 모두 고통을 느
끼지 않고는 견딜 수 없기 때문이다. 지금 말한 것처럼 차라리 잃
는 것 보다는 손에 넣지 않는 것이 훨씬 더 견디기 쉽다. 그러므로
운명이 눈길을 주지 않은 사람은 운명의 버림을 받은 사람보다 더
낫다는 것을 알 수 있을 것이다.

4. 위대한 정신의 소유자인 디오게네스는 이 사실을 잘 알고 있
었기 때문에 빼앗길 만한 것을 아무것도 가지지 않으려 했다. 그대
는 그것을 가난이든, 궁핍이든, 곤경이든 그대 마음대로 불러도 좋

다. 그 어떤 것의 방해도 받지 않은 안심의 경지에 그대가 바라는 불명예스러운 명칭을 붙여도 좋다. 그 사람에게는 잃을 것이 없는 다른 누군가를 그대가 찾아낸다면 나 또한 이 사람을 행복하지 않다고 여길 것이다. 내가 틀렸거나 아니면 탐욕스러운 자와 사기꾼, 강도와 유괴범에게 둘러 싸여 있으면서도 홀로 위해를 당하지 않는 존재가 있다는 것은 왕권과 동등하거나 둘 중에 하나이다.

5 디오게네스의 행복에 대하여 회의적인 사람이 있다면 마찬가지로 불사의 신들에 대해서도 회의적일 수 있다. 신들에게는 땅도, 정원도, 이국의 임차인에게 빌려줄 비싼 토지도, 중앙광장에서 얻을 수 있는 막대한 이자도 없기 때문에 신들의 삶 또한 그렇게 행복하다고 할 수 없는 것이 아닐까? 누구든 부에 매료당한 사람은 자신의 그런 모습을 부끄럽게 여기지 않을까? 자아, 우주로 눈을 돌리자. 신들이 알몸으로 모든 것을 주면서도 무일푼이라는 것을 깨닫게 될 것이다. 그대는 우연한 운에 의해 주어진 모든 것을 버린 사람을 가난한 사람이라고 생각하는가? 아니면 불사의 신들과 닮은 존재라고 생각하는가?

6. 그대는 폼페이우스보다도 유복한 것을 부끄럽게 여기지 않았다. 폼페이우스의 해방노예인 데메트리우스(폼페이우스에게 가장 신

임을 받았던 가다라 출신의 해방노예. 폼페이우스의 검소함과 데메트리우스의 사치를 대비시킨 플루타르코스의 영웅전 참조)가 더 행복하다고 주장하는가? 심부름 노예 둘과 약간 넓은 작은 방이 사치라고 오랫동안 여겨왔을 그는 마치 군대의 최고 사령관처럼 매일 노예의 수를 보고하도록 시켰다. 이와 달리 단 한 명의 노예가 디오게네스에게서 도망을 친 일이 있었지만 노예가 있는 곳을 알게 되고도 디오게네스는 노예를 붙잡아 오는 것을 별로 중요하게 여기지 않았다. 그리고 그는 이렇게 말했다.

"마네스(노예)가 디오게네스 없이 살 수 있는데 디오게네스가 마네스 없이 살 수 없다면 창피한 일이다."

나는 그가 이런 의미에서 말했을 것이라고 생각한다.

"운명이여, 너는 너의 일에 최선을 다하라. 디오게네스에게는 더이상 네 것은 하나도 없다. 하나뿐인 노예는 내게서 도망쳤다. 아니, 내가 자유를 얻어 떠나게 되었다."

8. 집에 노예를 데리고 있으면 옷과 음식이 필요하다. 탐욕으로 가득한 많은 생명체의 뱃속을 신경 써 주어야 하고, 옷을 사주지

않으면 안 되고, 손버릇이 나쁜 자들의 감시를 게을리 해서도 안 되고, 울거나 싫어하는 자들의 봉사에 의지하지 않으면 안 된다. 아주 쉽게 거부할 수 있는 자신 이외에 그 누구에게도 아무런 부담이 없는 삶은 얼마나 행복한 일인가?

9. 그러나 우리에게는 그만큼의 강인한 의지력이 없기 때문에 최소한 재산을 줄이고 운명의 부당한 처사에 노출당할 기회를 줄여야 한다. 전쟁터에서는 딱 맞는 갑옷이 너무 커서 갑옷 사이로 여기저기 무방비 상태로 노출되어 상처를 입는 것보나 낫나. 소유해야 할 최선의 재산 정도는 가난에 찌들지 않고, 그렇다고 해서 가난에서 그리 멀지 않을 정도의 재산이다.

9

∽◆∽

1. 우리가 아무리 큰 부라고 할지라도 채울 수 없는 검약을 이전부터 지향해 왔다면, 그리고 아무리 큰 부를 가지고 있더라도 충분하지 않다면, 도움의 수단이 가까이 있어 가난뱅이조차도 절약의 도움을 받아 부자가 될 수 있을 정도의 금전이 있다면 만족을 할 수 있을 것이다.

2. 남에게 보여주기 위한 허영을 배제하고 꾸밈이 아닌 실용성을 기준으로 사물의 가치를 평가하는 데 익숙해지자. 음식은 굶주림을, 음료는 갈증을 해소하기 위해, 육체적 욕망은 필연성을 향하도록 하자. 자신의 수족에 의존하여 복장과 음식을 최신 유행에 맞추지 말고 우리 선조들의 풍습이 권하는 방향에 맞추는 방법을 배우

자. 자제심을 단련시키고, 사치를 멀리하고, 허영심을 억제하고, 화를 진정시키고, 가난을 편견 없이 바라보고, 검소함을 중시하면서 설령 대다수의 사람들이 그것을 창피하게 여기더라도 자연의 욕구를 저렴하게 충족시킬 수 있도록 하여 고삐가 풀린 듯이 한도 끝도 없는 기대와 미래에 대한 욕망에 족쇄를 채우는 기술, 부를 운명에서 추구하는 것이 아니라 우리 자신에게서 찾는 기술을 배워야 하지 않겠는가?

3. 우리에게 닥치는 온갖 재난과 불공평은 도저히 불식시킬 수 없는 것으로 활대를 올리고 돛을 활짝 펼치고 항해를 하려는 사람의 입장에서는 반복되는 돌풍을 피하고 싶은 것이 당연하다. 활동 대상들을 축소시켜 운명의 화살이 빗겨나가게 해야 한다. 그래야만 추방과 모든 재난이 결과적으로는 치료약이 되기도 하고 큰 재난을 작은 재난으로 마무리 지을 수 있다. 정신을 가르침에 귀를 기울이게 하지 않고 온화한 수단으로는 치료할 수 없을 때, 궁핍과 수치와 역경으로의 전락을 처방약으로 활용하여 재난을 치유하는 데 재난을 이용하는 것이 어째서 정신을 위한 행위가 아니라고 할 수 있겠는가? 그러므로 우리는 많은 손님과는 거리가 먼 식사를 하며 최소한의 노예만을 부리고, 의복은 그 본래의 목적(추위를 피하기 위한 목적)에 맞게 구매하고 가능한 한 좁은 집에서의 생활에

익숙해지는 것이 좋지 않겠는가? 경주나 키르쿠스(고대 로마에서 경마나 전차경주에 이용되던 원형극장이 건설되기 이전에 검투사들의 투기장으로 사용된 장방형의 스타디움으로서 한쪽 끝 또는 양단이 반달형으로 굽어 있고 전체 길이에 걸쳐서 계단식을 한 관람석으로 둘러싸여 있다)에서의 전차 경주뿐만이 아니라 인생의 경기장에서도 가능한 한 안쪽 주로를 달려야만 한다.

4. 학문 연구는 지출 대상으로 자유인에게 가장 바람직한 것이지만 그 또한 절도를 지키는 한도 내에서 하여야 한다. 책의 주인이 표지를 보는 데만 평생이 걸려도 다 읽지 못할 만 권의 책과 문고가 무슨 의미가 있겠는가? 천장까지 높이 쌓여 있는 책은 배우는 사람의 입장에서 부담만 되고 아무런 도움도 되지 않는다. 수많은 책을 이것저것 수박 겉핥기식으로 펼쳐보기보다는 소량의 양서에 의지하는 것이 훨씬 바람직하다.

5. 알렉산드리아에서는 사만 권의 책이 재로 변해버렸다(프톨레마이오스 1세는 페리파토스 학파의 도움을 빌어 알렉산드리아에 도서관을 세웠고 2세가 확장하였다. 장서 수는 최대 칠십만 권에 달했다고 한다. 카이사르가 알렉산드리아를 공격하였을 때 재로 변했다고 하지만 그 피해 정도는 명확하지 않다). 왕의 부를 보여주는 장려함을 잘 보여주는 기념물

이라고 평가하는 사람도 있을 것이다. 예를 들어 티투스 리비우스 (B.C. 59~A.D. 17. 고대 로마 역사가. 비슷한 나이인 아우구스투스와 우정을 나누었으나 정치생활과는 인연을 맺지 않고 142권이라는 방대한 『로마사』 저술에 몰두하였다)는 왕들의 우아함과 고심으로 이뤄낸 탁월한 위업이라고 평가하였다. 그러나 그것은 우아함이나 고심의 흔적이 아니라 단순히 학문적 사치에 불과하다. 아니, 그것은 학문이라고 조차 할 수 없다. 왜냐하면 그 왕들은 학문을 연구하기 위해서가 아니라 부여주기 위해 책들을 수집했기 때문이다. 대부분의 무지한 인간들이 학문의 수단으로서가 아니라 연회의 상식품으로 이용하기 위해 아이들이나 읽을 책을 사들이는 것과 마찬가지이다. 그러므로 과시하기 위해서가 아니라 필요한 만큼의 책을 사는 것이 좋다.

6. "코린토스의 청동기나 그림을 사는 데 돈을 쓰는 것보다는 훨씬 바람직하다."

그대는 이렇게 생각할지도 모른다. 무엇이든 과하면 악이 된다. 상아로 만든 책궤의 수집에 광분하고 무명작가나 악평이 자자한 작가의 서책을 산더미처럼 사들여 수천 권의 책에 둘러싸여 즐거움이라고는 고작해야 책의 표지를 바라보는 정도인 자들을 용서해야 할 이유가 어디 있겠는가?

7. 게으른 자의 집에 변론가와 역사가의 저서들이 모두 갖춰져 있고 그 책들이 천장까지 닿아 있는 꼴을 본 적이 있을 것이다. 지금은 목욕탕에까지 도서실을 갖추는 것이 필수가 된 시대이다. 학문 연구에 대한 과도한 욕구 때문이라면 용납할 수 있을 것이다. 그러나 현실은 이렇게 수집되어 작가의 초상화와 함께 장식되어진 성스러운 박사와 천재들의 이 책들은 단순히 과시하기 위한 장식품으로 구매되고 있는 실정이다.

10

❦

1. 그런데 그대는 인생에서 자신도 모르는 사이에 공적이나 사적인 이유에서 곤경과 같은 함정에 빠져 그 함정에서 빠져나오지 못하고 있다고 했다. 한번 생각해 보라. 족쇄가 채워진 죄수는 처음에는 발목을 조이는 무거운 속박에 고통스러워하지만 시간이 흐르면서 화를 참으려고 노력한다. 그럴 때 필연은 담담하게 이겨내는 기술을 가르쳐 주고 익숙함은 쉽게 견디는 기술을 가르쳐 준다. 그대가 재난을 적대시하지 않고 가벼운 것으로 여길 수 있다면 어떤 인생이라도 기쁨과 안정과 즐거움이 있다는 것을 깨닫게 될 것이다.

2. 우리 인간에 대한 자연의 선행 중에 이렇게 고마운 것도 없다.

자연은 우리 인간이 어떤 고난을 겪게 될 것인지를 알고 있기 때문에 재난의 완화제로 익숙함이라는 것을 찾아 주어 견디기 어려울 정도로 가혹한 고통도 쉽게 익숙해질 수 있도록 인도해 준다. 불행한 사건이 처음에 일으키는 충격과 같은 충격이 끝까지 지속된다면 아무도 견뎌내지 못할 것이다.

3. 우리는 모두 운명적으로 이어져 있다. 부드러운 황금 족쇄로 이어져 있는 사람이 있는가 하면 조잡하고 거친 금속 족쇄로 이어져 있는 사람도 있다(인간을 금실과 철사로 조종하는 인형에 비유한 플라톤의 비유 '법률'을 염두에 두고 말하고 있다). 그러나 무슨 차이가 있겠는가? 우리 모두가 한 명도 빠짐없이 구속 하에 놓여 있다는 것은 변함이 없고 구속하고 있는 사람 또한 구속되어 있다. 그러나 그대가 왼쪽 팔에 채워진 족쇄(하나로 이어진 족쇄를 죄수는 오른손에, 간수는 왼손에 채웠다)가 더 가볍다고 생각한다면 이야기는 전혀 다르다. 명예로운 고위 공직에 구속된 사람이 있는가 하면 부에 구속되어 있는 사람도 있다. 고귀한 집안에 구속되어 고통을 당하는 사람이 있는가 하면 가난한 집안 때문에 고통스러워하는 사람도 있다. 어떤 이는 머리 꼭대기에 있는 타인의 권력 앞에 무릎을 꿇고, 또 어떤 이는 자신의 권력 앞에 무릎을 꿇는다. 어떤 이는 추방 때문에, 또 어떤 이는 신관직(神官職) 때문에(신관직은 많은 제약이 따르는데, 예

를 들어 유피테르 신관은 특별한 허가 없이는 단 하루도 로마를 벗어날 수 없었다) 한 곳에 머물러야 한다.

4. 삶이란 끝없는 구속의 연장이다. 그러므로 자신이 처해 있는 상황에 안주해 한탄하는 일을 그만두고 자기 주변에 있는 아무리 작은 장점이라도 놓치지 않도록 노력해야 한다. 공평한 마음이 위안을 찾지 못할 정도로 가혹한 운명은 없다. 때로는 작은 땅덩어리라도 면밀히 구분한다면 온갖 용도로 활용할 수 있는 방법을 찾아내 좁은 농산노 배시들 어넣게 하는/가에 따라 서수할 수 있게 된다. 곤란에 대처하기 위해서는 이성적인 것이 좋다. 가혹한 것도 완화되고, 험하고 좁은 것도 열리고, 과중한 것도 대처를 잘하면 고통은 줄어든다.

5. 또한 온갖 욕망에는 멀리 있는 것이 아니라 가까운 것에서 배출구를 찾아 주어야 한다. 우리의 욕망은 완전히 갇혀 있는 것을 견뎌내지 못하기 때문이다. 실현 가능하지만 곤란한 것은 포기하고 가까이 있고 우리의 기대에 소망을 품게 해주는 것을 추구하자. 단, 모든 것의 겉모습은 온갖 표정을 보여주지만 내실은 모두 똑같이 허무하고 신통치 않은 것이라는 사실을 알아두어야 한다. 자신보다 높은 자리에 있는 사람을 시기해서는 안 된다. 높은 곳에 우

뚝 서 있는 것은 추락의 위험성이 있는 것이다.

6. 반대로 공평한 운이 역경에 처하게 한 사람은 그것 자체가 거만하게 하는 것이 있다고 하더라도 교만한 마음을 불식시키고 가능한 한 자신의 운명을 평지로 끌어내리기 때문에 순경(順境)의 상황에 있는 사람보다 안전하다. 실제로 자신이 서 있는 정점에 어쩔 수 없이 매달려야 하는 사람이 많다. 추락하는 것 이외에 그곳에서 내려오는 방법을 모르기 때문이다. 그들은 이렇게 증언할 것이다.

"우리의 가장 무거운 짐은 우리가 타인의 무거운 짐이 되어야 하는 경우이고, 우리는 높은 곳에 오른 것이 아니라 높은 곳에 강제로 매달려 있는 것이다."

그런 사람들은 정의와 선량함과 인간성을 발휘하여 아낌없이 관대한 도움의 손길을 뻗어 앞으로도 계속 재난에 대처할 수 있는 지원을 미리 준비해 두는 것이 좋다. 그 지원을 믿는다면 지금보다 안심하고 그 불안정하고 높은 곳에 서 있을 수 있을지도 모른다. 그러나 마음을 번뇌하게 하는 이러한 동요로부터 우리를 해방시켜 줄 방책으로는 모든 영달과 영화에 항상 한계점을 두어 그것을 끝낼 수 있는 자유재량의 여지를 운명에 맡기지 말고 스스로가 그보다 앞선 곳에 멈춰 서있는 방법밖에 없다. 그러면 작은 욕망이 정신을 분발시켜 그 욕망은 제한되기 때문에 정신을 한없이 불확실한 곳으로 인도하는 일은 없을 것이다.

11

⋐⋑⋐⋑

1. 나의 이 이야기는 불완전한 인간, 평균적인 인간, 건전함에 문제가 있는 인간에게 해주는 것으로 현자에게 하는 이야기가 아니다. 현자라면 벌벌 떨며 나아갈 필요가 없으며 한 걸음 한 걸음 조심하며 걸을 필요도 없다. 현자의 자기에 대한 신뢰는 절대적인 것으로 운명에 대항하여 당당하게 걸을 수 있고 운명에 굴복하여 입장을 양보하지도 않는다. 현자에게 두려움이란 없다. 왜냐하면 현자는 재산과 소유물과 권세뿐만이 아니라 자신의 신체와 눈과 손, 그리고 모든 삶에 있어서 애착을 느끼게 하는 것, 자신조차도, 운명의 허락에 의해 주어진 것이라 여기며 자신은 그것을 잠시 빌리고 있는 것으로 언제든지 불만 없이 반환할 마음의 준비를 하며 살고 있기 때문이다.

2. 그렇다고 해서 현자가 자기 자신의 것이 아니라는 것을 알기 때문에 자신을 싸구려에 전혀 가치 없는 인간이라고는 결코 생각하지 않으며 무엇을 하더라도 믿음이 강한 사람이나 성직자가 자신의 신앙심에 위탁된 것을 소중히 지키는 것과 마찬가지의 세심함을 가지고 있다.

3. 때문에 반환을 명령받았을 때는 운명에 불평을 하지 않고 이렇게 이야기할 것이다.

"내가 지금까지 소유하고 유지해 온 것들에 감사한다. 지금까지 나는 당신의 것을 돌보며 커다란 은혜를 받아왔지만, 당신이 그렇게 명령을 한 이상 감사하며 스스로 반환하겠다. 무언가 당신의 것을 내가 아직도 소유하고 있기를 바란다면 나는 그것을 반드시 지켜낼 생각이다. 당신이 그것을 바라지 않는다면 맹세코 은그릇과 은화라도, 집과 가정이라도 모두 다 반환할 것이다."

4. 자연이 이전에 내게 위탁했던 것을 반환하도록 명령한다면 나 또한 자연에 대하여 이렇게 말할 것이다.

"당신이 부여했을 때보다 더 뛰어난 정신을 받아가시오. 나는 주저 없이 건네줄 것이오. 내가 자각하기 전에 당신이 내게 준 것을 반환할 준비가 되어 있소. 그러니 언제든 내게서 가져가도 좋소."

왔던 곳으로 돌아가는 것이 뭐가 어렵겠는가? 누구든 간에 훌륭하게 죽는 방법을 모르는 자는 졸렬한 삶을 살 것이다. 그러므로 무엇보다 먼저 이 삶이라는 것의 가치를 줄여 생명을 값싼 것 중에 하나로 여겨야 한다. 키케로가 말했던 것처럼 우리는 온갖 방법을 동원하여 생명을 연장하려는 검투사는 싫어하고 죽음을 가볍게 여기며 박력이 전신에 넘쳐흐르는 검투사는 응원한다. 우리가 처해 있는 상황 또한 마찬가지이다.

5. 죽음에 대한 두려움이 죽음의 원인이 되는 일이 왕왕 있기 때문이다. 우리를 농락하며 위안을 삼는 운명은 이렇게 말할 것이다.

"졸렬하고 겁 많은 생명체인 너를 왜 오래 살게 내버려두겠는가? 너는 더 심하게 깊은 상처를 입게 될 것이다. 왜냐하면 스스로 목을 내밀 줄 모르기 때문이다. 그러나 목을 움츠리지 않고 손으로 감싸지도 않은 채 용기를 내서 칼날과 맞선다면 너는 오래 살다가 평온한 죽음을 맞이할 것이다."

6. 죽음을 두려워하는 사람에게는 살아 있는 인간에게 어울리는 것이 하나도 없을 것이다. 그러나 자신이 모태에 잉태된 바로 그 순간부터 죽음이 정해져 있다는 것을 깨닫고 있는 사람이라면 그 순리에 따라 살며 변함없이 완강한 정신력을 유지하며 실천하기 때문에 발생하는 모든 일들은 돌발적인 것이 아니다. 사실 그런 사람은 발생할 모든 일들이 일어날 가능성이 있다는 사실을 예견함으로써 온갖 재난의 충격을 완화시킨다. 그 충격은 미리 대비하고 예상하고 있던 사람에게는 별 게 아니지만 마음 푹 놓고 행복한 삶만을 바라는 사람에게는 대단히 크다. 병이 그것이고, 투옥과 재해와 화재가 바로 그런 것들이다.

7. 이것들은 어느 하나 돌발적이지 않은 것이 없다. 자연이 자신을 얼마나 소란으로 가득한 인간이 살고 있는 주거지에 가두고 그 주인이 되었는지를 나는 잘 알고 있다. 이웃에서 빈번하게 통곡 소리가 들려왔다. 빈번하게 요절한 자의 장례 행렬이 횃불과 촛불의 인도 하에 내 집 문 앞을 지나갔다. 나는 내 주변에서 붕괴되는 건물의 소리를 자주 들었다. 중앙광장과 의사당과 대화 소리가 나와 연결된 수많은 지인들을 하룻밤 사이에 내게서 앗아가고, 우정으로 이어진 그 손들이 하루아침에 찢겨졌다. 내 주변의 여기저기서 끝없이 벌어지는 이러한 사건들이 언젠가는 내게 찾아온다고 놀랄

필요가 있겠는가? 그러나 대부분의 인간은 항해를 나서면서 풍랑을 대비하지 않는 것이 보통이다.

8. 이 말을 증명하기 위해서라면 악명이 자자한 작가를 인용하는 것도 부끄러운 일이 아니다. 푸빌리우스 시티우스(B.C. 1세기 경의 시리아 작가로 시루스는 시리아 인이라는 뜻이다. 안티오케이아 출신의 해방 노예)는 미모스(해학과 춤을 중심으로 연기하는 모방극) 풍의 하찮은 말과 관람객들의 호응을 노리는 대사를 무시한다면 훌륭한 비극작가와 희극작가 이상의 박력이 넘치는 작가이다. 미모스 극은 쉽게 말해서 비극조차도 잊게 해주는 힘찬 문장을 많이 이용하는데, 그 중에 이런 말이 있다.

"누군가에게 일어날 수 있는 일은 누구에게나 일어날 수 있다."

이 말을 가슴에 새기고 매일매일 정신없이 발생하는 타인의 재난을 바라보며 그 모든 일들이 바라건 바라지 않건 간에 자신에게도 닥칠 수 있는 일이라고 생각하는 사람은 그 일이 닥치기 전에 미리 자신을 지킬 방법을 준비할 수 있을 것이다. 위험이 닥치고 나서 위험에 대비하면 너무 늦다.

9. 사람들은 이렇게 말한다. "이렇게 될 줄 몰랐다." "설마 이런 일이 일어날 것이라고 꿈조차 꾸었단 말인가?" 그러나 어째서 생각해 보지 않았단 말인가? 빈궁과 굶주림과 구걸이 배후에 따라붙지 않는 부가 어디에 있단 말인가? 자줏빛 고관 복장에, 새점을 치는 에언가의 관장(官杖)에, 명문 귀족의 고급 신발에, 오명이, 불명예의 낙인이, 무수한 수치가, 더 없는 멸시가 그림자처럼 따라오지 않는 권위 있는 지위가 어디에 있단 말인가? 붕괴, 유린, 폭군, 처형자가 대기하고 있지 않은 왕국이 어디에 있단 말인가? 그것들 사이에 오랜 세월의 간격이 있다고 여기는 것은 착각이며, 왕좌의 왕권과 타인의 무릎에 엎드려 굴복하는 것 사이에는 좁은 간격이 있을 뿐이다.

10. 그러므로 미리 준비하라. 모든 경우는 바뀐다. 누군가에게 닥친 일은 자신에게도 닥쳐올 수 있다는 것을. 그대는 유복하다. 그러나 과연 섹스투스 폼페이우스보다 부유한가? 폼페이우스는 오래된 혈연관계이자 새로운 귀빈 가이우스(칼리굴라)가 황실의 문을 열고(그를 맞이한 뒤) 폼페이우스가 직접 문을 닫은 이후 빵과 물조차 부족한 실정이었다. 그에게는 자신의 땅에서 발원하여 자신의 바다로 흘러들어가는 많은 강이 있었음에도 불구하고 몇 방울의 물을 구걸해야만 했다. 그는 혈연의 왕궁에서 굶주림과 목마름 때

문에 죽었는데, 그렇게 아사 직전인 그를 위해 상속인이 된 가이우스는 국장을 준비하고 있었다.

11. 그대는 여러 요직을 역임했다. 그러나 그 직책들이 과연 루키우스 아일리우스 세야누스(티베리우스 즉위 시 친위대장으로 발탁된 이후 영향력을 키워 집정관까지 되었지만 권력에 우쭐하여 황위 찬탈을 꾀하였다는 밀고를 당해 처형되었다. 풍자시인 유베나리스도 파멸로 인도하는 지위와 권력을 추종하여 권세를 자랑하던 끝에 처참한 말로를 맞이한 상징적 인물로 언급되고 있다)가 역임했던 것만큼 요직인가? 아니면 그렇게 뜻밖의 요직, 모든 것에서 위세를 떨치는 요직인가? 원로원이 감옥으로 호송해 간 바로 그날 그는 사람들에 의해 갈기갈기 찢겨졌다. 신들과 인간이 공물로 바칠 수 있는 온갖 것들을 산더미처럼 쌓아올렸던 그에게서 처형자가 가져갈 수 있었던 것은 아무것도 없었다.

12. 만약 그대가 왕이라고 치자. 그러나 산 채로 자신을 화장할 산더미 같은 장작에 불이 붙여지는 것과 꺼지는 것을 직접 목격하면서 자신의 왕국뿐만이 아니라 자기 자신의 죽음조차도 연장시킨 크로이소스의 예(헤로도토스의 『역사』에 나오는 이야기로 대국을 멸망시킬 것이라는 신탁을 오해하여 페르시아를 공격한 리디아 최후의 왕 크로이

소스는 사로잡혀 화형에 처해지게 되었다. 이때 '인간은 살아 있는 한 결코 행복하다고 할 수 없다.'라고 한 솔론의 말을 떠올리며 그 진실을 깨닫고 두세 번 큰소리로 그의 이름을 외쳤다. 의아하게 여긴 페르시아의 왕 키루스가 그 이유를 물어 솔론에 대하여 이야기 해주자 키루스 왕도 무상함을 느끼며 불을 끄라고 명령하였지만 불길이 너무 커져 끌 수가 없었다. 그러나 크로이소스가 신에게 기도하자 갑자기 돌풍이 불며 폭우가 쏟아져 불이 꺼졌다고 한다. 크로이소스는 자신의 나라를 멸망하게 하였으나 죽음에서 벗어나게 되었다), 또는 로마 국민을 일 년 동안 공포에 떨게 했던 바로 그 포로의 모습을 로마 시민 앞에 보여주었던 유구르타의 예(로마에 반항하여 오랫동안 로마를 괴롭혔던 누미디아의 왕. 마리우스에게 붙잡혀 로마에서 처형되었고, 개선식 때 포로의 모습을 로마 시민에게 공개하였다)로 그대를 가게하고 싶지 않다. 우리는 아프리카의 왕 프톨레마이오스(마우레타니아의 왕. 클레오파트라와 안토니우스의 딸 클레오파트라 셀레네의 아들. 지나친 부와 공공연하게 황제가 입는 자색 옷을 입었다는 이유로 칼리굴라에게 소환되어 죽임을 당했다고 전해지지만 정확하지는 않다)와 아르메니아의 왕 티리다테스(역시 칼리굴라에게 소환되어 로마에 억류되었다가 클라우디우스 황제에 의해 복위되었다)가 칼리굴라의 포로가 되는 것을 목격하였다. 한 명은 유배지로 보냈고, 또 한 명은 그보다는 나은 유배형(죽임을 당하지 않았다는 것을 말함)이 내려졌다. 이렇게 격심한 유위전변(有爲轉變)의 삶 속에서 일어날 수 있는 모든 것은 언젠가 일어날 것이라고 염두에 두지 않는다면 그대의 지배권을 역경에 맡겨야만 한다. 그러나 그것을 미리 간파하고 있다면 역경에 맞서 이길 수 있다.

12

೧೪⊱⊰೪ಿ

1. 이러한 교훈은 무익한 것을 위해 애를 써서도 안 되고 무익한 노력을 해서도 안 된다는 것이다. 즉, 불가능한 것을 달성하고자 바라는 것도 진땀을 흘려가며 달성을 한 뒤에 그 바람이 얼마나 허무한 것인지를 깨닫는 일이 있어서도 안 되며, 노력이 결과로 이어지지 않고 허사로 끝나거나 결과가 노력에 걸맞은 것이 아니면 안 된다는 교훈이다. 바라던 일이 성사되지 않거나 설령 성취되었다고 하여도 그것을 창피하게 여기게 된다면 비애를 느끼기 때문이다.

2. 이 집 저 집과 극장과 광장을 배회하고 있는 대부분의 인간들처럼 이리저리 분주하게 배회하는 것을 멈춰야 한다. 그들은 타인

의 일에 간섭을 하고 있어 언뜻 보기에 무언가를 하고 있는 것처럼 보인다. 그러나 집을 나서고 있는 그들에게 누군가가 "어디 가는 건가? 뭘 하려고 하는 건가?"라고 물으면, 이렇게 대답할 것이다. "글쎄, 나도 잘 몰라. 하지만 누군가 만나게 될 거고 뭔가를 하게 되겠지." 그들은 특별히 정해진 용무도 없이 우연히 무슨 일이 생기기를 바라면서 배회하는 것이다.

3. 그들은 어디서 무얼 할 것인지 정하지 않았다. 말하자면 관목 사이를 기어 다니다 나무 꼭대기에 올라갔다가 아무런 수확도 없이 다시 바닥까지 내려오는 개미처럼 허무한 배회를 하고 있는 것이다. 대부분의 인간의 삶이란 이런 개미와 닮아 있으며 그러한 그들의 삶을 '조급한 나태함'이라 부른다고 해도 전혀 틀린 말이 아닐 것이다.

4. 어떤 이는 마치 불이라도 난 듯이 호들갑을 떠는데, 그런 모습에서 처량함이 느껴지지 않는가? 그들은 이렇게 황망하게 만나는 사람들과 부딪히며 자신은 물론 타인까지도 지치게 만든다. 그들이 이렇게 돌아다니는 목적은 상대조차 해주지 않는 누군가에게 문안인사를 올리러 다니거나, 알지도 못하는 사람의 장례식에 참가하거나, 자주 분쟁을 일으키는 사람의 재판에 출석하거나, 몇 번

이고 결혼을 반복하는 여자의 약혼식에 참석하여 때에 따라서는 가마를 지기까지도 한다. 그렇게 생고생을 한 끝에 피로에 지쳐 집으로 돌아오면 자기가 어디를 왜 갔었는지 모르겠다고 중얼거리면서도 내일이 되면 또 똑같은 일을 반복하며 돌아다닐 생각을 하고 있는 것이다.

5. 그러므로 무슨 일을 할 때는 반드시 목적이 있어야 하고, 반드시 부나는 때에 있으면 이 된다. 급변한 서걸이 그들을 바쁘게 하는 것이 아니라 마음의 허영이 그들을 자극하여 내모는 것이다. 실제로 미친 사람들 또한 무언가 기대하는 목적이 없이는 움직이지 않는다. 이런 미친 사람들을 자극하여 행동으로 옮기게 하는 것은 어떤 대상의 겉모습이고 그런 겉모습의 공허함에 사로잡혀버린 광기 어린 정신은 명확하게 식별을 할 수가 없다.

6. 그와 마찬가지로 군중의 숫자를 늘리기 위해 외출을 하는 사람들 또한 모두들 공허하고 사소한 이유 때문에 도심을 어슬렁거리고 있다. 무언가 정열을 쏟을 대상이 없기 때문에 밤이 새자마자 쫓기듯 집을 뛰쳐나와 몇몇 사람의 집 문 앞으로 몰려가 겨우 눈도장을 찍기는 하지만 결국 모든 집에서 문전박대를 당한 끝에 자신이 설 자리가 없다는 것을 깨닫게 된다.

7. 이런 악폐와 밀접한 관계가 있는 것이 바로 앞에서 말했던 가장 추잡한 악덕, 즉 공사의 추문을 몰래 엿듣거나 탐색하여 말하거나 듣는 것조차 안전하지 않은 온갖 정보를 얻으려고 하는 행위이다.

13

❧

1. 나는 데모크리토스가 다음과 같이 이야기를 한 것이 이 문제를 염두에 두고 한 것이라고 생각한다. 그는 이렇게 말했다.

"평온하게 살기를 원하는 사람은 사적으로나 공적으로나 지나치게 많은 일을 해서는 안 된다."

물론 무익한 것을 가리켜 한 말이다. 왜냐하면 그것이 필수적인 것이라면 사적으로나 공적으로나 많은 것에 머무르지 않고 무수한 것을 해야 하기 때문이다. 그러나 관습에 의한 의무적 행위가 우리를 초청하지 않는 한 행동을 자제해야만 한다.

2. 왜냐하면 많은 일을 하는 사람은 자주 운에 자신을 지배하는 지배권을 맡겨야 하기 때문이다. 운은 가능한 한 시험을 하지 않는 것이 가장 안전하다. 운이란 끝없이 생각해야만 하기 때문에 그것을 믿고 무언가에 기대를 품어서는 안 된다.

"항해에 나설 생각이다. 단, 아무 일도 일어나지 않는다면 말이다." "나는 법무관이 될 생각이다. 단, 아무런 방해가 없다면 말이다." "거래는 좋은 결과로 이어질 것이다. 단, 뭔가 예기치 않은 방해가 일어나지 않는다면 말이다." 이렇게 마음을 먹는 것이 좋다. 내가 현자에게는 예기치 않은 사태란 절대로 일어나지 않는다고 생각하는 이유가 바로 이 때문이다.

3. 나는 현자는 인간에게 내려지는 온갖 재앙에서 벗어나 있다고 주장하는 것이 아니다. 현자는 과오를 범하지 않는다. 현자 또한 모든 일이 바라는 결과로 이어지는 것이 아니라 만사가 생각한 대로의 결과(스토아 학파의 기간적 덕목인 '실천지(實踐知)'에 속하는 '선견지명', 혹은 계획성에 의한)로 이어진다고 말하고 있을 뿐이다. 현자가 가장 먼저 생각하는 것은 자신의 계획을 방해하는 무언가가 있을 수 있다는 것이다. 당연히 확실하게 성취할 보장이 없는 욕망은 단념하더라도 정신적 고통도 그만큼 가벼워질 것이다.

14

‿‿❀‿‿

1. 또한 항상 유연한 마음을 유지하며 예정했던 일에 과도하게 집착하지 않도록 주의해야만 하고, 우연이 우리를 인도한 상황에 순응하면서 평온의 최대 적인 경박함이 우리를 지배하지 않는 한 계획과 상황의 변화를 두려워하지 않도록 해야 한다. 자주 운에 무언가를 빼앗기는 완고함도 불안 때문에 처량한 것이 되고, 그 어떤 경우에도 자제할 수 없는 경박함 또한 더더욱 짐이 되고 만다. 아무것도 바꿀 수 없는 것도, 오래 참을 수 없는 것도 모두 마음의 평정의 적이다.

2. 어쨌거나 정신은 온갖 외적인 것으로부터 자극을 받아 자기에게로 되돌아와야만 한다. 정신에는 자기를 신뢰하고, 자기에게서

기쁨을 발견하고, 자기의 뛰어난 것을 존중하고, 가능한 타인의 것으로부터 멀리 떨어져 자기에게 전념하여 손해를 손해라 여기지 않고 불행한 일조차 선의로 받아들일 수 있도록 하여야 한다.

3. 제논은 배가 난파되어 자신의 짐이 모두 바다 속으로 가라앉았다는 소식을 전해 듣고 이렇게 말했다.

"가벼운 마음으로 철학에 전념하라는 운명의 계시다."

한 폭군이 철학자 테오도로스(아리스티포스가 창시한 억제적 쾌락주의를 주장한 키레네 학파의 철학자로 '무신론자'라 불렸다)에게 처형하여 시신을 매장하지 않고 들판에 버리겠다고 협박하자, 테오도로스는 이렇게 대답하였다.

"마음대로 즐기시오. 내 피 1헤미나(용량의 단위로 약 273ml에 해당하며 여기서는 아주 적은 양을 의미한다)는 그대의 수중에 있지만 매장에 관해서 그대는 정말 어리석소. 땅 위든 땅 속이든 그대는 그것이 내게 그리 중요하다고 여기는가?"

4. 카누스 유리우스(이 인물에 관한 이야기는 이곳 이외에는 찾아볼 수

없다)는 특히 위대한 인물로 우리 시대에 태어났다는 사실조차도 칭찬에 방해가 되지 않을 정도로 훌륭한 인물이었다. 가이우스(칼리굴라)와 오랜 논쟁 끝에 사의를 표명하자 팔라리스(시케리아(시칠리아)의 아크라가스 폭군. 청동 황소상에 죄인을 가두고 쪄 죽여 잔인한 폭군의 대명사가 되었다. 여기서는 칼리굴라를 지칭한다)가 이렇게 말했다.

"어리석은 기대로 우습게 여기는 것은 대단한 착각이다. 나는 너를 처형자으로 끌고 가라고 명령하였다."

5. 그러자 카누스는 이렇게 대답하였다.

"존경해 마지않는 폐하, 성은이 망극하옵니다."

그가 어떤 심경으로 이렇게 말하였는지 확신이 서지 않는다. 여러 가지 가능성이 있기 때문이다. 모멸적인 태도로 죽음이 오히려 은혜인 것처럼 가이우스의 잔혹함이 얼마나 심한 것인지를 태도로 보여준 것일까? 아니면 날이 갈수록 심해지는 가이우스의 난폭함을 질책하려 한 것일까? 실제로 자식이 죽임을 당한 부모도, 재산을 빼앗긴 사람도 감사를 하는 것이 일상이었다. 아니면 마치 죽음이 모든 것으로부터 자유로워지는 것이라 여기며 기꺼이 받아들인 것일까? 사실이 어찌되었든 그가 위대한 정신을 가지고 그렇게 대답했다는 것에는 틀림이 없다.

6. 이렇게 말하는 사람도 있을 것이다.

"그렇다면 가이우스가 곧바로 그의 생명을 연장시키도록 명령할 수도 있지 않았을까?"

카누스는 그런 걱정을 할 필요가 없었다. 왜냐하면 가이우스는 이런 명령을 내릴 때면 자신에게 충실하다는 정평이 나 있었기 때문이다. 카누스가 처형까지 열흘 동안 아무런 불안을 느끼지 않고 보냈다면 그대는 믿겠는가? 옆에서 누가 뭐라고 하든, 무얼 하든 신경을 쓰지 않고 절대적인 마음의 평정을 유지하였다는 것이 믿기지 않을 정도이다.

7. 그가 체스를 하고 있을 때 백인대장이 처형될 사람들을 끌고 나타나 카누스를 옥에서 끌어내라고 명령하였다. 그는 자신의 이름이 불리자 남은 말을 세며 상대에게 이렇게 말했다.

"내가 죽은 뒤에 당신이 이겼다는 거짓말을 하지 말게."

그러고는 백인대장에게 인사를 하며 이렇게 말했다.

"내가 말 하나를 이겼다는 증인이 돼주지 않겠는가?"

그대는 카누스가 체스를 즐겼다고 생각하는가?

8. 그는 가이우스를 조롱하며 즐긴 것이다. 친구들은 이러한 위인을 잃는 것을 비통해 하였다. 그러자 그는 이렇게 말했다.

"어째서 그리 슬픈 표정을 짓는가? 자네들은 영혼이 불멸의 것인지 아닌지를 알고 싶어 하지만 나는 이제 곧 그 진실을 알게 될 걸세."

그는 죽음을 목전에 두고서도 진리를 탐구하면서 자신의 죽음조차도 토론의 대상으로 삼는 것을 주저하지 않았다.

9. 그의 철학 스승이 그의 뒤를 따랐고, 황제가 신에게 산 제물을 바치는 행사가 거행되는 익숙한 언덕이 가까워지자 스승이 카누스에게 물었다.

"카누스여, 너는 지금 무슨 생각을 하고 있느냐? 어떤 심정이냐?"

카누스는 이렇게 대답했다.

"그 짧은 찰나의 순간에 육체에서 벗어나는 것을 영혼이 자각할 수 있는지 확인해야겠다고 마음속으로 결심하였습니다."

그는 이렇게 말하고 뭔가를 찾아낸다면 친구들을 찾아가 영혼(정신)이 어떤 것인지를 가르쳐 주겠다고 약속하였다.

10. 보라, 태풍의 한가운데에 있으면서도 평정을 유지하는 마음을. 보라, 영원과도 같은 이 정신, 삶의 마지막 단계에 놓여 있는 순간에도 육체를 떠나려 하는 영혼을 탐구하려 하고, 죽음에 이르는 단계에서 그치지 않고 바로 그 죽음에서까지 무언가를 배우고자 하는 이 정신을. 카누스만큼 오래 철학을 한 인간은 없다. 위인이라고 하는 것은 일찌감치 등한시해야 할 대상이 아니라 경의를 품고 대대로 전해져야 할 대상이다. 명성이 드높은 분이시여, 가이우스에게 희생당한 사람들 중에서 가장 높은 위치에 선 분이시여, 우리는 당신을 후세 대대로 영원히 기억하게 될 것이다.

15

❧

1. 그러나 개인적인 슬픔의 원인을 제거하는 것만으로는 아무런 도움도 되지 않는다. 왜냐하면 인간의 존재 그 자체에 대한 증오가 마음을 점령하는 일이 적지 않기 때문이다. 순박함이 얼마나 드문지, 무고라는 것이 얼마나 잘 알려지지 않은 것인지, 이익이 되지 않는 경우 신의라는 것이 얼마나 허무한 것인지를 생각할 때, 또는 우연히 성공한 범죄가 얼마나 많은지, 모두 다 증오할 욕망의 끝에서 얻을 이익과 손실, 멈출 줄 모르고 부풀어 올라 부끄러운 행위로 빛나고 있는 야심 등을 생각하였을 때, 정신은 암흑의 어둠 속으로 인도되어 마치 덕이 그것을 바라는 것조차 이루어지지 않고 가지는 것조차 아무런 이익이 되지 않기 때문에 와해되어버린 것 같은 어둠이 왕성하게 정신을 뒤덮는다.

2. 그러므로 우리는 마음의 방향을 바꾸어 대중의 모든 악덕을 증오해야 할 대상이 아니라 딱한 것이라고 여기도록 하여 헤라클레이토스(B.C. 50경~B.C. 80. 불을 근원적 실체로 여기며 만물의 영원한 생성소멸을 주장하였다)보다는 오히려 데모크리토스를 본받도록 해야 할 것이다. 왜냐하면 대중 속에 들어갈 때마다 전자는 울고, 후자는 웃었기 때문이다. 전자에게는 우리 인간이 하는 일은 모두 애처로운 것, 후자에게는 어리석은 것으로 비춰졌기 때문이다. 그러므로 모든 일을 가볍게 생각하며 유연한 정신으로 대처해야 한다.

3. 삶을 한탄하기보다는 웃어넘기는 것이 인간적이다. 또한 인간의 존재를 한탄하는 사람보다는 웃는 사람이 인간의 존재에 있어서 훨씬 더 고마운 행동방식이라는 사실도 있다. 웃는 사람은 인간의 존재에 어느 정도 희망의 여지를 남겨두는 것과 달리 한탄하는 사람은 고칠 수 없다고 여겨지는 것에 어리석게도 눈물을 흘리는 것이고, 또한 모든 것을 감안한다면 눈물을 억제하지 못하는 사람보다는 웃음을 억제하지 못하는 사람이 훨씬 더 마음이 큰 사람이라고 할 수 있다. 후자는 가장 온화한 정서를 발동하여 인간의 부속물은 셀 수 없이 많지만 그 중에서 중요한 것이 하나도 없고, 엄격한 것이 하나도 없고, 처량한 것조차 전혀 없다고 여기기 때문이다.

4. 우리를 기쁘게 하거나 슬프게 하는 각각의 것들을 각자 머릿속에 떠올려보면 좋을 것이다. 그러면 비온의 말이 진실이라는 것을 깨닫게 될 것이다. 비온은 이렇게 말했다.

"인간의 영위는 모두 시작할 때와 거의 동일하며 그 삶은 태아 이상으로 깨끗한 것으로도, 엄숙한 것으로도 될 수 있는 것이 아니다. 필경 인간은 무에서 태어나 무로 돌아갈 것이다."

5. 그러나 더욱더 바람직한 것은 세상의 관습과 인간의 악을 웃음에도 눈물에도 빠지지 않고 온화한 마음으로 받아들이는 것이다. 타인의 재난 때문에 마음을 아파하는 것은 제한이 없는 불행이고 누군가 타인이 아들의 장례식을 치르고 있다고 해서 눈물을 흘리며 침통한 표정을 짓는 것은 무익한 친절인 것과 마찬가지로 타인의 재난을 즐거워하는 것도 비인간적인 쾌락이기 때문이다. 자신이 불행한 일을 당했을 때도 비탄하는 것은 괜찮지만 세상의 관습이 요구하는 비탄이 아니라 자연이 요구하는 비탄에 그치도록 행동해야만 한다. 실제로 대부분의 인간은 남에게 보이기 위해 눈물을 흘리는 것으로 아무도 보는 이가 없다면 당장에 눈물이 말라버린다. 모든 사람이 눈물을 흘리고 있는데 혼자만 눈물을 흘리지 않는 것을 부끄럽게 여기는 것이다. 타인이 어떻게 생각하는가에

따라 행동하는 인간의 이런 나쁜 습관은 너무나 완강하여 뽑아내기 어렵고 가장 순수한 감정, 즉 슬픔조차도 가식적인 것으로 만들어버릴 정도이다.

16

❦

1. 다음으로, 사람들을 슬프게 하고 불안으로 인도하여 그것이 도리라고 여기는 것이 상식인 문제들이 있다. 선한 사람들이 불행한 결과를 맞이하는 경우로 예를 들어 소크라테스가 감옥에서 죽음을 맞이해야 했고, 루틸리우스가 추방되어 망명생활을 해야만 했고, 폼페이우스와 키케로가 자신의 비호민(프톨레마이오스가 보낸 자객 중에 과거 폼페이우스의 부하이자 비호민이었던 세프티미우스라는 인물이 그에게 첫 일격을 가했다. 키케로는 두 번째 삼두정치 성립 후 믿고 있던 옥타비아누스에게 배신을 당해 추방을 당했다가 암살되었다. 그때 자객의 지휘를 맡았던 가이우스 포필리우스는 아버지를 살해하여 재판을 받았을 때 키케로의 변호를 받았으며 키케로와는 비호 관계였다)에게 목을 내밀어야만 했고, 덕의 산 증인인 카토가 칼에 찔려 쓰러짐으로써 자

신은 물론 국가에도 무슨 일이 일어났는지를 확실하게 보여주어야만 했던 상황에서, 응당 우리는 운명이 부여한 대가가 너무나도 부당하다는 사실에 마음의 상처를 받았다. 그리고 가장 선한 사람들이 최악의 불행과 조우하는 것을 목격하였을 때, 우리는 각자 자신에게 어떤 상황이 기다리고 있을지 생각하게 될 것이다.

2. 어떻게 하면 좋을까? 고난과 마주하였을 때, 우리 각자는 어떤 태도를 취하는지 살펴보라. 그리고 그들이 용감하였다면 자신의 마음속에도 그들과 마찬가지로 용감한 정신이 깃들기를 바라는 것이 좋을 것이다. 그들이 나약한 겁쟁이였다면 그들의 죽음과 함께 더 이상 아무것도 멸망할 것이 없는 것이다. 그들은 그대가 옳은 용감함이라고 인정할만한 사람이거나, 그대가 비겁하길 바랄 수 없는 사람들이거나 둘 중에 하나이다. 실제로 훌륭한 위인이 스스로의 용감한 죽음을 통해 타인에게 공포심을 심어준다면 그들에게 그만 한 불명예는 없을 것이다.

3. 우리는 응당 칭송해야 마땅한 사람들을 목격할 때마다 이렇게 칭송을 하도록 하자.

"사람은 용감하면 용감할수록 행복하다. 이제 당신은 모든 재난에서 벗어나 있다. 이제 그대는 시기와 고난에서 해방된 자유의 몸이다. 신의 입장에서 볼 때 이 모든 것이, 그대가 불행해야 마땅한 인간이기 때문이 아니라 이미 운명이 그대의 지배권을 쥐고 있기에 어울리지 않는 인간으로 비춰졌기 때문인 것이다."

그러나 당장 죽음이 목전에 닥쳐 죽음에서 벗어나기 위해, 삶에 집착하고 미련을 갖고 있는 사람들은 바로잡아 주어야 한다.

4. 나라면 상대가 누구든 간에 열정이 넘치는 사람을 보고 눈물을 흘리지 않고 울고 있는 사람을 보더라도 눈물을 흘리지 않을 것이다. 전자는 스스로 열정적인 모습으로 내 눈물을 닦아줄 것이고, 후자는 흘리고 있는 눈물로 스스로 눈물을 흘려줄 만한 가치가 없는 사람으로 만들고 있기 때문이다. 산 채로 자신의 육신을 불태웠다고 해서 헤라클레스(아내 데이아네이라의 질투 때문에 네소스의 독에 당한 헤라클레스는 고통을 끊기 위해 오이테 산 정상에서 스스로 장작더미 위에 올라가 한 줌의 재로 변하였다)를 위해 눈물을 흘려야 하겠는가? 수많은 못에 박혔다고 해서 마르크스 아틸리우스 레굴루스를 위해, 스스로의 상처에 다시 한 번 치명타를 가하였다고 해서 카토를 위해 눈물을 흘려야 하겠는가? 그들은 모두 죽음이라는 찰나의 순간을 희생하여 영원한 존재가 되는 길을 발견하고 죽음으로써 불

멸에 이른 것이다.

17

꧁꧂

1. 여기에 또 불안을 발생시키는 작지 않은 요인이 되는 예도 있다. 대부분 사람들의 삶이 그러하듯이 무언가 체면치레를 하기 위해 애를 쓰며 누구에게나 자신의 모습을 있는 그대로 보여주려 하지 않고 허구의 삶, 보여주기 위한 삶을 사는 경우가 바로 그것이다. 실제로 끊임없이 자신에 대하여 신경을 쓰는 것은 고통 이외에 아무것도 아니며 평소의 자신과 다른 모습을 보여주는 것이 아닐까 항상 두려워한다. 상대가 자신을 볼 때마다 평가를 할 것이라고 생각하고 있는 한 결코 근심에서 해방될 수가 없다. 왜냐하면 싫어도 어쩔 수 없이 자신의 실체를 드러내야 하는 경우가 왕왕 발생하기도 하고, 또한 설령 체면치레를 하려고 열심히 노력을 한다고 하더라도 항상 가면을 쓰고 살아야 하는 사람의 삶은 즐겁지도 마음

이 평온하지도 않기 때문이다.

2. 반대로 솔직하게 전혀 꾸밈이 없이 자신의 성격을 감추지 않는 순박함에는 얼마나 큰 기쁨이 있단 말인가? 다만, 무엇 하나 감추지 않고 모든 것을 펼쳐 보여주는 순박한 삶에도 멸시의 위험이 내재되어 있다. 이유야 어쨌든 간에 가까워진 상대에 대해서는 업신여기는 사람이 있기 때문이다. 그러나 덕은 눈을 가까이 들이대고 바라보더라도 싸구려로 보일 위험이 없고, 또한 끝없이 거짓된 모습을 보여주기 위해 고생하는 것보다는 순박함으로 인해 경멸을 당하는 것이 그나마 낫다. 단, 이때도 반드시 절도를 유지해야만 한다. 순박하게 사는 것과 요령을 부리며 사는 것은 천양지차이다.

3. 우리는 또한 자주 자기 자신으로 되돌아가려고 노력해야 한다. 자신과는 전혀 어울리지 않는 사람들과의 교류는 정신의 차분한 질서를 어지럽혀 감정을 부추기기 때문에 정신에 뭔가 약점이 생기거나 아직 완치되지 않은 상처가 있다면 그것을 악화시키기 때문이다. 그러므로 혼자 있거나 군중 속에 들어가는 두 가지가 서로 교차되어 반복되어야 한다. 전자는 우리에게 사람에 대한 그리움을, 후자는 우리에게 우리 자신에 대한 그리움을 야기하여 상호치유의 약이 될 것이다. 고독은 군중에 대한 혐오, 군중은 고독에

대한 권태를 치유해 준다.

4. 또한 정신을 항상 똑같은 긴장상태로 두어서는 안 된다. 때로는 긴장을 풀어줄 오락으로 마음을 돌려야만 한다. 소크라테스는 어린아이와의 장난을 부끄럽게 여기지 않았고, 카토는 승리의 개선을 축하하며 무인답게 음악에 몸을 맡긴 채 춤을 추었다. 단지 춤 또한 여성에 지지 않게 부드럽게 걷는 당시의 남성들처럼 연약하게 흐느적거리는 춤이 아니라 그 옛날 사내들이 운동이나 축제 때 적에게 보이더라도 위엄을 잃지 않는 사내답게 웅장인 춤(군신 마르스를 기리는 의식에서 추던 무용)을 추어야 한다. 정신에는 휴식을 주어야만 한다. 휴식을 취한 정신은 더욱 활달하고 훌륭한 작용을 할 수 있게 해준다. 그것은 마치 땅이 비옥하다고 하여 혹사시켜서는 안 되는 것과 마찬가지다. 설령 계속 풍작이 이어진다고 하더라도 휴경 기간을 두지 않은 밭은 순식간에 피폐해진다. 휴식 없는 고생은 정신의 활력을 시들게 하지만 이따금씩 휴식을 취하게 하여 한동안 평온함을 부여받은 정신은 활력을 되찾게 된다. 휴식이 없는 고생은 정신의 둔화와 무기력으로 이어지게 된다.

6. 그러나 운동과 오락이 어떤 식으로든 자연과 일치하는 쾌락이 내재되어 있는 것이 아니라면 과도한 욕구가 그 방향으로 흘러가

는 일은 없을 것이다. 그러한 것에 대한 빈번한 탐닉은 정신의 확고한 특성과 힘을 하나하나 빼앗아가기 때문이다. 실제로 피로회복에는 수면이 꼭 필요한 것이기는 하지만 밤낮없이 잠에 취해 있다면 그것은 죽은 것이나 마찬가지이다. 정신을 이완시키는 것과 해체시키는 것은 천지 차이다.

7. 법률을 제정하는 사람들은 축일을 설정하여 노동 사이사이에 필수불가결한 휴식의 시간을 공적으로 강제하여 백성들에게 활기찬 삶을 영위할 수 있도록 하였다. 앞에서 말했던 위인들 또한 매달 특정한 날을 휴일로 정한 사람도 있고, 규칙적으로 하루의 일정을 여가와 노동으로 배분한 사람도 있다. 우리가 기억하고 있는 뛰어난 변론가 아시니우스 폴리오(B.C. 40년의 집정관. 카이사르와 안토니우스 밑에서 공적을 쌓은 군인이자 정치가)는 제10시(로마에서는 해가 뜨고 질 때까지 12등분하여 낮 시간을 측정하였다. 대략 오후 4시부터 5시 사이)를 지나면 모든 일에서 벗어나는 것이 보통이었다. 그 시간 이후에는 무언가 번잡한 일이 다시 생기는 것을 꺼리며 편지에 눈길을 주려 하지 않았고, 하루의 피로를 이렇게 두 시간 동안 풀었다. 정오에 휴식을 취하고 비교적 간단한 일을 오후 시간으로 돌린 사람도 있다. 우리의 조상들도 제10시 이후에는 원로원에서 새로운 발의를 금지하는 관습이 있었다. 또한 병사들도 야간 경계를 나눠

서 분담하고 있고, 원정에서 돌아온 병사에게는 경계 근무를 시키지 않고 있다.

8. 정신은 잘 돌봐야 하고 때로는 자양분이 되고 활력의 원천이 되는 한가함을 주도록 배려해야 한다. 확 트인 들판을 산책하며 맑게 갠 하늘과 가슴 가득 들이 쉰 공기로 정신이 활력을 더하여 활기찬 기운을 갖게 하는 것도 좋다. 때로는 무언가를 타고 여행을 하거나 저쳐 다른 풍경을 바라보는 것도 활력을 불어넣어 줄 것이고, 또한 사람들 군집에 어울려 음주를 즐기는 것도 활력을 불어넣어 줄 것이다. 때로는 만취하도록 술을 즐기는 것도 좋겠지만 빠져 죽지 않고 잠길 정도가 적당할 것이다. 술은 우울함을 털어버리고 마음속 깊은 곳에서부터 작용하여 특정 질환을 치유하는 것처럼 비애감을 치유해 준다. 포도주의 발견자가 리베르(번식과 성장을 주관하는 전원의 신이며, 여성신은 리베라. 그리스신화에 나오는 주신 디오니소스와 동일시된다)라고 이름을 붙인 것은 혀를 방탕하게 한다는 이유 때문이 아니라 온갖 번뇌의 속박에서 정신을 자유롭게 하고, 해방시키고, 강화시켜 모든 시험에 대담하게 맞서게 해준다는 이유에서다.

9. 그러나 자유에도 건전한 정도가 있는 것과 마찬가지로 술에도

역시 건전한 정도가 있다. 솔론(B.C 640~560. '솔론의 개혁'으로 유명한 아테네의 입법자이자 시인으로 연애와 술을 사랑하였다)과 아르케실라오스(B.C 316~242. 아카데메이아의 학두로 학파에 회의주의적 경향을 심어주었다)는 술이라면 사족을 쓰지 못했다고 알려져 있고, 카토는 음주 습관을 비난당하기도 했다. 그러나 누구든 간에 그를 비난하는 사람이 있다는 것은 카토를 뻔뻔한 인간으로 만들기보다는 범죄를 명예로운 행위로 꾸미는 것이 훨씬 간단할 것이다. 단, 음주가 빈번해져 정신이 악습관에 젖어버리는 것은 바람직하지 않다. 그러나 정신을 해방시켜 환희와 자유로 인도하여 맨정신에 점잖음을 벗어버리는 것도 때로는 필요하다.

10. 만약 그리스 시인을 믿는다면 "때로는 미쳐보는 것도 즐거운 일이다."(정확하게 누구의 시인지 확실하지는 않지만 쾌락 시인 알카이오스나 아타크레온의 것인지, 중기 희극작가 메난도로스와 호라티우스 등, 비슷한 시구는 많다) 플라톤을 믿는다면 "정상적인 인간은 시의 문을 두드려도 허사다."(파이드로스, 메논) 아리스토텔레스를 믿는다면 "광기 없는 천재란 존재한 적이 없다." 깊은 충동에 의한 정신 이외에 무언가 타인에게 미치지 않는 위대함이란 논할 수 없다.

11. 저속한 것, 흔한 것을 경멸하고 성스러운 영감에 의해 일상성

을 초월한 높은 곳으로 비상함으로써 비로소 정신은 죽은 사람의 입으로는 할 수 없는 위대한 조율을 노래할 수 있다. 일상적인 자기의 내면에 머무르는 한 숭고하고 험준한 고지에 있는 무언가에는 도달할 수 없다. 일상이 길에서 벗어나고 통상의 도로에서 일탈하여 마찻길을 음미하며 기수의 고삐를 무시하고 질주하여 지금까지 두려워했던 고지를 향해 날아가야만 한다.(정신을 어가를 끄는 마차에 비유한 것으로는 '영혼의 초상'을 '날개 달린 한 쌍의 말과 말고삐를 잡은 마부가 하나가 되어 작용하는 힘'에 비유한 플라톤의 『파이드로스』의 이미지를 시인을 뮤즈늘이 끄는 어가의 마부로 보방한 핀다로스의 이미시가 겹쳐졌다는 것이다)

12. 친애하는 세레누스, 이것으로 그대는 마음의 평정을 유지할 수 있는 수단, 마음의 평정을 회복할 수 있는 수단, 몰래 숨어드는 악덕에 대항할 수 있는 수단을 얻게 되었다. 단, 이 점에는 부디 조심을 하길 바란다. 정신이라는 취약한 것을 지키려고 하는 이에게 있어서 이러한 수단들 중에 어느 하나만으로는 충분하지 않으며 당장이라도 무너져 내리려 하는 정신을 진지하고 지속적으로 마음을 쓰고 감싸주어야만 한다.

제 3 장

행복한 삶에 대하여

1

1. 갈리오여, 행복한 삶은 인간이라면 누구나 꿈꾸는 것이지만, 행복한 삶이란 어떤 것인지를 찾는 데 있어서는 모두가 어둠 속을 더듬고 있는 것과 같은 실정이다. 게다가 실제로 행복한 삶을 달성한다는 것은 매우 어려운 일로 한 번 길을 잘못 들어서면 당황하며 서두르기 때문에 자신이 원하던 행복한 삶에서 더욱더 멀어지는 결과를 초래하고 만다. 만약 그 길이 행복한 삶과 정반대 방향으로 향하는 길이라면 서두를수록 점점 더 커다란 격차가 생기는 원인이 되기 때문이다.

2. 그러므로 제일 먼저 무엇을 원하고 있는지를 상정해야만 한다. 다음으로 주변을 잘 살피고 어떤 길로 가야만 목적지에 가장

빠르게 도착할 수 있을지를 확인해야 한다. 그 길이 올바른 길이라면 이렇게 해서 매일 얼마만큼의 여정을 마쳤는지, 자연의 욕구가 우리를 자극하고 있는 목적지(행복은 목표이지 궁극의 목적이 아니다. 궁극의 목적은 덕, 혹은 영기. 참된 행복은 그 위에서 성립된다. 덕과 영기는 '자연을 따르는 것', 바꿔 말하자면 '신을 따르는 것'이어야 한다)에 얼마나 가까이 왔는지를 자연스럽게 알 수 있다. 실제로 선배들을 따르지 않고 사방팔방에서 유혹하는 사람들의 난잡한 소동과 싸움에 이끌린 채로 이리저리 떠돌고 있다면 설령 선한 정신을 얻기 위해 밤낮없이 노력한다 하더라도 짧은 인생이 망양지탄(亡羊之嘆)만 하다 순식간에 흘러버리고 만다. 그러므로 무엇을 향해 나아갈 것인지, 또한 어떤 길을 갈 것인지를 결정해야만 한다. 물론 삶이라고 하는 이 여정은 다른 여행과 사정이 다르기 때문에 우리가 지향하고 있는 목표에 정통한 경험자가 반드시 필요하다. 다른 여행이라면 목적지로 향하는 방향을 정하고 원주민들에게 길을 물으며 간다면 방황하지 않을 것이다. 그러나 인생이라는 여정은 많은 사람이 지나간 길일수록 속기 쉬운 길이다.

3. 그러므로 가장 조심해야 할 것은 양떼들처럼 자신이 가야하는 길이 아니라 단순히 앞서 가는 무리를 따라 모두가 가는 방향을 정처 없이 쫓아서는 안 된다. 그리고 다수의 의견에 의해 선택된 것

이 최선의 것이라고 여기며 모든 일을 여론에 의지하는 것, 또한 우리에게는 최선의 것으로 통용되고 있는 전례가 많기는 하지만, 이성을 판단 기준으로 하지 않고 남들과 똑같다는 삶을 선택하는 것만큼 커다란 해악의 소용돌이에 휘말리는 것은 없다.

4. 줄줄이 겹치듯이 넘어져 비슷한 사람들의 산이 쌓이는 것도 바로 그 때문이다. 군중들이 쇄도하여 서로 밀치면서 겹겹이 인산 인해를 이루지만 한 명이 쓰러지면 다른 사람도 영향을 받아 줄줄 이 쓰러지는 방아쇠가 된다. 그와 마찬가지 상황이 인생의 여러 상 황에서 발생하고 있다는 것은 조금만 살펴보면 알 수 있을 것이다. 과오를 저질러 타인에게 그 영향을 끼치지 않는 사람은 한 명도 없 다. 스스로 남의 과오의 원인이 되기도 한다. 실제로 앞서 가는 사 람에게 유유낙낙 몸을 맡기는 것은 백해무익이다. 스스로 판단하 기보다는 타인에게 의지하는 한 인생은 결코 스스로 판단을 내리 지 못하고 항상 타인을 의지하게 되어 결국 과오가 이 사람에게서 저 사람에게로 줄줄이 이어지다가 우리를 넘어뜨려 추락시키고 만 다. 남의 흉내를 내다가 결국은 자멸하게 된다. 군중에서 멀리 떨 어져 있다면 우리는 이러한 병폐로부터 벗어날 수 있을 것이다.

5. 그러나 현실은 자기 악에 대한 변호인이 되어 이성을 적대시

하는 것이 대중이라는 속성이다. 자신이 선택을 해놓고서도 변덕이 마음을 바꾸어 "저자가 법무관이 되다니."라며 선택을 한 당사자가 놀라는 것을 민회에서 쉽게 볼 수 있는 것도 바로 그 때문이다. 우리는 같은 일에 대하여 어떤 때는 시인을 하고 또 어떤 때는 비판을 한다. 다수의 의견이라는 이유로 정해진 모든 판단의 귀결이 바로 이러하다.

2

e◦✦◦o

1. 행복한 삶에 대하여 논할 때마다 원로원의 결의 방법(의석에서 일어나 찬반으로 서로 나뉘어 서는 방법)에 따라 "이쪽이 많은 것 같다."라고 대답해도 좋을 이유는 없다. 다수이기 때문에 오히려 나쁘다. 무릇 인간 세상이란 다수의 의견이 곧 더 선한 것이라고 할 수 있을 만큼의 합리성은 없다.

2. 대중의 시인이야말로 최악이라는 것이라는 것을 증명하는 것에 불과하다. 그러므로 무엇이 가장 통용되고 있는지를 묻기보다는 무엇이 최선인지, 진리의 최악의 해석자인 속인들에게 있어서 무엇이 옳다고 여겨지는지가 아니라 무엇이 우리에게 영속적인 행복을 소유하게 해줄지를 물어야 마땅하지 않을까? 내가 여기서 말

하는 '속인' 속에는 화환을 쓴 자들도, 그리스풍의 외투를 걸친 자들(그리스 비극의 등장인물들을 서민으로 해석, 매매되는 노예에게 화환을 씌워주는 습관에서 노예로 해석하기도 하지만, 둘 다 사치를 상징한다는 해석에 따라 '속인'은 단순히 일반 서민만을 지칭하는 것이 아니라는 뜻으로 해석)도 포함된다. 행복한 삶에 대하여 생각할 때, 내가 주목하는 것은 몸에 두르고 있는 옷이 무슨 색(고위 관료는 보라색 띠가 둘러진 토가를 입었다)인가 하는 문제가 아니기 때문이다. 어떤 일과 사람에 관해서 나는 내 눈을 신용하지 않는다. 내게는 진위를 식별할 수 있는 보다 확실한 마음의 눈이 있다. 정신과 연관된 선한 것은 정신에서 이끌어내는 것이 좋다. 정신은 바로 이 선한 것을 위해 잠시 쉬었다가 자기로 돌아갈 수 있는 여유만 주어진다면 스스로를 책망하고, 스스로 진실을 고백하고, 스스로 반성할 것이다.

3. "내가 지금까지 해온 일은 전부 하지 않았으면 좋았을 것들뿐이다. 지금까지 떠들었던 것들을 이것저것 반성해 보니 차라리 벙어리가 부러울 정도다. 돌이켜 생각해 보면 지금까지 내가 바라던 모든 것은 내게 악의를 품고 있던 사람들의 저주였어. 내가 두려워했던 모든 것은 내가 갈망하던 것과 비교해보면 얼마나 부질없는 것들이었던가? 나는 수많은 사람들과 적대관계를 유지하였고, 또한 조금이라도 악인끼리의 사이에 조금이라도 배려하는 마음이 있

었다면 증오를 버리고 친애관계로 돌아선 경우도 있었다. 하지만 나는 여전히 나 자신의 친구가 아니다. 나는 최선을 다해 특출난 재능을 연마하여 무리 속에서 주목을 받는 존재가 되기 위해 노력해 왔다. 하지만 그것은 스스로 적의 공격 대상으로 만들어버리고 중상모략의 씨앗을 던져준 것 이외에 무엇이었단 말인가? 너의 웅변을 극찬하는 무리, 너의 부에 복종하는 무리, 너의 권고에 아첨을 떠는 무리, 너의 권세를 찬양하는 무리들을 너는 목격하고 있을 것이니. 그들은 모두 적이거나 아니면 언제라도 적이 될 수 있는 자들이다. 찬양을 하는 인간의 수만큼 질투하는 인간이 존재한다. 어째서 정말로 선한 것, 자랑을 하기 위한 것이 아니라 스스로 실감할 수 있는 선을 추구하려 하지 않는가? 남들의 시선이 가는 것, 남들이 발길을 멈추는 것, 남들이 서로 놀라며 자랑하는 것, 그런 것들은 겉으로 보기에는 화려하지만 내실은 초라하기 짝이 없는 것이다."라고.

3

⤜⤚

1. 우리는 겉모습만 화려한 것이 아니라 순수하고 안정적으로 감춰져 있어 보이지 않는 부분이야말로 아름다움을 더해주는 선한 것을 추구하도록 하자. 그것을 발굴해 내도록 하자. 그것은 결코 멀리 떨어져 있지 않다. 쉽게 발견할 수 있다. 필요한 것은 단지 어디로 손을 뻗어야 하는지를 깨닫기만 하면 된다. 그러나 현실은 마치 어둠 속을 더듬는 것처럼 손에 넣고자 하는 것에 도달해 있지만 그것을 깨닫지 못한 채 그곳을 지나쳐 버린다.

2. 그러나 옆길로 빠져 멀리 돌아가서는 안 되기 때문에 여기서 타인의 견해는 생략하기로 하자. 그것들을 열거하거나 논박하기 시작하면 끝도 없기 때문이다. 우리의 견해를 들어보기로 하자.

'우리'라고 하는 것은 반드시 스토아 학파 어느 대가의 의견을 맹종하자고 하는 것이 아니다. 내게도 의견을 말할 권리가 있다. 따라서 어떤 이의 견해를 따르기도 하고, 또 어떤 이에게는 의견을 분할하도록(의회 용어로 제안을 분할하여 각 부분에 대한 찬반을 묻도록 수정하는 것) 요구하기도 하지만, 대부분 마지막에 지명이 되어 의견을 제시할 때는 앞선 사람들이 결론을 낸 사항에 대하여 아무런 부정도 하지 못한 채 "내 의견은 두 말할 필요도 없다."라고 대답한다.

3. 지금 당장은 모든 스토아 학파 사람들 사이에서 의견이 일치되어 있는 것, 즉 스토아 학파의 교리에서 말하는 '자연'에 찬동한다고 치자. 예(禮)란 자연의 이치에 어긋나지 않는 것, 자연의 순리에 따라 자연을 규범으로 삼아 자기를 형성하는 것이다.

그러므로 행복한 삶이란 스스로의 자연(본성)과 일치하는 삶을 말한다. 그러한 삶을 얻기 위해서는 제일 먼저 정신이 건전해야 하고 그 건전성을 유지, 지속할 수 있는 정신을 지녀야 한다. 다음으로는 용감하고 정열적인 정신이 필요하다. 더 나아가 훌륭한 인내심과 함께 상황에 따라 적응하며 자신의 육체는 물론 육체와 연관된 것들에 신경을 쓰면서 지나치게 신경질적으로 되지 않고, 또한 삶을 구축하는 그 외의 모든 일에 관심을 가지면서도 그 어느 하나라도 예찬하지 말고 자연의 선물을 그것에 예속시키지 않고 용도에 맞게 활용할 마음의 준비가 되어 있는 정신 이외에는 다른 방법이 없다.

4. 부연설명이 필요 없이 그러한 정신이라면 우리의 고민과 두려움이 불식되어 영속적인 마음의 평정과 자유가 찾아올 것이라는 것을 깨달을 수 있을 것이다. 왜냐하면 쾌락과 사소하며 취약한 것, 파렴치하고 유해한 것은 소멸하여 측정 불가능할 정도로 거대한 부동의 안정된 희열(육체적 쾌락과 대비되는 정신적 희열), 그리고 정신의 평온과 조화와 온후함을 동반한 고매함이 그 자리를 대신하기 때문이다. 짐승적인 폭력이 동반되는 이유는 대부분 정신의 나약함에서 비롯된다.

4

1. 내가 말하는 선한 것이란 다른 식으로도 정의할 수 있다. 바꿔 말하자면 동일한 하나의 개념을 반드시 똑같은 단어를 쓰지 않고서도 표현할 수 있다는 것이다. 그것은 마치 동일한 군대가 어떤 때는 폭넓게 전개하기도 하고, 또 어떤 때는 집합하여 밀집대형을 만들고, 또 어떤 때는 중앙부를 휘어 뿔 모양의 진영을 만들기도 하는가 하면, 전선을 일직선으로 전개할 때도 있지만 어떤 진형을 취하더라도 전투 능력은 변함없이 똑같고, 같은 진영에 서서 싸우는 사람들의 의지 또한 변하지 않고 동일하다는 것과 같다. 마찬가지로 최고선에 대한 정의 또한 어떤 때는 부연하여 확대 정의할 수도 있고, 또 어떤 때는 함축시켜 정의할 수도 있다.

2. 그러므로 '최고선이란 영속적인 덕에서 희열을 찾고 우연한 것을 경시하는 정신', 혹은 '최고선이란 모든 일에 정통하여 행동에 냉정함과 침착성을 유지한 채 깊은 인간성과 교류하는 상대에 대한 배려가 동반되는 불굴의 정신력'이라고 표현하는 것은 마찬가지일 것이다. 또한 내가 말하는 행복한 사람이란 그 사람에게 있어서 선한 것과 악한 것, 선한 정신과 악한 정신 이외에 없는 사람으로 훌륭하고 명예로운 것을 신봉하고 덕으로 가득 차 있어 우연적인 것 때문에 거만해지거나 의기소침해지지 않고 자기가 자신에게 줄 수 있는 선한 것 이상으로 큰 선을 모르며, 그 사람에게 있어서 진정한 쾌락은 쾌락을 멸시하는 사람이라고 정의해도 좋다.

3. 부연 확장된 정의를 바란다면 원뜻을 해치지 않고 여러 형태를 띠게 하거나 다르게 바꿔 말할 수 있다. 왜냐하면 행복한 삶이란 정신이 자유롭고 올곧아 그 어떤 것에도 기가 죽지 않고, 어떤 것에도 흔들리지 으며, 두려움과 욕망의 테두리 밖에 있는, 명예로운 유일한 선과 수치스러운 유일한 악으로 간주하는 정신이며, 그밖의 모든 것들이 행복한 삶으로부터 아무것도 빼앗아갈 수 없는 행복한 삶에 아무것도 더할 수 없으며, 올 때와 갈 때 모두 최고선에는 아무런 증감이 없는 무가치와 같은 삶이라고 말한다고 아무런 문제도 되지 않을 것이다.

4. 정신이 이러한 기초 위에 성립되어 있다면 원하든 원하지 않든 간에 자신의 내면에 있는 것에서 희열을 이끌어내고 스스로의 내면에 있는 것 이외의 것은 바라지 않아 응당 끊임없는 쾌활함과 내면 깊은 곳에서 솟구치는 깊은 희열이 필연적으로 그 정신에 동반된다. 정신이 그러한 쾌활함과 희열, 왜소한 육체의 작고 사소하고 순간적인 것에 불과한 하찮은 감각적 반응과 비교하고 고려하여 어느 쪽이 더 가치가 높은지를 평가하는 것은 당연한 이치가 아니겠는가? 쾌락의 지배를 당한 그날이 고통의 지배를 당했던 날들의 실마리가 되는 것이다. 이 쾌락과 고통이라는 내우 날인징하고 자제가 되지 않는 주인이 번갈아가며 지배하는 정신이 얼마나 비참하고 유해한 종속을 견뎌내야만 하는지를 깨닫게 될 것이다.

5. 그러므로 우리는 자유를 향해 탈출을 해야만 한다. 그러한 자유를 부여하기 위해서는 운명을 무시해야만 한다. 운명을 무시하였을 때 비로소 가늠하기 불가능한 가치를 가진 바로 그 선한 것, 즉 안심입명(安心立命)의 경지에 오른 정신의 평온함과 숭고함이 참된 것에 대한 인식으로 과오를 불식시킨 흔들리지 않는 큰 희열이, 또한 친애하는 마음과 정신의 관대함이 끓어오르게 되어 정신은 이러한 것들에 그 자체가 선한 것이어서가 아니라 스스로의 선함에서 발생한 선한 것이기 때문에 희열을 느끼게 될 것이다.

5

⁓⁕⁓

1. 어떤 종류의 자유에 대하여 논하기 시작하였으니 "행복한 사람이란 욕망을 품지 않고 두려움도 느끼지 않는 사람이지만, 단 이성의 은혜를 입어 그렇게 된 사람이다."라고 말할 수 있을 것이다. 왜냐하면 목석에도 두려움과 슬픔의 감정이 없고, 가축 또한 마찬가지이기 때문이다. 그러나 과연 행복이 무엇인지 이해하지 못하고 있다면 누가 그것을 행복이라 말할 수 있겠는가?

2. 둔감해진 본성과 자기에 대한 무지 때문에 가축이나 짐승과 마찬가지 부류로 전락한 사람들은 그러한 목석과 금수처럼 다뤄야할 것이다. 그런 사람들과 목석금수는 전혀 다를 바가 없다. 왜냐하면 목석금수에게는 이성이 없고 그런 사람에게는 재난을 초래하

는 사악함에 밝은 왜곡된 이성이기 때문이다. 실제로 진리의 울타리 밖으로 쫓겨난 인간은 결코 행복한 사람이라고 부를 수 없다.

3. 그러므로 행복한 삶이란 정확하고 올바른 판단 위에 구축되어 안정적인 불변의 삶을 말한다. 이때 정신은 맑고 깨끗하며 외부로부터의 심한 타격은 물론이고 사소한 단 일격조차도 범접할 수 없는 경지에 도달했기 때문에 온갖 해악으로부터 해방되어 있다. 설령 운명이 미친 듯이 격노하여 공격을 해온다고 하더라도 한번 오른 경지에 버텨 서서 그 경지를 지키겠다는 실심을 굳히고 있다.

4. 실제로 쾌락에 관하여 말하자면 설령 그것이 사방 전체를 포위하고 모든 통로를 통해 침입해서 달콤한 속삭임으로 정신을 회유하여 우리 인간 전체, 혹은 그 일부를 교란시킬 수단으로 이것저것을 투입한다고 하더라도 적어도 인간의 흔적('이성적 동물' 로서 인간을 인간답게 해주는 것, 즉 이성을 말한다)이 남아 있는 사람이라면 누가 밤낮없이 쾌락에 젖어 있기를 바랄 것이고, 정신을 방치한 채 온종일 육체에만 정력을 쏟고 싶어 하겠는가?

6

꿍꿍ᄣ

1. "하지만 정신도 쾌락을 기억하고 있을 것이다."라고 말하는 사람도 있다. 물론 정신에게도 쾌락을 배우게 하여 사치와 쾌락의 심판자석에 앉히는 것이 좋다. 정신으로 하여금 스스로의 감각에 희열을 주는 것이 일상인 온갖 쾌락으로 가득 채우고, 그 위에 과거를 회상시켜 지나간 쾌락을 상기시켜 쾌락에 젖게 한 뒤, 다시 그 위에 미래의 쾌락을 애타게 기다리게 하여 줄줄이 이어지는 기대감으로 마음이 부풀게 하여 육체가 영양만점의 먹이(에피쿠로스파에 대한 비꼼)로 배가 불러 누운 채로 지금이라는 시간을 영위하고 있는 사이에 다가올 미래의 쾌락을 상상하게 하는 것이 좋을 것이다. 내게는 그런 정신이 더더욱 불행하게 느껴진다. 왜냐하면 선한 것 대신에 악한 것을 선택하는 것은 미친 짓이기 때문이다. 정신의

건전함이 없다면 누구도 행복할 수 없고 아직 도래하지 않은 미연의 것을 최고선으로 여기고 그것을 추구하는 사람은 누구도 건전하지 않다.

2. 그러므로 행복한 사람이란 판단이 올바른 사람을 말한다. 행복한 사람이란 그것이 어떤 것이든 간에 현재의 것으로 충분한 사람, 자기가 지금 소유하고 있는 것을 사랑하고 자기 소유물의 친구가 될 수 있는 사람인 것이다. 행복한 사람이란 이성의 권고에 귀를 기울이고 따라서 자신과 관련된 일체의 것들을 받아들이는 사람을 말한다.

7

꧁꧂

1. 최고선은 하복부에 있다고 말하는 자들(에피쿠로스 신봉자들)도 자신들이 부끄러운 곳에 최고선을 두고 있다는 것을 자각하고 있다. 그들이 쾌락은 덕으로부터 분리할 수 없다고 말하면서 "쾌락 없이 산다면 누구도 덕 있는 삶을 살 수 없고, 덕이 없이 산다면 쾌락의 삶 또한 살 수 없다."(에피쿠로스 『메노이케우스에게 보낸 편지』의 내용 중 일부로 원문 "이러한 쾌락의 원천은 사려이고 그 밖의 모든 덕은 이 사려에서 발생한다. 그것은 우리에게 이렇게 가르치고 있다. 사려 깊고, 아름답고, 올바르게 살지 않고서는 쾌락의 삶을 살 수 없고 쾌락의 삶 없이 사려 깊고, 아름답고, 올바른 삶은 살 수 없다. 모든 덕은 본질적으로 쾌락적 삶과 결합된 것으로 쾌락적 삶은 모든 덕과 분리할 수 없다."에서 인용하였다. 세네카의 의도는 쾌락을 최고선으로 여기는 교리에 대한 논박, 혹은 쾌

락의 부정적 입장으로 에피쿠로스 교리 전체를 부정하고 있는 것이 아니라는 것은 12~13장에서 밝히고 있다)라고 주장하고 있는 것도 그 때문이다. 어떻게 하면 이렇게 정반대의 것을 결합시켜 하나로 시킬 수 있는지 나로서는 이해가 되지 않는다. 그러니 제발 쾌락을 덕으로부터 분리시킬 수 없는 이유를 말해주기 바란다. 선한 것의 시초는 모두 덕으로 거슬러 올라가야 하기 때문에 아마도 그대들이 사랑하고 선망하기도 한 선한 것의 쾌락 또한 당연히 그 덕의 뿌리에서 발생된 것이기 때문이라 할 것이다. 그러나 그대들의 그런 쾌락과 덕이 불가분의 관계라면 유쾌하기는 하지만 덕이 아닌 것도 있을 것이고, 또한 더없이 유덕한 것이기는 하지만 곤란과 역경을 통해서만 달성할 수 있는 것도 있다는 것을 이해할 수 없게 된다.

2. 게다가 간과할 수 없는 것은 쾌락은 더없이 수치스러운 삶에도 찾아가지만 덕은 악한 삶을 허용하지 않는다는 사실, 또한 쾌락이 없는 것이 아님에도 불구하고 불행한 사람, 아니 바로 그 쾌락 때문에 불행한 사람도 있다는 것도 사실이다. 쾌락이 덕과 혼합되어 하나의 것이 되어 있다면 그러한 사실은 있을 수 없을 것이다. 덕이라는 것은 쾌락이 결여되는 경우가 많기 때문에 쾌락을 필요로 하는 일은 절대로 없다.

3. 전혀 닮은 구석이 없는, 아니 오히려 정반대의 것을 어째서 동일시하려 하는가? 덕은 높이 우뚝 솟은 군왕과 같은 것으로 패배를 모르고 발랄하며 피로를 모르는 것이다. 쾌락은 저속한 노예와 같은 것으로 취약하여 반드시 소멸될 것으로 사창가와 요정을 주거지로 삼는 것이다. 덕을 만나고자 한다면 신전으로 가라. 중앙광장과 의사당으로 가라. 성벽을 지키고 서 있는, 먼지투성이에 태양에 그을린 채로 손에는 물집이 잡혀 있는 모습을 발견할 것이다. 반면에 쾌락은 무조건 사람들의 시선을 피해 어둠을 찾아 목욕탕과 한증막, 조영관(造營官, 로마의 순찰을 돌며 풍기단속도 하였다)을 피할 수 있는 장소나 주변을 배회하며 나약한 육신은 술과 향락에 빠져 창백한 얼굴에 화장을 하고, 마치 약용 향유를 칠한 시체와 같은 모습을 보이고 있을 것이다.

4. 최고의 선은 불멸한 것으로 빠져나가지도 않고 권태도 후회하지도 않는다. 왜냐하면 올곧은 정신은 불변의 것이라 자기혐오에 빠지지 않는 최선의 것이기 때문에 무엇 하나 고칠 데가 없기 때문이다. 그런데 쾌락은 희열의 절정에 도달한 순간에 소멸하는 것으로 그다지 넓은 공간을 차지하지 않기 때문에 쉽게 채워져 금방 권태를 느끼고 처음의 열기가 식으면 당장에 시들어 버린다. 그 본성이 대부분 끊임없이 변하는 것들은 결코 확고부동한 경우가 없다.

그러므로 스스로의 작용을 겉으로 드러내고 있는 바로 그 순간에 멸망하듯이 순식간에 나타났다가 다시 순식간에 사라지는 것에 실체가 있을 수 없다고 할 수 있다(스토아 학파의 '존재하는 것'이 되기 위한 네 가지 범주 중에 하나인 '실체' '성질적 특성' '기능' '관계적 기능' 중에 '실체'를 염두에 두고, 쾌락은 끊임없이 생성의 상태에 있기 때문에 실체〈본질〉가 없는 것이라고 하는 플라톤의 『필레보스』를 인용하여 쾌락의 실체성을 부정하고 있다. 단, 에피쿠로스의 쾌락에는 '동적 쾌락'과 '정적 쾌락'이 있는데 여기서는 '동적'인 것은 순간적이고 육체적인 쾌락이기 때문에 부정, 단죄해야 할 악덕이라 다루고 있다). 그러한 것들은 스스로 소멸을 위한 목적지를 향하여 끝없이 달려가 생성과 동시에 존재의 끝으로 향하고 있는 것이기 때문이다.

8

꒰꒳꒱

1. 그리고 선한 것과 마찬가지로 악한 것에도 쾌락이 내재되어 있어 유덕한 사람이 훌륭한 것에 희열을 느끼는 것과 마찬가지로 수치스러운 인간 또한 자신이 빠져 있는 부도덕한 것에 희열을 느낀다. 그러므로 선인들은 가장 쾌락적인 삶이 아니라 가장 선한 삶을 추구하라고 하면서 쾌락을 옳고 선한 의지의 인도자가 아니라 동반자로 삼으라고 가르쳤다. 왜냐하면 우리가 인도자로 삼아야 할 대상은 자연이기 때문이고 이성이 존중하는 것 또한 바로 자연이며, 이성이 조언을 구하는 대상 또한 자연이기 때문이다.

2. 그러므로 행복하게 산다는 것은 자연에 따라 사는 것과 마찬가지인 것이다. 이제 그것이 무슨 의미인지를 설명하기로 하겠다.

만약 우리가 자연이 선물한 육체의 자질과 자연에 어울리는 것을 마치 하루만 주어진 것으로 때가 되면 사라지는 것처럼 여기고 깊이 주의하면서 소중하게 지켜낸다면, 그리고 만약에 우리가 그러한 것에 예속되지 않고 자신의 것이 아닌 것에 우리의 소유자가 되는 것을 용납하지 않는다면, 그리고 만약 우리가 육체적으로 바람직한 외적인 것을 군대의 지원군이나 경장부대(그것은 복종해야할 대상이지 명령할 대상이 아니다)와 같은 위치라면 비로소 그것들은 정신에 있어 유익한 것이 된다

3. 사람은 외적인 것에 훼손되지 않고 정복당하지 않아야 한다. 자신만을 찬미하는 인간이 되어야 한다. 또한 정신을 믿고 화나 복 어느 것에도 마음의 준비(베르길리우스의 '아에네스'에서 인용한 것으로 원문에는 목마를 믿게 하여 트로이사람들을 속이려 하는 밀정 시논의 양자택일, 화〈죽음〉가 아니면 복〈책략의 성공〉 둘 중에 하나라는 결의)를 하지 않으면 안 되고, 삶의 창조자가 아니면 안 된다. 그러한 자신감에는 지식이 배경이 되지 않으면 안 되며 그 지식에는 변치 않는 마음이 밑바탕이 되어야 한다(현자가 되기 위한 사람이 실현해야할 덕목으로 '자신(自信)' '지식(知識)' '항심(恒心)'). 한 번 정한 신조는 끝까지 관철시키고, 한 번 내린 결단은 절대로 뒤집어서는 안 된다. 두말할 필요도 없이 그런 사람이라면 태연자약하고 냉정하고 침착하

며 그 언행에서는 당당함과 애정을 느낄 수 있게 해주는 사람이라
는 것을 쉽게 이해할 수 있을 것이다.

4. 이성은 감각의 자극을 받아 감각으로부터 최초의 정보를 얻으
면서(이성이 활동의 단서를 얻어 진실의 파악을 위한 원동력을 얻
는 것은 이 감각 이외에는 없기 때문이다) 외적인 것을 향하게 하
고 다시 자신에게로 되돌아오게 하지 않으면 안 된다. 만물을 포섭
하는 세계이자 우주의 지배자인 신 또한 자신의 외부에 있는 것을
향하여 움직이고 있지만 온갖 방향으로부터 다시 자신의 내부로
되돌아오기 때문이다. 이성도 감각을 따르고 감각을 통해 외부의
것과 이어준 뒤에 감각과 자신을 통제하는 통솔자가 될 수 있도록
해야 한다.

5. 그렇게 해서 비로소 자기와 조화를 이룬 통일적인 정신의 힘
과 권능이 생기게 되고 추측과 판단에 있어서도, 인식에 있어서도,
확신에 있어서도 자기분열과 주저 없는 확실한 이성이 가능해진
다. 이성은 스스로를 정비하고 자신의 각 부분이 서로 조화를 이뤄
작용을 할 때 최고선에 접촉하게 된다.

6. 왜냐하면 이미 그 이성에는 왜곡된 것, 실수하기 쉬운 것, 충

돌하거나 넘어지는 것이 티끌만치도 남아 있지 않기 때문이다. 그 행동이 모두 이성 스스로의 지령 하에 이루어지기 때문에 예기하지 않은 일은 절대로 일어나지 않고 그 활동은 쉽고 즉각적이며 더욱이 활동하는 이성 그 자체로 인해 위축되지 않고 실행되어 모두 다 좋은 성과를 거두게 된다. 실제로 우유부단과 주저는 정신의 알력과 항심(恒心)이 없다는 증거에 지나지 않는다. 그러므로 대담하게 최고선이란 정신의 조화라고 공언해도 좋을 것이다. 화합과 통일이 이루어진 곳에는 반드시 덕이 있기 때문이며 불화와 분열은 악덕의 습관이기 때문이다.

9

❧❧❧❧

1. "하지만 그대가 덕을 존중하는 것은 다름 아니라 덕에서 무언가 쾌락을 기대하고 있기 때문이 아닌가?"라고 하는 사람도 있을 것이다. 첫째, 실제로 덕은 쾌락을 선물해주기는 하지만 그렇다고 해서 그 쾌락 때문에 덕이 필요한 것은 아니다. 덕은 단순히 쾌락을 선물하는 것이 아니라 쾌락도 선물해 주는 것이며 쾌락을 위해 작용하는 것이 아니라 그 작용은 지향하는 목적이 달리 있으면서 쾌락을 선물한다는 부차적인 작용도 하는 것이다.

2. 예를 들자면 작물을 위해 경작되는 밭에는 작물들 사이에 무언가 풀꽃들이 자라지만 눈을 즐겁게 해주는 것은, 그 작은 풀들을 위해 그렇게 노력을 기울인 것이 아니다. 씨앗을 뿌리는 사람이 의

도한 것은 별개의 것이고 풀꽃은 부산물에 불과하다. 그와 마찬가지로 쾌락 또한 덕의 대가가 아닌 것은 물론이고 덕을 추구하는 요인도 아니다. 덕이 즐거움과 유쾌함을 선물하기 때문에 덕을 좋은 것이라 여기는 것이 아니라 덕을 좋은 것으로 여기면 덕이 즐거움과 유쾌함 또한 선물해 주는 것이다.

3. 최고선은 최선의 정신적 판단 그 자체와 그 정신의 향상적인 근세 내 속에 있다. 이 처서의 정신이 자기충족이 되어 스스로가 그어놓은 경계를 다 감싸게 되었을 때 최고선은 완성되고 정신은 그 이상의 것을 필요하지 않게 된다. 전체의 외부에는 아무것도 없다. 경계 건너 저 너머에는 아무것도 없는 것과 마찬가지이다.

4. 그러므로 덕을 추구하여 얻는 대가가 무엇이냐는 식의 질문은 잘못된 것이다. 그것은 최고의 것보다 더 높은 것이 무엇이냐고 묻고 있는 것이기 때문이다. 덕에서 무엇을 얻고자 하느냐고 묻고 싶은가? 그것은 바로 덕 자체이다. 덕은 덕 이상으로 훌륭한 것이 없고 덕 그 자체가 덕의 대가인 것이다. 이렇게 큰 대가로도 아직 부족하다고 주장하고 있는가? 내가 최고의 선이란 불멸한 정신의 강인함, 선견지명, 숭고함, 건전함, 자립, 조화, 우아함이라고 말하고 있는데도 여전히 그러한 것들이 그곳으로 환원되어 보다 더 큰 대

가와 계기를 요구하려고 하는가? 내게는 '쾌락'이라는 말을 해도 헛수고이다. 내가 추구하고 있는 것은 인간의 선이지 뱃속의 선이 아니기 때문이다. 뱃속이라면 인간보다는 가축이나 짐승들이 훨씬 크다.

10

෴

1. "그대는 내 말을 고의적으로 왜곡시키고 있다. 나는 유덕한 삶을 살지 않으면 아무도 쾌락적으로 살 수 없다고 말하였고, 그러한 삶은 말을 못하는 동물과 먹는 것으로 선에 대한 자신만의 가치를 측정하는 자들에게는 불가능하다고 말하지 않았는가? 분명히 말하는데, 내가 말하는 쾌락적인 삶이란 덕이 동반되지 않는다면 얻을 수 없다고 확신하고 있다."

이러한 반론이 있을 수도 있다.

2. 그러나 그대들이 말하는 쾌락을 가장 탐닉하고 있는 사람이 가장 어리석은 사람이라는 사실, 쾌락에는 사악함이 가득하여 정

신 그 자체 또한 온갖 삐뚤어진 쾌락만을 더해가고 있다는 사실을 모르는 사람이 누가 있는가? 내가 말하는 왜곡된 정신적 쾌락이란 무엇보다도 불손, 자만, 타인보다 위에 있다고 맹신하는 착각, 자신의 소유물에 대한 맹목적 집착, 대단히 사소하고 유치한 이유로 인한 환희, 여기에 거친 입, 남을 모욕하고 희열을 느끼는 오만함, 그리고 태만하고 쾌락에 젖어 자신을 망각한 채 잠자고 있는 정신적 게으름과 무기력 등이 있다.

3. 덕은 이러한 것들을 모두 떨쳐버리고 귀를 잡아당겨 쾌락을 받아들이기 전에 음미하여 옳은 쾌락이라도 중요하게 여기지 않아 실제로는 받아들이더라도 그것을 향락하지 않고 자제하는 것에서 희열을 느끼는 것이다. 참고로 말하자면 자제는 쾌락을 감소시키기 때문에 그대들이 쾌락이라고 하는 최고의 선은 손해를 입게 된다.('자제'가 덕목 중에 하나인 것은 스토아, 에피쿠로스 양쪽 다 인정하고 있는 것으로 자제의 덕목이 실현된다면 쾌락은 억제되어 감소되기 때문에 쾌락은 최고의 선이 아니라는 설) 그대는 쾌락을 소중하게 포용하고 있지만, 나는 제약하고 있다. 그대는 쾌락을 향수하지만, 나는 이용한다. 그대는 쾌락을 최고의 선이라 여기지만, 나는 선이라고조차 여기지 않는다. 그대는 쾌락을 위해서라면 무엇이든 하지만, 나는 쾌락을 위해서는 아무것도 하지 않는다.

11

  1. 쾌락을 위해서 아무것도 하지 않는다는 것은 자기 자신에 대해서가 아니라 우리 스토아 학파가 쾌락을 용인하는 유일한 존재인 현자에 대한 것이다. 그런데 그런 사람 위에 서서 지배하는 무언가가 존재하는 사람을 나는 현자라고는 부르지 않는다. 하물며 쾌락이 지배하는 사람이라면 논외 대상이다. 쾌락의 지배를 받으며 어떻게 고생과 위험과 궁핍, 그 밖에 인간 세상을 둘러싸고 벌어지는 온갖 소동에 저항할 수 있겠는가? 쾌락이라는 이렇게 연약한 적에게도 지면서 어떻게 죽음을 직시할 수 있으며 고통을 견디고, 세상을 뒤흔드는 굉음을 견디고, 더없이 맹렬한 적의 위세를 견딜 수 있겠는가?

  "쾌락이 유혹한다면 무엇이든 할 것이다."

그대는 정녕 모른단 말인가? 쾌락이 얼마나 많이 부끄러운 일을 부추기는지를.

2. "덕과 결합되어 있기 때문에 결코 부끄러워할 만한 유혹을 하는 일은 있을 수 없다."

그대는 이렇게 말할지도 모른다. 선한 것이 있기 때문에 감시인을 필요로 하는 최고의 선이 과연 어떤 것인지를 또한 그대는 알지 못하고 있다. 게다가 덕은 자신이 추종하고 있는 쾌락을 어떻게 지배한다는 말인가? 추종이란 복종자의 의무이고 지배하는 것은 지휘자의 권리인데 말이다. 아니면 지휘명령을 하는 상대를 배후에 세우겠다는 말인가? 그렇다 치더라도 그대들 에피쿠로스 학파는 쾌락의 기미 역(기미는 노예의 일로 덕을 쾌락에 예속시키고 있는 에피쿠로스 학파에 대한 비꼼)을 한다니 덕이 너무나도 비범한 의무를 지고 있는 것이 아닌가?

3. 그러나 덕을 이렇게까지 모욕적으로 다루고 있는 사람들 사이에서도 여전히 의연하게 덕으로 남아 있을지에 관한 문제에 대해서는 나중에 살펴보기로 하자. 덕이라고 하는 것은 그 지위에서 물러나면 그 명성을 유지할 수 없기 때문이다. 당장은 현재 문제로 삼고 있는 점, 다시 말해 온갖 운명의 선물을 넘치도록 받고 있으

면서도 그대들이 나쁜 인간이라고 인정하지 않을 수 없는 쾌락의 노예가 되어버린 수많은 인간들의 예를 들어보기로 하자.

4. 노멘타누스(시인 호라티우스도 언급하고 있는 낭비가, 방탕자, 미식가로 비싼 보수를 주고 요리사를 고용했다고 한다)나 아피키우스(티베리우스 황제 때의 인물로 그 또한 미식가로 『요리에 관하여』라는 책을 저술했다고도 전해진다. 막대한 재산을 가지고 있으면서도 배고픔으로 고통을 당하고 있다고 비관하며 독을 마시고 자살을 하였다고 한다)를 보라. 그들은 흔히 말하는 '산해진미'를 섭렵하고 세계 각국의 생명체늘을 식탁에 늘어놓고 음미한 사람들이다. 보라, 그들과 똑같은 자들이 장미를 산더미처럼 뿌려 놓은 침대에 누워 산해진미를 내려다보면서 귀로 음악을 듣고, 눈으로 여흥을 즐기고, 맛있는 음식으로 혀를 즐겁게 하고 있는 모습을. 살결을 간질이듯 부드럽고 매끄러운 옷으로 몸을 감싼 채 코를 쉬지 않게 하기 위해 사치스러운 잔치를 벌이고 있는 방안 가득 온갖 향내로 가득 채우고 있는 모습을. 그대가 말하는 쾌락의 향수란 이러한 자들의 행태를 가리키는 것이지만, 그들은 절대로 행복하다고 할 수 없다. 왜냐하면 그들이 희열을 느끼고 있는 것은 선한 것이 아니기 때문이다.

෴

1. "그들이 행복하지 못하는 것은 수많은 간섭 때문에 정신이 어지럽혀지고 상반되는 온갖 의견이 정신을 혼돈스럽게 만들기 때문이다."라고 말할지도 모른다. 그 말에 일리가 있다는 것은 인정하기로 하자. 그러나 그렇게 말하는 사람들 자신이 어리석고 주관이 없는 인간으로 후회를 하면서도 큰 쾌락을 배우고 있다는 것은 사실이다. 그럴 때 그들은 온갖 근심걱정에서 멀리 떨어져 있음과 동시에 선한 정신으로부터도 또한 멀리 떨어져 있기 때문에 그들의 대부분은 자신이 학습한 대로 들뜬 마음으로 소동을 부리고 미친듯이 웃고 있다는 사실을 인정하지 않으면 안 된다.

2. 그와 반대로 현자의 쾌락은 온화하고 차분하여 거의 무기력의

상태에 가깝게 절제되어 있기 때문에 두드러지지 않는다. 현자들의 쾌락이란 응당 그들이 원했기 때문에 찾아오는 것이 아니며 설령 쾌락이 자기 멋대로 찾아오더라도 경의를 표하며 맞이하지도, 그것을 자각하고 즐겁게 받아들이지도 않기 때문이다. 현자는 진지한 것에서 즐거움과 농담을 섞어내듯이 삶에서 그러한 쾌락을 혼합하여 점철하고 있다.

3. 그러므로 서로 융합되지 않는 것을 결합시키고, 덕에 쾌락을 결합시키려고 하는 행위는 그만두는 것이 좋다. 그러한 나쁜 가르침이 최악의 인간들을 부추겨 확장시키는 원인이다. 쾌락에 빠져 쉴 새 없이 하품을 하고 온종일 술에 취해 있는 인간은 자신이 쾌락을 벗 삼아 살아가고 있다는 것을 자각하고 있지 못하기 때문에 덕을 벗 삼아 살아가고 있다고 착각한다. 왜냐하면 쾌락과 덕은 뗄 수 없는 관계라고 들었기 때문이다. 심지어 자신의 악행을 지혜라 부르며 당연히 감추어야 할 일들조차 공공연하게 떠들기까지 한다.

4. 그러므로 그들이 사치스러운 삶을 영위하는 것은 에피쿠로스의 가르침에서 자극을 받은 것이 아니라 악덕에 심취한 끝에 자신의 사치를 철학으로 위장해 감추려 하고, 쾌락이 찬미를 받는 피난

소로 도망치려고 하는 것에 불과하다. 그들은 에피쿠로스의 쾌락
이 얼마나 성실하고 진솔한 것인지 실제로 나는 그런 견해를 품고
있다. 생각조차 하지 않은 채 자신들의 욕망을 비호하고 은폐해줄
대상을 찾아 에피쿠로스라고 하는 이름에 달라붙어 기생하는 것
이다.

5. 그리하여 악행 속에 있는 유일한 선, 즉 과오를 부끄러워하는
마음까지 잃고 만 것이다. 실제로 지금까지는 얼굴을 붉혔던 것을
격찬하며 악행을 자랑스럽게 선전하게 되는 것이다. 이렇게 해서
부끄러운 나태함에 덕망이라는 이름이 붙여지게 되어 젊은이들이
이겨낼 수조차 없는 상황을 만들고 만다. 그것이 바로 그대들의
쾌락 예찬을 위험하다고 여기는 이유이다. 훌륭하고 명예로운 교
리 뒤에 숨어 인간을 추락시키는 교리만 겉으로 드러나 있기 때문
이다.

13

1. 나는 개인적으로 이러한 의견을 가지고 있다. 우리 스토아 학파 동료들은 찬성하지 않겠지만, 에피쿠로스의 가르침은 존경할 만하고 옳은 것이며 가까이 가서 자세히 들여다보면 엄격함까지 갖추고 있다는 것이다. 그들이 주장하는 쾌락의 예는 아주 적고 사소한 것에 한정되어 있으며 그들은 우리가 덕의 계율로 삼고 있는 것을 쾌락의 계율로 삼고 있다. 그들의 쾌락은 자연을 따르라고 명하고 있다.(에피쿠로스의 욕망론을 키케로는 이렇게 설명하고 있다. "에피쿠로스는 자연스럽고 또한 필요한 욕망을 하나의 종류라 여기고, 자연스러운 것이지만 필요하지 않은 것을 두 번째 종류로 여기며, 자연스러운 것도 필요하지도 않은 것을 세 번째 종류로 여겼다. 이것들의 분류 조건은 필요한 욕망은 많은 노력과 비용을 들이지 않고도 충족시킬 수 있다는 데에 있다.

또한 자연스러운 욕망은 많은 것을 요구하지 않는다는 데에 있으며 그것의 자연스러움은 그것 자체가 가지고 있는 부로 만족할 수 있기 때문에 쉽게 얻을 수 있고 양 또한 한정되어 있기 때문이다. 그와 달리 자연스럽지도 필요하지도 않은 공허한 욕망은 그 어떤 절도나 한계도 찾아볼 수가 없다.") 그런데 자연스러움을 충족시키기 위해서는 아주 작은 사치만으로도 충분하다.

2. 나태한 한가로움을 행복이라 칭하고 식욕과 정욕으로 가득한 생활을 행복이라 칭하는 자들은 모두 자신들의 악행을 막아줄 위대한 권위자를 얻기 위해 매혹적인 이름에 이끌려 에피쿠로스의 문을 두드리지만, 자신이 알던 쾌락에 대한 가르침이 아니기 때문에 자신이 알고 있던 쾌락만을 여전히 추구한 끝에 자신의 악행이 교리에 맞는다는 그릇된 편견을 품기 시작한다. 그렇게 되면 머뭇거리고 몰래 악행을 저지르는 것이 아니라 대담하게 사치에 빠져들게 되는 것이다. 그러므로 나는 우리 스토아 학파 대부분의 사람들이 주장하는 것처럼 에피쿠로스 학파가 추행의 스승이라고 주장할 생각은 추호도 없다. 그것은 나쁘게 폄하되어 평가절하되었을 뿐이라고 말해야 할 것이다.

3. "하지만 당치않은 일이다." 어느 정도 심도 깊게 교리를 공부

한 사람이 아니라면 누가 그것을 알 수 있겠는가? 바로 그러한 외면적인 것이 터무니없는 오해의 여지를 주어 헛된 기대를 자극하는 것이다. 그것은 마치 스톨라(부유한 집 여자가 입는 옷자락이 긴 옷)를 입은 힘센 사내와 같다. 정결함과 사내다움은 유지하여 육체적인 모욕은 피할 수 있지만 손에는 탬버린이 보인다(키벨레의 여장을 한 거세 남성 신자를 연상시킨다). 그러므로 선택을 할 때는 훌륭하고 명예로운 이름을 선택하고, 기록할 내용은 정신을 고무시킬 수 있는 것이어야 한다. 지금 이대로라면 악덕에 물든 인간들의 눈길만 사로잡을 것이다.

4. 누구든 덕을 추구하고 덕을 가까이하고 있는 사람이라면 모두 다 고귀한 천성을 보여주는 것이 상식이다. 그러나 쾌락을 추구하는 자들은 무기력하고 생동감이 없으며 남성다움은 전혀 없어 누군가가 쾌락을 식별해 주고 것을 자연스러운 욕구의 범주로 받아들인다. 어떤 쾌락이 어둠을 향해 멈출 줄 모르고 돌진하기 때문에 충족시키려 할수록 채워지지 않는다는 것을 가르쳐주지 않는다면 추행을 멈추지 못하는 것이 일반적이다.

5. 그러므로 덕을 앞세워 나아가게 하라. 한 걸음 한 걸음 착실하게 나아가자. 또한 과도한 쾌락은 해악일 뿐 전혀 이롭지가 않다.

그와 달리 덕은 그 자체에 절도가 있기 때문에 과도하지 않을까 걱정할 필요가 없다. 스스로의 크기 때문에 고통스러워하는 것은 선한 것이 아니다. 또한 이성적인 본성을 타고난 인간에게 있어서 무언가를 준다고 하였을 때 이성 이상으로 선하고 기꺼운 것이 또 있을까? 설령 덕과 쾌락의 결합이 그대들의 마음에 들어 그것과 함께 행복한 삶을 위한 여행을 하고 싶다고 생각하더라도 덕은 인도자로서, 쾌락은 동반자로서 마치 그림자처럼 가까이 하는 것이 좋다. 원래부터 무엇보다 숭고한 주인인 덕을 몸종처럼 부리며 쾌락의 손에 넘겨버리는 행위는 위대한 것을 자신의 정신으로는 도저히 깨닫지 못하는 인간이나 할 짓인 것이다.

14

⁓❦⁓

1. 덕을 앞서 나가게 하고, 덕에게 기수 역할을 맡기자. 그렇게 하여도 우리는 쾌락을 느낄 수 있으며 우리가 쾌락의 주인이자 통제자이다. 쾌락이 우리를 졸라 무언가 바랄 수는 있지만 우리를 강제하는 일은 결코 없다. 그러나 쾌락에 주도권을 넘겨준 사람은 이 두 가지 모두가 결여되어 있는 것이 일반적이다. 왜냐하면 그런 사람은 덕을 잃어 스스로가 쾌락을 지배하는 것이 아니라 쾌락이 지배하기 때문에 쾌락이 결핍되면 고통스러워하고, 충족되면 질식되고, 쾌락의 버림을 받으면 초라해지고 압도당하면 더더욱 초라해진다. 그것은 마치 바닷물이 빠지면 모래톱에 남겨지고 또 어떤 때는 격랑에 흔들리는 뱃사람들과 같은 것이다. 그런데 이런 상황은 과도한 방종과 맹목적인 욕구에서 기인한다. 실제로 선한 것 대신

에 악한 것을 추구하는 자들에게 있어서는 목적을 실현하는 것이 위험한 일이다. 사냥감을 생포하는 것은 더 많은 노력과 위험이 필요하며 그 사냥감을 기르는 것 또한 불안의 연속이다. 주인을 물어 죽이는 일도 왕왕 있기 때문이다. 큰 쾌락 또한 사정은 매한가지이다. 그것은 결국 그 사람을 더 큰 재앙으로 인도하여 사람의 포로이면서도 사람을 포로로 만든다. 쾌락이 많을수록, 클수록, 대중은 그 사람을 행복한 사람이라고 부르지만 사실은 그만큼 많은 쾌락의 노예가 되고, 무기력한 노예가 되고 있는 것이다. 사냥에 대한 비유를 조금만 더 해보기로 하자. 사냥감의 소굴을 찾아내고 덫을 놓아 짐승을 잡는 일, 광활한 숲을 사냥개들로 포위하고, 짐승의 발자국을 쫓는 것을 중요하게 여기는 사람은 그보다 더 가치 있는 기술을 버린 채 뒤돌아보지 않고 해야 할 모든 일을 방치한다. 그와 마찬가지로 끊임없이 쾌락을 추구하는 사람 또한 쾌락을 가장 중시하기 때문에 제일 먼저 자유를 경시하고 그 자유를 식욕을 채우는 대가로 지불한다. 그러나 그것은 자신을 위한 쾌락에 대한 대가가 아니라 쾌락을 위해 자신을 팔아넘기는 행위이외에 아무것도 아니다.

15

❦

1. "하지만 덕과 쾌락을 융합시켜 하나로 만듦으로써 하나의 같은 것이면서 동시에 유덕한 것이기도 하고, 쾌락과 같은 최고선을 정립하는 데 무슨 방해가 되겠는가?"라는 소리가 들리기도 한다. 유덕(有德)한 것 이외에 유덕한 것의 일부가 될 수 없고, 보다 선한 것과 어울리지 않는 무언가를 자신의 내부에서 인정한다면 최고의 선은 순수성이 결여된 것이 되기 때문이다.

2. 덕에서 발생한 희열은 선한 것이기는 하지만 그것조차도 충분한 선의 일부가 아닌 것은 결국 더없이 훌륭한 원인에서 발생한 것이라도 쾌활함과 마음의 평정이 충분한 선의 일부가 아닌 것과 마찬가지이다. 그러한 것들은 분명 선한 것이기는 하지만 어디까지

나 최고선의 부수적인 것으로 최고선을 완성시켜주는 것이 아니기 때문이다.

3. 덕과 쾌락을 결합시키면서도 결코 대등관계가 아닌 것을 결합시키려는 사람은 한쪽 선의 취약함 때문에 다른 선의 활력을 위축시켜 자신보다 가치가 높은 유일한 것을 찾아내지 않는 한 패배를 모르는 자유를 예속으로 내몰게 된다. 왜냐하면 자유는 최악의 예속에 다름 아닌 것, 즉 운을 필요로 시작되기 때문이다.(쾌락은 외적인 것을 필요로 하고, 외적인 것은 운에 좌우되기 때문에 자유를 잃게 된다) 그러한 삶은 불안과 의심, 두려움과 뜻밖의 재난에 떨며 시시각각 변하는 시간의 흐름 속에 불안으로 가득한 삶을 살게 될 것이다.

4. 그대가 하고 있는 것은 확고부동한 기반을 덕에 부여하지 않고 불안정한 곳에 서도록 덕에 명령하는 것이다. 한편 운에 좌우되는 기대, 그리고 육체와 육체에 작용을 미치는 것의 변화만큼 불안정한 것이 있을까? 그러한 인간이 쾌락과 고통의 사소한 자극에 동요하면서 어떻게 신을 따르며 발생하는 모든 사태들을 선의로 받아들이고 스스로에게 닥쳐오는 재해를 관대한 마음으로 이해하고 숙명을 한탄하지 않을 것이다. 아니, 오히려 그러한 인간은 추락하여 쾌락을 쫓는다면 조국의 훌륭한 수호자도, 복수자도 되지

않고 친구의 선한 수호자도 되지 않을 것이다.

5. 그러므로 최고선은 어떤 힘으로도 끌어내릴 수 없는 높은 곳, 고통과 희망과 공포가 근접할 수 없는, 최고선의 특권을 조금이라도 훼손시키는 것이 근접할 수 없는 높은 곳으로 올려놓아야 한다. 그러한 높은 곳에 오를 수 있는 것은 오로지 덕뿐이다. 우리는 그러한 덕을 본받아 그 발자취를 따라 고갯길을 올라야만 하는 것이다. 덕은 용감하게 맞서 발생하는 모든 사태를 강한 인내로 견뎌내는 것은 물론 스스로 나서서 참아내기까지 할 것이고, 변화의 시기에 발생하는 모든 고난을 자연의 법칙이라 여기며, 마치 용감한 병사처럼 상처를 이겨내며 상처의 수를 헤아리며 창에 찔려 지금 당장 죽음을 맞이하려는 순간에도 그 사람을 위해 싸우다 쓰러진 지휘관을 여전히 사랑할 것이다. 그 순간 덕은 '신을 따르라'라는 옛 금언을 마음에 새기고 있을 것이다.

6. 한편, 푸념과 한탄을 하면서 비명을 지르는 사람들은 모두 강압적인 명령에 의해 어쩔 수 없이 명령을 수행하기 위해 끌려간다. 그러나 따르기보다 끌려가는 편을 선택하는 것이 얼마나 어리석은 일이란 말인가? 무언가가 부족하다거나 자신에게 닥친 사태가 남보다 가혹하다며 비탄하거나, 선한 사람이나 악한 사람이나 모두

똑같은 상황, 다시 말해 병과 죽음과 같은 신체적 장애, 그 외에 인간 삶 속에서 예기치 않았던 재난에 경악하거나 분개하는 것과 자신이 처해 있는 입장을 깨닫지 못하는 어리석음 등은 맹세코 그것과 전혀 다를 바가 없다.

7. 어쨌거나 우주의 성립으로 인해 감수해야만 하는 것은 넓은 마음으로 받아들여야만 한다. 우리는 이러한 맹세를 해야 할 의무가 있다. 즉, 반드시 죽어야 할 운명의 인간에게 일어나는 모든 일을 인내하고 우리의 힘으로는 어쩔 수 없는 일에 동요하지 말아야 한다. 우리는 신의 왕국에서 살고 있다. 신을 따르는 것, 그것이야말로 다름 아닌 자유이다.

16

❧

1. 그러므로 진정한 행복은 덕에 존재한다. 이 덕은 과연 무엇을 종용하는 것일까? 덕은 성과가 아니고 악덕의 결과도 아닌 것을 선이거나 악으로 간주해서는 안 된다는 것, 더 나아가 악한 것에 직면했을 때나 선한 것을 생각할 때에도 항상 흔들림이 없어야 할 것, 인간의 도리에서 벗어나지 않는 범위 내에서 신을 구현시키는 것이다.

2. 이 장대한 계획에 대하여 덕은 무엇을 약속해 줄 것인가? 가늠이 불가능할 만큼 거대하고 신적인 것과 대등한 표상이다. 다시 말해 사람은 어떤 일도 강요당하지 않고 어떤 것도 부족하지 않고 자유롭고 안전한 존재가 된다. 시도하는 모든 일이 헛되이 끝나는 일

이 없고, 그 어떤 제약도 받지 않으며 모든 것이 생각했던 대로의 결과로 이어지고, 원치 않는 일은 전혀 일어나지 않고, 생각과 의지에 반하는 일은 절대로 일어나지 않는다.

"그렇다면 행복한 삶을 살기 위해서 덕만 있으면 충분하다는 말인가?"

덕은 완전한 것이며 신적인 것이다. 그러한 덕에 부족할 것이 무엇이 있을 수 있단 말인가? 아니, 넘칠 만큼은 아닐 것이다. 실제로 욕망의 울타리 밖에 있으며 아무것도 바라지 않는 자에게 부족한 것이 무엇이 있겠는가? 자신의 내면에 모든 것을 갖추고 있는 사람이 외적으로 무엇을 더 필요로 하겠는가?('참된 행복은 덕에 있다.'고 하는 전반부의 결론을 이끌어낸 뒤 본 장부터는 '철학에 대한 비난'에 반론하는 후반부로 들어간다) 그러나 덕을 지향하여 가는 도중에 있으면서도 여전히 인간적 제약과 고군분투하고 있는 사람은 아무리 큰 전진을 하려 하더라도 언젠가 죽어야 할 인간적 속박을 모두 끊어버리기 전에는 운명의 그 어떤 관용을 필요로 하는 것도 사실이다. 그렇다면 무엇이 다른 것일까? 심한 속박을 당하고 있는 사람이 있는가하면 손발이 묶여 있는 사람, 큰 대자로 묶여 있는 사람도 있다. 그런데도 보다 높은 곳을 향해 나아가 남들보다 높이 오른 사람은 옥죄는 틀을 풀고 비록 지금은 자유가 아니더라도 이미 자유와 마찬가지인 것이다.

17

1. 그러므로 철학을 치켜세우는 사람들 중에 누군가가 앞서 배운 것처럼 이렇게 말했다고 하자.

"어째서 그대는 자신의 현실적 삶 이상으로 당당하게 이야기를 하는가? 어째서 그대는 높은 사람에게는 비굴한 태도를 취하고, 돈을 필요한 수단으로 여기고, 위해가 가해지면 동요하고, 아내와 친구의 부고를 들으면 눈물을 흘리고, 남들의 평가에 신경을 쓰고, 악의적인 중상모략에 마음 아파 하는가?"

2. "어째서 도리에 따라 소박한 식사를 하지 않는가? 그대의 집 가구들이 남들보다 화려한 것은 어째서인가? 그대의 집에서는 그대의 나이보다도 훨씬 오래된 포도주를 마시고 있다. 금으로 된 그

릇들을 늘어놓는 것은 어째서인가? 그늘을 만들어주는 것 이외에 아무런 도움도 되지 않는 나무들을 어째서 심어놓았는가? 그대의 아내가 부잣집 가격에 필적하는 호화로운 귀고리를 하고 있는 것은 왜인가? 어째서 교양을 담당하는 노예의 자식에게 고가의 옷을 입히는가? 어째서 그대의 집에서는 은그릇을 예절에 따라 대충 늘어놓는 것이 아니라 배치 순서에 맞춰 늘어놓고 요리를 나눠주는 급사장이 있는 것인가?"

여기에 이렇게 덧붙여도 좋을 것이다.

"어째서 바다 저편의 땅을 소유하고 있는가? 어째서 본인조차도 잘 모를 정도로 많은 땅을 소유하고 있는가? 어째서 그대는 부끄러운 줄도 모르고 몇 안 되는 노예조자 기억하지 못할 정도로 무감각한가? 아니면 부끄러운 줄도 모르고 너무 많아 전원을 다 기억하지 못할 정도로 그대는 사치스러운 것인가?"

3. 나중에 그러한 비난에 대하여 그대가 생각하고 있는 것 이상으로 많은 비난을 나 자신에게 쏟아 붓겠지만 지금은 이렇게 대답하겠다. 나는 현자도 아니고 이렇게 말한다면 또 다시 그대의 감정에 기름을 붓는 결과가 되겠지만, 앞으로도 현자는 될 수 없을 것이다. 그러므로 내게 무언가를 요구할 때는 최선의 인간에 필적하는 인간이 아니라 악인보다는 좀 더 나은 인간이기를 요구해 주기

바란다. 내게는 일상 속에서의 내 과오를 책망하고 자신의 결점에서 무언가를 제거할 수 있다면 그것으로 충분하다.

4. 나는 아직까지 건전함에 도달하지 못하였고 앞으로도 도달할 전망이 보이지 않는다. 나는 지병인 통풍의 치료약보다는 오히려 완화제를 조합하여 발작의 횟수가 줄고 통증이 완화되기만 한다면 그것으로 충분하다. 그러나 다리가 불편한 사람과 비교한다면 나는 달리기 선수다. 내가 이런 이야기를 하는 것은 자기변호를 위해서가 아니라, 나 자신도 수많은 결점을 가진 인간이기 때문에 덕의 길에서 이미 무언가를 이뤄낸 사람을 돕기 위한 것이다.

18

‿∾✦∾‿

1. 그대는 이렇게 말할 것이다. "너는 말하는 것과 실제의 삶이 다르지 않은가?" 누구보다도 악의로 가득 찬 사람들이여, 뛰어난 인간을 보면 지위고하를 막론하고 누구보다 적의를 표하는 사람들이여, 그 비난은 플라톤에게 던져지고, 에피쿠로스에게 던져지고, 제논에게 던져졌다. 그것도 아무런 이유 없이. 그들이 말했던 것은 자신이 어떻게 살아가고 있는가 하는 문제가 아니라 자신이 어떻게 살아야 하는가에 대한 문제였기 때문이다. 내가 말하고 있는 것도 덕에 대해서이지 나 자신에 대해서가 아니고, 내가 악덕을 비난할 때 그 악덕은 무엇보다도 나 자신에 대한 것이다. 그럴 능력이 있다면 나도 그러한 삶을 살고 싶다.

2. 그러나 맹독을 품은 그대들의 악의적인 위협으로도 나는 겁을 먹지 않고 최선의 것을 추구하는 것을 멈추지 않을 것이다. 타인은 물론 본인 스스로를 파멸로 인도하고 있는 그대들의 독으로도 내가 현재 영위하고 있는 삶의 방식이 아니라 그러한 삶의 방식이라고 알고 있는 삶의 방식을 내가 찬미하는 것을 막을 수도, 또한 내가 덕을 숭배하고 그 덕으로부터 멀리 떨어져 있지만 기어서라도 그것을 추구하는 것을 막을 수는 없을 것이다.

3. 두말할 필요 없이 성인 루틸리우스 루프스와 카토에 의해서도 피할 수 없었던 악의의 이빨에서 벗어날 수 있는 방법이 있을 것이라고 기대할 수 있겠는가? 키니코스 학파의 디미트리오스조차도 가난하지 않다고 여겨지는 사람들에게 지나치게 부자로 여겨지는 것이 아닐까 걱정을 하는 사람이 누가 있겠는가? 디미트리오스는 준엄한 인물로 자연의 욕구조차 부정하려고 노력하면서 사물의 소유를 스스로 금지했을 뿐만이 아니라 물욕을 추구하는 것조차 스스로 금지하였다는 점에서 다른 키니코스 학파 사람보다도 훨씬 더 가난한 사람이었지만, 그조차도 악의적인 인간에게 걸리면 가난함이 부족하다는 소리를 들었다. 다만 잘 알려진 대로 그가 자처한 것은 궁핍함에 대한 지식의 교사였을 뿐 덕에 대한 지식의 교사는 아니었다.(디미트리오스는 덕의 교사가 아니라 궁핍의 교사를 자처하

였기 때문에 아직 가난함이 부족하다며 디미트리오스를 공격하는 자들의

비난은 덕 그 자체에 대한 것이 아니기 때문에 논할 의미가 없다는 뜻이다).

19

❧

1. 에피쿠로스 학파의 철학자 디오도로스가 스스로의 손으로 삶을 마감한 것은 불과 얼마 전의 일로 목을 단숨에 베어 자살했기 때문에 에피쿠로스의 교리에 어긋난다고 말하는 사람도 있다. 또한 그의 행위를 광기로 봐야 한다는 사람도 있는가 하면 경거망동이라고 봐야 한다고 주장하는 사람도 있다. 한편, 그 자신은 행복감에 젖어 부끄러움 없는 성심으로 가득 찼고, 이 세상을 떠나기 직전 스스로에게 증명하기 위해 닻을 내리고 항구에서 보낸 자신의 삶의 고요함을 칭송한 뒤 이렇게 말했다. 마치 우리들 또한 그렇게 하지 않으면 안 될 것처럼 심금을 울리는 충고처럼 그대의 귀가 따갑게 느껴질 법한 말이다.

나는 생을 마감하고 운명이 부여한 여정을 마감하고 싶다.

2. 그대들은 어떤 이에 대해서는 그의 삶을, 또 어떤 이에 대해서는 그의 죽음에 대하여 왈가왈부하며 무언가 비범한 장점에 의해 위대하다고 여겨지는 사람들의 이름을 들으면 마치 모르는 사람이 다가오면 짖어대는 강아지처럼 떠들어댄다. 선한 인간이라고 여겨지는 사람이 한 명도 없는 편이 그대들에게는 안성맞춤이기 때문이다. 마치 타인의 덕이 자신들의 모든 악덕에 대한 질책이기라도 하듯이 말이다. 그대들은 질투하면서 타인의 빛나는 장점을 자신들의 더럽혀진 단점과 비교하지만, 그러한 무모한 행위가 그대들에게 얼마나 불이익이 되는지 이해하지 못하고 있다. 실제로 덕을 추구하는 그들이 탐욕스러운 호색한에 야심적인 인간이라고 하면 덕이라는 이름을 듣기만 해도 불쾌해 하는 그대들은 대체 어떤 존재라고 말하면 좋겠는가? 누구 하나 자신이 말한 것을 실천하지 않고 가르친 대로의 삶을 살지 않는다고 그대들은 말한다. 그러나 그들이 말하는 것들이 씩씩하고 장대하여 인간세계의 시끄러운 소동을 초월한 것이라면 이상할 것이 무엇이겠는가? 그들은 자신이 매달릴 십자가에서 자신의 몸을 풀기 위해 고군분투하지만(그대들은 모두 스스로의 손으로 자신의 몸에 못을 박고, 스스로의 손으로 그 십자가에 매달리고 있다). 결국 힘이 다해 처형장으로 끌려가기

는 하지만 매달릴 십자가는 단 하나뿐이다. 그와 달리 스스로의 손으로 스스로를 처형하는 자들은 품고 있던 욕망의 숫자만큼의 십자가에 매달린다. 그럼에도 불구하고 그들은 타인을 나쁘게 말하고 타인을 비방하는 데 교묘하다. 그렇게 하는 것은 그들 마음이라고 믿고 싶지만 매달려 있는 십자가 위에서 구경꾼들에게 침을 뱉는 패거리까지 있다면 그럴 수도 없는 일이다.

20

꼭◆꼭

1. "철학자는 자신이 한 말을 실천하지 않는다."라는 말이 있다. 그러나 실제로 철학자는 자신이 말한 것의 많은 부분을 실천하고 있으며 성실한 마음에 품고 있는 많은 것들을 실천하고 있다. 그렇다, 그들의 말과 행동이 완전히 일치하는 것보다 더 좋은 것은 없다. 그들에게 있어서 그것 이상으로 행복한 일이 있을까? 그렇다고 해서 그들의 선한 말과 선한 사상으로 가득한 심적 바탕을 경멸해도 된다는 이유는 없다. 건전함을 가져다주는 학문 연구는 비록 성과를 거둘 수 없더라도 칭찬해야 마땅한 일이다.

2. 험준한 산을 오르는 사람이 정상에 도달하지 못한다고 하여 무엇이 이상하단 말인가? 적어도 그대가 훌륭한 사람이라면 장대

한 계획에 당당하게 도전하는 사람을, 비록 그가 중도에 포기를 한다고 하더라도 경의의 눈길로 바라봐야 할 것이다. 스스로의 후천적 능력이 아니라 자기 본연의 힘을 굳게 믿고 고매한 계획에 도전하는 일, 매우 용감한 정신을 가진 사람조차도 이뤄내지 못할 만큼 장대한 계획을 마음속에 품고 있다는 것은 고귀한 사람이 이룰 수 있는 업적이다.

3. 마음속으로 이러한 맹세를 한 사람이 있다고 하자.

"나는 죽음에 직면하였을 때에도 죽음의 이야기를 들었을 때와 전혀 변함없는 평온한 얼굴을 죽음을 바라보겠다. 고난이 얼마나 큰 것이든 간에 정신으로 육체로 지탱하고 받아들이자. 나는 부가 있을 때나 없을 때나 똑같이 경멸하고 타인의 것이라고 해서 비통해 하지 않고 자신의 것으로 화려하게 빛나고 있더라도 의기양양해 하지 않을 것이다. 나는 행복이 찾아오든 떠나가든 간에 의식하지 않을 것이다. 모든 토지를 마치 내 것인 양 여기고 자신의 토지는 마치 모든 사람들의 것인 양 여기자. 내가 이 세상에서 삶을 영위하는 것이 타인을 위한 것이라는 것을 깨닫고 자연에 감사하는 삶을 살자. 자연이 나를 위해 배려해 준 것들 중에 이보다 더 좋은 것이 또 어디에 있겠는가? 자연은 나라는 일개인을 모든 사람에게 선물하고, 모든 사람을 나라고 하는 일개인에게 선물해 주었다.

4. 무엇을 소유하든 간에 보기 흉하게 고집하거나 물 쓰듯 낭비하지도 않을 것이다. 선한 배려로 자연이 선물해준 것 이외에 자신이 진정으로 소유하고 있는 것은 아무것도 없다고 믿자. 자신이 베푼 은혜의 가치를 그 숫자와 크기, 그 밖에 받는 사람의 평가 이외의 그 어떤 것으로도 측정하지 말자. 받기에 걸맞다고 평가할 수 있는 사람이라면 얼마나 큰 은혜든 간에 결코 크다고는 여기지 않을 것이다. 무슨 일을 하던 간에 명성을 얻기 위해서가 아니라 양심에 비춰 행동하자. 자신만이 할 수 있는 일을 할 때는 대중들의 시선 속에서 하고 있다고 생각하자. 본인에게 있어 음식의 목적은 배를 채우거나 비우는 것이 아니라 자연의 욕구를 진정시키기 위한 것이어야 한다. 친구에게는 편한 사람, 적에게는 온화하고 관대한 인간이 되자. 남의 바람을 알게 되면 상대가 원하기 전에 바람을 들어주고 성의 있는 탄원에는 먼저 나서 응해주자. 세상이 모두 나의 조국이고 그 나라의 통치자는 신들이라는 것을 염두에 두고 신들이 두 눈을 부릅뜨고 자신에 언행의 감시자로서 머리 위, 그리고 주변에 항상 존재하고 있다는 것을 자각하자. 자연이 생명의 숨결을 반환하기를 요구하거나 이성이 그것을 풀어놓을 때, 자신은 양심을 사랑하고 선한 업적을 사랑하고 자신 때문에 누군가의 자유를 제약하는 일 없고, 누군가 때문에 자신의 자유가 제약당하는 일이 결코 없다고 신에게 맹세한 후에 이 세상을 떠날 것이다.”

이러한 것을 실행할 것이라고 마음으로 맹세하고, 바라고, 노력하는 사람은 신의 품을 향한 여정에 나서는 것이다. 그 사람은 설령 목적을 이루지 못한다 하더라도

단호하게 장대한 계획에 도전하다 쓰러질 것이다.

5. 그대들은 덕을 숭배하는 사람들을 증오하지만 이는 그다지 새로울 거도 없는 이야기이다 볕든 누도 태양빛을 싫어하고 밤이면 꿈틀거리는 동물 또한 눈부신 햇빛을 피해 날이 밝아오면 눈이 부셔 빛을 피해 굴속으로 몸을 숨긴다. 울부짖어라, 불행한 혀를 이용하여 선한 사람들을 매도하라, 입을 크게 벌리고 물어뜯어라. 이빨 자국을 남기기 전에 이미 이가 부러지는 것이 결론이다.

제4장
짧은 생에 대하여

1

꠱꠱꠱

1. 파울리누스(폼페이우스 파울리누스. 곡물장관을 하던 인물로 일설에
따르면 세네카의 의붓아버지라고 알려져 있다)여, 대부분의 사람들은 언
젠가 죽어야 하는 자연의 섭리를 원망한다. 인간은 짧은 순간을 살
아가면서 우리에게 주어진 그 순간의 시간은 너무나도 빠르고 너
무나도 홀연히 사라지기 때문에 소수의 예외를 제외하면 대부분의
사람들이 이제 막 살아보려고 하는 바로 그 준비 단계에서 운명이
자신을 버렸다며 한탄한다. 이렇게 모든 인간에게 공통적인 운명
에 대한 탄식은 비단 일반 대중들이나 무지한 인간들에게만 국한
된 것이 아니다. 저명한 인사들 또한 이 사고에 사로잡혀 탄식의
목소리를 내고 있다. 의사들 중에서 가장 위대한 위인의 말(히포크
라테스 선서) '인생은 길고 예술은 짧다.' 도 이 사고에서 유래한다.

2. 자연을 간하여 철학자답지 않은 분쟁을 일으킨 아리스토텔레스의 고발 "자연은 동물에게는 그렇게 긴 수명을 선물하여 인간의 다섯 배, 열 배나 오래 살게 하였는데 그와 비교해 볼 때 수많은 위업을 이루기 위해 태어난 인간에게 주어진 수명은 너무나도 짧다." 또한 이러한 사고에서부터 출발한 것이다.

3. 우리에게 주어진 시간이 짧은 것이 아니라 우리가 많은 시간을 낭비하고 있다. 인간의 삶 전체를 훌륭하게 활용한다면 위업을 달성하기에 충분한 시간이 주어져 있다. 그러나 인생의 낭비와 부주의로 인해 허무하게 흘려버려 아무런 선도 행하지 않은 채 낭비하고 있을 때, 결국 우리는 필연성에 의해 자신도 모르게 흘러가버린 시간에 대하여 마지못해 받아들여야 한다.

4. 우리가 누리는 인생이 짧은 것이 아니라 우리 자신이 인생을 짧게 만드는 것이고, 우리의 인생이 결핍되어 있는 것이 아니라 인생을 탕진하고 있다는 것이 진실이다. 왕가의 막대한 재물도 나쁜 주인의 손에 들어가게 되면 순식간에 사라질 것이고 아무리 적은 재산이라도 선한 관리인의 손에 맡겨진다면 재산이 늘어날 수도 있는 것처럼 우리의 인생도 잘 정비하는 사람에게는 크게 퍼질 수 있다.

2

꧁꧂

1. 어째서 우리는 자연을 핑계 삼는가? 자연은 온정으로 우리에게 접하고 있다. 인생은 활용 방법을 알면 길어진다. 그러나 어떤 자들은 끝없는 욕망의 노예가 되고, 또 어떤 자들은 정력을 소비하는 일에 악착같이 매달리고, 또 어떤 자들은 술에 빠져 살고, 또 어떤 자들은 게으름에 빠져 있다. 또한 늘 남의 판단에 생사 여부가 달려 있는 공직자가 되려는 야심 때문에 피로에 지쳐 있는 자가 있는가 하면 교역으로 돈을 벌고자 하는 야욕으로 닥치는 대로 탐욕만을 쫓아 온갖 토지를 떠돌고 온갖 바다를 건너는 자들도 있다. 끊임없이 타인에게 해를 입힐 계획을 꾸미거나 자신의 위험을 두려워하면서 전쟁에 대한 야망을 불태우는 자들도 있는가 하면 자발적으로 봉사하면서 고마워하지도 않는 윗사람에게 문안 인사(로

마의 독특한 사회제도로 비호관계를 기반으로 한 의무적인 행위의 하나로 그들은 이른 아침 보호자의 집을 찾아가 인사를 하였다)를 게을리 하지 않는 자들도 있다.

2. 또한 많은 사람들이 남의 행복을 질투하기 때문인지 자신의 불행을 한탄하다가 인생을 마감한다. 변덕스러운 마음으로 정처 없이 떠돌며 자신에 대한 천박한 불만에 사로잡혀 무언가를 쫓으며 계속해서 새로운 계획을 세우는 자들도 많다. 그리고 어떤 사람은 자신이 가야 할 확실한 방향을 정하지 못한 채 무기력하게 하품을 하고 있는 사이에 운명의 기습을 당하고 만다. 나는 시인 중의 최대 시인(당대의 최대 시인이라면 그리스에서는 호메로스, 로마에서는 베르길리우스를 가리키는 것이 일반적이지만 이들의 글에서는 이 문구를 찾아볼 수 없고 시모니데스, 에우리피데스, 메난도로스, 엔니우스 등의 글에는 비슷한 문구가 있다)의 이런 모습을 표현한 글을 통해 볼 수 있는 잠언이 의심의 여지가 없는 진실이라고 여기지 않을 수가 없다.

시인은 이렇게 말했다. "우리가 살아 있는 것은 생의 극히 일부에 지나지 않는다."

3. 그러므로 그 외의 기간은 생이 아니라 그저 시간에 불과하다.

가는 곳마다 온갖 악덕이 사방에 널려 있어 떨치고 일어서는 것도, 진실을 밝히기 위해 눈을 부릅뜨는 것조차 용납되지 않아 욕망에 허덕이며 집착하다가 압도당하고 만다. 이제 그들은 결코 자기 본위로 되돌아 갈 수가 없다. 어쩌다 아주 짧은 평온함을 얻게 된다고 하더라도 마치 폭풍우가 몰려와 일렁이는 바다처럼 그들의 마음에도 끝없이 파도가 밀려와 자신의 욕망에서 벗어나 잠깐의 휴식조차 불가능하다.

4. 그대는 내가 지금 말하고 있는 것들이 악당으로 유명한 사들에게만 국한된 것이라고 생각하는가? 많은 덕행으로 사람들을 불러 모으고 있는 사람들을 보라. 그들 또한 스스로의 선행으로 질식하고 있지 않은가? 자신의 부를 감당하지 못하는 자들이 얼마나 많은가? 자신의 웅변과 재치를 드러내기 위해 날마다 피를 토해내듯 열변을 쏟아내는 자들이 얼마나 많은가? 끝없는 욕정으로 창백한 얼굴을 하고 있는 자들이 얼마나 많은가? 주변의 수많은 비호민들의 무리 중에서 자유를 전혀 보장받지 못하는 자들이 얼마나 많은가? 요컨대 최하층에서 최상층에 이르기까지 온갖 종류의 인간을 빠짐없이 살펴보면 느낄 수 있을 것이다. 법률의 조언을 해주는 자, 요구에 의해 출석을 한 자가 있는가 하면 선고를 받은 자들과 그들을 변호하는 자들, 그리고 그들을 재판하는 자가 있다. 그

러나 누구 하나 자신을 위해 스스로를 자유롭게 할 권리를 주장하는 자는 없다. 모두가 다른 누군가를 위해 자신의 정력을 소비하고 있는 것이다. 모든 사람의 뇌리에 각인되어져 있는 명사에 대하여 물어보라. 그들이 다른 사람들과 구별되는 특징이 무엇인지를 알 수 있게 될 것이다. 다시 말해서 A는 B를 중요하게 여기는 B의 지지자이고, B는 C를 중요하게 여기는 C의 지지자이다. 자신을 중요하게 여기는 자신의 지지자는 한 사람도 없다.

5. 게다가 그들 중에는 말도 안 되는 억지 주장을 늘어놓는 자들도 있다. 만나 주기를 바라고 있는데 바쁘다며 시간을 내주지 않는 윗사람을 거만하다고 불평을 늘어놓는다. 누구든 자신을 위하여 시간을 할애하지 않으면서 뻔뻔하게 타인의 거만함에 대하여 푸념을 늘어놓을 수 있겠는가? 더군다나 그대가 누구든 간에 그가 정말로 거만한 표정을 짓고 있다고 하더라도 한때는 고맙게도 그대를 돌봐주고 그대의 말에 귀를 기울여 주고 그대를 맞이해 주었던 사람이다. 그런데 그대는 뻔뻔하게도 자신의 내면을 살펴보지도 않은 채 자신의 말에도 귀를 기울이지 않은 인간이다. 때문에 그대가 그러한 의무를 다른 누군가에게 요구할 타당한 이유는 없다. 무엇보다도 그대가 자신의 의무를 다하고자 할 때, 타인과 함께 있고자 하는 바람 때문이 아니라 그대 자신이 그대 자신과 함께 있지

못하기 때문에 그럴 뿐이다.(정신의 '자유, 자립'의 결핍에 의한 것. 현자의 자립과

자기 충족에 대해 쓴 「행복한 인생에 대하여」를 참조)

3

❧❧❧❧

1. 과거 빛을 발했던 위인들은 모두 이러한 인간정신의 내면을
지적하고 있는데, 그것에 대한 불가사의함은 아무리 말해도 과함
이 없을 것이다. 사람은 누군가 타인이 자신의 자리를 빼앗으려 하
면 그것을 용납하지 않기 때문에 사소한 언쟁이라도 발생하면 돌
이나 무기를 가지고서라도 자신의 자리를 지키려 한다. 그런데 자
신의 인생에 대해서는 타인의 침입을 허락하는 것뿐만이 아니라
본인의 인생을 소유해 버릴지도 모르는 사람을 스스로 불러들이기
까지 한다. 자신의 돈을 타인에게 나눠주기를 원하는 사람은 어디
에서도 찾아볼 수가 없다. 그런데 자신의 인생에 대해서는 너무나
많은 사람들이 타인에게 나누어주고 있다. 재산을 유지하는 데는
인색하지만 일, 시간에 대해서는 탐욕을 부리는 것이 오히려 훌륭

한 일임에도 불구하고 그 이상의 낭비가 없다고 여겨질 정도로 변신해 버리고 만다.

2. 그러므로 나는 노인들의 모임에 참석했을 때는 그중에 누군가를 붙잡고 이렇게 말해 주고 싶을 정도이다.

"당신은 인간 수명의 궁극에 도달하여 백 살, 혹은 그 이상의 나이에 가까운 것 같군요. 이제 결산을 위해 당신의 생애를 되돌아보는 것이 좋을 것입니다. 계산해 보면 어떻게 될까요? 당신의 인생 중에서 얼마만큼의 시간을 채권자에게 빼앗겼고, 얼마만큼의 시간을 애인에게 빼앗겼고, 얼마만큼의 시간을 비호자와 비호민에게 빼앗겼고, 얼마만큼의 시간을 아내와의 언쟁이나 노예의 징계와 도심을 돌아다니는 공직자들에게 빼앗겼을까요? 자업자득으로 인해 활용하지 못한 채 흘러간 시간까지 계산에 넣는 것이 좋을 것입니다."

3. "이제 당신에게 남아 있는 시간이 생각보다 짧다는 것을 깨달았을 것입니다. 기억을 되짚어 떠올려 보는 것이 좋을 것입니다. 당신이 한 번이라도 확실하게 계산해 본 적이 있는지, 당신의 의도대로 진척되었던 날이 얼마나 되는지, 언제 당신이 당신 자신을 자

유롭게 이용할 수 있었는지, 언제 당신의 표정이 평소보다 차분하게 유지되었는지, 언제 당신의 마음속에 두려움이 있었는지, 이렇게 긴 인생 중에서 당신이 이루어낸 것이 무엇인지, 당신이 무엇을 잃어버리고 있는지 깨닫지 못하는 사이에 얼마나 많은 사람들이 당신의 인생을 빼앗아 갔는지, 당신이 얼마나 많은 시간을 어쩔 도리 없이 슬픔과 어리석은 환희와 탐욕스러운 욕망과 아첨으로 인해 빼앗겼는지, 당신이 자신의 인생 중에서 얼마나 적은 시간만을 자신을 위해 남기지 않았는지를. 이런 저런 것들을 떠올려 보면 백 살이 다 된 지금 죽음을 맞이한다고 하더라도 당신의 죽음은 요절이라고 해야 할 것입니다."

4. 그렇다면 인생을 낭비하게 된 원인이 무엇일까? 누구나 영원히 살 것이라는 착각 속에 살면서 인생의 덧없음을 깨닫지 못하기 때문에 이미 얼마나 많은 시간들이 흘러갔는지에 대하여 신경조차 쓰지 않기 때문이다. 누군가를 위해, 혹은 무언가를 위해 소비되는 바로 그 순간, 혹은 최후의 날이 될지도 모르는 상황 속에서도 마치 충분히 흘러넘치기라도 하듯이 인생을 낭비하기 때문이다. 사람은 누구나 당장이라도 죽을 것처럼 죽음을 두려워하면서도 마치 불사신이기라도 하듯이 모든 것을 갈망한다.

5. 아마 많은 사람들이 이런 말을 들은 적이 있을 것이다.

"쉰 살이 되면 한가로운 삶을 살고, 예순 살이 되면 공적인 업무에서 손을 뗄 생각이다."

그러나 과연 그 나이 이상으로 장수를 할 수 있다고 누가 장담할 수 있단 말인가? 모든 일이 본인의 생각대로 진행될 거라고 누가 장담할 수 있단 말인가? 남은 생을 자신을 위해 남겨두고 더 이상 아무 일에도 활용할 수 없는 시간을 정신함양을 위한 시간으로 예약해 두는 것을 부끄럽다고 생각하지 않는가? 생을 마감해야만 할 순간에 생을 시작하려고 하는 것은 파종 시기를 놓치는 것과 같다. 몇몇 안 되는 사람만이 가능한 쉰이나 예순 살이 될 때까지 건전한 계획을 미루었다가 그 나이가 되어서야 겨우 제대로 된 인생을 시작하겠다고 생각하는 것은 언젠가 죽는다는 것을 망각한 어리석은 착각이다.

4

❧

1. 남들보다 높은 지위의 권력을 누리고 있는 사람들이 한가함을 바라고, 한가함을 찬양하고, 한가함을 최고의 행복이라고 떠드는 것을 본 적이 있을 것이다. 때에 따라서 그들은 안전하게 한가함을 누릴 수만 있다면 자신이 자리하고 있는 최고의 지위에서 내려오고 싶어 한다. 왜냐하면 외부로부터의 공격, 외부로부터의 타격이 전혀 없더라도 성공 운은 반드시 자멸하기 때문이다.

2. 신성 아우구스투스(신성(divus)은 카이사르와 임페라토르 등과 함께 황제가 죽은 뒤 이름에 붙여 황제를 신격화하는 칭호다)는 신으로부터 그 누구보다도 많은 행운을 선물 받은 사람이었지만 항상 평온하기를 바라며 국정으로부터의 해방을 기원했다. 누군가와 이야기를 나눌

때면 언제나 한가해지기를 바란다는 이야기로 되돌아갔다. 언젠가 반드시 자신을 위해 살겠다는 이 허망하지만 감미로운 위로로 스스로를 위안하면서 기꺼이 고통을 이겨낸 것이다.

3. 나는 자신의 이러한 휴식이 위엄에 손상을 주는 일도, 지금까지의 영광에 대하여 도리에 어긋나는 일도 없을 것을 약속한 원로원 앞으로 보낸 편지에서 이런 문장을 발견하였다.

"그러나 지금 말한 것들은 말로 약속하기보다는 행동으로 실행하는 것이 훨씬 훌륭한 일이다. 그렇지만 한가한 시간을 갖고자 하는 강한 욕구에 사로잡힌 나는 현실의 기쁨이 자꾸만 늦어지는 지금, 언어의 감미로움으로 그 즐거움을 어떻게 해서든 선취하고 있는 중이다."

4. 한가함이란 신성 아우구스투스에게조차도 실현되지 않았기 때문에 상상하면서 연모할 정도로 대단한 것이라고 여겼던 것이다. 모든 것을 자신의 뜻대로 결정할 수 있다는 것을 알고 있던 사람, 개개인과 모든 민족의 운명을 결정한 바로 그 사람이 더없는 기쁨으로 스스로 절대 권력을 모두 버리는 날을 꿈꾸고 있었던 것이다.

5. 그는 전 세계에 빛나는 행복을 위해 얼마나 많은 땀을 흘려야 하는지, 그 행복에 얼마나 많은 불안이 감춰져 있는지를 경험을 통해 알고 있었던 것이다. 처음에는 동포들과, 다음은 동료들과, 마지막에는 가족들과 무기를 들고 자웅을 겨뤄야 했던(아우구스투스가 안식을 원했던 이유로 '동포'는 내란 중에 싸웠던 폼페이우스와 카토 등의 공화정파의 사람들, '동료'는 악티움 해전에서 싸웠던 삼두 정치가 안토니우스, '가족'은 스크리보니아와 결혼하여 인척이 된 섹스투스 폼페이우스와 여동생 옥타비아와 결혼했던 안토니우스 등을 가리킴) 그는 육지와 바다에서 피를 보았다. 군대가 로마인의 살육에 싫증나면 마케도니아, 시칠리아, 이집트, 시리아, 아시아 등, 세계 거의 모든 지역으로 퍼져가 외국과의 전쟁을 일으켰다. 그러나 알프스 지역을 평정하고 평화로운 제국에 숨어든 적들을 토벌하는 동안에도, 또한 레누스 강과 에우프라테스 강, 다누비우스 강(제국의 국경지역의 큰 강으로 현재의 라인 강, 유프라데스 강, 다뉴브 강)까지 초월하여 국경을 넓히고 있는 동안에도 다른 도시에서는 그의 생명을 노리는 무레나와 카에피오, 레피두스와 에그나티우스의 칼날은 날카롭게 갈아져 있었다.

6. 이런 자들의 음모에서 아직 벗어나지 못했을 때의 일이다. 그의 딸(아우구스투스와 스크리보니아 사이에서 난 딸 율리아)과 은밀하게

맺어진 수많은 청년이, 그리고 율리우스 안토니우스와 결탁하여 두 번째 위협이 된 여인(율리우스 안토니우스의 아버지 마르쿠스 안토니우스와 결탁한 클레오파트라의 뒤를 이어 율리우스 안토니우스와 결탁한 딸 율리아를 말함)은 이미 늙고 쇠약해진 아우구스트스의 생명을 노리고 있었다. 그는 암 덩어리와 같은 그들을 모두 잘라냈지만 다른 암 덩어리가 증식하였다. 그 모습은 마치 다량의 피로 무거워진 어느 부위가 찢어져 끊임없이 출혈을 반복하고 있는 몸뚱이와 같았다. 이러한 상황 때문에 그는 간절히 한가함을 바란 것이다, 그는 한가함을 꿈꾸고 그것을 상상함으로써 피로를 풀었다. 이것이 만인의 바람을 들어줄 수 있는 사람의 간절한 소망이었다.

5

❧❧❧

1. 마르쿠스 키케로는 루키우스 세르기우스 카틸리나와 같은 인물과 푸블리우스 클로디우스 풀케르, 그나이우스 폼페이우스 마그누스(대 폼페이우스), 마르쿠스 리키니우스 크라수스와 같은 인물 등, 어떤 이들은 공공연한 적대자에게 또 어떤 이들은 전혀 도움이 되지 않는 동맹자들에게 휘둘려 국가 전체가 농락당하고 있는 상황에서 국가의 파멸을 막기 위해 격랑("집정관에서 물러난 나는 방파제가 되어 국가의 파멸을 막으려 했지만, 결국은 나 자신을 향해 밀려오는 격랑과의 싸움에 모든 시간을 허비하였다." 키케로의 『변론가에 대하여』)에 내몰린 사람으로 순경일 때도 평온을 얻지 못하고 역경도 이겨내지 못하였고, 일리가 있다고는 하나 스스로 칭찬을 아끼지 않았다(카틸리나의 음모를 미연에 방지하여 국가의 파멸을 막은 것에 대해 자화자

찬하며 직접 서사시 『나의 집정관직에 대하여』를 저술하기도 하였다. 그런 자만심은 야유의 대상이기는 하지만 세네카가 '일리가 있다'고 인정하고 있듯이 자만할 만한 이유는 충분하였다).

2. 그리고 자신의 집정관직에 대하여 얼마나 많은 저주를 하였을까.(세네카의 과장된 표현으로 어디서도 키케로가 집정관직을 저주하였다는 것을 찾을 수는 없다) 아버지 폼페이우스는 패배를 하였지만 그의 아들이 파멸한 군대를 히스파니아에서 재건하였을 때 티투스 폼포니우스 아티쿠스(키케로의 어릴 적부터의 친구로 출판 사업을 한 지식인. 키케로가 그에게 보낸 많은 편지들이 지금도 남아 있다)에게 보낸 편지에는 보기에도 딱한 내용이 적혀 있다.

"내가 여기서 뭘 하고 있는지 묻는 건가? 반은 자유고 반은 갇힌 상태로 투스쿨룸의 별장에서 어정쩡한 시간을 보내고 있다."

그는 이어 지나간 세월을 한탄하고 현실을 푸념하면서 미래를 비관하는 글들도 함께 적고 있다.

3. 키케로는 "나는 반은 자유고 반은 갇힌 몸"이라고 말했다. 그러나 현자라면 두말할 것도 없이 이렇게 비굴하게 자신을 표현하

지는 않을 것이다. 현자라면 반은 자유롭고 반은 갇힌 몸의 상태는 결코 없으며 항상 완전하고 확고한 자유를 가진 해방된 사람으로서 자주권자(법률상으로 독립된 인격을 말함)이자 많은 사람들의 위에 선 존재이다. 운명의 위에 선 자들보다 더 높은 곳에 설 수 있는 사람이 또 있을까?

6

ഏഹⴰ

1. 마르쿠스 리비우스 드루수스(루키우스 리키니우스 크라수스를 중
심으로 한 온건한 벌족파의 유능한 청년 그룹의 대표적 인물로 B.C. 91년에
호민관이 되자마자 그라쿠스 형제가 이루지 못한 농지개혁, 법정개혁, 동맹
시의 로마 시민권 문제를 해결하고자 개혁 법안을 제안하고 의결하였지만
원로원에 막혀 좌절되었다)는 정력적인 활동가로 이탈리아 전역에서
모인 군중의 지지를 얻어 혁신적인 법률을 제안하고 그라쿠스 형
제(호민관으로서 몰락한 농민들을 구하기 위해 과격한 토지개혁을 단행하
였지만 반대파에 의해 형은 암살당하고, 동생은 습격을 당해 자살하였다)가
시작한 사회적 혼란을 일으키는 악정을 추진하였고 정책의 방향을
잡지 못하여 정책을 수행할 수 없었지만 일단 시작된 것은 도중에
그대로 방치할 수도 없었다. 때문에 처음부터 끝없는 활동으로 한

가한 틈이 없는 자신의 인생을 저주하며 자신은 어릴 적부터 쉬는 날이 단 하루도 없었던 유일한 인간이라고 한탄하였다고 한다. 실제로 그는 아직 피후견인으로 어린 아이용 토가(로마인들이 몸에 둘러 입었던 매우 긴 모직 옷. 왼쪽 어깨 위와 팔에 걸치고, 오른쪽 팔은 자유롭게 그냥 두었다)를 입고 있을 때부터 재판관 앞에서 피고인들의 장점을 들어 변호하였고, 중앙광장의 재판에서는 특이한 영향력을 행사한 사람으로 그가 힘을 발휘하여 승소한 몇몇 재판의 예가 있다는 것은 잘 알려진 사실이다.

2. 이렇게 조숙한 야심이 돌진하여 갈 수 없는 곳이 어디에 있겠는가? 이렇게까지 성숙한 대담함이 귀결하는 곳은 필경 공사 모두에 있어서 불행한 것이다. 그러므로 어릴 적부터 선동가로 중앙광장의 골칫거리였던 그가 쉬는 날이 없다고 한탄하는 것은 이미 너무 늦었다. 가랑이에 입은 상처 때문에 급사를 한 그가 스스로 목숨을 끊었는지에 대해서는 많은 논쟁거리가 되었다. 그의 죽음이 자발적인 것인가에 대하여 의문을 품고 있는 사람도 있지만 그의 죽음이 적당한 시기였다는 것에 대하여 의문을 품는 사람은 단 한 사람도 없다.

3. 타인이 볼 때는 가장 행복해 보이는 사람일지라도 본인이 자

신이 걸어온 삶 전체를 증오하고 스스로 탄핵하는 거짓된 증언을 한 사람의 예를 더 이상 열거할 필요는 없을 것이다. 그들은 이렇게 스스로를 탄핵하였지만 그들의 탄식으로 타인을 변화시키는 것은 물론이고 본인 스스로를 변화시키지도 못했다. 자신도 모르게 진심을 털어 놓고 탄식은 하게 되지만 그 정서는 또다시 반복되기 때문이다.

4 그대들의 인생이 천 년 이상을 지속된다고 하더라도 반드시 매우 짧은 기간으로 단축될 것이다. 그대들의 이러한 악습은 어떤 세기라도 전부 다 잠식할 것이기 때문이다. 실제로 인생의 이 기간은 자연 상태로 방치해 두면 빠르게 흘러버리고 이성을 이용한다면 길게 유지할 수 있지만 그대들에게서 멀어지는 것은 필연적이다. 왜냐하면 그대들은 그것을 붙잡거나 막으려 하지 않고, '때'라고 하는 만물 중에서 가장 빠르게 지나쳐버리는 것을 늦추려고도 하지 않고 마치 여분의 것인 양, 다시 손에 넣을 수 있는 것인 양 덧없이 흘려보내고 있기 때문이다.

7

❧❀❧

1. 내가 말하는 이러한 인간에는 다른 일에는 전혀 시간을 할애하지 않고 그저 술과 성을 위해서만 허비하는 자들도 포함되어 있다. 무언가에 쫓기고 있는 사람 중에서 그들만큼 부끄러운 일에 몰두해 있는 사람은 없다. 다른 사람들은 영광이라는 허상에 사로잡혀 있다고는 하지만 그들의 과오는 그런대로 봐줄만 하다. 탐욕스러운 사람의 예를 들어봐도 좋을 것이고 아니면 화를 잘 내는 사람, 혹은 부당한 증오와 부정한 전쟁에 집착하는 사람의 예를 봐도 좋을 것이다. 그런 사람들의 어리석음은 그래도 남자답다. 이와 비교해서 식욕과 성욕을 탐닉하는 사람들의 오욕은 얼굴을 쳐다볼 수 없을 정도이다.

2. 이러한 자들에 의해 낭비되는 시간을 모두 정산해 보라. 그들이 얼마나 많은 시간을 돈을 세는 데 허비하고, 얼마나 많은 시간을 음모에 낭비하고, 얼마나 많은 시간을 불안으로 낭비하고, 얼마나 많은 시간을 상사에 대한 아부와 부하들의 아부에 낭비하고, 얼마나 많은 시간을 자신과 타인의 출두 보증(고소를 당한 사람이 고소한 사람에게 지정한 날짜에 법무관 앞에 출두하겠다고 보증인 앞에서 보증하는 것)에 빼앗기고, 얼마나 많은 시간을 지금 당장에 그것 자체가 일이 되어 버린 연회에 빼앗기고 있는지를 보라. 그들의 그러한 시간 운영이 그것이 좋은 것인지 나쁜 것인지는 모르겠지만, 그들에게 잠깐의 쉴 틈도 주지 않는다는 것을 알 수 있을 것이다.

3. 요컨대 무언가에 쫓기고 있는 인간에게는 아무것도 훌륭하게 수행할 수 없다는 사실은 모두가 인정하는 것이다. 웅변이 그렇고, 자유인에게 어울리는 모든 학술도 그렇다. 온갖 것에 관심을 빼앗겨 산만해진 정신은 그 어떤 것도 마음 깊숙이 받아들이지 못하여 마치 억지로 입속에 쑤셔 넣은 음식처럼 토해버리기 때문이다. 무언가에 쫓기고 있는 인간의 속성 중에서 진정한 삶에 대한 자각처럼 부족한 것이 없다. 원래 살아간다는 지혜만큼 어려운 것이 없다. 다른 기술을 가르쳐줄 스승이라면 얼마든지 많다. 특히 아직 어린 나이인데도 남을 가르칠 수 있을 정도까지의 수준에 도달할

수 있는 기술도 있다. 그러나 진정한 삶은 평생에 거쳐 배워야 하는 것이다. 조금은 이상하게 들릴지도 모르지만 죽는 기술 또한 평생에 거쳐 배워야만 하는 것이다.

4. 수많은 위인이 부와 공직과 쾌락을 거부하고 모든 장애를 배제하여 진정한 삶이란 무엇인지, 오로지 그것을 깨닫기 위해 평생을 바쳤다. 그럼에도 불구하고 그들 중에는 자신은 여전히 그것을 깨닫지 못하였다고 고백하고 세상을 떠난 사람도 많다. 그러므로 무언가에 쫓기고 있는 인간은 당연히 진정한 삶이 무엇인지를 알 수가 없다.

5. 알겠는가, 그것은 사실이다. 인간적인 과오를 초월한 위인의 특성은 자신의 짧은 시간조차도 빼앗기는 것을 용납하지 않으며 아무리 짧은 시간이라도 자유 시간을 자신을 위해 사용함으로써 그들의 생은 다른 누구의 삶보다도 길다. 그들 삶의 촌각조차도 인간적 수양을 위해 허비되지 않고, 결실을 위해 사용되지 않는 시간이 없고, 촌각조차도 타인의 지배하에 둔 시간은 없었다. 누구보다도 시간을 아깝게 여기는 시간의 파수꾼으로서 자신의 시간과 바꾸어도 좋다고 여기는 가치 있는 것을 그들은 전혀 찾아내지 못했다. 그들에게 인생은 충분한 길이다. 그러나 자신의 인생 대부분을

남에게 빼앗긴 자들이 인생의 시간이 짧다고 여기는 것은 당연한 이치가 아니겠는가?

6. 또한 그런 자들이 자신의 손실을 자각하지 못하는 것은 가끔씩 일어나는 것이라고 생각할 이유가 없다. 커다란 행복이라는 무거운 짐을 짊어지고 악착같이 살아가는 사람들의 대부분이 비호민의 무리에 둘러싸여 소송의 공판과 그 외의 명예로운 불행을 위해 쫓기면서 이따금씩 이렇게 말하는 것을 들은 적이 있을 것이다.

"나는 나를 위해 사는 것이 용납되지 않았다."

어떻게 용납될 수 있겠는가? 그대를 부르는 자들은 모두 그대를 그대 자신으로부터 속여서 꾀어내고 있는 것이다. 그 피고인이 그대로부터 빼앗은 날들이 며칠이었는가? 그 공직 입후보자가 빼앗은 날들이 며칠이었는가? 몇몇 상속인의 장례식으로 피로에 지친 노파가 그대로부터 빼앗은 날들(로마에서는 상속자가 없는 부유한 노인이나 병자의 유산을 노리는 유산 사냥꾼들이 횡행하였다. 이 문장은 유산 사냥꾼에 대한 비아냥과 함께 수 명의 상속인의 죽음을 목격한 노파, 즉 불사신과 같은 노파의 유산을 손에 넣기 위해서는 시간이 걸린다는 세네카의 비꼼도 내포되어 있다)은? 유산 사냥꾼의 욕심을 자극하기 위해 병자로 위장한 노인이 빼앗은 날들은? 친구의 한 사람이 아니라 추종자의 한 사람으로서 여기고 있는 그 유력자 친구가 빼앗은 날들은? 내가 말하고자 하는 것은 그대 인생의 나날들에 표식을 하고 나누어 검토해 보는 것이 좋다는 것이다. 그대가 자신의 것으로서 유보해 둔 날들은 얼마 되지 않고 아무 쓸모도 없는 날들밖에 없다는 것을 깨닫게 될 것이다. 염원하던 파스케스를 손에 넣은 인물이 그것을 버리고 싶다며 푸념하듯이 이렇게 말한다.

"언제쯤 올해가 끝난단 말인가?"

또 다른 사람은 주어진 직무가 대단한 명예라고 여기며 행사(공화정기에는 행사의 개최를 조영관이 담당하였지만 제정기에는 법무관이 담당하였다)를 주관하면서 이렇게 넋두리를 한다.

"언제나 돼야 이 일과 작별을 할 수 있을까?"

중앙광장에서의 인기가 많고 어디서 변호를 하던 간에 알아들을 수 없을 정도로 많은 군중들을 몰고 다니는 변호인은 이렇게 말한다.

"일을 쉬고 휴가를 낼 수 있는 날이 언제 오려나?"

9. 누구나 현재의 상황에 권태감을 느끼며 삶을 앞으로 재촉하며 미래에 대한 동경에 매달린다. 그러나 모든 시간을 자신을 위해서만 사용하며 하루하루를 마치 삶의 마지막 날인 듯이 관리하는 사람은 내일을 동경하지도 않고 내일을 두려워하지도 않는다. 실제로 언젠가 장래의 한 때가 가져다줄지 모르는 즐거움이란 것이 대체 무엇이란 말인가? 그에게는 이미 알고 있는 것이고 이미 모두 다 질릴 정도로 숙달한 것이다. 그것 이외의 미래에 대해서는 바라는 대로 운에 맞기면 그만이다. 그의 삶은 이미 안전한 장소에 있다. 그 삶에는 첨가할 수 있는 것은 있지만 배제시켜야 할 것은 하나도 없다. 첨가되는 것조차도 배부르게 먹고 충족되어져 있지만 무언가 또 먹을 것이 있다면 원하지 않더라도 뱃속에 넣을 수는 있는 것처럼 여분의 음식과도 같은 것이다. 그러므로 누군가가 백발이라고 해서, 혹은 얼굴에 주름이 가득하다고 해서 그 사람이 장수하였다고 생각할 이유가 없다. 그는 오래 산 것이 아니라 그냥 길 뿐이다. 실제로 어떠한가? 항구를 떠나자마자 폭풍우를 만나 이리저리로 농락당한 끝에 세차게 부는 바람이 사방팔방에서 방향을 바꾸어가며 불어와 원을 그리듯이 제자리를 빙빙 돌기만 한 사람이 과연 항해를 했다고 할 수 있겠는가? 당연히 그는 긴 시

간 동안 항해를 한 것이 아니라 긴 시간 동안 농락당한 것에 지나
지 않는다.

8

❧

1. 나는 항상 남에게 시간을 내달라고 요구하는 자가 있고, 요구를 당한 쪽에서도 매우 간단하게 시간을 내주는 사람이 있는 것을 보고 놀라움을 금할 수가 없다. 시간을 내달라는 목적은 양쪽 다 안중에 있다. 그러나 시간 그 자체는 양쪽 다 안중에도 없다. 마치 요구한 것이 아무것도 아니고 주어진 것이 아무것도 아닌 것처럼 말이다. 그 어떤 것보다 중요한 시간이라는 귀중한 것을 허투루 다루고 있는 것이다. 그들이 그렇게 착각을 하는 것은 시간이라는 것이 무형의 것이라 눈에 보이지 않는 것이기 때문에 가장 하찮은 것, 아니 그뿐만이 아니라 거의 아무런 가치가 없는 것이라고 여기기 때문이다.

2. 연금과 보시라면 모든 사람이 소중하게 여기지만 그것을 얻기 위해서는 스스로 나서 노동과 봉사와 근면함을 제공한다. 그러나 시간의 가치를 아는 사람은 한 사람도 없다. 마치 거저 얻은 것처럼 물 쓰듯이 시간을 낭비한다. 그러나 그들이 병이 들어 죽음의 그림자가 드리워졌을 때 의사의 무릎에 매달리는 모습, 혹은 죽을 죄를 지었다면 전 재산을 털어서라도 연명하려고 하는 모습을 보라. 그들의 마음속에는 어떤 정서가 수염과 눈썹처럼 일관성을 유지될 정도로 커다란 것이다.

3. 가령 각자가 지나간 시간과 마찬가지로 자신에게 남겨진 미래의 시간도 머릿속에 떠올릴 수 있어서 자신에게 남겨진 시간이 얼마 되지 않는다는 것을 알게 된다면 얼마나 두려워하고 얼마나 시간을 아깝게 여기겠는가? 더군다나 지금이라는 확실한 시간이라면 아무리 적다고 하더라도 변통이 쉬울 것이다. 언제 소진될지 모르는 것은 항상 주의를 기울이며 소중히 다뤄야만 한다.

4. 시간이라는 것이 얼마나 소중한 것인지를 그들은 전혀 모르고 있다고 생각할 근거가 없다. 자신이 더없이 사랑하고 있는 사람들에게 그들은 이런 말을 자주 하지 않는가?

"내 삶의 일부를 떼어줄 용의가 있다."

그들은 그 일부를 떼어주지만 자신이 하고 있는 일에 대한 자각은 없다. 일부를 떼어주는 것은 자신의 세월을 감소시키지만 그렇다고 해서 상대의 세월을 증가시켜주는 것도 아니다. 그러나 그들은 자신의 세월을 감소시키고 있다는 바로 그 사실을 깨닫지 못하고 있다. 그렇기 때문에 그들은 참을 수가 있는 것이다. 잃어버리고 있지만 제대로 인식하고 있지 못하고 있는 손실이기 때문이다.

5. 그러나 잃어버린 세월을 되돌려줄 수 있는 사람은 아무도 없으며 그대를 원래의 그대로 되돌려 줄 수 있는 사람도 없다. 인간의 삶이란 처음 시작한 길을 걸어가며 발길을 되돌릴 수도 그 길을 멈출 수도 없다. 그것은 시끄러운 소리조차 내지 않고 세월이 쏜살처럼 빠르다는 주의도 주지 않는다. 인생은 조용히 흘러간다. 왕의 권력을 지니고 있더라도, 세상 사람들의 인기를 한 몸에 받고 있더라도 결코 연장할 수가 없다. 삶의 출발점이 된 그날부터 달리기 시작하여 그대로 달려간다. 어디선가 지름길로 가로질러 갈 수도 없고, 어디선가 잠시 쉬었다가 갈 수도 없다. 과연 그 끝에 있는 것은 무엇일까? 그대는 무언가에 쫓기고, 인생은 덧없이 흘러간다. 이윽고 죽음이 찾아와 싫든 좋든 간에 그 죽음과 함께 그대는 영원히 잠들어야 한다.

9

❧❦❧

1. 그런데 자신에게는 예언 능력(스토아 학파의 네 가지 기본 덕목 중에 하나인 '실천지(實踐知)'에 속하는 예지와는 다르다. 예지는 모든 것을 '일어날 수 있는 일'로 받아들이는 반면에 미래는 '불확정'임에도 불구하고 '그렇게 된다.'라는 그릇된 판단, 확신을 동반하는 것을 말한다)이 있다면 자만하는 자들의 판단만큼 경솔한 것이 또 있을까? 인간은 보다 잘 살기 위해 더욱더 조급해 하며 무언가에 쫓기고 있다. 인생을 희생하여 그 위에 다시 인생을 구축하려고 하고 있다. 인간은 이렇게 다음에는 저것을 하겠다는 생각을 떠올리며 먼 장래의 것에까지 생각을 확장시킨다. 그런데 이러한 생각의 확장이야말로 인생의 가장 큰 낭비이다. 미래에 대한 확장은 앞날에 대한 약속으로 새로운 날이 오면 그날을 앗아가고 지금이라는 시간을 빼앗아버린

다. 삶에서 가장 큰 장애는 내일이라는 시간에 의존하여 오늘이라는 시간을 헛되게 하는 기대이다. 운명의 손아귀에 들어 있는 것을 그대는 이리저리 계획하면서 자신의 손아귀에 쥐고 있는 것을 잃고 있다. 그대는 대체 어디를 바라보고 있는가? 무엇을 지향하고 있는가? 다가올 미래는 불확실함 속에 있다.

2. 지금 당장을 살아라. 보라, 위대한 시인조차 마치 신의 목소리를 통해 영감을 얻은 듯 구원의 노래를 목청 높이 부르고 있지 않은가?

박복한 인간의 인생, 최고의 날들이 가장 먼저 사라진다.
                                —베르길리우스의 『농경시』 중에서 인용

그는 이렇게 말하고 있는 것이다.

"무얼 망설이고 있는가? 왜 우물쭈물하고 있는가? 그대가 잡지 않으면 멀리 도망쳐 버린다."

아니, 설령 붙잡았다고 하더라도 도망쳐 버릴 것이다. 그러므로 시간의 속도에 대항하기 위해서는 그것을 사용하는 속도로 경쟁해서는 안 된다. 이리저리 튀어오르면서 언제까지나 흐를 것이라고 단정할 수 없는 격류는 재빨리 떠서 마셔버려야 한다.

3. 시인이 '최고의 세월'이라고 하지 않고 '최고의 날들'이라고 한 것은 계속해서 망설이고만 있는 것에 대한 꾸짖음을 기가 막히게 표현하고 있는 것이다. 그대는 어째서 마음 편하게 쏜살처럼 재빠르게 달아나 버리는 시간의 흐름 속에서 느긋하게 그대의 욕심대로 먼 장래까지 세월의 순서를 밀어버리는가? 시인은 하루에 대하여, 그것도 빠르게 흘러가 버리는 오늘이라는 하루에 대하여 그대에게 말하고 있는 것이다.

4. 그러므로 시인이 말하는 '박복한 인간', 다시 말해서 무언가에 쫓기고 있는 인간의 '최고의 날들이 가장 먼저 사라진다.'는 것에는 의심의 여지가 없을 것이다. 무언가에 항상 쫓기고 있는 인간의 치졸한 정신은 노년에 갑작스러운 기습을 당한다. 아무런 준비도 하지 않고 아무런 방비도 없는 채로 노년을 맞이하는 것이다. 노년을 미리 대비하지 않았기 때문이다. 그들은 자신도 모르는 사이에 어느 날 갑자기 노인이 된다. 하루하루 노년에 다가가고 있다는 것을 깨닫지 못한 것이다.

5. 여행자가 이야기와 책처럼 무언가에 정신이 팔리게 되면 목적지에 가까워지고 있다는 것을 깨닫지 못한 채 어느 새 목적지에 도착해 버리는 일이 자주 있는 것과 마찬가지로, 우리가 일상의 생활 속에서 똑같은 걸음걸이로 걸어가는 인생의 여정, 쏜살처럼 지나가버리는 여정은 무언가에 쫓기듯 사는 사람에게는 종착지에 도착할 때까지 그 모습을 보여주지 않는다.

〜✦〜

10

1. 내가 제기한 주제를 각 부분으로 구분하여 각각을 증명하고자 한다면, 무언가에 쫓기고 있는 인간의 생이 짧다는 부분을 증명할 수 있는 여러 논거가 머릿속에 떠오른다. 파피리우스 파비아누스(세네카의 스승)는 강의실의 사이비 철학자가 아니라 옛날식의 진정한 철학자의 한 사람으로 항상 이렇게 말했다.

"온갖 정념의 충동에 대항하기 위해서는 섬세함이 아니라 격렬함으로, 가벼운 상처만 주는 것이 아니라 돌격에 의한 정면 돌파로 맞서 싸워야 한다.(그는 비꼬는 것에는 찬성하지 않았다) 왜냐하면 '악덕'은 저주하는 것만으로는 사라지지 않기 때문에 근절하지 않으면 안 된다."

그러나 본인의 과오를 비난하고 그것을 깨닫게 하기 위해서는 한심스럽게 여기지 말고 가르쳐 줄 필요도 있다.

2. 인생은 과거, 현재, 미래의 세 시기로 나뉘어져 있다. 이 중에서 우리가 살아가고 있는 현재는 매우 짧고, 살아야할 미래는 불확실하고, 지나간 과거는 확정되어 있다. 과거가 확정하고 있는 것은 운명이 이미 지배권을 잃었기 때문에 누구의 힘으로도 되돌릴 수 없다. 이런 과거를 무언가에 쫓기 듯 산 사람은 놓쳐버리기 십상이다. 그들에게는 과거의 사건들을 되돌아볼 여유가 없기 때문이다. 설령 그럴 여유가 있다고 하더라도 후회할 일을 떠올리는 것은 불쾌하기 때문이기도 하다.

3. 그러므로 그들은 떠올리기 싫은 과거에 마음을 주는 것을 싫어하며 굳이 떠올리려고 생각하지 않는다. 자신의 과거 악몽이 비록 현재의 일시적인 쾌락으로 감춰져 있지만 기억 속에 되살리면 폭로되기 때문이다. 과거의 모든 행위가 자신의 양심이라는 결코 잘못을 저지르지 않는 감시자의 검열을 받은 사람을 제외하면 기꺼이 과거를 되돌아보려는 사람은 아무도 없다.

4. 과거에 야망을 품고 많은 것에 욕심을 부렸던 사람, 과거에 거

만하게 남을 업신여겼던 사람, 과거에 횡포로 승리를 쟁취한 사람, 과거에 술책을 통해 남을 속인 사람, 과거에 강제로 남에게서 찬탈한 사람, 과거에 돈을 물 쓰듯이 쓴 방탕한 사람, 이런 사람들이 자신의 과거 기억을 두려워하는 것은 당연하다. 그러나 우리 인간에게 주어진 과거라고 하는 시간은 신성하고 성스러우며 모든 인간사를 초월한 것으로 운명의 지배권 밖에 놓여 있기 때문에 결핍에도, 공포에도, 질병의 습격에도 위협을 받지 않는 시간이다. 과거는 흐트러뜨릴 수도 빼앗을 수도 없다. 그것은 영원하고 불안함이 없는 소유물인 것이다. 지금의 현재란 하루하루를 말하며 이 하루는 찰나의 순간에서 비롯된다. 그러나 과거의 날들은 어느 날이든 간에 명령만 내리면 눈앞에 나타나 마음먹은 대로 들여다 볼 수도 있고 멈출 수도 있다. 그러나 무언가에 쫓기듯 사는 사람에게는 그럴 여유가 없다.

5. 자신의 삶 어느 부분이라도 자유롭게 드나들 수 있는 것은 불안이 없는 평정한 정신의 특권이다. 그와 반대로 무언가에 쫓기듯 사는 사람의 정신은 마치 멍에를 짊어진 사람처럼 몸을 돌리거나 되돌아 볼 수가 없다. 따라서 그들의 삶은 심연의 어둠 속으로 사라져 간다. 그것은 마치 물을 아무리 많이 부어도 그것을 받아 담을 수 있는 그릇이 없다면 헛수고로 끝나는 것과 마찬가지로 머무

르지 못하고 균열과 구멍이 뚫린 정신 사이로 빠져나가기 때문에 아무리 많은 시간이 주어졌다고 하더라도 무의미하다.

6. 현재라고 하는 시간은 대단히 짧다. 어떤 사람들에게는 없는 것과 마찬가지일 정도로 짧다. 현재라고 하는 시간은 항상 움직임 속에 존재하며 흐르고 지나간다. 찾아온 찰나에 이미 존재하지 않게 된다.(현재의 찰나도 '존재하는 점'이라 보지 않고 시간이라는 연속체 속의 과거와 미래 사이에 있는 '개념적인 점과 같은 구분점'으로 여기는 포세이도니오스의 '시간 개념'을 따르고 있다) 현재라고 하는 시간에 잠시의 지체도 없는 것은 끊임없이 운행하면서 결코 같은 위치에 머무르지 않는 우주와 별들의 움직임과 마찬가지이다. 따라서 현재라고 하는 시간만이 무언가에 쫓기듯이 사는 사람들과 관계가 있는 시간이며, 그것은 움켜잡을 수 없는 찰나의 순간조차도 수많은 것들에 마음을 빼앗긴 그들에게는 자신도 모르는 사이에 순식간에 사라져버리는 것이다.

11

͡ᔆᕬᔆ

1. 요컨대 그대가 알고 싶은 것은 무언가에 쫓기듯 사는 사람이 사는 삶이 얼마나 짧은가일 것이다. 사람들이 얼마나 장수를 갈망하고 있는지 주변을 살펴보면 잘 알 것이다. 늙고 병든 노인이 고작해야 몇 년을 더 살게 해달라고 기원을 한다. 자신은 실제보다 젊다고 나이를 속여서 자기만족을 함과 동시에 운명까지도 속였다는 희열에 빠져 자기기만을 계속하고 있다. 그러나 이윽고 병이 들고 쇠약해진 자신이 이제 곧 죽어야 할 운명이라는 사실을 깨닫게 되면 이 세상을 떠나는 것이 아니라 마치 억지로 삶을 빼앗기기라도 하듯이 두려움에 떨면서 인생을 마감하게 될 것이다. 그들은 몇 번이고 이렇게 소리친다.

"나는 진정한 삶을 살지 못한 어리석은 인간이었다. 이제 병석에서 털고 일어난다면 한가롭고 여유로운 삶을 살아야겠다."

그제야 비로소 그들은 실제로는 누리지 못했던 것을 위해 자신이 얼마나 무익한 준비를 하였는지, 모든 수고가 얼마나 허망된 것인지를 깨닫게 된다.

?, 이와 반대로 속세의 모든 삶에서 멀리 벗어나 살아가고 있는 사람의 삶이 윤택하지 않다고 단정할 수 있을까? 그런 삶은 난 한순간도 타인에게 양도된 적이 없으며, 단 한순간도 이리저리로 휘둘리지 않고, 단 한순간도 운명에 맡겨진 적이 없고, 단 한순간도 태만에 의해 잃은 적이 없고, 단 한순간도 사치스러운 잔치로 줄어들지 않고, 단 한순간도 여분의 것이 없다. 그런 삶의 전체는 쉽게 말해서 보답이 뒤따르게 마련이다.(14장 1절 참조) 그러므로 아무리 짧다고 하더라도 넘칠 만큼 충분한 것이기 때문에 최후의 순간을 맞이하게 되면 현자답게 전혀 흔들리지 않고 죽음의 길로 드는 것이다.

12

ↄↄ✦ↄↄ

1. 아마도 그대는 내가 '무언가에 쫓기듯 사는 사람들'이라고 부르는 사람들이 어떤 사람들이냐고 물을 것이다. 내가 말하는 '무언가에 쫓기듯 사는 사람들'이 어떤 특정한 사람들을 가리키는 것이라고 생각할 이유는 없다. 다시 말해서 바실리카 안에 풀어놓은 개들에게 쫓겨난 사람들(법정으로 이용된 율리우스 회당은 밤이 되면 남아서 일을 하고 있던 재판관과 변호사 등이 풀어 놓은 개들 때문에 나가야 했다), 그리고 자주 볼 수 있는 광경이 자신을 따르는 지지자와 비호민의 무리 속에서는 죽을 만큼 융성한 대접을 받고, 자신이 따르는 상대의 무리 속에서는 죽을 만큼 처량한 상황에 놓인 사람들, 의리를 지키기 위해(아침 인사) 집을 뛰쳐나와 서로 이리저리 밀치다가 남의 집 대문에 부딪히는 사람들, 혹은 창이 꽂혀있는 법무관

경매장(전리품을 경매하던 데서 유래한 것으로 법무관이 주최하는 경매장
에는 창이 꽂혀 있었다. 전리품과 압수품을 경매하는 경매장은 탐욕의 무대
가 되었다)에서 언젠가는 반드시 곪아 터질 불안한 이익을 추구하며
안간힘을 쓰는 사람들이다.

  2. 한가할 때조차 무언가에 쫓기는 사람도 있다. 별장에 있을 때
도, 혹은 침대에 누워 있을 때도, 모든 것을 멀리하고 혼자 있음에
도 불구하고 본인 스스로가 번뇌의 씨앗이 되는 사람도 있다. 그런
사람들의 인생은 한가한 삶이라고 부를 수 없고 '쓸데없는 바쁨'
이라고 불러야 할 것이다. 몇몇 인간들의 광기 때문에 비싼 값을
치러야 하는 코린토스의 집기(그리스 삼대 청동기 산지인 코린토스에서
만들어진 청동기로 금, 은, 동의 합금으로 화염에 의해 우연히 만들어진 산
물이다. 플리니우스의 '박물지'에 의하면 무덤까지 파헤치는 사람이 있을
정도로 귀하게 여겼다고 한다)를 대단히 귀하게 여기며 조심스럽게 장
식하고 하루의 대부분을 녹슨 청동조각에 파묻혀 살고 있는 자들
을 한가한 사람이라고 부를 수 있겠는가? 격투장(레슬링 학교에 있는
점토와 모래를 섞어서 만든 링. 로마인들은 레슬링을 동성애의 이미지가 있
다고 하여 그리스의 레슬링 경기를 경멸하였다)이 얼마나 수치스러운 행
동이란 말인가? 우리는 결코 로마의 것이라고 할 수 없는 악행들
때문에 고민하고 있는 것이다. 이런 격투장에 앉아서 어린애들의

싸움과도 같은 유치한 시합을 보며 열광하는 자들을 한가한 사람이라 부를 수 있겠는가? 향유를 바른 한 무리의 레슬링 선수를 연령과 피부색으로 나누고 있는 자들을 한가한 사람이라 부를 수 있겠는가?

3. 신참 선수를 모아 육성하고 있는 자들을 한가한 사람이라 부를 수 있겠는가? 그리고 과연 이런 사람들도 한가한 사람이라 부를 수 있겠는가? 예컨대 이발소에서 몇 시간이나 앉아서 시간을 보내며 수염이 조금이라도 자라면 면도를 하고 머리카락 한 올 한 올을 어떻게 하는 것이 좋을지 이발사와 상담하면서 긴 머리카락을 정돈하고, 옅어진 머리카락을 이리저리에서 끌어 모아 이마에 붙이고 있는 자들 말이다. 이발사가 조금이라도 소홀하게 대하면 마치 살점이 떨어지기라도 한 것처럼 화를 내는 것을 어떻게 생각하는가? 자신의 갈기(풍성한 머리카락에 대한 자부심을 경멸적으로 말하고 있다)가 잘려져 나가거나 조금이라도 헝클어진 머리가 남아 있으면 불같이 화를 내는 것을 어떻게 생각하는가? 이런 자들 중에 자신의 머리카락이 헝클어진 것에는 신경을 쓰면서도 국가의 혼란을 걱정하는 사람이 단 한 사람이라도 있을까? 머리카락에는 신경을 쓰면서 정작 머리의 건강을 걱정하는 사람이 단 한 사람이라도 있을까? 겉모습이 화려하게 보이기를 원하면서 마음이 훌륭한 인

간이 되기를 바라는 사람이 단 한 사람이라도 있을까?

4. 빗과 거울에 열중해 있는 사람을 과연 한가한 사람이라고 부를 수 있겠는가? 그리고 노래를 만들거나 듣고 배우는 일에만 열중하여 자연을 따르는 솔직한 목소리가 최선의 목소리이고 가장 자연스러운 목소리임에도 불구하고 억지로 목소리를 왜곡시켜 매우 가는 억양으로 불러주는 자들, 머릿속에 떠오른 어떤 노래의 박자에 맞춰 손가락을 튕기는 자들, 진지한 용건이나 슬픈 용건을 위해 불려 왔으면서도 콧노래를 부르는 자들을 한가한 사람이라 부를 수 있겠는가? 이런 자들이 즐기고 있는 것은 한가함이 아니라 '태만한 바쁨'인 것이다.

5. 이런 종류의 인간들이 개최한 연회에서 그들이 걱정스럽게 은그릇들을 펼쳐놓는 것을 보더라도, 또한 그들이 가랑이 사이의 튜니카(토가 안에 입는 속옷. 옷자락을 걷어 올리는 것은 성적 자극을 주기 위해서이다)의 옷자락을 꼼꼼히 걷어 올리거나 멧돼지가 요리사의 손을 거쳐 어떤 모습으로 나올지를 안달복달하면서 기다리고 있는 모습을 보더라도, 혹은 머리를 깔끔하게 깎은 노예 급사들이 신호에 따라 재빨리 움직이는 모습과 새 요리가 보기 아름다운 작은 접시에 보기 좋게 놓여 있는 모습, 아직 어린 노예가 불쌍하게도 취

객이 토해낸(부자들은 연회에서 배가 부르게 먹으면 새의 깃털로 토해내고 다시 먹었다) 토사물을 정성스럽게 닦아내고 있는 모습을 보더라도 도저히 한가함이라고 여길 수가 없다. 그들은 이런 짓으로 우아하다거나 세련됐다는 평가를 듣고 싶어 하지만 너무나 도가 지나쳐서 몸에 밴 나쁜 습관이 일상생활 속에서도 드러나 먹고 마시는 일조차도 남에게 보여주고 싶어 안달이다.

6. 또한 어딜 가든 가마를 타고 외출을 하면서 마치 가마를 타지 않으면 법률 위반이라도 되는 것처럼 가마를 탈 때면 언제나 빠지지 않고 모습을 나타내는 사람들, 혹은 목욕이나 수영이나 식사를 해야 할 시간이 되면 일일이 남에게 주의하라고 명령을 내리는 사람들도 한가한 사람이라고 칭할 수 없다. 그들은 해이해진 정신의 심한 불균형으로 무기력해진 상태이기 때문에 배가 고픈지조차 스스로 알지 못한다.

7. 이렇게 정신이 해이해진 사람들(인간으로서의 생활과 습관을 망각한 것을 정신의 해이라고 부를 수 있다면) 중에 한 사람의 이야기를 들은 적이 있다. 그는 목욕탕에서 나와 많은 사람들의 손에 의해 가마에 올라타고는 이렇게 물었다.

"내가 지금 앉아 있느냐?"

자신이 앉아 있는지조차 알지 못하는 인간에게 자신이 살아 있는 것인지, 눈이 보이는지, 한가한지 등에 대하여 과연 알 수 있을 것이라고 생각하는가? 정말로 모르는 것인지, 아니면 그저 모르는 척 하는 것인지를 떠나 두 경우 모두 불쌍한 일이지만 쉽게 판단할 수는 없다. 그들이 실제로 많은 건망증을 경험하고 있다는 것은 사실이고, 또한 많은 것을 망각한 척하는 것도 사실이다.

8. 어떤 종류의 악은 마치 행복의 증거이기라도 한 듯이 이런 사람들에게는 반가운 것이다. 자신이 무엇을 하고 있는지를 알고 있는 것이 그들에게는 천하고 경멸의 대상이 될 인간이 하는 행동이라고 여기는 것이다. 사치를 비판하는 미모스(모방극) 배우가 많은 이야기를 날조하였다고 생각하는 것은 어리석은 일이다. 맹세코 그들이 꾸며낸 이야기보다는 빼먹은 이야기가 훨씬 더 많다는 것이 진상이며 이 방면에서만 뛰어난 재능을 보여주는 당대의 믿기 어려운 악덕은 셀 수도 없이 많기 때문에 미모스 배우의 태만함을 비난해도 좋을 정도이다.

9. 자신이 앉아 있는지 아닌지를 알기 위해 남에게 묻는 인간이

있을 줄이야. 정신의 해이가 극에 달했다. 때문에 이런 종류의 인간은 한가한 인간이라 부르지 말고 다른 이름으로 불러야만 한다. 그들은 병자이다. 아니, 죽은 사람이다. 한가한 사람이란 자신이 한가함을 누리고 있다는 자각을 하고 있는 사람을 말한다. 자신의 신체 상태를 알기 위해 누군가 그 사실을 알려줘야 한다면 반은 죽은 사람이니 어떻게 자기 인생의 주인이 될 수 있겠는가?

13

꙳

1. 체커 게임이나 구기나 일광욕에 빠져 인생을 낭비하는 사람들의 예를 전부 다 들자면 끝이 없다. 요컨대 많은 시간과 손이 많이 가는 쾌락에 사로잡혀 있는 자들은 한가한 사람이 결코 아니라는 것이다. 실제로 현재 로마인 중에 대부분의 사람들은 아무런 도움도 되지 않는 문학 연구에 심취해 악착같이 매달려 있는 사람들이 사실은 아무것도 하지 않고 있는 것에 불과하다는 것을 아무도 의심하지 않을 것이다.

2. 아무 쓸모도 없는 일에 집착하는 이러한 도착증은 원래 그리스인들의 습성이다. 울릭세스(오디세우스의 로마 이름)에게 몇 명의 사공이 있었는지, 『일리아스』와 『오디세이아』 중에 어느 것이 먼저

이고 작자는 동일인인지 등과 같은 것들로, 남들에게 가르쳐 주지 않고 비밀로 간직하기에는 만족을 할 수 없고 공공연하게 떠들고 다니면 박식하다는 소리를 듣기보다는 오히려 역겹다는 소리를 들을 정도로 하찮은 일들이다.

3. 쓸데없는 지식을 배우고 익히려는 이러한 허무한 열정이 로마인들 사이에서도 만연하고 있는 모습을 어떻게 생각하는가? 최근 한 사람이 로마인 중에서 누가 제일 먼저 무얼 했는지에 대하여 장황하게 늘어놓으면서 이런 이야기를 하는 것을 들은 적이 있다.

"최초로 해전에서 승리를 거둔 사람은 가이우스 두일리우스(B.C. 3세기 로마의 장군·통령. 카르타고 함대와 시칠리아 북부의 밀레 해안에서 교전하여 로마 최초의 해전에서 승리를 거두고, 로마 해군의 제해권의 기초를 만들었다)이고, 개선식에서 처음으로 코끼리를 행진시킨 사람은 마리우스 쿠리우스 덴타투스(B.C. 290년 집정관. 사비니와 세노네스 등의 부족을 정복하고 피로스에서 승리를 한 군인이자 정치가)이다."

이런 이야기는 진정한 영광에 기여하는 것은 결코 아니지만 지금도 여전히 국민적인 공헌의 모범으로서 그 역할을 다하고 있다. 이러한 지식들은 아무런 도움도 되지 않지만 흥미를 유발시키는 매력이 있기 때문에 우리의 마음을 사로잡고 있다.

4. 로마인에게 배를 타도록 제일 먼저 권한 사람이 누군가 하는 문제를 따지는 사람들은 너그럽게 봐주기로 하자. 정답은 아피우스 클라우이우스 카우덱스(B.C. 264년 집정관. 두 개의 군단을 이끌고 그리스로 건너가 제1차 포에니 전쟁을 시작하였다)로 그가 카우덱스라는 별명으로 불리게 된 것도 그 때문이다. 왜냐하면 옛사람들 사이에서는 복수의 널빤지를 이은 것을 카우덱스라고 불렀고, 공문서의 기록 판을 코텍스(카우덱스)라 징하였으며 지금도 여전히 짐을 싣고 티베리스 강을 오르내리는 배를 카우디카리아라고 부르는 것도 여기서 유래된 것이다. 메세나(Messana)에서 처음으로 승리를 한 사람은 마니우스 발레리우스 막시무스(B.C. 263년의 집정관. 메세나를 점령한 히에론 2세를 격퇴하고 메세나를 해방시킴)로 발레리우스 집안에서 처음으로 자신이 공략한 도시의 이름을 따서 메세나라고 자칭한 인물이다. 이 이름은 천천히 세상에 알려지면서 스펠링이 바뀌어 메셀라(Messala)로 불리게 되었다는 등의 내용을 꼼꼼히 조사하는 것이 무슨 의미가 있을까?

5. 그럼, 지금까지는 키르쿠스(로마에서 경마나 전차 경주에 이용되던 원형극장)에서 쇠사슬에 묶인 채 경기를 관람했던 사자의 쇠사슬을

풀어 함께 관람을 하고, 보쿠스 왕(고대 북아프리카의 역사적 지역으로, 현재의 모로코 북부와 알제리 중서부 지역인 마우레타니아의 왕)이 파견한 창병에게 그것을 죽이게 한 사람이 루키우스 코르넬리우스 술라(B.C. 138년 ~B.C. 78년) 정치가이자 장군으로 마리우스와의 사투에서 승리하고 독재관이 되어 반대파에 대한 무자비한 숙청으로 공포정치를 실시했다)라는 사실을 탐색하는데 열중하는 사람들을 용서할 수 있겠는가? 틀림없이 용서할 것이다. 그렇다면 과연 키르쿠스에서 열여덟 마리의 코끼리 관람을 함께하고 그 코끼리와 죄 없는 사람들을 싸우게 한 최초의 인물이 폼페이우스였다는 사실이 정말로 대단한 지식이라고 할 수 있겠는가? 역사상 가장 선량한 일인자였다고 전해오는 인물이 독특한 방법으로 인간을 말살하는 참형을 구경거리로 고안해낸 것이다. 죄 없는 그들이 정말로 죽을 때까지 싸우면 속이 후련했을까? 그걸로 끝나지 않았다. 사지를 찢어죽이면 될까? 그것으로도 끝나지 않았다. 야수의 거대한 몸집에 의해 짓이겨져야만 끝이 났다.

6. 이런 비인간적인 소행을 부러워하며 배우려는 권력자들이 다시는 나타나지 않도록 이런 사건들은 잊어버리는 것이 좋다. 아아, 위대한 영화는 우리의 마음속에 얼마나 깊은 어둠을 드리웠더란 말인가? 폼페이우스가 수많은 불쌍한 사람들을 먼 타국에서 끌고

온 야수들에게 던져주었을 때, 또한 이렇게 서로 어울리지 않는 생명체들끼리 싸움을 시작하였을 때, 또한 이윽고 스스로가 그 이상으로 엄청난 피를 뿌리게 될 운명(카이사르와의 내전)인 로마 시민의 눈앞에서 피를 흘렸을 때, 자신이 자연의 힘을 초월한 존재임을 의심하지 않았다. 그러나 그는 바로 알렉산드리아에서의 배신(파르살로스 결전에서 대패한 뒤 이집트에서 군을 재정비하려 하였지만 클레오파트라의 남동생 프톨레마이오스 13세에게 속아 자객의 손에 의해 암살됨)으로 최하층 노예의 칼에 찔려 죽고 말았다. 그제야 겨우 자신의 명성이 모두 다 헛된 것임을 깨닫게 되었다.

7. 이제 다시 원론으로 돌아가자. 어떤 사람들이 혼신의 힘을 다했던 것이 이와 마찬가지로 헛된 일이라는 것을 밝혀보기로 하자. 지금 말한 이 사람은 이런 말도 했다.

"루키우스 카에킬리우스 메탈루스(B.C. 251년 집정관. 팔레르모 전투에서 하스두루발이 이끄는 카르타고 군을 격파하였다)는 그리스에서 카르타고 군에게 승리를 한 뒤 포획한 백이십 마리의 코끼리가 끄는 전차를 타고 개선행진을 한 유일한 로마인이다. 혹은 고대인들 사이에서는 속주에서 영토를 획득하였을 때는 단 한 번도 확장을 하지 않고 이탈리아에서 영토를 획득하였을 때만 확장하는 관습이었던 포메리움(로마 중심부의 성스러운 경계선. 고대 로마에서는 법적으로 포메리움의 안쪽만이 로마의 본체이고 그 주변의 경계는 단순한 로마의 영토로 여겼다)을 확장한 것은 술라였다."

이런 사실을 아는 것이 다음의 사실을 아는 것보다 유익하다고 할 수 있을까? 즉, 그가 단언하는 것은 아벤티누스 언덕(티베리스 강과 로마 시가지가 내려다보이는 언덕)이 포메리움 밖에 있는 것은 평민들이 이 언덕에 모여 살기 때문인지, 아니면 레무스(로마의 건국 시조인 로물루스의 쌍둥이 형제)가 그곳에서 새점을 쳤을 때 길조로 나왔기 때문인지 둘 중에 하나라는 사실과, 그 밖에 온갖 거짓이거나 그와 비슷한 셀 수 없을 정도로 많은 사실들이다.

8. 사실 그들의 이야기가 진지한 이야기라는 것을 인정한다고 하더라도, 또한 그들이 이야기의 신빙성을 보증한다고 하더라도 그런 종류의 지식이 누구의 그릇된 생각을 바로잡아 주고 누구의 잘못을 줄여줄 수 있겠는가? 누구의 욕망을 억제할 수 있겠는가? 누구를 보다 용감한 인간으로 만들어주고, 누구를 보다 정직한 인간으로 만들고, 누구를 보다 자유로운 인간으로 만들어 줄 수 있겠는가? 나의 스승 파피아누스는 이따금씩 이렇게 말했다.

"이런 일에 연관된다면 차라리 학문을 하지 않는 것이 낫다."

14

❦

1. 모든 인간 중에서 영지(철학)를 위해 시간을 이용하는 사람만이 유일하게 한가한 사람이며 진정한 삶을 살아가고 있는 사람이다. 실제로 그런 사람들이 진지하게 지켜내고 있는 것은 자신의 인생만이 아니다. 그들의 삶은 여러 세대에 걸쳐 영향력을 끼친다. 그들이 삶을 부여받기도 이전에 이미 지나가버린 과거의 시간들은 모두 그들 삶의 부가물이 된다. 우리가 은혜를 망각하는 무리가 아닌 이상 모든 신성한 사상을 가진 학파의 혁혁한 명성을 남긴 창시자들이 우리를 위해 태어나서 우리를 위해 삶을 준비해 주었다고 생각해야 한다. 우리는 그들의 조심누골(彫心鏤骨) 덕분에 어둠에서 밝은 곳으로 벗어나 더 없이 아름다운 깨달음의 세계로 인도되었다. 우리에게는 닫혀 있거나 금지된 세기가 없기 때문에 어떤 세기

로도 들어갈 수 있으며 정신의 위대함을 통해 인간적 나약함에서 비롯되는 편협한 마음의 세상에서 벗어나려고 마음만 먹는다면 깨달음의 세계를 누릴 수 있는 시간은 충분히 있다.

2. 소크라테스와 함께 토론을 할 수도 있고, 카르네아데스(회의론자로서, 진리의 기준을 인정하지 않고 특히 스토아 학파의 신 존재의 증명이나 신의 섭리에 관한 이론을 공격하였다)와 함께 회의할 수도 있고, 에피쿠로스와 함께 휴식을 취할 수도, 스토아 학파 사람들과 함께 인간의 본성을 극복할 수도 있고, 키니코스 학파(명예와 부를 멀리 하고 자연과 일체 된 삶을 강조했던 고대 그리스의 금욕주의 학파로, 키니코스는 그리스어로 '개' 라는 단어에서 유래하여 견유 학파라고도 불린다. 디오게네스가 스스로를 개라고 칭하며 이렇게 말하기도 했다. "나는 내게 무언가를 준 사람을 향해서는 꼬리를 흔들고, 거부하는 이에게는 짖으며, 나쁜 사람은 물기 때문에 개라고 불린다.") 사람들과 함께 인간의 본성에서 해탈하는 것도 용납된다. 자연이 이렇게 모든 시대의 유산을 공유하는 것을 우리에게 허락하고 있으니, 지금이라고 하는 짧고 빠르게 바뀌는 시간의 흐름에서 벗어나 과거라고 하는 유구하고 영원하면서도 보다 선한 사람들과 공유할 수 있는 시간을 위해 혼신의 힘을 다해 몸을 맡기지 않을 수 있겠는가?

3. 세속적 의무를 다하기 위해 바쁘게 뛰어다니는 사람, 자신은 물론 타인까지 요란스럽게 하는 사람. 이런 사람들이 미친 듯이 떠들고 다닌다고 한들, 그리고 매일매일 집집마다 문을 두들기며 인사를 한들, 또한 멀리 떨어져 있는 집들을 방문하여 돈을 받기 위해 윗사람들에게 인사를 하고 다닌다고 한들 온갖 욕망에 마음을 빼앗긴 드넓은 도시 로마에서 대체 얼마나 많은 사람들을 만날 수 있겠는가?

4. 그렇게 인사를 다니는 그들에게 아직 잠을 자고 있다는 이유로, 혹은 잔치를 벌이고 있다는 이유로, 혹은 인간성이 결여된 냉정함으로 쫓아내 버리는 인간이 얼마나 많은가? 장시간 기다리게 해놓고서는 급한 용무가 있다고 황급히 나가버리는 그들의 뒷모습만 바라보는 인간이 또 얼마나 많은가? 마치 그냥 내쫓는 것보다는 속이는 것이 훨씬 인간적이라는 듯이 비호민들로 넘쳐나는 현관 복도로 나가지 않고 눈에 잘 띄지 않는 출구로 마치 도망치듯이 빠져나가는 인간들이 얼마나 많은가? 전날의 숙취로 잠이 덜 깬 무거운 머리를 감싼 채 남이 잠에서 깨기를 기다리며 자신의 숙면을 포기하고 찾아온 그들의 이름을 하인이 남에게 들리지 않게 몰래 속삭인 이름을 거만하게 하품을 하면서 이름을 불러주는 인간이 얼마나 많은가?

5. 이런 세속적인 의무가 아니라 인간적인 진정한 의무에 대하여 생각해 봐야 하는 것은 제논(B.C. 495~B.C. 430. 그리스의 수학자, 철학자. 기원전 5세기경 엘레아 학파의 한 사람으로 변증법의 창시자로 불리며 역설적 논증으로 유명)과 피타고라스에게, 혹은 데모크리토스(고대 그리스의 유물론 철학자. 거의 동시대의 플라톤의 관념론에 대립했다)와 그 밖의 훌륭한 학술의 제사장들, 아리스토텔레스와 테오프라스토스(B.C. 372~B.C. 288. 그리스의 철학자, 과학자. 플라톤과 아리스토텔레스에게서 배웠으며, 아리스토텔레스가 개설한 리케이온학원의 후계자가 되었다. 식물학의 창시자)에게 직접 배운 사람들이다. 그들 중에는 시간이 없다고 해서 만나주지 않은 사람은 한 사람도 없으며 자신을 찾아온 사람들을 보다 행복하게 해 주어 자신을 사랑하는 인간으로 만들어서 보내지 않은 사람이 한 명도 없다. 자신을 찾아온 사람이 몇 명이든 간에 빈손으로 돌아간 사람이 한 명도 없다. 누구나가 자나 깨나 늘 그들과 만날 수 있었다.

15

1. 그들 모두는 그대에게 죽음을 강요하지 않고 어떻게 죽어야 하는지를 가르쳐 줄 것이다. 그들은 모두 그대의 삶을 헛되이 보내게 하지 않고 오히려 자신들의 세월을 공유하게 해줄 것이다. 그들 중 누구와 대화를 나누더라도 신상에 위험이 미치지 않고, 누구와 우정을 나누더라도 생명의 위협을 받지 않고, 누구를 공경하고 받들더라도 돈이 들지 않는다. 그들에게서는 원하는 것 모두를 얻어서 돌아갈 수 있다. 그들에게서 그대가 바라는 최대의 것을 얻지 못했더라도 그것은 그들의 탓이 아니다.

2. 그들과 비호관계를 맺은 사람에게는 얼마나 큰 행복이 기다리고 있을지, 얼마나 아름다운 노년이 기다리고 있을까? 그들을 벗

으로, 스승으로 삼는 사람은 사소한 일이나 중대한 일이나 함께 상담할 수 있는 사람, 일상생활에 대한 조언을 들을 수 있는 사람, 가볍게 여기지 않고 진실한 이야기를 들어줄 사람, 추종이 아니라 아낌없는 찬사를 보낼 수 있는 사람, 언행에서 많은 것을 배울 수 있는 사람과 인연을 맺게 되는 것이다.

3. 우리는 흔히 부모와의 인연은 우연에 의해 만들어지는 것으로 어떤 부모를 만나게 될지는 우리의 능력으로는 어떻게 할 수 없는 것이라고 말한다. 그러나 우리는 우리가 원하는 대로 태어날 수 있다. 더없이 고귀한 천재들의 집안들이 있다. 양자가 되고 싶은 집안을 선택하라. 양자가 되어 계승하는 것은 이름뿐만이 아니다. 또 다른 재산을 물려받게 된다. 그것은 악착같이 욕심을 부리며 지킬 필요가 없는 재산이다. 이 재산은 많은 사람과 나누면 나눌수록 더 커진다.

4. 그들 사상의 천재들은 그대에게 영원으로의 길을 펼쳐주어 그대를 그 누구도 밀어낼 수 없을 만큼 높은 곳으로 올려줄 것이다. 이것이야말로 인간의 삶을 연장시켜 줄 유일한 방법, 아니 죽어야 하는 운명인 인간의 삶을 영원불멸의 삶으로 바꾸어줄 유일한 방법이다. 명예와 기념비, 야심의 결의에 의한 명령과 노력을 기울여

건립한 것들은 머지않아 무너지고 만다. 무엇 하나 유구한 세월의 흐름에 무너지지 않는 것이 없고, 유구한 세월의 흐름이 바꾸어 놓지 않는 것이 없다. 그러나 영지(철학)가 이룩한 성스러운 성과는 훼손되지 않는다. 어느 세대든 간에 그것을 파괴하는 것도 감소시키는 것도 불가능하다. 지속되는 세대, 그리고 다시 지속되는 세대와 세대를 거칠수록 끝없이 그 성스러운 대상에 대한 경외의 마음은 두껍게 쌓여만 갈 것이다. 왜냐하면 시기는 자신과 가까운 대상에 대해서만 작용하는 감정으로 멀리 떨어져 있는 것에 대해서는 겸허히 그 감동을 받아들이기 때문이다.

5. 때문에 현자의 삶은 폭넓은 확장성을 가진다. 현자 이외의 인간을 가두는 한계와 현자를 가두는 한계는 다르다. 인간 중에서 유일하게 현자만이 인간을 얽매는 모든 법칙에서 해방된 존재이다. 모든 세기가 그들을 신처럼 숭배하게 될 것이다. 얼마간의 세월이 흘렀다고 치자. 현자는 회상을 통해 그 과거의 시간을 파악한다. 지금 현재라고 치자. 현자는 현재를 활용한다. 그 시대가 아직 오지 않았다고 치자. 현자는 그 미래를 예기한다. 현자는 모든 시대를 하나로 융합함으로써 스스로의 삶을 유구한 것을 만드는 것이다.

16

1. 그와 반대로 과거를 잊고, 현재를 소홀히 하고, 미래를 두려워하는 사람들의 삶은 대단히 짧고 불안으로 가득하다. 그들은 임종이 다가왔을 때는 불쌍하게도 자신이 아무것도 이룬 것이 없이 긴 세월 동안 무언가에 쫓기며 살았다는 것을 깨닫게 되지만 때는 이미 늦었다.

2. 또한 그들이 때로는 죽음을 바라기도 한다는 논거에 의거해 그들이 지나온 삶이 길었다는 사실을 증명할 수 있다고 생각할 하등의 이유도 없다. 그들은 깊지 못한 사려 때문에 자신이 두려워하는 것을 향해 돌진해 간다는 불안정한 정서로 고통을 당한 것이다.

3. 그들이 죽음을 바라는 것은 그들이 죽음을 두려워하고 있기 때문에 불과하다. 또한 그들에게 하루가 길게 느껴지는 것과 그들이 정해진 저녁 식사시간이 올 때까지 시간이 느리게 흘러간다고 불평을 한다는 사실도 그들이 영유하는 삶이 길다고 생각할 수 있는 논거는 되지 않는다. 사실 그들은 바쁘게 쫓겨야 했던 무언가로부터 벗어날 때가 찾아오면 한가함 속에 남겨진 채 허둥대며 이 한가한 시간을 어떻게 보내야 하는지, 한가한 시간을 어떻게 지속하며 좋을지 어찌할 바를 모르는 것이다, 어떻게 해서든 무언가에 바쁘게 쫓길 다른 대상을 찾는 것도 바로 그 때문이고 잠시의 한가한 시간조차도 그들에게 있어서는 성가시게 느끼는 것도 바로 그 때문이다. 그것은 마치 검투사 경기가 열리는 날이 공표되었을 때, 혹은 그 밖에 무언가 구경거리나 오락거리를 기다릴 때, 사람들이 그 동안의 날들이 훌쩍 지나가기를 바라는 것과 마찬가지다.

4. 어떤 경우라도 기다리던 날이 늦어지는 것은 그들에게는 너무나 느리고 견디기 힘든 일이다. 그러나 그들이 좋아하는 일을 하면서 지내는 시간은 매우 짧고 순간적인 데다가 그 짧은 시간조차 자신의 나쁜 습관 때문에 더더욱 짧아지고 만다. 계속해서 장소를 바꾸고 계속해서 오락을 바꾸며 하나의 쾌락에 머무를 줄을 모르기 때문이다. 그들에게는 하루하루가 길지 않고 따분할 뿐이다. 그런

데 창부를 품고 보내는 밤과 술에 취해 보내는 밤은 왜 그리도 짧게 느껴진단 말인가? 시인들은 유피테르가 동침의 쾌락에 마음을 빼앗겨 밤의 길이를 두 배로 길게 하였다고 상상(제우스는 임페리온의 모습으로 변신하여 알크메네와 동침하였는데, 훌륭한 영웅을 낳기 위해서 밤의 길이를 3배나 늘렸다고 한다. 둘 사이에서 태어난 사람이 바로 헤라클레스이다)하였지만, 만들어낸 이야기로 인간의 과오를 증식시키는 시인들의 이러한 망상도 이것으로 설명할 수 있다. 인간이 저지른 악덕을 권위 있는 선례로서 신들의 이름을 들먹이는 것은 신들에게만 허락된 방종을 인간의 병적 악습의 본보기로써 제시하는 것은 곧 인간의 악덕을 부추기는 것 이외에 아무 것도 아니다. 어쨌거나 이렇게 많은 희생을 하면서까지 갈망한 사랑스러운 밤이 그들에게는 너무나도 짧게 느껴지는 것은 당연하지 않겠는가? 그들은 밤을 목이 빠져라 기다리느라 낮을 잃어버리고, 연인과의 헤어짐이 두려워 밤조차 잃어버리고 만다.

꒰꒱

17

1. 이런 사람들의 쾌락은 그 자체가 두려움으로 가득하기 때문에 안정적이지 못하다. 때문에 환희가 절정에 달하는 순간 갑자기 두려움이 그들의 뇌리를 스치며 그 순간이 언제까지 계속될지 걱정한다. 왕들이 자신의 권력을 생각하며 눈물을 흘리는 것도 바로 이런 걱정 때문이다. 자신의 운이 최고조에 달했을 때도 그들에게는 희열이 없으며 언젠가 찾아올 권력의 끝을 생각하며 두려움에 떤다.

2. 거만이 극에 달했던 페르시아 왕(크세르크세스 왕을 말함. B.C. 480년에 그리스를 침공하지만 살라미스 해전에서 대패하였다)은 광활한 평원 가득 대군을 집결시키고 인원수가 아니라 양으로 파악할 정

도(크세르크세스는 육상부대를 지휘하고 있었는데, 도리스코스 평원에서 병력을 점검할 때 너무나도 많은 병력 때문에 만 명의 병사를 집결시키고 그 주위에 돌담을 쌓은 뒤 그 안에 병사들을 넣어 인원을 확인했다. 그 인원이 무려 백칠십만 명에 달했다고 한다)였지만 구름 떼같은 이 정예 병사들 또한 백 년의 세월이 흐르면 아무도 살아 있지 않을 것이라는 회한에 젖어 눈물을 흘렸다고 한다. 그러나 이 정예병들을 죽음으로 몰아넣은 것은 다름 아닌 크세르크세스 장본인이었다. 누구는 바다에서, 누구는 육상에서 또 누구는 전투 중에, 또 누구는 도망 중에 잃어버렸다. 백 년 뒤의 운명을 걱정했던 정예병들의 운명을 자신의 손으로 불과 얼마 안 되는 시간 동안에 모두 괴멸시킨 것이다.

3. 이런 왕들의 환희조차도 두려움으로 가득한 것은 왜일까? 그것은 순수하고 확고한 것에서 기인한 환희가 아니라 허망함에 의해 발생했다가 다시 그 허망함 때문에 끊어지고 마는 환희이기 때문이다. 그러나 그것이 있기 때문에 그들은 자만을 하고 자신이 인간을 초월한 존재라고 망상한다. 이렇게 그들의 환희도 순수한 것이 아니라면 당사자조차 처량한 것이었다고 고백하고 있는 그들의 과거 시간들을 과연 무엇이었다고 생각하면 좋을까?

4. 그 어떤 것이라도 능가하는 행복이 어째서 불안으로 가득한

채 행복을 기대하지만, 최대의 행운을 기대하는 만큼 불행을 겪어야 하는 것은 없다. 행복을 유지하기 위해서는 또 다른 행복이 필요하고 이뤄진 소망을 대신할 또 다른 소망을 빌어야 한다. 사실 우연히 찾아온 것들은 모두 불안정한 것이며 높이 오를수록 떨어질 위험도 커진다. 더군다나 떨어지고 붕괴될 운명을 기꺼워하는 사람은 한 사람도 없다. 그러므로 소유하기 위해 더 많은 고통이 필요한 것을 고통을 통해 손에 넣으려고 하는 사람들의 삶은 대단히 짧을 뿐만이 아니라 대단히 비참한 것은 필연적이다.

5. 그들은 욕망하는 것을 악착같이 손에 넣으려 하고 손에 들어온 것은 불안 속에 유지하려 한다. 그러는 동안 두 번 다시 돌아오지 않을 시간에 대해서는 전혀 생각조차 하지 않는다. 쫓고 있는 무언가 새로운 것이 낡은 것을 대신하고, 기대가 새로운 기대를 자극하고, 야심이 새로운 야심을 눈뜨게 한다. 불행의 연쇄 고리를 끊어버릴 끝을 원하는 것이 아니라 단순히 그 시작이 변할 뿐이다. 명예로운 공직에 취임하여 고통을 겪었다고 치자. 그러나 타인의 공직이 그 이상의 시간을 빼앗아 간다. 선거 후보자가 되어 고생하는 것을 포기하였다고 치자. 그러나 타인의 지지자가 되어 고생을 시작한다. 소송의 번뇌를 버렸다고 치자. 그러나 재판관의 번뇌를 떠안게 된다. 재판관을 사임했다고 치자. 그러나 재판장의 자리를

수락한다. 타인의 재산을 관리하는 동안 나이가 들었다고 치자. 그러나 자신의 재산 관리에 정신이 팔린다.

6. 가이우스 마리우스(B.C. 157~86. 로마 공화정의 장군이자 정치가. 이례적으로 7번이나 집정관에 당선되었고 병제 개혁을 하여 처음으로 사병 제도를 도입하여 치열한 내란의 원인이 되기도 하였다)가 장군의 자리에서 해방되었다고 치자. 그러나 집정관 직에 여념이 없다. 루키우스 퀸티우스 킨키나투스(B.C. 458. 아에키족에 포위된 미누키우스를 구출하기 위해 농사를 짓다 독재관의 자격으로 십 오 일 동안 군을 이끌어 구출에 성공한 다음 날에 사임하고 다시 농장으로 갔다)가 독재관의 직을 일찌감치 버렸다고 하자. 그러나 가래를 손에 잡고 있을 때 다시 부름을 받게 될 것이다. 푸블리우스 코르넬리우스 스키피오 아프리카누스(B.C. 235~183. 대 스키피오는 제2차 포에니 전쟁에서 싸운 로마측의 장군이다. B.C. 204~202년 제2차 포에니 전쟁 중 한니발의 군대를 아프리카의 자마 전투에서 격파한 것으로 유명하며, '아프리카누스'라는 칭호는 이것을 기념하여 붙은 것이다)는 스물여섯의 젊은 나이였지만 카르타고를 토벌하기 위해 출정할 것이다. 한니발에게 승리하고 안티오코스(B.C. 242~B.C. 187. 시리아의 셀레우코스왕조의 왕. 그리스로 세력을 뻗치고자 했던 그는 동쪽의 신흥 로마에 대항하였다)에게 승리하여 스스로 집정관직에 오르는 영광을 누림과 동시에 동생의 후원자가

된 그는 스스로 거절하지 않았더라면 유피테르의 곁에 그의 조각상이 세워졌을 것이다(유피테르 신전에 있는 카피토리움 외에도 곳곳에 입상을 세우자는 결의가 민회에서 있었지만 거절하였다) 그러나 이 구원자는 시민들 사이의 분쟁 때문에 고통을 받아야 했고 젊었을 때는 신과 필적할 명예를 거절하기도 했지만, 노인이 되어 찾아낸 즐거움을 지키고자 스스로 완고하게 여봐란 듯이 망명생활을 하였다. 행복이든 불행이든 간에 인간에게는 불안의 씨앗은 끊이지가 않는다. 삶은 이렇게 무언가에 계속해서 쫓기듯 살며 끝이 나는 것이다. 한가함은 결코 실현될 수 없는 것으로 항상 영원한 갈망으로 끝이 난다.

18

❦

1. 친애하는 파울리누스여, 그러니 세속에서 멀어지는 것이 좋다. 그대의 나이에 어울리지 않을 만큼 많은 사건에 희롱을 당해온 그대도 이제는 고요한 항구로 돌아가는 것이 좋을 것이다. 생각해 보라. 그대가 얼마나 많은 풍랑을 만났는지를. 사적인 삶 속에서 얼마나 많은 폭풍우를 견뎌냈고 공적인 삶 속에서 얼마나 많은 폭풍우를 초래하였지. 쉴 틈 없는 고난으로 가득한 시련을 극복해 냄으로써 지금의 그대는 충분한 덕을 증명해 보이고 있다. 그 덕이 한가함 속에서 어떤 작용을 하는지 시험해 보기 바란다. 그대는 인생 대부분, 아니 적어도 최고의 시기를 국가를 위해 봉사했다.

2. 이제 그 시간의 일부를 그대를 위해 사용하기 바란다. 좀 더

게으름을 피우며 나태하게 한가로운 생활 속에서 그대의 천성인 활발한 활력을 잠과 속인들이 즐기는 쾌락에 빠지라고 하는 것이 아니다. 그런 것들은 한가함이 아니다. 그대가 지금까지 살과 뼈를 깎아가면서 노력해온 일들보다 더 중요한 일, 직무에서 해방된 평온한 나날들 속에서 그대가 해야 할 중요한 일을 발견하게 될 것이다.

3 부면 그대느 전 세계와 연관된 회계장부(곡물장관의 지위를 비유적으로 말함)를 마치 제삼자인 양 공평하게, 자신의 것처럼 세심하게 공공의 것을 양심적으로 관리하였을 것이다. 사람들의 증오를 피할 수 없는 직책에서도 그대는 사람들에게 경애를 받았을 것이다. 그러나 사실은 공공의 곡물 공급에 대한 수지타산을 따지는 것보다 자기 삶의 수지타산을 아는 것이 더 중요하다.

4. 비록 명예롭다고는 하지만 행복한 삶과는 거리가 먼 공무에 쏟고 있는 그대의 위대한 일들을 수용하는데 최적의 정신적 활력을 되찾길 바란다. 그렇게 하여 그대가 젊어서부터 자유인에게 걸 맞는 모든 학문에 정진하고 절차탁마(切磋琢磨)하며 지향했던 것은 그대에게 위임된 수천수만의 곡물을 훌륭하게 관리하는 것이 아니라는 사실을 생각해 봐야 한다. 그대가 관심을 가지고 있던 것은

그런 것이 아니라 뭔가 훨씬 위대하고 고귀한 것이었다. 꼼꼼하고 근면하게 일할 수 있는 사람은 얼마든지 있으니 걱정할 필요가 없다. 짐을 운반하는 데는 뛰어난 준마보다는 걸음이 느린 소가 훨씬 잘 어울리고, 준족의 고귀한 말에게 짐을 운반시키려는 어리석은 인간을 본적이 없다.

5. 다시 한 번 말하지만 이렇게 무거운 중책을 맡고 있으면 동시에 커다란 불안도 함께 따른다는 사실도 생각해 봐야 한다. 그대의 직무가 인간의 뱃속을 채워주는 일과 관계가 있기 때문이다. 굶주린 백성들은 이성의 목소리를 받아들이지 않고, 공정함에 마음을 진정시키지도 않으며, 간청에 귀를 기울이지도 않기 때문이다. 불과 얼마 전에 가이우스 카이사르(칼리굴라)황제가 승하하고 며칠 동안에(황천길을 떠난 죽은 이에게도 감각이 남아 있다면 그는 로마 국민이 적어도 일주일은 먹을 수 있는 식량이 남아 있다는 사실을 알고 절치액완(切齒扼腕)하였을 것이다) 그런 가이우스가 배를 연결하여 다리를 만들며 국력을 탕진하고 있는 동안에 농성을 하는 사람들에게 최악의 사태, 즉 식량이 바닥나는 사태가 일어나지 않았던가? 그가 광기에 사로잡혀 불길한 자만심에 우쭐하여 타국의 왕(페르시아의 왕 크세르크세스. 그리스 침공 대 헤레스폰토스 해협에 선교를 가설하였다)의 흉내를 내려다 로마는 괴멸 직전의 아사 상태가 지속

되어 국가의 모든 면에서 파국이라는 대가를 치러야 했다.

6. 공공의 곡물 공급 직책에 임명되어 돌멩이와 검과 불(민중의 폭동)과 칼리굴라와 같은 인간을 수용해야만 했던 운명의 사람들은 당시 어떤 심경이었을까? 그들은 심중에 그러한 병마를 조용히 감추고 있었던 것도 나름의 이유가 있다. 특정 병마는 환자가 알지 못하는 사이에 치료를 해야 하기 때문이다. 병을 알았기 때문에 죽음을 맞이해야 했던 사람은 많다.

19

꽃무늬 장식

1. 그보다는 고요하고 안전하며 소중한 것으로 되돌아오라. 그대
는 설마 마찬가지라고 생각하고 있는가? 곡물이 운반하는 사람의
속임수와 태만에 의해 손해를 입지 않고 창고에 쌓여 습기를 먹지
않고 열에 타 변질되지 않고 수량과 중량에 차이가 나지 않도록 지
시하는 것과, 신성하고 숭고한 일을 하면서 신의 질료(質料)는 무엇
인지, 신의 쾌락은 무엇인지, 신의 속성은 무엇인지, 신의 형태는
무엇인지, 또는 어떤 상황이 사후의 정신을 기다리고 있는지, 육체
로부터 벗어난 우리를 자연은 어디로 데려가는지, 또는 가장 무거
운 성분을 이 세상의 중심에 유지하고 가벼운 성분을 그 위에 띄워
불을 하늘의 가장 높은 곳까지 운반하여 별들을 각각의 움직임으
로 번갈아가며 운행시키고 있는 원리는 무엇인지, 그 밖에 계속해

서 이어지는 장대하고 경이로 가득한 의문점들을 규명하는 것이다.

2. 그대는 어떻게 해서든 이 지상을 뒤로하고 이러한 문제에 정신을 돌려야할 것이다. 피가 끓어 오르고 활기로 가득한 지금이야말로 보다 선한 것을 지향해야 할 때이다. 이러한 삶이야말로 모든 뛰어난 지와 행동, 즉 덕에 대한 애호와 실천, 모든 욕망의 망각, 생사에 대하 지 보편적인 것의 깊은 평정이 그대를 기다리고 있기 때문이다.

3. 무언가에 쫓기듯 사는 사람들이 처해 있는 상황은 모두 비참한 것이지만 그중에서도 가장 비참한 것은 자신의 것이 결코 아닌 타인이 맡은 임무를 위해 악착같이 달려드는 사람, 타인이 잠을 잘 때 자고 타인의 걸음걸이에 맞춰 걷고, 애증이라는 무엇보다도 자유로운 감정조차도 타인의 말 한마디에 좌우되는 사람. 그런 사람은 자신의 삶이 얼마나 짧은지 알고 싶다면 자신의 삶의 어느 만큼의 부분이 자신의 것인지를 생각해 보는 것이 좋을 것이다.

20

❧❧❧

1. 그러므로 누군가 이미 몇 번이고 고관용 토가를 두르고 있는 것을 목격하더라도, 또한 누군가가 중앙광장에서 이름을 부르며 찬양받고 있는 것을 목격하더라도 선망의 눈길로 바라보지 마라. 그러한 것을 손에 넣기 위해 발악을 하는 것은 삶의 손실로 이어질 뿐이다. 불과 일 년의 연호에 자신의 이름을 붙이고 싶어서(해마다 선출되는 두 명의 집정관 이름을 열거하여 표시하는 것이 일반적이다) 그들은 모든 삶을 헛되이 하고 있다. 야심의 최종 목표에 도달하기 훨씬 전인 처음 고투의 단계에서 생을 마감하는 사람도 있다. 무수한 굴욕을 당한 끝에 허둥대듯 영광의 권위에 오르기는 하였지만 자신이 고생하며 악착같이 살아온 것이 고작해야 묘비에 새길 칭호를 위한 것에 불과했다는 비참한 회한에 젖는 사람도 있다. 또한

만년에 이르러서도 젊은이들처럼 미래에 대한 희망을 계속 품고 분수에 넘는 무모한 기획 도중에 병이나 노쇠로 힘이 다하는 사람도 있다.

2. 정말 꼴불견인 것은 고령의 나이에도 여전히 자신과는 전혀 연관이 없는 소송의 당사자를 위해 재판에서 변호석에 앉아 무지한 방청객들의 찬동을 얻기 위해 기를 쓰다가 숨을 거두는 사람들이다. 추한 것은 고투 끝에 기력이 다하기 전에 삶 자체에 지쳐 근무 도중에 쓰러지는 사람들이다.

3. 추한 것은 장부를 정리하다가 절명하여 오래 기다린 상속인의 냉소를 사는 사람들이다. 지금 내 마음속에 떠오른 예를 들지 않을 수가 없다. 가이우스 투라니우스는 보증할만한 인물이었지만 아흔 살이 넘은 가이우스 카이사르(칼리굴라)에 의해 장관직에서 해임돼 휴가를 허락받았을 때, 친족들을 불러 놓고 관속에 누워 마치 죽은 사람을 추모하듯이 눈물을 흘렸다고 한다. 식구들은 이 노인의 휴가에 한탄을 하며 노인이 장관직에 복직될 때까지 애도를 멈추지 않았다. 무언가에 쫓기듯 살다가 세상을 떠나는 것이 얼마나 경사스러운 일일까?

4. 대부분 사람들의 마음은 이와 똑같다. 그들은 능력이 있는 한 오래 일을 할 수 있기를 갈망한다. 그들이 체력의 쇠퇴와 격투하면서 노년의 나이조차 성가신 것이라고 생각하는 것은 다름 아니라 노년 탓에 자신들이 해고를 당한다는 이유 때문이다. 법률상으로는 쉰 살이 되면 병역이 면제되고 예순이 넘으면 원로원에서 소집을 하지 않는다. 인간이란 본인 스스로에게 청원 휴가를 허락하는 것 보다 법률적으로 청원 휴가를 허락 받는 것이 훨씬 더 간단하다.

5. 사람은 그동안에도 타인의 인생을 빼앗고 자신의 삶을 빼앗으며 서로의 평정함을 깨뜨려 모두를 불행하게 한다. 결실도 없고 희열도 없고 정신의 진보도 없는 채로 삶을 지속한다. 누구 하나 확실하게 죽음을 직시하는 사람이 없고, 누구 하나 먼 미래에 대한 바람을 품지 않는 사람이 없다. 아니, 자신의 삶을 초월한 것, 거대한 무덤과 봉헌의 공공건조물, 화장터로 보내는 공물이나 보란 듯이 성대한 장례행렬을 준비하는 사람까지 있다. 그러나 맹세컨대 그런 사람들의 장례 전송은 말하자면 최단의 삶밖에 살지 못한 사람에 대한 것으로 횃불과 촛불 속에서 진행해야 할 것이다(일몰에 거행되는 어린아이의 장례식을 말함).

제 5 장

신의(神意)에 대하여

신의(神意)가 존재하지만 어째서
착한 사람들에게 재난이 일어나는 것일까?

⟨᜕᜕⟩

1. 루키우스(자신의 노력으로 기사계급에 올라 시칠리아 등의 관리로 임명됨. 철학을 좋아했으며 특히 에피쿠로스학파의 영향을 받음. 세네카의 「신의에 대하여」, 「도덕서간」, 「자연연구」는 루키우스를 상대로 쓴 글들로 철학과 윤리 문제를 필두로 문학, 어학, 사회 등의 문제에 관하여 세네카에게 묻고 있다.) 군, 그대는 내게 이렇게 물었네.

"세상이 정말로 신의(神意)에 의해 지배되고 있다면 대체 왜 착한 사람들에게 이렇게 많은 불행이 찾아오는가?"

이 질문에 대하여 더 정확하게 대답하기 위해서는 다음의 것을 증명하면서 함께 알아보는 것이 좋을 듯하다. 즉, 신의는 우주 전체를 지배하기 때문에 신은 우리의 내면에도 존재한다는 것에 대한 증명이다. 전체에서 일부분만을 떼어내는 것도 좋을 것이고, 또한 전체의 논쟁이 전부 해결되기 전에 단일 문제점을 해결하는 것도 좋을 것이다. 그래서 나는 그것을 하려고 하는데, 그것은 결코 어려운 일이 아니다. 신에 대해 내 의견을 말해보기로 하겠다.

새삼스럽게 설명할 필요가 없겠지만, 세계라고 하는 거대한 구조물 또한 어떤 감시자가 없으면 존속할 수 없다. 현재도 진행되고 있는 성단(星團)의 집합과 운행 또한 우발적인 충동에 의한 것이 아니다. 이 성단도 우연한 자극으로 질서가 흐트러지거나 급속하게 돌진하는 경우가 자주 있다. 그러나 지금 그것들이 다른 것의 방해를 받지 않고 이어지고 있는 운행의 속도는 영원한 법칙의 지배에 따라 진행되어 육지에서도 바다에서도 수많은 것들을 발생시키고 하늘에서는 더없이 잘 정돈 수많은 밝은 빛을 발산하고 있다. 이 질서는 덧없이 방랑하는 물질에 의한 것이 아니다. 또한, 우연히 맺어진 것들의 연결 방법은, 최대 중량을 가진 대지가 미동도 없이 태연하게 자신의 주변을 빠른 속도로 지나가는 하늘을 바라보는 것이 아니다. 혹은 바다에서 발생한 비가 계곡에 쏟아져 대지를 촉촉하게 적신 뒤 강으로 흘러들어가 물이 아무리 늘어난다 할지라도 그것을 전혀 느끼지 못하는 것과 같은 것이 아니다. 혹은 아주 작은 씨앗에서 거대한 나무로 성장하는 것과 같지도 않다.

언뜻 보기에 무질서하고 불확실하게 여겨지는 현상들, 예를 들어 비가 내리는 것과 구름이 흘러가는 것도, 하늘을 뒤집어 놓을 것 같은 낙뢰도, 화산이 폭발하여 흘러내리는 분화도, 지축을 흔들어대는 지진도, 그밖에 혼동을 일으키며 지구에 영향을 주는 모든 현상도, 이것들은 아무리 갑작스러운 것들이라 할지라도 아무런 이유 없이 발생하는 것이 아니다. 이 모든 현상은 나름의 이유가 있는 것이지만 엉뚱한 장소에서 벌어졌기 때문에 이상한 현상이라고 여겨지는 것에 불과하다. 그것은 조류 한복판의 온수나 드넓은 바나 안가운데에서 새로운 섬늘이 붕기되어 별쳐진 것과 같다.

또한, 바닷물이 파도에 밀려왔다 돌아가면 해변이 드러나게 되는데, 누군가가 이 해변이 아주 짧은 시간 동안에 다시 바닷물에 휩쓸리는 현상을 관찰하였다고 가정해 보자. 그는 아마 이렇게 생각할 것이다.

"바닷물이 뭔가 맹목적인 변동 때문에 해변에 밀려왔거나 폭발로 인해 거칠게 부딪혔다가 다시 제자리로 돌아간다."

그러나 실제로 파도는 서서히 늘어났다가 시간이나 날짜에 따라 때로는 많고 때로는 적게 밀려오는데, 그것은 달이라는 천체의 변화에 따른 것으로 달의 의지에 따라 바다에서는 파도가 치는 것이다. 그러나 위에서 말한 내용에 대해서는 다시 그것들을 논하기에 적당한 때를 위해 남겨두기로 하자. 그대가 신의에 대하여 의심을 하지는 않더라도 다소간의 불만이 있다는 것은 충분히 그럴만하다.

나는 그대와 여러 신을 화해시키고 싶다. 선량한 사람들에게 있어서 가장 선한 신들과 말이다. 왜냐하면, 자연의 본성은 선한 것이 선한 상대에게 위해를 가하는 것을 절대 용납하지 않기 때문이다. 선한 사람들과 신들 사이에는 덕으로 맺어진 친애관계가 존재한다. 과연 친애관계뿐일까? 아니, 오히려 근친관계나 혹은 서로 닮은 무언가가 존재한다. 실제로 선한 사람과 신의 차이는 단지 시간적인 차이만 있기 때문이다. 선한 사람은 신의 제자이고 모방자이자 또한 진정한 자손이다. 신의 자손인 선한 사람, 그의 지존이자 부모인 신은 엄격한 덕의 감시자로서 마치 엄격한 부모처럼 강하고 엄격하게 교육을 한다.

그러므로 선량하고 신의 의지에 어울리는 사람들이 고생하며 땀을 흘리고, 험준한 산길을 기어오르는 것을 바라봄과 동시에 다른 한편으로는 부정한 사람들이 쾌락과 유희에 젖어 있는 모습을 보고 있을 때, 그대는 이렇게 생각하여야 한다.

"우리는 자식들의 절제를 보고 기뻐함과 동시에 노예 자식들(주인의 집에서 태어난 노예들)의 자유를 기뻐하지만, 더욱 엄격한 단련을 통해 전자는 억제되고 후자의 용기는 육성된다."

이것은 신에게 있어서도 마찬가지라는 것을 알아주기 바란다. 신은 선한 사람을 향락 속에 내버려두지 않고 시련을 통해 건실하게 하여 신의에 어울리게 하려 한다.

2. "어째서 선한 사람들에게 많은 불운이 찾아오는가?"

그 어떤 불행도 선한 사람에게 일어날 수는 없다. 상반된 것은 서로 섞이지 않는다. 수많은 강도, 하늘에서 퍼붓는 호우도, 대량의 샘물을 쏟아내는 광천수도 바닷물의 맛을 바꿀 수 없는 것은 물론이고 염도조차 떨어뜨릴 수 없다. 이와 마찬가지로 역경으로 인한 충격이 용기 있는 사람의 마음을 바꿀 수 없다. 그의 마음은 항상 확고한 자세를 유지하며 무슨 일이 일어나더라도 전부 다 자신의 색채로 물들여 놓는다. 왜냐하면, 그것은 그 어떤 외적인 것보다도 강력하기 때문이다.

그렇다고 해서 용기 있는 사람이 외적인 것에 대하여 무감각하다는 뜻이 아니다. 그는 그것들을 극복하고 다른 점에서는 냉정하고 온화하지만 그를 공격하는 것들에는 맞서 싸운다는 뜻이다. 그는 모든 불운을 훈련이라 생각한다. 그러므로 정의로운 사내라면 누가 정당한 고생을 거부하겠는가? 또한, 위험이 동반되는 의무를 다하기 위해 준비를 하지 않겠는가? 근면 성실한 사람에게 한가로움이란 일종의 벌과 같은 것이 아닐까?

잘 알다시피 얼마나 힘이 센가가 최대 관심사인 장사들은 서로 강한 상대들과 맞서 싸운다. 이제 막 시합을 하려 준비하고 있는 상대에게 최선을 다해 덤벼주기를 바란다. 그들은 맞고 던져지는 모든 것을 참아낸다. 또한, 일대일로는 상대되지 않을 때에는 한 번에 여러 명을 상대하기도 한다.

싸울 상대가 없다면 용기도 감소한다. 용기라는 힘이 얼마나 크고 얼마나 강한지를 잘 보여주는 것은 용기로 행해야 하는 일을 인내로 내보일 때다. 선한 사람들 또한 이렇게 용기를 내고 인내해야 한다는 것을 그대가 알아주기 바란다. 그들은 역경에도 굴하지 않고 운명에 대해서도 불평하지 않는다. 어떤 일이든 그것을 좋은 뜻으로 받아들이고 바람직한 방향으로 바꾸어놓아야 한다. 무엇을 견뎌내야 하는가가 아니라 어떻게 이겨내는가가 문제이다.

아버지는 아버지의 방식으로, 어머니는 어머니의 방식으로 각자 성실하게 최선을 다하고 있지 않은가? 아버지는 자식의 잠을 깨워 공부하도록 재촉하고, 쉬는 날에도 게으름을 용납하지 않아 땀을 흘리게 하고 때로는 눈물을 쏙 빼게 하기도 한다. 그러나 어머니는 자식을 무릎 위에 앉혀 사랑을 쏟아주고, 자신의 그림자로 햇빛을 가려주면서 자식이 절대로 슬퍼하거나, 울거나, 힘들어하지 않기를 바란다.

신은 선한 사람들에게 아버지의 마음처럼 그들을 깊이 사랑하며 이렇게 말한다.

"진정으로 강한 힘을 집중할 수 있도록 노동과 고통과 피해를 통해 고뇌하라."

게으름으로 인해 비만해진 육체는 노동은 물론이고 운동을 할 때도 몸이 둔하며 자기 자신의 체중 때문에 좌절한다. 상처 없는 행복이란 사소한 타격조차도 이겨내지 못한다. 그러나 온갖 재난과 싸워 이겨낸 사람은 점점 강인해져서 그 어떤 재난이 닥쳐도 쓰러지지 않을 뿐만이 아니라 설령 쓰러지더라도 무릎으로 일어서 다시 싸운다.

그대가 정말로 의아하게 여기는 것은 바로 이런 것이 아닐까? 신은 선한 사람들을 최고로 사랑하며 그들이 가능한 최고로 행복하고 우수하기를 바라고 있다. 그런 신이 어째서 선한 사람들에게 시련이라는 운명의 짐을 짊어지게 하는 것일까를 의아하게 여기고 있지 않은가? 나로서는 설령 어느 순간 신들이 욕구에 사로잡혀

서, 위대한 인물들이 어떤 재난과 싸우고 있는 모습을 지켜보고 있다고 하더라도 전혀 의아하게 생각하지 않는다.

우리 인간에게 때로는 이런 즐거움도 있다. 예를 들어 젊은이가 돌진해 오는 야수에 평정심을 잃지 않고 창 하나만으로 맞서고 있거나, 사자의 습격에 용감무쌍하게 맞서는 모습을 지켜보는 즐거움이다. 그리고 젊은이가 이것들을 멋지게 이겨내는 광경은 기쁨을 선사해 준다. 물론 이러한 예들은 신들의 시선을 돌리게 할 수 없는 인간들의 유치하고 변덕스러운 오락에 지나지 않는다.

그러나 보라, 자신의 활동에 여념이 없는 신의 관심을 끌기에 어울리는 광경이 여기에 있다. 보라, 신이 상대하기에 적합한 인간이 여기에 있다. 불운이 닥쳐도 절대 굴하지 않는 것은 물론이고 오히려 불운의 도전에 특히 용감히 맞서 싸우는 용사가. 만약 위대한 신 주피터가 지상의 것에 관심을 기울이며 보고 싶어 하는 것이 있다면 무엇을 가장 아름답게 여기겠는가? 아마도 그것은 자신의 당파가 이미 괴멸되었음에도 불구하고 의연하게 공화국의 폐허 한가운데에 서 있던 카토(마르쿠스 포르키우스 카토. B.C.95~B.C.46년: 같은 이름을 가진 대 카토의 증손자로 소 카토라 불렸다. 로마 공화정 말기의 정치인으로 율리우스 카이사르와 대적하여 로마 공화정을 수호한 것으로 유명한 스토아학파 철학자. 당시 부패가 만연한 로마의 정치 상황에서 완고하고 올곧은, 청렴결백함의 상징적 인물로 유명함)말고는 없을 것이다.

그는 이렇게 말했다.

"설령 전국이 한 사람의 권력에 굴복하여 국토가 군단에 의해, 해양이 함대에 의해 감시되고, 또 카이사르의 군대가 성문을 포위한다고 하더라도 카토에게는 빠져나갈 방법이 있다. 그는 맨손으로 자유로 가는 넓은 길을 활짝 열 것이다. 내전 시대에도 더럽혀지지 않고 흠집 하나 나지 않은 이 검이 최후의 고결한 임무를 완수할 것이다. 이 검은 조국에게는 안겨주지 못했던 자유를 카토에게는 안겨줄 것이다, 나의 영혼이여 이제 오랜 세월 준비해온 작업에 착수하여 너를 인간의 속된 일에서 해방해라. 이미 페트레이우스(폼페이우스의 보좌관)와 유바(누미디아의 왕)는 서로의 손에 의해 쓰러졌다(카이사르의 승리로 끝난 탑수스 전투 후 약속한 대로 서로의 손에 의해 자결을 하였다). 이 비운의 약속은 용감하고 훌륭한 것이기는 하지만 우리가 위대하다고 여기는 것과는 거리가 멀다. 카토에게는 타인으로부터 죽음을 구걸하는 것은 목숨을 구걸하는 것만큼 부끄러운 일이다."

많은 신이 기꺼운 마음으로 이런 카토를 바라보았을 것이라는 사실을 나는 확실하게 알 수 있다. 그것은 자신의 원한을 위해서는 거칠게 복수를 한 이 인물이 타인의 안전을 걱정하며 도망자들의 도주를 준비하고 있을 때의 일이다(카토는 우티카에 함께 있었던 몇몇 원로원 의원의 도망을 계획했다). 또한, 그가 이승에서의 마지막 날 밤까지 공부하고 있었을 때의 일이다. 성스러운 자신의 가슴에 칼을 꽂았을 때의 일이다. 그리고 자신의 내장을 꺼내고 가장 신성한 심장을 칼로 더럽히지 않기 위해 자신의 손으로 꺼냈을 때의 일이다 (카토는 가슴을 찌르고 의식을 잃었다가 다시 정신을 차렸을 때 상처를 치료하던 의사를 물리치고 다시 가슴을 열어 죽었다고 한다. 『플루타르크의 영웅전』).

나는 이것이 치명적인 상처를 입지 않았기 때문이라고 믿고 싶다. 불사신인 신들의 입장에서는 카토의 이런 모습이 한 번으로는 충분하지 않았다. 카토의 용기는 일단 멈추었다가 되살아나서 이전보다도 어렵게 자신의 의지를 보여주었다. 왜냐하면, 죽음이란 처음보다도 다시 반복할 때 훨씬 더 강한 정신력이 필요하기 때문이다. 신들은 분명 그렇게 빛나고 기억에 새길만한 최후로 현세에서 탈출한 자신의 제자를 기꺼운 마음으로 바라보지 않았을까? 죽음은 그것을 두려워하는 자들조차도 칭찬할 만큼 훌륭한 최후를 맞이한 사람들을 신격화한다.

3. 이제 꽤 많은 이야기를 하였으니 이렇게 설명을 해도 좋을 것이다. 사실 언뜻 보기에 재난처럼 여겨지는 것이 실제로는 재난이

아니다. 이 때문에 나는 이렇게 말하기로 하겠다. 그대가 흔히 말하는 '괴로운 일'이나 '불행한 일' '저주스러운 일'과 같은 사건은 첫째로, 그런 일을 당하는 당사자에게 도움이 되는 일이다. 둘째로, 그런 일들은 신들이 개개인들보다 더 많은 관심을 쏟고 있는 전 인류에게 도움이 되는 것이다. 그뿐만 아니라 그런 일이 일어나기를 바라는 사람에게는 도움이 되지만 그것을 바라지 않는 사람에게는 그야말로 재난이라고 할 수 있다. 덧붙여 말하자면 그 모든 일이 벌어지는 것은 자연의 법칙에 의한 것으로 그러한 일이 선한 사람에게 일어나는 것은 그들을 선하게 하는 법칙과 완전히 똑같은 법칙에 의한 것이라고 할 수 있다. 그러므로 그대가 부디 이해해 주기를 바란다. 절대 선한 사람을 불쌍히 여길 필요가 없다는 사실을. 선한 사람이 불쌍해 보일 수도 있지만 실제로는 불쌍한 것이 아니기 때문이다.

위에서 말한 것 중에서 가장 이해하기 힘든 것은 첫 번째 것이다. 즉, 우리가 두려워하거나 싸우는 사건들은 그 일이 발생한 당사자에게 도움이 되는 일이다.

그러면 그대는 이렇게 물을 것이다.

"당사자에게 도움이 된다고 했는데, 그럼 추방을 당해도 그렇단 말인가? 가난에 쪼들려도? 처자식이 죽어도? 모욕을 당해도? 불구가 되어도?"

이러한 일들이 누군가에게 도움이 된다는 사실이 놀랍다면 철(외과 수술)과 불(뜸), 그리고 금식과 갈증으로 병이 치료되는 것에도 놀랄 것이다. 아니, 환자를 치료하기 위해서는 환자의 뼈를 깎거나 혈관을 제거하는 경우도 있고, 또한 몸뚱이에 붙어 있지 않으면 몸 전체의 파멸을 초래할 팔과 다리까지 절단하는 경우도 있다. 이렇게 생각해 보면 설령 그것이 재난이라고 할지라도 그 일을 당하는 당사자에게 도움이 된다는 점을 이해할 수 있을 것이다. 반면에 사람들이 칭찬하거나 원하는 것에는 그것을 좋아하는 사람들에게 해가 되는 것이 반드시 있다. 이것을 가장 잘 설명해 주는 것이 폭식과 폭음, 그리고 그 외에 쾌락을 주면서 죽음으로 인도하는 것들이 있다.

우리의 친구 디메트리우스(1세기 큐니코스 파에 속한 그리스 철학자. 큐니코스 파 중에서도 군주제도 반대파에 속함. 네로 시대에 그리스로 추방되었다가 훗날 베스파시아누스 황제 때 로마로 돌아옴)가 남긴 수많은 훌륭한 말 중에 내가 최근에 들은 이런 이야기가 있다. 이 말은 지금도 귓가에 생생하게 울리고 있다.

"가령 단 한 번도 불행을 겪은 적이 없는 사람만큼 불행한 사람도 없다."

이런 사람은 과거 자기 자신을 단련시킬 기회가 없었다. 모든 일이 바라는 대로, 아니 바라기 이전에도 여전히 행운이 따랐다. 그러나 이 사람에 대한 신들의 평가는 좋지 않았다. 언젠가 운명과 맞서 싸워 이길 수 있는 소질이 있다고는 여겨지지 않은 것이다. 운명은 겁쟁이들을 모두 피해간다. 그것은 마치 이렇게 말하는 것과도 같다.

"어째서 내가 이런 사람을 상대해야 하는 거야. 그 자는 당장에 무기를 버릴 거야. 나는 최선을 다할 필요가 없어. 조금 겁만 주더라도 항복할 거야. 내 얼굴조차 똑바로 바라보지 못해. 싸울만한 다른 상대를 찾아야겠어. 이미 졌다고 생각하는 인간과 상대하는 것은 부끄러운 일이야."

검투사는 자신보다 약한 상대와 대적을 하는 것을 불명예라 여긴다. 아무런 위험이 없이 상대에게 이기는 것은 영광이 없는 승리라고 생각한다. 운명 또한 이와 마찬가지이다. 자신에게 필적하는 최강의 상대를 원하기 때문에 상대에 따라서는 경멸을 하고 그냥 지나친다. 상대가 성실하고 강인한 사람이라면 운명은 그 사람에게 다가갈 것이고, 그 사람은 전력을 다하여 반항할 것이다. 예를 들어 무키우스(『로마사』와 『플루타르코스 영웅전』에 등장하는 로마의 용맹한 청년. 포르센나를 암살하기 위해 에트루리아인의 진영으로 침투하였다가 포르센나로 착각하여 다른 사람을 죽이는 바람에 사로잡혀 여러 가지 고문을 당했다. 무키우스는 죽음을 전혀 두려워하지 않고 적들 앞에서 자신이 로마 시민임을 당당하게 밝히고 300명의 젊은이가 자신과 똑같은 행동을 하기 위해 준비하고 있다고 거짓말을 했다. 그러고는 자신의 오른손을 불속에 넣어 손이 타들어 가는 고통도 아랑곳하지 않는 모습을 보여주었다. 무키우스의 행동에 매우 놀란 라르스 포르센나 왕은 그처럼 두려움 없고 용감한 로마의 젊은 군인들이 자신의 영토에 들어올 것을 염려하였다. 결국, 왕은 그를 풀어주고 사신을 보내 로마와 휴전을 하였다)에게는 불의 시련을, 파브리키우스(고대 로마 공화정의 집정관. 청렴결백한 관리의 상징으로 간주하여 키케로를 비롯한 많은 사람이 언급하고 있으며 단테도 『신곡』에서 파브리키우스을 언급하고 있다)에게는 가난을, 루틸리우스(로마의 무사로 검도의 창시자, 나중에는 모함을 당해 소아시아로 추방됨)에게는 추방을, 소크라테스에게는 독약을, 카토에게는 죽음의 시련을 주었다. 위대한 인물의 실례에서 찾아볼 수 있는 것은 불행한 운명뿐이다.

　무키우스가 오른손을 적의 불 속으로 밀어 넣어 자신의 실패에 스스로 벌을 주었다고 하여 과연 그가 불행한 것일까? 손에 무기를 들고서는 쫓아내지 못했던 적군의 왕을 불에 탄 손으로 쫓아냈다고 해서 말인가? 만약 그가 사랑하는 연인의 가슴속에서 자신의 손을 따뜻하게 하였다면 과연 정말로 행복하였을까?

파브리키우스가 국사를 맡아보지 않았다면 자신의 전답을 경작하였겠지만 그랬다고 해서 그가 불행한 것일까? 그가 피로스(B.C. 3~4세기 그리스 서부 에피루스의 왕. 이탈리아 원정으로 로마군과 카르타고 군대에 승리하였지만 이후 대패하여 아르고스에서 전사)와 싸우듯이 유복한 생활과도 싸웠다면 불행한 것일까? 또한, 무훈의 업적을 남긴 그가 밭을 정리하며 뽑아낸 풀뿌리로 부뚜막 옆에서 저녁을 해결한다고 해서 불행한 것일까? 아니면 만약에 그가 자신의 뱃속을 먼바다에서 잡은 물고기와 타국에서 잡은 새고기로 채웠다면 그것이 더 행복했을까? 만약 동서의 바다에서 잡아온 조개를 먹고 숙취를 해결하고 기운을 차렸다면 행복했을까? 또한, 많은 사냥꾼이 목숨을 희생해서 잡은 최고의 맹수들과 산더미처럼 쌓아올린 과일 속에 파묻혀 있는 것이 훨씬 행복했을까?

루틸리우스에게 유죄 판결을 내린 자들은 훗날 몇 세기에 걸쳐 변명해야 하겠지만 그렇다고 해서 그가 불행한 것일까? 그가 조국에서 쫓겨났을 때의 마음의 평정심은 본인이 자신을 추방했던 것 이상으로 차분했다. 그렇다고 해서 과연 그가 불행했을까? 그는 독재자 술라의 모든 것을 거부한 유일한 인물이었다. 추방지로부터 다시 부름을 받았을 때, 그는 그냥 등을 돌린 채 더 멀리 떠나버렸다. 그렇다고 해서 그가 불행했을까? 그는 술라에게 이렇게 말했다.

"당신이 말하는 로마에서 '행복'에 매료된 자들은 언젠가 광장에 흘러넘치는 수많은 피를. 세르비리우스 저수지(로마의 수원지 중에 하나) 위에 내걸린 원로원 의원들의 목을. 이곳이 술라가 추방을 저지른 장소다(원형경기장 안에 있는 스폴리아리움(시체실)로 죽은 검투사의 무기와 의복을 벗기던 곳. 술라가 추방자를 죽이고 그 목을 걸어둔 장소를 그렇게 표현하였다). 또한, 도시 곳곳을 배회하고 있는 자객들의 무리를. 그리고 생명의 안전을 보장받은 뒤에, 아니 보장받았기에 한 곳에서 대량으로 학살을 당한 수천 명의 로마 시민을 보게 될 것이다. 추방을 당하지 않은 사람들은 이러한 모습들을 보게 될 것이다."

술라가 광장을 지날 때 검으로 사람들을 좌우로 물리쳤다고 해서 과연 그는 행복했을까? 대통령 급 인물의 목을 보고도 아무렇지 않고 재무관에게 자객의 대금을 공공연하게 지급했다고 해서. 게다가 이 모든 일을 저지른 장본인이 코르넬리우스 법(암살과 독살범에 관한 법)을 제정하지 않았던가!

다음은 레굴루스(3세기 로마의 장군. 제1차 포에니전쟁에 집정관이 되어 에크노무스해전에서 카르타고를 쳐부수었으나, 아프리카에 진군했다가 패하여 포로가 되었다. 그 후 휴전교섭을 위해 로마로 보내어졌으나, 원로원에 카르타고의 조건을 거부하도록 조언하여 다시 포로로서 돌아가 죽어, 로마 군인의 모범이 되었다)에 대해 알아보자. 운명은 그를 충절의 실례로써, 인내의 실례로 활용할 정도로 가혹했고 그로 인해 그는 어떤 일을 당하였을까? 못이 그의 피부를 뚫었다. 피로에 지친 몸을 어디에 기대더라도 상처 난 곳을 피할 수 없었다. 며칠 밤낮을 못 자 탓에 두 눈은 깊게 파여 있었다. 그러나 고문이 혹독할수록 영광은 더욱 클 것이다. 그는 이렇게 값비싼 대가를 치르면서 까지 덕을 중시한 것에 대하여 전혀 후회하지 않았다. 이 사실을 확인하고 싶다면 그를 살려내서 다시 원로원으로 보내 보라. 그는 분명 이전과 똑같은 의견을 제시할 것이다.

그렇다면 그대는 레굴루스보다 마이케나스(1세기 로마의 정치가. 아우구스투스의 친구로 조언하거나 외교교섭을 하였다. 세네카는 문학애호가로서 그의 재능은 인정하였지만, 그의 방탕한 생활을 비난하였다)가 훨씬 행복하다고 생각하는가? 도도한 아내로 인한 불안함과 그녀의 거부로 인해 날마다 눈물을 흘리며 멀리서 들려오는 음악 소리를 듣고 감을 청하는 마이케나스. 설령 그가 독한 술을 마시고 잠을 청하려 하고, 마음을 시끄러운 물소리로 돌리고, 수많은 쾌락으로 불안한 마음을 감추려 하더라도 여전히 깃털 이불 속에서 고문을 당하는 사람처럼 잠 못 이루는 밤을 보내야 할 것이다. 그러나 레굴루스에게는 정의 실현을 위해 가혹한 고문에 견딘다는 위안으로 삼았고, 실제로 고통 속에서 그 이유가 무엇인지 되새겼다. 그러므로 마이케나스는 지나친 쾌락과 과도한 행복으로 인해 고통을 당하고 있기 때문에 그를 괴롭히고 있는 것은 실제로 그를 고통스럽게 하고 있는 무언가가 아니라 오히려 괴롭히는 원인 자체가 그렇게 만든 것이다.

그러나 악이 인류를 점령하는 것에도 한계가 있기 때문에 만약에 운명을 맘대로 정할 수 있다면, 마이케나스로 태어나기보다는 레굴루스로 태어나기를 바라는 사람이 많다는 것을 의심하는 사람은 없을 것이다. 혹시 레굴루스보다는 마이케나스로 태어나고 싶다는 사람이 있다면 실제로는 아마도 테렌티아(마이케나스의 아내. 세네카는 「도덕 서간」에서 "단 한 명의 아내뿐이지만 그 아내와 천 번이나 결혼하였다"고 적고 있다)로 태어나기를 바라고 있는 것은 아닐까?

그대는 국가가 만든 독초를 불로장수의 약이라도 되는 듯이 마시고 죽기 직전까지 죽음에 대해 논했다고 해서 소크라테스가 학대를 당했다고 생각하는가? 피가 굳고 체내에 냉기가 돌기 시작하면서 서서히 맥박이 멈추었다고 해서 소크라테스가 가혹한 처벌을 당한 것일까?

그들과 비교한다면 소크라테스가 얼마나 부러운 인물이란 말인가? 옥잔에 달콤한 술을 따르게 하고 정부(情夫)에게 무엇이든 시키는 대로 하도록 훈련을 시켜 남자다움이 완전히 사라졌거나 남자인지 여자인지 모를 자에게 황금 쟁반에 얼음물을 따르게 하고 술을 희석하라는 명령을 받은 자들보다도. 이런 자들은 마신 술을 모두 토해내고 핼쑥한 얼굴로 자신의 쓴 담즙을 몇 번이고 맛보게 될 것이다. 그러나 소크라테스는 독약을 아무렇지 않은 듯 기꺼이 마셔버릴 것이다.

카토에 대해서는 이미 충분히 이야기하였다. 그가 최고의 행복에 도달했다는 것에 대해서는 사람들이 모두 인정을 하는 부분이다. 그런데 자연의 법칙은 가공할만한 위력으로 그를 충돌 상대로 선택하였다. 그리고 이렇게 말하고 있다.

"강자들의 적의는 가혹한 것이지만 카토에게 폼페이우스와 카이사르와 크라수스 세 명(제1차 삼두정치로 카토가 지지하는 원로원에 대항하였다)을 동시에 대적시켜라. 약한 상대에게 명예라는 직분만으로 앞서게 하는 것은 가혹한 처사지만 카토를 파티니우스(푸블리우스 파티니우스는 카이사르의 부하로 기원전 55년의 국무관직 선거에서 카토를 이겼다)의 뒤에 놓기로 하자. 내전으로 몰아가는 것은 심한 일이지만 카토에게 전 세계를 상대로 정의를 위해 설령 불행해진다고 하더라도 완강히 싸우게 하자. 스스로 목숨을 거는 것은 가혹한 일이지만 그것을 카토에게 시키자. 이런 일을 시켜서 무슨 도움이 되겠는가? 그것은 다름 아니라 내가 카토에게 어울린다고 생각한 것이 불행이 아니라는 것을 모두가 알아주기 바라기 때문이다."

4. 행운은 서민이나 평범한 사내에게도 찾아온다. 그러나 인생의 재난과 공포를 자신의 지배하에 두는 것은 위대한 인물만이 가능한 일이다. 실제로 항상 행복하고 마음의 고통이 없는 인생을 사는 것은 자연의 법칙의 다른 일면을 알지 못하는 것이다.

그대는 위대한 인물이다. 그러나 만약 운명이 그대의 진가를 보여줄 능력을 그대에게 주지 않았다면 내가 그것을 어떻게 알 수 있겠는가? 그대는 올림피아 경기장에 입장하고 있지만, 그대 이외에 다른 선수는 없다. 그대는 화관을 쓰지만 승리는 없다. 내가 그대를 위해 축사를 읽는 것은 그대가 강한 사람이기 때문이 아니라 집정관이나 법무관직을 손에 넣은 사람이기 때문이다. 그대는 단지 명예만을 높일 뿐이다.

이와 마찬가지로 만약 선한 사람이 자기 마음의 힘을 무언가 힘든 상황과 맞설 기회가 단 한 번도 없었다면 나는 그에게 이렇게 말할 것이다.

"나는 그대가 불행하다고 생각한다. 그대는 단 한 번도 불행한 적이 없었기 때문에 그대는 적이 없이 인생을 살아왔다. 그대가 무엇을 할 수 있는지 아무도 모를 것이다. 아마 그대 자신조차도 모를 것이다."

자신을 알기 위해서는 시련을 견뎌내야만 한다. 어떤 사람이 무엇을 할 수 있는지 알기 위해서는 당사자를 시험해 봐야만 알 수 있다. 그 때문에 어떤 사람들은 재난이 너무 늦게 닥쳐올 때는 스스로 재난 속에 뛰어들어가 자신의 진가가 어둠 속으로 사라지지 않고 빛을 발산할 기회를 찾아 나선다.

나는 위대한 인물은 역경을 기꺼워한다고 주장한다. 그것은 강한 무사가 전투를 즐기는 것과 다를 바 없다. 나는 과거 티베리우스 황제 시절의 무르밀로 검투사(갈리아 풍의 투구를 쓴 검투사로 투구 앞에 물고기 문양이 새겨져 있다) 트리움판스(승리라는 뜻으로 별명이라 추측됨)가 경기가 적다며 이렇게 투덜거리는 소리를 들은 적이 있다.

"아아, 좋은 시절이 다 갔단 말인가!"

덕은 위험을 열망하고 있다. 지향할 목표에 대해서는 생각을 하지만 앞으로 어떤 난관에 부딪힐지는 생각하지 않는다. 왜냐하면, 앞으로 맞닥뜨릴 난관도 영예의 일부이기 때문이다. 군인은 전쟁의 상처를 영광으로 생각하며 행운의 유혈을 자랑스럽게 여긴다. 상처를 입지 않고 전장에서 돌아온 군인도 전공은 마찬가지지만 더 많은 존경을 받는 것은 상처를 입고 돌아온 군인이다.

나는 이렇게 생각한다. 신이 도움을 주는 인간은 다름 아니라 신이 인간에게 무언가를 용맹하고 강인하게 해낼 수 있는 재료를 부여할 때마다 점점 더 훌륭한 인간이 되기를 바라는 사람들이다. 그러기 위해서는 어떤 희생이 따르는 것은 당연한 일이다. 폭풍우 속의 조타수와 전장에서의 병사들을 떠올려보면 좋을 것이다. 만약 그대가 유복함에만 젖어 있다면 어떤 마음으로 가난에 맞설 수 있는지 어떻게 내가 알 수 있겠는가? 만약 그대가 박수갈채 속에 노년을 맞이하고 압도적인 인기가 사람들의 취향과 부합하여 그대를 따라온다면, 그대가 얼마나 강인하게 치욕과 악평과 대중들의 증오에 맞설 수 있을지 어떻게 내가 알 수 있겠는가? 만약 그대의 자식들이 모두 건강하다면, 그대가 어떻게 차분한 마음으로 자식을 잃은 슬픔을 견뎌낼 수 있을지 어떻게 내가 알 수 있겠는가? 과거 그대가 타인을 위로했다는 이야기를 들은 적이 있다. 그러나 만약 그대가 그대 자신을 위로한 것이라면, 또한 그대가 그대 자신의 고통을 막은 것이라면 그때는 내가 그대를 어떻게 여겨야 하겠는가?

불멸의 신들이 우리의 마음에 마치 박차를 가하는 듯 자극해 주는 것에 대하여 너무 두려워하지 말기를 바란다. 재난은 진가를 발휘할 절호의 기회다. 지나친 행복으로 자극이 마비된 사람을 불행한 사람이라고 말하는 사람이 있다면 그것은 맞는 말이다. 그 사람은 마치 잔잔한 바다 위의 고요한 정체 때문에 나태해져 있는 것이다. 그들에게는 그 어떤 일이 일어나더라도 모두가 처음 겪는 일일 것이다.

가혹한 상황은 미경험자에게 거칠게 닥쳐온다. 연약한 목덜미의 멍에는 무겁다. 신병은 부상당할 것만 생각해도 창백해지지만, 선임병은 전혀 두려워하지 않고 자신의 피를 바라보며 승리가 수많은 피를 흘린 덕분이라는 것을 잘 알고 있다. 신들 또한 마찬가지로 사랑하는 사람들을 혹독하게 단련시킨다. 그러나 신들이 은혜를 베풀며 소중히 여기는 사람들에게는 앞으로의 불행이 가벼워질 수 있도록 지켜보고 있다. 불행을 피할 수 있는 사람이 있다고 생각하는 것은 착각이다. 오랫동안 행복에 젖어 있던 사람에게도 언젠가 반드시 불행은 찾아올 것이다. 언뜻 보기에 불행을 피한 것처럼 보이지만 사실은 단지 그 집행이 유예된 것에 지나지 않는다.

그런데 왜 신은 선한 사람 모두에게 슬픔과 질환과 재난의 고통을 주는 것일까? 그것은 마치 전장에서 위험한 명령이 가장 용맹한 병사에게 내려지는 것과 마찬가지다. 지휘관은 정예병을 선발하여 적군을 공격하거나 정찰을 시켜 적군을 요새에서 몰아낸다. 선발된 병사들은 누구 하나 "상관이 내게 가혹한 명령을 내린다."라고 불만을 털어놓지 않고 모두가 "나를 제대로 봐주고 있어."라고 말한다. 이와 마찬가지로 겁쟁이나 비겁한 자라면 비명을 지를 난관을 이겨내라는 명령을 받은 인간이라면 모두 다 이렇게 말할 것이다.

"나는 인간의 본성이 얼마나 큰 역경을 견딜 수 있는지를 시험하는 신의 선택을 받았다."

사치는 멀리하는 것이 좋다. 활기를 해치는 행복은 몰아내는 것이 좋다. 인간의 마음은 행복에 의해 유약해진다. 만약 인간의 운명에 대하여 생각하게 하는 사건이 단 하나도 일어나지 않는다면 그것은 마치 취생몽사(醉生夢死)에 머무는 것과 같다. 항상 닫힌 창문으로 찬바람을 피하고, 두 다리는 따뜻한 헝겊으로 감싸져 있고, 식당과 마루와 주변의 벽으로부터 적당한 온도를 유지하고 있다. 이런 생활에 익숙한 인간은 가벼운 바람에도 위험에 처할 것이다.

한도를 벗어난 모든 것은 유해하며 그중에서 가장 위험한 것은 지나친 행복이다. 그것은 뇌를 선동하여 마음을 헛된 상상 속으로 몰아가 진위의 경계에 짙은 안개를 뿌려놓는다. 그러므로 끝없이 과도한 행복으로 인해 멸망하기보다는 끝없는 불행에 용감히 맞서고 인내하는 것이 훨씬 더 훌륭한 일이 아니겠는가? 아사는 서서히 다가오지만, 과식은 파열을 초래할 수도 있다.

그러므로 신들이 선한 사람들에게 하는 방식은 교사가 제자들에게 이용하는 방식과 같다. 교사는 기대가 큰 제자에게 더 많은 노력을 요구하기 때문이다. 그대는 스파르타의 부모들이 자신의 자식이 미워서 사람들 앞에서 채찍으로 그 재능을 시험한다고 생각하는가? 아버지는 자식을 격려하며 채찍의 고통을 늠름하게 이겨내도록 살점이 찢어지고 거의 죽음에 이를 때까지 상처에 상처를 더 한다.

그렇다면 신이 고귀한 정신의 소유자들에게 혹독한 시련을 가하는 것이 뭐가 이상하겠는가? 덕의 가르침은 결코 쉬운 것이 아니다. 운명은 우리에게 살점이 찢어지도록 채찍질을 하고, 우리는 그것을 이겨낸다. 그것은 학대가 아니라 전투이기 때문에 우리는 싸울수록 더욱 강해진다. 신체 중에서 가장 강한 부분은 끊임없이 움직이는 부분이다. 우리도 운명에 몸을 맡기고 운명과 싸우면서 운명 그 자체를 통해 단련해야만 한다. 운명은 우리를 서서히 자신과 동등한 상대로 여기게 될 것이다. 끊임없이 위험을 이겨낸다면 위험은 결코 두려운 것이 아니다.

그와 마찬가지로 뱃사람들은 바다에 단련되어 강해지고, 농부의 손에는 굳은살이 배기고, 병사의 팔뚝은 창을 던질 수 있는 강한 힘이 있으며, 도망자의 발은 민첩하다. 이들의 신체 중에서 가장 튼튼한 곳은 끊임없이 움직인 곳이다. 마음 또한 몇 번의 위험을 이겨내면 더는 위험을 두려워하지 않게 된다. 그렇다면 어떻게 하면 그렇게 될 수 있을까? 그것을 알기 위해서는 가난과 궁핍을 통해 더욱 강건해진 민족이 간난신고(艱難辛苦)를 통해 얼마나 많은 것들을 몸에 익혔는지를 보면 된다.

현재 로마의 문명이 전파되어 있지 않은 수많은 종족을 살펴보면 된다. 즉, 게르만족이나 도나우 강 하류 지방을 방랑하며 우리를 습격하는 종족이라면 모두 괜찮다. 그들을 괴롭히는 것은 혹독한 추위와 음울한 공기이다. 불모의 땅은 수확이 적다. 비를 피할 수 있는 것은 짚이나 나뭇잎뿐이다. 단단하게 얼은 늪 위를 돌아다니며 먹기 위해 짐승을 사냥한다.

그대는 그들이 불행하다고 생각하는가? 자연과 함께 생활하는 것은 불행이 아니다. 왜냐하면, 필요 때문에 시작한 일들은 시간이 지나면 즐겁게 느껴지기 때문이다. 그들에게는 집도 없고 앉아서 쉴 곳조차 없다. 오로지 그날 하루의 피로를 풀 수 있는 장소만이 있을 뿐이다. 변변하지 못한 음식조차 직접 구해야 한다. 악천후 속에서 몸을 가릴 것조차 없다. 그대가 재난이라고 여길 이러한 생활이 수많은 종족의 삶의 모습이다.

선한 사람들이 강해지기 위해 끊임없이 움직이는 것을 그대는 어째서 이상하게 생각하는가? 나무들은 바람이 불지 않으면 뿌리를 뻗지 않아 튼튼해지지 않는다. 나무는 바람을 맞아야 뿌리를 깊고 넓게 뻗어 단단하게 고정된다. 햇볕이 잘 드는 계곡에서 자란 나무는 약하다. 그러므로 선한 사람이 두려움을 떨쳐내는 데 도움이 되는 것은 다름 아니라 시련과 맞서 싸워 단련함으로써 나쁜 상황에서도 평정심을 유지할 수 있게 된다.

여기서 다음의 내용을 첨가하기로 하겠다. 선한 사람은 모두 군인이 되는 것이 모든 사람에게 도움이 된다고 주장할지도 모른다. 그런데 신이 의도하는 것은 현자의 의도도 마찬가지로 일반인이 원하는 것이나 두려워하는 것이나 마찬가지로 실제로는 선도 아니고 악도 아니라는 것을 알려주는 것이다(스토아 사상에서는 선이란 자연의 이치에 따라 이성적으로 사는 것이고, 악은 자연의 이치에 반하여 충동적으로 사는 것으로 생·사·쾌·건강·병과 같은 것은 '선악 어느 것도 아닌 것'으로 여겼다). 그렇지만 신이 선한 사람 이외에는 선물하지 않은 것이라면 그것은 틀림없이 선이고, 악한 사람에게만 부과한 것이라면 악일 것이다.

예를 들어 당연히 눈알을 파내야 하는 자라면 별개이고 그 외의 사람이라면 누구라도 강제로 눈을 잃어야 할 이유가 없다면 실명은 견디기 힘든 고통일 것이다. 그러므로 오히려 압피우스(후세에는 아피우스 클라우디우스 카이쿠스 '맹인' 이라는 뜻. 그는 노년에 실명하여 눈이 보이지 않았다. 그 이름 자체가 전설이 된 '아피아 가도'와 '아파이 수로'는 바로 이 사람의 작품이다)와 메텔루스(3세기 로마의 장군, 정치가로 베스타 신전의 화재 때 아테네 상을 구하려다 실명함)와 같은 인물에게는 빛을 잃게 하는 것이 좋다. 부는 선한 것이 아니다. 그러므로 그것은 매춘영업을 하는 엘리우스와 같은 자에게나 줘 버리자. 그러면 사람들은 설령 신전의 여신에게 재물을 바치더라도(로마인들이 돈의 여신 페쿠니아를 기리기 위해 지내던 제사를 말함) 그것을 다시 매춘부에게서 발견하게 될지도 모른다. 신이 인간이 열망하는 것의 본성을 폭로하는 가장 좋은 방법은 그것을 가장 비열한 자들에게 줌과 동시에 가장 선한 사람들에게서 그것을 빼앗는 것뿐이다. 그대는 이렇게 말할 것이다.

"하지만 선한 사람이 불구가 되거나, 책형을 당하거나, 족쇄를 차는데 악인들은 상처 하나 입지 않고 제멋대로 활보하고 다니는 것은 불공평하다."

과연 그럴까? 용감한 사람들이 무기를 들고 진영을 지키면서 밤을 새고, 또한 상처를 동여맨 채 방벽 앞에서 지키고 서 있는 반면에 도시에서는 방탕한 남녀들이 아무 근심 없이 유흥에 젖어 있는 것은 불공평하지 않은가? 그리고 이건 어떤가? 저 고결한 처녀들(베스타의 처녀를 말함. 4~6명으로 이루어져 있고, 가임기 30년 동안 순결을 유지하지 않으면 생매장당했다. 귀족 중에서 선발된 그녀들은 베스타의 성화를 지키고, 제사의 과자를 만들고, 제기를 관리하였다)이 신성한 의식을 치르기 위해 밤을 새우고 있지만 처녀성을 잃은 여자들이 깊고 안락한 잠에 빠진 것은 불공평하지 않은가?

가장 선한 사람들에게 고생은 항상 따르기 마련이다. 원로원이 온종일 회의를 지속하는 것도 드문 일이 아니다. 그 시간에 아무 쓸모도 없는 사람들이 유희상에서 시간을 허비하는가 하면, 요정에 숨어 있는 사람도 있고, 서로 모여 시간을 보내고 있는 사람도 있다. 이와 마찬가지 일들이 세계라고 하는 커다란 국가에서도 벌어지고 있다. 선한 사람들은 고통을 감내하며 스스로 나서 일하고 또 일한다. 그들은 결코 운명에 끌려가고 있는 것이 아니다. 운명과 보조를 맞춰 따라가고 있다. 만약 그들이 앞날을 내다볼 수 있다면 운명 앞에 나서 이끌고 갈 것이다.

용감한 디메트리우스가 뜨겁게 이렇게 말했던 것을 아직도 기억하고 있다.

그는 이렇게 말했다.

"불멸의 신들이시여, 당신들께 단 한 가지 원망을 올리겠습니다. 어째서 당신들의 뜻을 제게 미리 말해주지 않으셨습니까? 만약에 미리 알고 있었다면 좀 더 일찍 도착할 수 있었을 것입니다. 당신들은 제 자식들을 거두어 가실 생각이십니까? 저는 당신들을 위해 자식들을 키웠습니다. 당신들은 제 육신의 어느 부분을 원하십니까? 부디 거두어 주십시오. 결코, 대단한 것이 아닙니다. 이제 저는 얼마 안 돼 모든 것을 버리게 될 것입니다. 당신들은 제 목숨을 원하고 계십니까? 물론 당신들이 주신 것을 되찾아 간다고 해서 저는 반항할 생각이 추호도 없습니다. 원하신다면 마음껏 가져가십시오. 어떤가요? 저는 처음부터 모든 것을 다 드릴 수 있기를 원하고 있었습니다. 어째서 앗아갈 필요가 있겠습니까? 당신들은 언제라도 찾아갈 수 있고 지금 당장에라도 앗아갈 수 있을 것입니다. 아무것도 담아두려 하지 않는 한 빼앗길 걱정이 없기 때문입니다."

나는 아무런 강요도 받지 않고 섭리를 거스르지도 않는다. 신에게 종속되는 것이 아니라 신에게 찬동한다. 나는 만물이 영속적으로 정해진 확실한 법칙에 따라 진행되고 있다는 것을 알고 있기 때문에 더욱더 그러하다.

운명은 우리를 인도하여 우리가 태어난 최초의 시간 이후 얼마의 시간이 각 개인에게 남아 있는지를 결정하였다. 원인은 원인으로 이어지고 공사를 막론하고 모든 일이 긴 행렬을 이어간다. 그러므로 우리는 만사에 강하게 단련하여야만 한다. 왜냐하면, 우리가 생각하는 것처럼 모든 일은 우연히 일어나는 것이 아니라 현실적으로 일어나기 때문이다. 그대가 무엇 때문에 웃고 무엇 때문에 우는지는 이미 결정되어 있다. 게다가 비록 개개인의 생활이 각양각색으로 서로 다른 것처럼 보인다 하더라도 결국은 하나로 귀속된다. 우리는 모두 언젠가 죽음을 맞이하게 된다. 그런데 어째서 화를 내고 불평불만을 늘어놓는가? 그것은 우리 인간의 정해진 운명이나. 사전에는 그 자신의 코르푸스(Corpus:사람의 봄. 여기서는 '물체'라고 번역하는 것이 좋을 것 같다)를 마음대로 사용하게 하는 것이 좋다. 우리는 모든 일을 즐겁고 용감하게 대처하여 진정한 우리 자신의 것은 절대 죽지 않는다고 생각하기로 하자.

그렇다면 선한 사람은 어떻게 하여야 할까? 자기 자신을 운명에 맡겨야 한다. 우주와 함께 움직인다고 생각하면 큰 위안이 된다. 이렇게 태어나 이렇게 죽도록 우리에게 명령하는 것이 무엇이든 간에 그것은 똑같은 필연성에 의해 신들조차 속박한다. 변경할 수 없는 진로가 인간에 대해서나 신들에 대해서까지 동시에 옮겨 간다. 만물을 창조하고 지배하는 창조주 스스로가 운명의 지령서를 썼지만 창조주 역시 그것을 따르고 있다. 지령은 단 한 번이었지만 그것을 따르는 것은 영구적이다.

그러면 자네는 이렇게 말할 것이다.

"하지만 신이 운명을 분배할 때 불공평하게도 선한 사람들에게 가난과 상처와 잔인한 죽음을 할당하는 것은 어째서인가?"

제작자(창조주)는 재료를 바꿀 수가 없고 재료는 제작자를 따른다('재료'는 세계의 수동적 원리이고 '원인'은 능동적 원리라고 생각한다. 따라서 창조주는 '재료'에 작용하는 작품을 만들고 특정한 성격을 작품에 부여하는 '원인'이지만 그 자체를 바꿀 수는 없다. 여기서 '재료'란 '모든 원소' 혹은 '사원소'를 말한다). 어떤 것을 다른 어떤 것과 떼어낼 수 없는 밀접한 관계를 맺고 있기 때문에 불가능한 일이다. 힘이 없고 막 잠이 들려고 하는, 혹은 눈은 뜨고 있지만 잠에서 깨지 못한 것과 같은 그런 성질은 움직임이 둔한 모든 원소로 연결되어 있다. 존경받을만한 인물이 탄생하기 위해서는 상상을 초월한 혹독한 운명이 필요하다. 그들에게는 평탄한 길이 결코 없을 것이다. 험준한 산길을 오르거나 내려가면서 앞으로 나아가야만 한다. 거친 바다에서 파도와 싸우며 배를 조정해야만 한다. 그는 운명에 저항하면서 계속해서 앞으로 나아가야만 한다. 수많은 역경이 그를 기다리고 있지만 스스로 그것을 헤쳐나가야만 한다.

불은 황금을 연마하고 고난은 사람을 강하게 단련시킨다. 보라,

덕에 이르기 위해 얼마나 높이 올라가야만 하는지를. 게다가 덕에
는 안전한 행로가 없다는 것을 자네도 잘 알고 있을 것이다.

길은 처음부터 험준하여 아침의 상쾌함에도 불구하고
준마조차도 쉽게 오르지 못한다.
길은 하늘을 향해 높이 솟아 있어
그곳에서 바다와 대지를 내려다보면
독수리조차 공포에 사로잡혀 불안에 떤다.
실은 끝에 노닐해서 갑자기 급경사를 이루어
고삐를 꽉 쥐어야 한다.
이따금 가까운 바다에서 독수리를 맞이하고
독수리가 심연으로 날아가지 않도록
테티스의 여신이 언제나 인간세계를 염려할 정도다.
　　　(오비디우스의 「변신 이야기」 또는 「행복한 인생에 대하여」를 참조)

이 말을 듣자마자 저 고귀한 젊은이는 이렇게 말했다.

"저는 그 길을 좋아합니다. 저는 오를 것입니다. 설령 그 길을 가
다가 추락을 한다고 하더라도 그만한 가치가 있습니다."

그러나 아버지는 아들의 흥분된 감정을 공포로 위협하기를 멈추지 않았다.

설령 네가 이 길을 가다가 곤경에 전혀 휘말리지 않더라도
네가 피해갈 수 없는 것은 엄습해 오는 금우(金牛)의 뿔이자,
켄타우로스(그리스 신화 속 반인반마의 괴물)이며,
또한 광폭한 사자의 주둥이일 것이다.

(오비디우스의 「변신 이야기」 중에서. 여기에 나오는
동물들은 '12궁(별자리)'의 일부이다.)

젊은이는 여기에서 이렇게 대답한다.

"당신께서 주신 전차에 마차를 달아 주십시오. 저를 위협하는 것들은 모두 저를 흥분시키는 것입니다. 저는 태양신인 당신조차도 몸서리치는 곳에 서고 싶습니다."

패기가 없는 비겁한 인간은 안전을 추구한다. 그러나 덕은 높은 곳을 향해 전진한다.

그러면 자네는 이렇게 물을 것이다.

"그런데 어째서 신은 선한 사람들에게 재난이 일어나는 것을 용납하는가?"

그러나 실제로 신은 그것을 용납하지 않는다. 신은 모든 재난을 선한 사람들에게서 멀리한다. 죄도 수치도, 부도덕도 흉계도, 더러운 계략도, 음험한 욕망도, 남을 곤란하게 하는 욕망도. 하지만 신이 지켜주고 구원해 주는 것은 선한 사람 그들 자신이다. 선한 사람들의 짐까지 감시하는 신에게 무언가를 더 요구하는 사람이 있겠는가? 오히려 선한 사람들 자신이 이 신으로부터 이 석성에서 해방될 것이다. 그들은 외적인 것을 경멸한다.

데모크리토스는 부를 선한 사람들의 마음의 짐이라 생각하여 그것들을 버렸다(디오게네스의 「철인(哲人)전」에 의하면 데모크리토스는 가족의 재산을 나눌 때 적은 쪽을 선택하여 그것을 여행 경비로 썼다고 한다. 그는 이집트, 페르시아, 인도, 에티오피아 등을 여행하며 학문을 익혔다고 전해진다). 그러므로 신이 선한 사람에게 재난이 일어나도록 허락하였다고 하여 무엇이 이상하겠는가? 선한 사람은 언젠가 재난이 자신에게 일어나기를 바라고 있다. 선한 사람들은 자식들을 죽음으로 잃는다. 때로는 본인의 손으로 자식을 죽이는 일까지 있지 않은가? 그들은 유배형에 처했다(기원전 509년 로마의 왕제도가 폐지되고 처음으로 대통령이 된 L.J 브루투스가 국법을 어긴 자식들을 사형에 처한 것 등). 때로는 스스로 조국을 버리고 되돌아가지 않는 경우도 있지 않은가? 그들은 살해를 당했다. 때로는 자기 스스로 벌을 내리는 경우도 있지 않은가? 그들은 어째서 그러한 재난을 당하게 된 것일까?

그들은 재난을 이겨내야 한다는 것을 타인에게 가르쳐 준다. 그들은 세상의 모범으로서 세상에 태어난 것이다. 그러므로 신은 이렇게 말씀하신다고 생각하는 것이 좋을 것이다.

"너희가 내게 어떻게 불만을 토로할 수 있겠는가? 너희는 직선적인 것을 좋아하였다. 나는 다른 자들의 주위에는 거짓된 선을 두었고 그들의 공허한 마음을 거짓된 긴 잠으로 속였다. 황금과 은과 상아로 그들을 치장하였지만, 그것들 속에 선한 것은 아무것도 없다.

너희 눈에 행복해 보이는 자들의 겉모습이 아니라 안을 들여다본다면 너무나 비참하고 더럽고 추하여 그들의 집 벽면처럼 겉모습만 깨끗할 뿐이다. 그러한 것들은 확실하지도 진실하지도 않다. 그것은 아주 얇은 껍데기에 불과하다. 그러므로 그들의 거만함이 용서받고 그들의 마음대로 자신을 속일 수 있는 동안은 화려한 빛으로 사람들을 속인다. 그러나 일단 문제가 발생하여 허물을 벗어야 할 단계가 되면 화려한 영광 뒤에 깊숙이 감춰 두었던 추악함이 얼마나 많이 감춰져 있는지를 확실하게 알 수 있다. 그러나 나는 너희에게 확실하고 오래갈 수 있는 선을 선물하였다. 누군가 그 방향을 바꾸려 하여도, 그것을 멀리서 바라본다고 하더라도 그 선함과 위대함은 점점 더 커질 뿐이다. 나는 너희에게 공포의 마음을 경멸하고 온갖 욕망을 혐오하게 하였다. 너희는 겉으로는 빛을 발하고 있지 않다. 너희의 선함은 내면을 향하고 있다. 우주가 외진 것을 경멸하고 그 자체의 아름다움을 기뻐하는 것과 마찬가지이다. 나는 모든 선을 너희의 내면에 두었다. 그러므로 행복을 갈구하지 않는 것이 너희의 행복이다.

너희는 이렇게 말할 것이다.

"하지만 수많은 슬픔, 두려움, 견디기 힘든 일이 일어납니다."

그 모든 것들을 너희에게서 제거할 수 없어서 그 모든 것에 맞서 싸우게 하여 너희의 마음을 무장시킨 것이다. 용맹하게 맞서고 인내해야만 한다. 그것이야말로 너희가 신보다 뛰어난 것이다. 신은 재난을 견뎌내는 범위 밖에 있지만, 너희는 재난을 견디고 이겨낼 수 있기 때문이다. 가난을 가볍게 여겨라. 모두가 벌거숭이로 태어났을 때 이상으로 아무것도 없이 생활하는 사람은 없다. 고통을 가볍게 여겨라. 고통은 이윽고 사라지거나 아니면 너희를 멸할 것이다. 죽음을 가볍게 여겨라. 죽음은 너희의 삶을 끝내거나 피안으로 인도할 것이다. 운명을 가볍게 여겨라. 나는 너희의 마음을 멸망시킬 무기를 너희의 운명에 부여하지 않았다.

그중에서도 내가 특히 심혈을 기울인 것은 너희의 뜻에 반하여 너희를 가로막는 것이 없도록 하는 것이었다. 문은 열려 있다(스토아주의의 입장에서 자살에 대하여 말하고 있다). 너희가 싸우고 싶지 않다면 도망치면 그만이다. 따라서 나는 너희에게 필요할 것으로 생각한 모든 것 중에서 죽음보다 쉬운 것은 단 하나도 만들지 않았다. 나는 영혼을 경사진 곳에 두었다. 그것의 연장 선상에 눈을 돌리기만 하면 된다. 그러면 자유로의 길이 얼마나 가깝고 얼마나 안전한 것인지를 보게 될 것이다. 내가 너희를 출구에서 기다리게 하는 시간은 입구에서 기다리게 한 시간처럼 길지 않다. 만약 인간이 태어났을 때처럼 천천히 죽는다면 운명은 너희에게 거대한 지배력을 계속해서 행사할 것이다.

모든 기회, 모든 장소에서 너희에게 반드시 가르쳐 주어야 할 것이 있다. 자연의 선물을 거부하고 그것을 자연을 향해 던져버리는 것이 얼마나 쉬운 것인지를. 제단 앞에서 공희(供犠) 의식이 거행되는 동안에도 삶을 추구하는 동시에 죽음도 충분히 배우는 것이 좋다. 살찐 황소도 작은 상처로 인해 쓰러진다. 힘이 강한 동물도 인간의 일격에 의해 스러진다. 얇은 식칼로도 목이 잘려나간다. 머리와 목을 이어주는 관절이 절단되면 제아무리 거대한 거구라도 무너지듯이 쓰러진다.

생명이란 저 깊은 곳에 숨어 있는 것이 아니며 작은 날붙이조차 없어도 끊을 수가 있다. 깊숙한 곳까지 파고들어 가지 않더라도 심장을 찾아낼 수 있다. 죽음은 늘 가까이에 있다. 나는 이러한 타격에 대하여 특별히 장소를 정해두지 않았다. 네가 어디를 원하든 길은 열려 있다. 죽는다는 것 자체도 생명이 육체를 벗어나는 아주 짧은 순간의 일이기 때문에 그 속도를 느낄 수조차 없을 정도다. 줄로 목을 매더라도, 물로 숨통을 막더라도, 몸을 던져 딱딱한 지면에 두개골이 부서지더라도, 불을 들이마셔 숨통을 끊더라도, 결말은 빠르다. 너희는 부끄러움 때문에 얼굴을 붉히지 않는가? 이렇게 순식간에 일어나는 일을 오랜 세월 두려워하고 있다니."

옮긴이 차전석

전문번역가.

성균관대학교 경영학과 졸업. 아더앤더슨 비즈니스 컨설팅, 피더블씨 매니지먼트 컨설팅, 비게인 컨설팅에서 근무하였다. 현재 미국 워싱턴에서 유피에스 회사를 운영하고 있다.

역서로는 「링컨 자서전」, 「인간 관계론」, 「성공 대화론」, 「에머슨 수상록(천 년을 같이 있어도 한 번의 이별은 있다)」 외 다수가 있다.

세네카 인생 사전 화, 마음, 행복, 생애, 신의에 대한 잠언

2015년 10월 05일 1판 1쇄 인쇄
2015년 10월 10일 1판 1쇄 펴냄

지은이 ㅣ L. A. 세네카
옮긴이 ㅣ 차전석
기 획 ㅣ 김민호
발행인 ㅣ 김정재

펴낸곳 ㅣ 뜻이있는사람들
등록 ㅣ 제 2014-000229호
주소 ㅣ 서울 마포구 독막로 10(합정동) 성지빌딩 616호
전화 ㅣ (02) 3141-6147
팩스 ㅣ (02) 3141-6148
이메일 ㅣ naraeyearim@naver.com

ISBN 978-89-90629-27-2 03850